# SIEBEN

# UND

SAMMELN

# NEUNZIG

BEWAHREN

# SACHEN

ZEIGEN

BOCHUM 1910–2007

KLARTEXT

# SIEBEN

# UND

SAMMELN

# NEUNZIG

BEWAHREN

# SACHEN

ZEIGEN

BOCHUM 1910–2007

HERAUSGEGEBEN
VOM BOCHUMER ZENTRUM
FÜR STADTGESCHICHTE
| INGRID WÖLK |

UND DER KORTUM-GESELLSCHAFT
BOCHUM E.V.

# IMPRESSUM

Schriften des Bochumer Zentrums für Stadtgeschichte Nr. 1

**SIEBEN UND NEUNZIG SACHEN**
SAMMELN – BEWAHREN – ZEIGEN
BOCHUM 1910–2007

**Ausstellung**

Idee und Projektleitung:
Ingrid Wölk

Ausstellungskonzept:
Beate Olmer, Reinhild Stephan-Maaser

Ausstellungsarchitektur:
Martin Dolnik

Organisation und Verwaltung:
Christoph Mandera
Kommissarische Betreuung
der Stadthistorischen Sammlung:
Kirsten Noetzel
Organisation der Restaurierungsarbeiten:
Günter Reimann
Technische Arbeiten und Ausstellungsaufbau:
Nicole Kerrut, Hans-Werner Marienfeld, Dirk Mantei,
Karl-Heinz Frömmrich, Stephanie Determann

**Katalog zur Ausstellung**

Herausgegeben vom Bochumer Zentrum für Stadtgeschichte
(Ingrid Wölk)
und der Kortum-Gesellschaft Bochum e. V.

Redaktion:
Stefan Pätzold, Beate Olmer, Reinhild Stefan-Maaser

Autoren:
Delia Albers, Michael Baales, Silke Breidenbach, Martin Dolnik, Wolfgang Ebel-Zepezauer,
Andreas Halwer, Hans H. Hanke, Sepp Hiekisch-Picard, Susanne Hüttemeister,
Ursula Jennemann-Henke, Silvia Lehmann, Beate Olmer, Stefan Pätzold, Marco Rudzinski,
Margit Salzmann, Hubert Schneider, Reinhild Stephan-Maaser, Thomas Stöllner,
Henry Wahlig, Monika Wiborni, Ingrid Wölk

Recherchen:
Kirsten Noetzel, Susanne Schmidt, Monika Wiborni, Andreas Halwer,
Uwe Kriening, Oliver Müller
Sekretariat:
Angelika Karg

Objektfotografie:
Klaus Präkelt

Satz und Gestaltung:
Volker Pecher, Essen


ISBN 978-3-89861-236-4

www.klartext-verlag.de

Druck:
Druckerei Himmer, Augsburg

Abbildungen 1–24: Stadt Bochum (Presseamt und Stadtarchiv)
Abbildung 25: E. Wührl
Abbildungen 26, 27: Martin Dolnik

Dieses Projekt wäre nicht zustande gekommen ohne die
dankenswerte Förderung durch die Kortum-Gesellschaft Bochum e. V.
in Verbindung mit der Stiftung der Sparkasse Bochum
zur Förderung von Kultur und Wissenschaft

# INHALT

# VORWORT

Das Stadtarchiv hat seine ‚Sieben Sachen' an der Kronenstraße, der Adresse der vergangenen drei Jahrzehnte, gepackt und an der Wittener Straße 47 wieder ausgepackt. Laut Beschluss des Rates der Stadt Bochum vom 6.10.2006 arbeitet es am neuen Standort auf einer neuen konzeptionellen Grundlage als Bochumer Zentrum für Stadtgeschichte weiter und gliedert sich nun in die Funktionsbereiche Archiv und Dokumentation – Historisches Museum/Ausstellungen – Veranstaltungen – Erinnerungskultur. Die Stärke des Konzeptes besteht in der Bündelung unterschiedlicher Angebote zur Erforschung und Vermittlung der Stadt- und Regionalgeschichte, die alle ‚unter einem Dach' wahrgenommen werden können, sich gegenseitig ergänzen und verstärken. Eine Ausstellung zum Beispiel setzt in erster Linie auf die Aussagekraft ihrer Exponate, während ergänzende Informationen in Form von Quellen, Dokumentationen und Literatur im Stadtarchiv in Hülle und Fülle zur Verfügung stehen. Vertiefende Auseinandersetzungen mit dem Gegenstand der Ausstellung sind an Ort und Stelle möglich.

Die künftige Ausstellungstätigkeit stützt sich auf die Stadthistorische(n) Sammlung(en). 1910 von Bernhard Kleff begründet, ging die Verantwortung für diese erste Sammlung 1960 auf die Städtische Kunstgalerie (die Vorläuferin des Museums Bochum) und Ende der 1990er Jahre auf das Stadtarchiv über. Dieses hatte in der Vergangenheit eigene Sammlungen angelegt und ist als Bochumer Zentrum für Stadtgeschichte nun zuständig für alle Stadthistorischen Sammlungsbereiche. So verstand es sich fast von selbst, dass die Sammlungen ins Blickfeld rückten, als es galt, die erste Ausstellung am neuen Standort zu konzipieren, dies umso mehr, als ein Großteil der Objekte nie bzw. seit vielen Jahren nicht mehr öffentlich zugänglich war. Selbst bei Kennern der Materie bestehen nur vage Vorstellungen von der Beschaffenheit der überlieferten Bochumer Sachkultur.

Die Sammlungen selbst sind also das Thema der Ausstellung. Die Aufgabe des aus Reinhild Stephan-Maaser, Beate Olmer, Martin Dolnik und der Archivleiterin bestehenden Ausstellungsteams war es, sie ins rechte Licht zu rücken und ihr Potential für künftige stadthistorische Ausstellungen zu beleuchten. Erste Ideen wurden diskutiert und verworfen. Schnell herrschte Einigkeit darüber, einen ‚dingorientierten' Ansatz zu wählen und das einzelne Objekt (das ‚Museumsding' oder die ‚Sache') ins Zentrum zu stellen. Insgesamt 97 Objekte stehen für 97 Jahre Bochumer Sammlungsgeschichte (1910-2007). Mit der Eröffnung des beim Bochumer Zentrum für Stadtgeschichte angesiedelten historischen Museums ist eine neue Etappe erreicht worden.

Beate Olmer und Reinhild Stephan-Maaser oblag die Auswahl der 97 Exponate und die Erarbeitung eines wissenschaftlichen Konzeptes, während der Bühnenbildner Martin Dolnik die Gestaltung übernahm. Das Team als Ganzes bot den Rahmen für die Diskussion der Ideen und Konzepte und damit die Chance, diese zu konkretisieren und zu verfeinern. Den drei AusstellungsmacherInnen sei für ihr großes Engagement bei der Realisierung des gemeinsamen Projektes und für ihre Bereitschaft zur Teamarbeit außerordentlich gedankt. Die Sichtung und Auswahl der Exponate wurde durch die Vorarbeit von Karin Sandmeier, die 2002/03 die in städtischem Besitz befindlichen Sammlungen erfasste, verzeichnete und erste Übersichten erstellte, extrem erleichtert. Auch Karin Sandmeier soll hier noch einmal herzlich für ihre Arbeit gedankt werden.

Um die Objekte zum ‚Sprechen' zu bringen, ohne die Ausstellung selbst mit zuviel Text zu überfrachten, wurde entschieden, ihr einen Katalog zur Seite zu stellen. Er hält die Exponate über die zeitlich befristete Ausstellung hinaus fest, liefert ausführliche Beschreibungen sowie Einordnungen in den stadt- und kulturgeschichtlichen Hintergrund und bietet ergänzende Informationen. Historikerinnen und Historiker, Kunsthistorikerinnen und Kunsthistoriker, Archivarinnen und Archivare, Archäologen, eine Astronomin und ein Denkmalpfleger, in der Regel Experten für die ‚Sachen', denen sie sich widmeten, waren zur Mitarbeit am Katalog bereit. Nicht selten brachten sie aktuelle Forschungsergebnisse mit ein. Der Dank an die Autorinnen und Autoren bezieht sich nicht nur auf die gelieferten Texte, sondern auch auf ihr Interesse an diesem ungewöhnlichen Projekt und die effektive und unkomplizierte Kooperation.

Der Beirat zur Begleitung des Stadtarchivs beim Aufbau des Bochumer Zentrums für Stadtgeschichte war frühzeitig in die konzeptionellen Überlegungen eingebunden. Einzelne Beiratsmitglieder leisteten konkrete Hilfe. Gedankt sei Hans H. Hanke und Hubert Schneider, die sich als Autoren am Ausstellungskatalog beteiligten, sowie Rainer Slotta und Ulrich Borsdorf, deren persönlicher Rat wichtig war. Hervorzuheben ist auch die Bereitschaft Gottfried Korffs, der seit ca. 30 Jahren die Museums- und Ausstellungslandschaft in Deutschland prägt und dabei in der Theorie und Praxis gleichermaßen zuhause ist, unser Ausstellungsprojekt zu unterstützen. Er stand der Projektleiterin von Beginn an für reflektierende Gespräche zur Verfügung und förderte die Ausstellung und den Katalog durch Zuspruch und Ermutigung. Dafür gebührt ihm Dank, ebenso wie für seine Zusage, den Festvortrag zur Eröffnung der Ausstellung zu halten.

Es versteht sich von selbst und soll hier trotzdem ausdrücklich zur Sprache kommen: Ohne den engagierten Einsatz der Beschäftigten des Stadtarchivs hätten weder die Ausstellung noch dieser Katalog realisiert werden können. Ihre Mitarbeit reichte von der Text- und Bildrecherche über die Erstellung von Exponatbeschreibungen, die Katalogredaktion, Verwaltung und Organisation, Textgestaltung und Sekretariatsaufgaben, die Betreuung der Sammlungen, Restaurierungs- und Konservierungsarbeiten bis zur handwerklichen Vorbereitung der Ausstellung und dem Ausstellungsaufbau. Alle Beteiligten hier zu nennen käme einer Auflistung der derzeit beim Stadtarchiv Beschäftigten gleich und schlösse das Personal mit zeitlich befristeten Verträgen ebenso mit ein wie diejenigen, die nicht unmittelbar am Katalog oder der Ausstellungsvorbereitung mitarbeiteten. Durch ihre Arbeit an anderer Stelle waren sie aber gleichermaßen unverzichtbar für das Gelingen des Gesamtprojektes: die Eröffnung des Bochumer Zentrums für Stadtgeschichte am neuen Standort. Stellvertretend für alle anderen sei Kirsten Noetzel erwähnt, die zusätzlich zu ihren Kernaufgaben spontan und selbstverständlich ein Arbeitsgebiet mit übernahm, das derzeit nicht besetzt ist und sonst hätte ‚verwaist' bleiben müssen: die Betreuung der musealen Sammlungen. Sie arbeitete sich schnell ein, hatte ein sorgfältiges Auge auf die ausgewählten 97 Exponate und war bald eine unverzichtbare Ansprechpartnerin für alle am Projekt Beteiligten. Der Dank an die Kolleginnen und Kollegen muss allein deshalb etwas größer ausfallen als ‚normal', weil parallel zur Vorbereitung der Ausstellung und des Katalogs der große Umzug des Stadtarchivs von der Kronenstraße an die Wittener Straße und die Inbetriebnahme des neuen Gebäudes zu bewältigen war. Es war eine gewaltige Aufgabe, die für sich allein schon ein ungewöhnliches Maß an Planung, Organisation und Einsatzbereitschaft erforderte und von allen Beteiligten bravourös gemeistert wurde. Sie können stolz sein auf das Geleistete! Alle Mitarbeiterinnen und Mitarbeiter haben hoffentlich Spaß an der Ausstellung und am Katalog und fühlen sich wohl im neuen Domizil. Dieses für die Zwecke des Archivs und des Bochumer Zentrums für Stadtgeschichte herzurichten und auszustatten, oblag in erster Linie den Investoren und einer Vielzahl privater Unternehmen, aber auch städtischen Einrichtungen. Mitarbeiter der Stadt Bochum begleiteten und überwachten den Umbau des Gebäudes. Ihre Leistung wird an anderer Stelle noch zu würdigen sein. Stellvertretend seien hier der Leiter der Zentralen Dienste Frank Allmeroth und der koordinierende Architekt Olaf Fischer sowie Christoph Mandera und Andreas Halwer vom Stadtarchiv genannt.

Die Parlamentarier der Stadt Bochum machten durch die Beschlüsse, die sie fassten, den Standortwechsel und die neue Konzeption erst möglich. Den Mitgliedern des Ausschusses für Kultur und Wissenschaft und des Rates der Stadt Bochum gebührt herzlicher Dank dafür, dass sie die Weichen für den Aufbau des Bochumer Zentrums für Stadtgeschichte stellten – und für ihr Vertrauen in das Personal des Stadtarchivs, das mit dieser Aufgabe betraut wurde.

Zuletzt und gleichzeitig an vorderster Stelle ist Hans-Georg Küppers zu nennen, der scheidende Kulturdezernent der Stadt Bochum. Er hat die Neukonzipierung als Bochumer Zentrum für Stadtgeschichte von den ersten zaghaften Überlegungen bis zum fertigen Konzept von Anfang an gestützt und gefördert, hat ermutigt und geraten. Er stand immer zur Verfügung, wenn es problematisch wurde, hat Lösungen gesucht und gefunden. Seiner Offenheit für neue Impulse und Ideen, ist es zu verdanken, dass kreatives Potential sich entfalten konnte. Dem – sicher ungewöhnlichen – Konzept für die Eröffnungsausstellung stand er sofort positiv gegenüber und half auch dabei, die Voraussetzungen für das Zustandekommen des Katalogs zu schaffen. Sein Anteil ist kaum zu überschätzen. Ihm zu danken, ist allen am Projekt Beteiligten Herzens- und Ehrensache.

Die Eröffnung des Bochumer Zentrums für Stadtgeschichte mit der Ausstellung „Sieben und neunzig Sachen …" reiht sich ein in die Kulturprojekte, die schon vor 2010 Aufmerksamkeit auf Bochum lenken sollen. Mit 97 Sachen geht es Richtung Kulturhauptstadt. Dass das Tempo sich unterwegs noch beschleunigt, ist die Sache wert!

INGRID WÖLK

# DER SACHE(N) WEGEN ...
# BOCHUMER SAMMLUNGEN UND MUSEEN 1910–2007

INGRID WÖLK

„Für Dank habe ich nicht gearbeitet, wohl aber für eine gute Sache." Die Verbitterung war nicht zu verkennen, als der ehemalige Leiter des Bochumer Heimatmuseums Bernhard Kleff im Juli 1946 dem Kulturdezernenten der Stadt Bochum schrieb und sich über eine Rückforderung des Personalamtes der Stadtverwaltung beklagte. Es ging um angeblich „zu Unrecht" an Kleff überwiesene Gelder. Dieser sah seine Lebensleistung nicht ausreichend gewürdigt und das Unrecht – auch „geldliches" – nicht bei sich, sondern auf Seiten der Stadt. In rund 35jähriger Arbeit habe er Bochum seine besten Jahre und besten Kräfte gewidmet, dabei kaum einmal Ferien gemacht. Das sei nur möglich gewesen, „weil ich nicht die Sache hatte, wohl aber die Sache mich." [1] Die Sache – das war das Bochumer Stadt- oder Heimatmuseum. Um die Sachen, die darin ausgestellt wurden und von denen einige in diesem Katalog vorgestellt werden sollen, hatte er sich seit 1910 bemüht.

## Am Anfang stand ein leerer Raum: Der Start des Bochumer Stadtmuseums

Am 1. November 1899 trat Kleff eine Lehrerstelle in der Gemeinde Wiemelhausen bei Bochum an. Am 1. 4. 1904 wurde Wiemelhausen zusammen mit den bis dahin ebenfalls selbständigen Orten Hofstede, Hamme und Grumme nach Bochum eingemeindet. Bochum hatte nun mehr als 100.000 Einwohner und stieg in die Reihe der Großstädte auf. Bernhard Kleff wurde am selben Tag zum Hauptlehrer befördert. Am 26. 1. 1908 erfolgte seine Ernennung zum Rektor, und am 16. 4. 1908 übernahm er die Leitung der katholischen Schule an der Wiemelhauser Straße 270a.[2] Im Juni 1910 bewarb sich Kleff um die Stelle des verstorbenen Rektors der Weilenbrinkschule in Bochum-Mitte. Es zog ihn ins Zentrum der jungen Großstadt. Im „Außenbezirk", so schrieb er in seiner Bewerbung, habe er elf Jahre lang unter wenig günstigen Verhältnissen gewirkt. Er glaube sich deshalb zu der Bitte berechtigt, ihm „ein ausgebautes System in der Altstadt, wie es die Weilenbrinkschule darstellt, übertragen zu wollen." [3] Seine Bewerbung war erfolgreich, und die Regierung in Arnsberg ernannte Kleff mit Zustimmung der Schuldeputation Bochum ab 1.10.1910 zum Leiter der 14-klassigen Schule am Weilenbrink.[4] Kaum im Amt begann er mit dem Aufbau einer Stadthistorischen Sammlung. In der Weilenbrinkschule befand sich „ein großes leeres Zimmer", das er als Aufbewahrungsraum „für allerlei alte Sachen zum Zwecke der Veranschaulichung beim Unterrichte" nutzte. Aber Kleff hatte Größeres im Sinn. Er träumte von einem Museum. Als Bürgermeister Heinrich Sahm 1912 die Weilenbrinkschule besuchte, nutzte Kleff die Gelegenheit, den Bürgermeister in seine Pläne einzuweihen. Er stellte ihm die Sammlung vor und kündigte an: „Das ist der Anfang zu dem Museum der Stadt Bochum".[5] Sahm war interessiert und 1913 übernahm die Stadt die Sammlung. In der Haushaltsplanung desselben Jahres erschien erstmals ein Betrag von 1.500 Mark zur Errichtung einer Sammlung „von Altertümern aus Bochum und Westfalen." [6] Im April 1913 wandte sich der Magistrat der Stadt Bochum mit einem Aufruf zugunsten eines „Heimatmuseums" an die Öffentlichkeit. Offenbar mit Erfolg, denn zahlreiche Objekte aus Privathand gingen in die Sammlung ein.[7] Die nun städtische Sammlung wurde zunächst in zwei Zimmern in einem Verwaltungsgebäude an der Albertstraße 3 untergebracht und nach einem Jahr in sechs Zimmern im ersten Stockwerk der städtischen Haushaltungsschule für Mädchen an der Roonstraße 22. Die beengten Verhältnisse gestatteten noch keinen regulären Museumsbetrieb. Führungen durch die Sammlung mussten mit Kleff verabredet werden. Als die bereitgestellten Zimmer in der Roonstraße für wohnungssuchende Familien benötigt wurden, mussten sie wieder geräumt werden.[8] Die Stadthistorische Sammlung war erneut auf der Suche nach einer Unterkunft und fand sie schließlich in der ehemaligen Ritterburg Haus Rechen. Hier richtete Kleff (s)ein Museum ein. Die im Herbst 1919 bezogenen Räumlichkeiten wurden am 15. Dezember 1919 der Öffentlichkeit übergeben und blieben bis zum Zweiten Weltkrieg das Domizil des Bochumer Stadtmuseums. Bis 1919 entstammten die Mittel zum Ausbau der Sammlung Überschüssen der städtischen Sparkasse. Zunächst waren es 1.500 Mark, dann 3.000 und schließlich 5.000 Mark. Ab 1920 fand das Museum Berücksichtigung im städtischen Haushaltsplan. Einnahmen von 1.100 Mark (vor allem Eintrittsgelder) standen nun Ausgaben in Höhe von insgesamt 16.850 Mark gegenüber: für Miete und Nebenkosten, Aufwendungen für die Museumsleitung und Aufsichten, Ausstellungen, Reisekosten, Mitgliedsbeiträge. Der größte Posten entfiel mit 10.000 Mark auf Ankäufe für die Sammlung. Diese war stetig gewachsen: von 600 Nummern im Sachverzeichnis 1914 auf 1.800 1920.[9]

Kleff begann als Einzelkämpfer. Er blieb die treibende Kraft, auch nachdem die Stadt die Verantwortung für die Stadthistorische Sammlung übernommen hatte. Ab1918 fand sich die Sammlung im städtischen Geschäftsverteilungsplan. Ein Museumsausschuss wurde gebildet und tagte erstmals am 6. Mai 1918.[10] Seine Leitung oblag vorerst Bürgermeister Sahm[11] und nach dessen Ausscheiden aus dem städtischen Dienst Oberbürgermeister Graff persönlich. Seit

Dezember 1919 leitete Stadtrat Wilhelm Stumpf, Dezernent für Kultur und schulische Angelegenheiten, den Ausschuss. Mitarbeiter der Stadtverwaltung Bochum war Stumpf – nach Studium der Rechtswissenschaften und Referendariat – seit 1903. 1904 war er zum besoldeten Stadtrat gewählt worden und zunächst zuständig gewesen für Prozess- und Rechtsangelegenheiten der Verwaltung, Militär-, Polizei- und Meldeamtssachen, den städtischen Schlachthof und anderes.[12] Bei der Leitung des Museumsausschusses wurde Stumpf von Bernhard Kleff, dem „Verwalter des Museums", unterstützt, der als Schriftführer fungierte.[13]

Wozu brauchte Bochum ein Museum? Und wer brauchte es? Es war, nicht anders als in anderen Städten mit ähnlicher Struktur und Geschichte, nur eine kleine Schicht, die sich zum Bildungsbürgertum zählte und historisch interessiert war. Dieses Potential sollte auch zur Gründung eines „Vereins der Freunde des Museums" genutzt werden.[14] Direkter Auslöser für entsprechende Überlegungen scheint ein Brief aus Witten gewesen zu sein. Die Stadt Bochum war darin gebeten worden, Mitglied des Vereins für Orts- und Heimatkunde der Grafschaft Mark in Witten zu werden, wie es eine Reihe von Städten und Kreisen, darunter auch der Landkreis Bochum und das Amt Bochum-Süd, schon seien.[15] Nach Ansicht von Stadtrat Stumpf wäre damit aber lediglich dem Wittener Museum gedient gewesen und die verfügbaren Mittel hätten dem erst kürzlich eröffneten Bochumer Museum gefehlt. Nach Abstimmung im Museumsausschuss lehnte er am 27.4.1920 den Beitritt der Stadt Bochum zum Verein für Orts- und Heimatkunde ab.[16] Die Idee eines Unterstützerkreises für das Museum hatte sich aber festgesetzt und gemeinsam mit Bernhard Kleff strebte Stumpf ihre Realisierung auch in Bochum an. Ziel und Zweck sollte „die Pflege und Erkenntnis der Geschichte Bochums und Sammlung aller noch vorhandenen Erinnerungsstücke aus Bochums Vergangenheit sein."[17] Stumpf lud ca. 40 interessierte Bürger zu einem Treffen mit dem Museumsausschuss für den 29. September 1921 ins Parkhaus Bochum ein. Dabei handelte es sich überwiegend um Lehrer, Beamte und Freiberufler. Nur zwei Frauen waren dabei: eine Frau Rektor Bohnstedt und ein Fräulein Habbel. Die Versammlung wählte einen Ausschuss, den sie mit dem Entwurf einer Satzung und der Vorbereitung des Zusammenschlusses beauftragte.[18] Neben Bernhard Kleff gehörten ihm August Hackert, Dr. Faber, Pastor Leich, Direktor Henkel, Studienrat Ratte, Lehrer Sternemann, Stadtrat Böhler und die Herren Nocke, Peddinghaus, Oschmann, Klettmann genannt Ostermann, Kaup, Ehringhaus, Lindner und Koch an.[19] Am 3. Dezember 1921 war es dann soweit: Im Stadtverordnetensitzungssaal des Bochumer Rathauses wurde die „Vereinigung für Heimatkunde" aus der Taufe gehoben. Die enge Verbindung von Vereinigung und Museum manifestierte sich auch darin, dass Museumsleiter Kleff, der schon den vorbereitenden Ausschuss geleitet hatte, nun auch zum ersten Vorsitzenden der Vereinigung gewählt wurde.[20] Auf Einladung Stumpfs nahmen die Schriftleitungen der Bochumer Zeitungen an den Veranstaltungen teil, nicht nur als Berichtende, sondern in den Prozess Involvierte. Ihre Blätter begleiteten die Gründung der Vereinigung freundlich und warben gleichzeitig für die Unterstützung des Museums in der Öffentlichkeit. „Heimatpflege in Bochum" übertitelte der Bochumer Anzeiger seinen Artikel vom 1. Oktober 1921.[21] Sein Autor Peddinghaus war Mitglied des vorbereitenden Ausschusses.[22] Der Artikel soll hier etwas ausführlicher zitiert werden, weil er nicht nur die hinter der Gründung der Vereinigung stehenden Motive und Interessen gut widerspiegelt, sondern generell die identitätsstiftende Funktion historischer Spurensuche thematisiert. Diese gewinnt in historischen Umbruchphasen an Gewicht und war gerade für die jungen Ruhrgebietsstädte bedeutungsvoll, für die der Wandel von ländlich geprägten Ortschaften in die ‚Vorposten' der Industrialisierung, das damit einhergehende Bevölkerungswachstum und die Veränderung der Bevölkerungsstruktur das Prägende waren. Der Autor des Zeitungsartikels benannte die Probleme der modernen Industriegesellschaft, vermied es aber, sich in vergangene Welten (‚die gute alte Zeit') zurückzuträumen. Er beschwor die über tausend Jahre alte wechselvolle Geschichte Bochums von den keltisch-germanischen Stämmen über die Sachsen bis zur Jetztzeit und lobte das Festhalten der Bochumer an „ererbter Sitte", „überkommenem Brauch" und „der Väter Sprache". Aus dem uralten Ackerstädtchen sei „die mächtig emporblühende Kohlen- und Eisenstadt" entstanden und zur alten „bodenständigen" Bevölkerung seien Tausende Zugewanderte aus allen Gauen hinzugekommen, die nichts von der Geschichte Bochums wussten. Zwar habe sich die „westfälische Zähigkeit des Festhaltens am Hergebrachten" immer wieder durchgesetzt und „der Fremde" habe „Bochum und seine ‚Ureinwohner', ihre Sprache und ihr Wesen lieb(gewonnen)", aber es sei doch natürlich gewesen, „dass die Bevölkerung, von fluktuierenden Elementen durchsetzt, nicht mehr so verwachsen war mit dem Boden, auf dem sie wohnte, wie es vordem der Fall war." Peddinghaus legte Wert auf die Feststellung, „dass Bochum den nach hier Gekommenen manchen Fortschritt verdankt." Man dürfe sagen, Bochum habe sich konsoli-

**Abb. 1** | Haus Rechen, 1930er Jahre

**Abb. 2** | Stadtrat Wilhelm Stumpf, 1928

diert und die Zugezogenen und ihre Nachkommen seien heimisch geworden. Die „bodenständige Kultur" der Stadt und das Festhalten an alten Traditionen seien die Ursache dafür, dass Bochum „seinen westfälischen Charakter von allen Industrieorten des Kohlenreviers wohl am reinsten bewahrt (habe)." Wenn Peddinghaus dann fortfährt, in Bochum seien starke Kräfte vorhanden gewesen, „die fest in der Heimat, ihrem innersten Wesen, wurzelten, wie ein Sauerteig den Zuwandererstrom durchtränkte und ihn mit der altansässigen Bevölkerung verschmolz zu einem Volkskörper von einheitlichem Gepräge",[23] so klingt das für heutige Ohren vor dem Hintergrund heutiger historischer Erfahrung zumindest befremdlich. Der Artikel ist aber auch ein Beleg für die damals (1921) schon empfundene Wichtigkeit historischer Vergegenwärtigung, der zugetraut wurde, den von Hermann Lübbe[24] so genannten „Vertrautheitsschwund" auf Seiten der ‚Ureinwohner' der noch jungen Großstadt zu kompensieren, den Zugezogenen Angebote zur Identifizierung mit der neuen Heimat zu machen und beiden – Alt- und Neubürgern – Stolz auf Vergangenes und Verständnis für Gegenwärtiges zu vermitteln.

Peddinghaus lobte in seinem Zeitungsartikel vom 1.10.1921 die Stadt Bochum, die die Bestrebungen zur Erforschung der Stadtgeschichte stets unterstützt sowie – und das sei „das beste Werk" – ein „Heimatmuseum" errichtet habe. Die Vermittlung der Bochumer Geschichte sei die Aufgabe, die auch die neu gegründete Vereinigung für Heimatkunde sich gestellt habe. Alle „Mitbürger in Stadt und Land", die dazu in der Lage seien, seien zur Mitarbeit aufgerufen, zur finanziellen Unterstützung und zu Stiftungen für das Heimatmuseum.[25] Als „Kortumgesellschaft" besteht die Vereinigung für Heimatkunde noch heute. Ihre Entwicklung kann hier nicht weiter verfolgt werden. Ihre Gründung galt es vor allem deshalb zu dokumentieren, weil ihr zentrales Motiv die Unterstützung des Bochumer Museums war. Dieses und seine Sammlungen stehen im Zentrum der folgenden Ausführungen.

## Sammeln, was das Zeug hält: Die Entwicklung eines Profils

Über Ankäufe für das Museum entschied – in der Regel nach Vorschlag von Bernhard Kleff oder Wilhelm Stumpf – der Museumsausschuss. Wie anderswo zielte auch in Bochum die Sammlungstätigkeit „in der enzyklopädischen Manier des Späthistorismus"[26] auf alles, was aufbewahrungs- und präsentationswürdig erschien: auf Münzen und Waffen, Kleidung, Möbel und Hausrat, Öfen und Gebäudeteile, Kircheneinrichtungen und Naturkundliches, Gemälde, Grafiken und so weiter.[27] Auch zum Erwerb von Gipsabgüssen der Werke antiker Bildhauer bestand „grundsätzliche Geneigtheit". Von einem Ankauf sollte vorerst – im April 1920 – aber noch abgesehen werden. Zögernd verhielt sich der Ausschuss, als ausgestopfte Vögel aus der Gegend von Mülheim zu haben waren. Ihre Übernahme sollte nur dann erfolgen, wenn sie kostenlos war.[28] Von besonderem Interesse dagegen war eine Sammlung alter Waffen und Rüstungen, die der Stadt Bochum im April 1922 für 55.000 Mark angeboten wurde. Der Ankauf überstieg die Entscheidungskompetenz des Museumsausschusses und die Genehmigung der Stadtverordnetenversammlung musste eingeholt werden. Dazu kam es nicht mehr, weil andere Interessenten den Bochumern zuvorgekommen waren.[29] Ablehnend wiederum reagierten Stumpf und der Museumsausschuss auf eine Offerte aus dem süddeutschen Raum. Ein Sanitätsrat aus Freiburg bot dem Bochumer Museum im Februar 1925 eine kleine ethnographische Sammlung an. Es seien „interessante Sachen", die er 1911/1912 von einer Reise um die Welt aus Afrika, Indien, China und Amerika mitgebracht habe. Dem Museumsausschuss waren sie zu teuer. Er wies das Angebot zurück, obwohl der Preis noch gesenkt wurde. Stadtrat Stumpf begründete die Entscheidung auch damit, dass das Bochumer Museum keine ethnographische Abteilung habe, und es bestünde „unter den heutigen wirtschaftlichen Verhältnissen, insbesondere nach Verlust unserer Kolonien, wohl

| 1 |

| 2 |

wenig Aussicht [...], eine solche neu schaffen zu können." [30]

Bei der Fortführung der Sammlung bildeten sich Schwerpunkte heraus. Dabei legten Kleff und der Museumsausschuss auch Wert auf Sondersammlungen. Münzen mit Motiven aus der Welt des Bergbaus fanden ebenso ihr Interesse wie Ofen- und Kaminplatten **(57)**, Gläser, Pfeifen **(46)**, Waffen **(71)**, Plakate, Karten **(60)** und Stadtansichten **(86)**. Besonders scheinen es ihm Lampen „und Verwandtes" angetan zu haben. Vom einfachen Kienspanhalter bis zu den „mannigfaltigsten Zweck- und Kleinformen der Lampe" **(48)** sammelte er unermüdlich alles, was Licht warf. [31] Noch heute weist Kleffs ehemalige Lampensammlung über 100 Stücke auf. Selbstverständlich griff er zu, wenn sich die Gelegenheit zum Erwerb bestehender Sammlungen ergab. So kamen 1930 84 Holzmodel aus einer alten Blaufärberwerkstatt ins Haus, die dem Museum angeboten worden waren.[32] Für Bochum ein Muss war der Aufbau einer Kortum-Sammlung. Kleff bemühte sich redlich, Teile des in alle Winde zerstreuten Nachlasses des nicht nur wegen seiner „Jobsiade" berühmten Bochumers aufzuspüren und für die Stadt zu erwerben.[33] **(10, 66)** Eine Bücherei mit Werken zur westfälischen Geschichte war dem Museum schon seit etwa 1920 angeschlossen.[34] Bis 1927 war sie auf 600 Bände angewachsen.[35] Auch zeitgenössisches Material fand den Weg in die städtische Sammlung. Auf Bitten Stumpfs übersandte Landrat Stühmeyer dem Museum im Februar 1922 zwei Serien des vom Landkreis Bochum herausgegebenen aktuellen Notgeldes mit bergbaulichen Motiven und überließ ihm auch die von dem Buchdrucker F.A. Gimmerthal aus Langendreer hergestellten Original-Entwürfe.[36] **(34)**

Bernhard Kleff dokumentierte die Zugänge laufend und entwickelte ein Ordnungsprinzip. Mitte der 1920er Jahre bestand das Sachverzeichnis aus den Gruppen Bochum, Kortum, Bilder und Bücher, Möbel, Kleinhausrat, Trachten und Schmuck, Landwirtschaft und Industrie, Weltkrieg, Kirchliches, Waffen, Münzen und Aufstellungsgerät.[37] Bis 1930 war die Stadthistorische Sammlung auf ca. 2.800 Stücke angewachsen.[38] Kleff sah Bedarf für eine „gänzlich neue Katalogisierung", erfasste die Bestände nun auf Karteikarten und verteilte sie auf 24 Abteilungen: 1. Bauteile, 2. Möbel, 3. Feuerung, 4. Leuchtgerät, 5. Hausrat, 6. Formware, 7. Uhren, 8. Instrumente, 9. Waffen, 10. Schmuck und Luxus, 11. Kleidung, 12. Spinn- und Webgerät, 13. Landwirtschaft, 14. Industrie und Verkehr, 15. Drucke, 16. Karten, 17. Bilder, 18. Photographien, 19. Lichtbilder und Druckstöcke, 20. Siegel und Handschriften, 21. Plastik, 22. „noch offen", 23. Vor- und Frühgeschichte, 24. Heimatbücherei.[39] Die früheren Gruppen „Kortum", „Weltkrieg", „Kirchliches" sucht man vergebens. Kleff hatte das Nebeneinander unterschiedlicher Gliederungsprinzipien zugunsten einer mehr auf die Objektgattungen bezogenen Klassifikation aufgegeben. Ganz scheint das nicht gelungen zu sein, denn die Abteilungen „Landwirtschaft" sowie „Industrie und Verkehr" gab es noch immer und auch die der Sammlung einverleibten archäologischen Objekte nahmen eine Sonderstellung ein. Sie blieben in einer Gruppe zusammen, unabhängig von Material, Form oder Funktion.

Beim Aufbau des Museums bewegten sich Kleff und der Ausschuss in den Grenzen des Machbaren. Zwar orientierten sie sich an dem, was andere schon etablierte Museen boten, besonders Museumsleiter Kleff musste aber akzeptieren, dass viele seiner Wünsche unerfüllt blieben. Die ins Auge gefasste Einrichtung eines naturwissenschaftlichen Museums „in Verbindung mit dem Heimatmuseum" [40] wurde ebenso zurückgestellt wie die Realisierung der von Kleff heiß ersehnten Abteilung für Vor- und Frühgeschichte. Dabei war im Museum „von Funden auf Bochumer Boden" bereits „allerlei" vorhanden[41] und Kleffs Pläne werden Auftrieb erhalten haben, als er im Februar 1930 vom Oberpräsidenten der Provinz Westfalen „zum Pfleger für kulturgeschichtliche und naturwissenschaftliche Bodenaltertümer" ernannt wurde. Grundlage für die Ernennung war das Ausgrabungsgesetz vom 26.3.1914. Zu Kleffs Stellvertreter wurde Karl Leich berufen.[42] 1871 in Gelsenkirchen geboren, wirkte Leich von 1900 bis 1942 als evangelischer Pfarrer in Bochum-Harpen. Leich betätigte sich als Heimatforscher (Schwer-

| 3 |

| 4 |

punkt: Bergbau und Bochum-Harpen) und war Gründungsmitglied der Vereinigung für Heimatkunde. Wie Kleff hatte er dem vorbereitenden Ausschuss angehört.[43] Im Bereich der Bodendenkmalpflege war er der eigentliche Fachmann, denn er war selbst archäologisch tätig. Bedeutsame Funde machte er vor allem in den 1920er und 1930er Jahren, als umfangreiche Tiefbauarbeiten ihm die Gelegenheit für seine Ausgrabungen verschafften. Ein wichtiger Fundort war das Oelbachtal in Bochum-Harpen. Zeitgenossen berichteten, Leich habe dem Boden „unersetzliche Zeugen aus der Vor- und Frühgeschichtszeit entrissen [...], die sonst keiner beachtet haben würde." Sein Haus gleiche „einem prähistorischen und volkskundlichen Museum".[44] Vermutlich auf Kleffs Drängen versprach Pfarrer Leich dem Museum seine Funde. Es dauerte seine Zeit, bis es zur Einlösung dieses Versprechens kam.

### Auch andere sammeln in Bochum: Ausdifferenzierung der Museumslandschaft

Zur Schärfung des Sammlungsprofils gehörte der Verzicht. So schien – wie erwähnt – für die Einrichtung einer ethnologischen Abteilung im Bochumer Museum die Zeit nicht (mehr) günstig zu sein. Aber auch die Geologie war kein Thema, denn um diesen Bereich kümmerte sich in Bochum eine andere Einrichtung: die 1816 gegründete Bergschule, die seit 1899 an der Herner Straße untergebracht war.[45] Hier entstand ein Geologisches Museum, das seit 1919 öffentlich zugänglich war. Seine Ursprünge gingen, ähnlich wie dies bei der Kleff'schen Sammlung der Fall war, auf eine Lehrsammlung zurück.[46] Zu sehen waren vor allem Fossilien, Gesteine und Minerale aus den Steinkohlenzechen des Ruhrgebiets, Kohle, Erze, geologische Reliefs und Modelle. Träger der Bergschule und ihres Museums war die 1864 als Gemeinschaftseinrichtung des deutschen Steinkohlenbergbaus gegründete Westfälische Berggewerkschaftskasse.[47] Als Museumsleiter fungierte Bergassessor Prof. Dr. Kukuk. Der Städtische Museumsausschuss hatte auch das „Bergschulmuseum" im Blick, als er 1921 über Werbemaßnahmen für die Bochumer Einrichtungen nachdachte und eine gemeinsame Hinweistafel initiierte. Am Bahnhof aufgestellt, sollte sie das Interesse der Besucher schon direkt nach ihrer Ankunft auf die Museen in Bochum lenken.[48] Weniger von Harmonie getragen scheint das Verhältnis von Kleff und Kukuk gewesen zu sein. 1936 kam es zum Streit, als Kukuk – offenbar eigenmächtig und ohne Respekt vor Kleffs Funktion als Bodendenkmalpfleger Ausgrabungen auf Bochumer Boden vornahm. Prof. Dr. Kukuk plante offenbar, eine vorgeschichtliche Abteilung in seinem Museum zu etablieren. Kleff sah seine eigenen Pläne in Gefahr. Er wandte sich an Stadtrat Stumpf und wies ihn auf die mit dessen Zustimmung bereits getätigten Vorarbeiten zum Aufbau einer solchen Abteilung im Heimatmuseum hin. In den anderen Heimatmuseen in Westfalen seien Abteilungen für Vor- und Frühgeschichte längst Realität. Kleff gestand dem Museum der Bergschule die Funde geologischer Natur zu, reklamierte aber die kulturgeschichtlichen für das Heimatmuseum. Er habe bewusst auf eine geologische Abteilung im Heimatmuseum verzichtet, weil diese bei der Bergschule bestens untergebracht sei. Umgekehrt erwartete er nun auch die Berücksichtigung seiner Belange und forderte Stumpf dringend dazu auf, sich für das Heimatmuseum einzusetzen. Diesem sei zu lassen, was „seine Sache" ist: die „vor- und frühgeschichtliche(n) Kulturzeugen"! Die Stadt Bochum dürfe nicht darauf verzichten, zumal ja noch gar nicht ausgemacht sei, was alles gefunden werden könnte, mahnte Kleff und erinnerte in diesem Zusammenhang an den Fund „von einigen vorchristlichen Münzen aus dem Jahr 1907."[49] **(36)**

Weder Kleffs Heimatmuseum noch Kukuks Geologisches Museum hatten die Entwicklungsperspektiven, die ihre Leiter sich gewünscht haben mögen. Ganz im Gegensatz zu einem weiteren Museum, das Bochum seit 1930 bereicherte: dem Bergbau-Museum! Als „Deutsches Bergbau-Museum" ist es heute mit rund 400.000 Besuchern jährlich eines der meistbesuchten Museen in Deutschland und das be-

**Abb. 3** | Blick in die Ausstellung des Geologischen Museums an der Herner Straße, ca. 1925

**Abb. 4** | Städtischer Schlachthof an der Voedestraße, 1925. Hier entstand das Deutsche Bergbau-Museum

**Abb. 5** | Deutsches Bergbau-Museum, Neubau

deutendste Bergbaumuseum der Welt. Einzigartig ist es nicht zuletzt durch seine renommierten Forschungseinrichtungen zur Montangeschichte. Wie das Geologische Museum ging das Bergbau-Museum auf die von der Bergschule zunächst zu Unterrichtszwecken angelegten Sammlungen zurück. Neben den geologischen Exponaten und zahlreichen als Anschauungsmaterial hergestellten Modellen fanden sich hier auch Relikte aus der Industriegeschichte des Reviers. Als das Gebäude an der Herner Straße nicht mehr ausreichte, suchte die Westfälische Berggewerkschaftskasse in Absprache mit der Stadt Bochum nach einer Lösung. Vielleicht war es ein wichtiger Anstoß für die weitere Planung, dass die Bergschule der Bochumer Stadtverwaltung bereits 1912 einige wertvolle Stücke aus ihrer Sammlung zur Übernahme in ein künftiges städtisches Museum angeboten hatte. Darunter befand sich eine von Friedrich Harkort gebaute Dampffördermaschine.[50] Aus Platzgründen musste die Verwaltung passen. Aber es reiften die Überlegungen zum Aufbau eines eigenständigen – auf den Bergbau bezogenen – Museums. Nach dem Ersten Weltkrieg und inspiriert durch die Gründung des Deutschen Museums in München wurden sie intensiviert.[51] Die Stadt Bochum war bereit, nicht nur Räume zur Verfügung zu stellen, sondern sich auch finanziell zu beteiligen. 1922 verständigten sich Vertreter der Stadt und der Berggewerkschaftskasse auf eine paritätische Trägerschaft des geplanten Museums.[52] 1928 wurde der bis heute gültige Museumsstandort ausgewählt. Die Stadtverwaltung überließ dem neuen Museum die nur wenige Gehminuten von der Bergschule entfernten Räume des ehemaligen städtischen Schlachthofes.[53] Stadtverwaltung und Berggewerkschaftskasse stellten gemeinsam den Diplom-Bergingenieur Dr. Heinrich Winkelmann ein und beauftragten ihn mit dem Umbau der Räume und der Ausstellungsplanung. Am 1. April 1930 konnte das Bergbau-Museum in zunächst fünf Museumshallen auf einer Fläche von ca. 2.000 $m^2$ eröffnet werden. In den folgenden Jahren wurde es systematisch ausgebaut. Ab 1935 entstand ein Neubau, 1937 das Anschauungsbergwerk.[54]

Die Bochumer Museumslandschaft hatte sich konsolidiert und ausdifferenziert. Neben den genannten Museen – dem Bergbau-Museum (Träger: Westfälische Berggewerkschaftskasse und Stadt Bochum), dem Geologischen Museum (Westfälische Berggewerkschaftskasse)[55] und dem Stadt- oder Heimatmuseum (Stadt Bochum) – gab es in Bochum seit 1921 eine weitere in der Trägerschaft der Stadt befindliche museumsartige Einrichtung: die Gemäldegalerie. Dabei hatte der im Mai 1918 gebildete Museumsausschuss zunächst nicht für zwei getrennte Sammlungsbereiche oder Museen geplant. Sein Interesse bezog sich neben der Sachkultur – Relikten aus der Vergangenheit – auch auf Kunstwerke. Die Recherche und der Erwerb oblag Museumsleiter Kleff. Dieser landete im Bereich der bildenden Kunst im Mai/Juni 1920 einen spektakulären Erfolg, als es ihm gelang, eine Sammlung von ca. 185 Stichen des Soester Künstlers Heinrich Aldegrever für die Stadt Bochum zu erwerben.[56] Aldegrever war ein Zeitgenosse Albrecht Dürers und tat sich vor allem als Kupferstecher hervor. In der Kunstgeschichte ist seine Bedeutung umstritten. Mangelnde Hochachtung erfuhr sein Werk besonders dann, wenn es an der Kunst Dürers gemessen wurde. Dies tut seiner führenden Rolle in der regionalen Kunstgeschichte aber keinen Abbruch. Aldegrever zählte „zu den bedeutendsten Künstlern des westfälischen 16. Jahrhunderts."[57] Nach Kleffs Einschätzung nahm Heinrich Aldegrever als Kupferstecher innerhalb der deutschen Kleinmeister einen der „vornehmsten Plätze" ein und innerhalb der „westphälisch-niederrheinischen" Gruppe den Rang eines „Führer-Kleinmeisters". Kleff fand es verständlich, dass „westfälische Sammlungen viel Gewicht auf Kupferstiche Aldegrevers legen". Das Bochumer Museum wollte da nicht zurückstehen und sah in seiner Aldegrever-Sammlung „besondere Aufgaben und Anreize". Kleff versuchte den Spagat zwischen Kunst und Heimatkunde, wenn er in Aldegrevers Werk „nicht abdunkelnde Edelwerte verrauschter Zeiten der Heimat" sah.[58] Den Grundstock der Bochumer Aldegrever-Sammlung erwarb er zum Preis von 12.000 Mark aus privater Hand. Eine „Dame",

| 6 |

| 7 |

deren Namen die Akten verschweigen, hatte die erwähnten 185 Stiche aus älterem Familienbesitz zunächst für 15.000 Mark angeboten. Zur Finanzierung waren keine städtischen Mittel vonnöten. Vielmehr fanden sich Bochumer Bürger und Betriebe bereit, den Ankauf durch Spenden zu unterstützen.[59] Der Museumsausschuss sprach sich dafür aus, die Aldegrever-Sammlung „möglichst vollständig und gleichmäßig" zu gestalten.[60] Kleff bemühte sich in der Folgezeit, diesem Auftrag gerecht zu werden, ohne sich dabei auf Aldegrever zu beschränken. Er besuchte Auktionen und erwarb seit 1921 auch Arbeiten anderer Künstler. Im Laufe der Jahre trug er eine ansehnliche Sammlung alter Grafiken zusammen. Zur Unterscheidung von Aldegrevers Werk bildeten sie eine Einheit unter dem Titel „Aldegrever Umkreis". Mehrere Werke des Nürnberger Malers und Kupferstechers Barthel Beham gehörten dazu, darunter „Titus Gracchus" und der „Kampf der 18 nackten Männer".[61] **(6)** Heute ist Ernüchterung eingetreten, was den Wert der Bochumer Aldegrever-Arbeiten anbelangt. Ein vom Museum Bochum in Auftrag gegebenes Gutachten kam 2006 zu dem Ergebnis, dass der umfangreiche Bochumer Bestand an druckgrafischen Blättern Aldegrevers keinen repräsentativen Querschnitt durch dessen Werk darstellt. Die Auswahl scheine zufällig und beliebig zu sein. Zudem handele es sich zumeist „um späte und späteste Abzüge", die nur „in schwachen und schwächsten Abdrucken" vorhanden seien. Hinzu komme ein durchgehend schlechter Erhaltungszustand.[62]

Bernhard Kleff, mit ihm der Museumsausschuss und die Sponsoren hatten keinen Zweifel an der Qualität ihrer Aldegrever-Sammlung. Kleff glaubte zudem, durch den Erwerb „die Bedeutung des Museums außerordentlich heben" zu können.[63]

Am 7. Juli 1921 öffnete die erste Bochumer Kunstausstellung ihre Pforten. Auch 57 von Kleff ausgewählte Stiche Aldegrevers aus der eigenen Sammlung wurden dargeboten. Zur Steigerung der Reputation des Museums konnten sie kaum etwas beitragen. Denn die Ausstellung fand nicht im Haus Rechen statt – was schon aus Platzgründen unmöglich war –, sondern in den Räumen der alten Knappschaft an der Viktoriastraße. Neben den Aldegrever-Werken konnte das Publikum 40 Gemälde älterer Meister und 14 Bronzen bewundern.[64] Die Gemälde und Bronzen gehörten nicht zu den Bochumer Beständen, sondern kamen aus Berlin. Stadtrat Stumpf war es gelungen, das Ministerium für Wissenschaft, Kunst und Volksbildung sowie die National-Galerie zur Ausleihe zu bewegen. Ursprünglich hatte er wohl gehofft, Dauerleihgaben der Werke zu bekommen, die in den Depots der staatlichen Sammlungen schlummerten. „Damit wäre der Grund zu einer Bochumer Gemäldegalerie möglich", meinte Stumpf.[65] Offenbar schwebte ihm vor, „mit Hilfe der staatlichen Galerien eine Übersicht über die Entwicklung der deutschen Malerei etwa vom 16. Jahrhundert an durch einige Beispiele aus jedem Jahrhundert zu geben" und damit „die schwer arbeitende Bevölkerung mit der Entwicklung der bildenden Kunst bekannt zu machen."[66] Die Pläne ließen sich so nicht realisieren. Auch die für die Ausstellung zur Verfügung gestellten Leihgaben mussten zurückgeschickt werden. Ihre (gemeinsam mit den Aldegrever-Stichen erfolgte) Präsentation markiert den Beginn der Städtischen Gemäldegalerie,[67] der Vor-Vorläuferin des heutigen Kunstmuseums. Die Bochumer machten nun aus der Not eine Tugend. Anfang November bis Anfang Dezember 1921 zeigten sie Gemälde aus Bochumer Privatbesitz[68] und danach vom 11.12.1921 bis 3.1.1922 die Werke Bochumer Künstler.[69] Als die Gemäldegalerie im Herbst 1922 Werke von Hermann Peters **(1)** zeigte, war dies bereits ihre zwölfte Ausstellung.[70] Auch mit den Museen der Nachbarschaft wollte man kooperieren und „z. B. mit Essen bez(ü)gl(ich) Wanderausstellungen in Verbindung" treten.[71] Die Kette der Bochumer Kunstausstellungen riss fortan nicht mehr ab. Als 1924 die Räume im alten Knappschaftsgebäude nicht mehr zur Verfügung standen, trat die Stadt in Mietverhandlungen mit dem „Ammoniak-Syndikat" ein[72] und die Ausstellungen konnten bis 1926 im Verwaltungsgebäude der Deutschen Ammoniak-Verkaufsvereinigung (später ARAL) an der Wittener Straße gezeigt werden. Am 1. Mai 1926 schließlich bezog die Ge-

**Abb. 6** | Außenansicht der „Villa Nora" an der Kortumstraße (früher Kaiser-Wilhelm-Straße), Domizil der Städtischen Gemäldegalerie 1926 ff.

**Abb. 7** | Bernhard Kleff, 1927

**Abb. 8** | Haus Rechen, Eingang Städtisches Museum, 1935

mäldegalerie ein eigens für sie angemietetes Haus an der damaligen Kaiser-Wilhelm-Straße (jetzt Kortumstraße).[73] Das Gebäude ist heute als „Villa Nora" bekannt und soll der Kunst bald (wieder) zur Verfügung stehen. Die Verwaltung des Museums Bochum wird von ihrem jetzigen Standort, der „Villa Marckhoff", dorthin umziehen.

### Bernhard Kleff, ein Multitalent: Schulrektor, Museumsleiter, Archivar

Kunst und Heimatkunde gingen spätestens seit Mitte der 1920er Jahre getrennte Wege. Hatte es bis 1924 nur einen Städtischen Museumsausschuss gegeben, so bekam die Gemäldegalerie nun ihren eigenen Ausschuss. Er tagte erstmals am 11. November 1924. Den Vorsitz hatte – wie im älteren Museumsausschuss – Stadtrat Stumpf inne. Aber auch Bernhard Kleff blieb der bildenden Kunst verbunden und nahm regelmäßig an den Sitzungen teil.[74] Das lag vor allem daran, dass er nach wie vor die Sammlung alter Grafiken betreute und damit eine Art Abteilungsleiter in der Gemäldegalerie war. Zunächst hatte Kleff sogar gehofft, für seine Verdienste um die Aldegrever-Sammlung mit der Leitung der Gemäldegalerie belohnt zu werden.[75] Die Lokalpolitiker hatten anders entschieden und schon im Oktober 1921 Dr. Richart Reiche aus Düsseldorf mit dieser Funktion betraut. Reiche war Leiter der Ruhmeshalle in Barmen. Die künstlerische Leitung der Gemäldegalerie Bochum übernahm er nebenamtlich.[76] Für Bernhard Kleff blieb die Sammlung alter Grafiken und die Leitung des Städtischen Museums. Dieses trat zur Unterscheidung von der Gemäldegalerie nun deutlicher als „Heimatmuseum" in Erscheinung. Stadtrat Stumpf hatte aber noch eine weitere Aufgabe für Kleff entdeckt: die Ordnung des Stadtarchivs. Für dieses werde „schon lange eine besondere Leitung gesucht, da man die Ordnung des Archivs nicht nebenamtlich durchführen kann."[77] Genau dies hatte Kleff bisher aber getan: sich nebenamtlich um das Museum, das Archiv und den Aufbau der Gemäldegalerie gekümmert. Im Hauptberuf war er weiterhin Rektor der Weilenbrinkschule. Nun bemühte er sich darum, hauptberuflich in den Dienst der Stadt Bochum übernommen zu werden. Stadtrat Stumpf unterstützte ihn dabei, offenbar aber nicht nachdrücklich genug. Denn mehr als eine Beurlaubung vom Schuldienst und ein „Privatdienstvertrag" zwischen der Stadt Bochum und Rektor Kleff kam nicht dabei heraus. Die Stadtverordnetenversammlung stimmte im April 1922 diesem Vertrag zu und bestimmte Kleff rückwirkend ab 1.4.1922 zum Leiter des städtischen Archivs und des städtischen Museums. Daneben wurde ihm die Sammlung alter Kupferstiche in der Gemäldegalerie übertragen. Um die Beurlaubung vom Schuldienst musste Kleff sich selbst kümmern. Sie wurde zunächst für ein Jahr gewährt und dann verlängert bis zum 31.3.1924. Die gleiche Regelung erfolgte vom 1.4.1928 bis zum 31.3.1929. In den Jahren dazwischen und danach war Kleff wieder nebenamtlich für die Stadt Bochum tätig. Am 31.10.1936 trat er als Rektor der Weilenbrinkschule vorzeitig in den Ruhestand ein. Erst danach konnte er dem Archiv und dem Museum seine ungeteilte Aufmerksamkeit widmen. Seit dem 1.11.1936 fungierte Kleff als hauptamtlicher Leiter von Archiv und Museum, was mit einem Dienstvertrag vom 7.12.1936 besiegelt wurde: Die Stadt Bochum übertrug ihm neben der Verwaltung des Heimatmuseums auch die Leitung des Stadtarchivs. Als Vergütung erhielt er den Unterschiedsbetrag zwischen dem festgesetzten Ruhegehalt und seinem bisherigen aktiven Gehalt als Rektor. Zusätzlich wurde ihm eine Aufwandsentschädigung zugebilligt.[78]

Dies ist nicht der Ort für eine kritische Würdigung der Haltung Kleffs und der Rolle der von ihm geleiteten Einrichtungen nach 1933. Intensive Forschungen zur Arbeit des Bochumer Archivs und des Heimatmuseums während der NS-Zeit stehen noch aus. Bernhard Kleff legte im Juli 1946 Wert auf die Feststellung, er sei nie „Pg." (Parteigenosse) gewesen und habe sich „nie trotz aller Lockungen und Drohungen darum bemüht."[79] Schwierigkeiten in seinem beruflichen Fortkommen hatte Kleff deswegen nicht. 1937 wurde er als „Hauptpfleger" für kultur- und naturgeschichtliche „Bodenaltertümer"

| 9 |

| 10 |

für den Stadtbezirk Bochum bestätigt[80] und 1938 zum Archivpfleger für den Stadtkreis Bochum bestellt.[81] Die Initiative zur Berufung von Archivpflegern überall im Reich war von den staatlichen Behörden ausgegangen. Sie war ein Zeichen für die Aufwertung der Archive im NS-Staat und unterstrich deren Bedeutung für die Verbreitung der NS-Ideologie. Bei der genealogischen Forschung, besonders bei der Beschaffung von „Ariernachweisen", waren die Archive unentbehrlich.[82] Für Bochum ‚zuständig' waren das Staatsarchiv Münster und die Archivberatungsstelle der Provinz Westfalen, beide geleitet von Dr. Eugen Meyer.[83] Oberbürgermeister Piclum hatte Kleff als Archivpfleger vorgeschlagen und Meyer konnte sicher zu Recht davon ausgehen, dass der Vorschlag „im Einverständnis mit der politischen Leitung" erfolgt sei.[84] Wie die meisten seiner Berufskollegen ließ Kleff sich einbinden. Seine Sammlungstätigkeit erstreckte sich nun auch auf „Abzeichen, Plakate usw. der nat(ional)soz(ialistischen) Bewegung",[85] und als im März 1936 die Wanderausstellung „Rasse, Sippe, Siedlung" des Gaues Westfalen-Süd der NSDAP in der Bochumer Gemäldegalerie gezeigt wurde, lieferte Kleffs Heimatmuseum „die örtlich bezogenen Darstellungen zu den Zwecken der Ausstellung, Heiraten und Geburten in Bochum in den letzten 50 Jahren, Anteil der Juden an der Bochumer Bevölkerungsziffer von 1840 bis jetzt, Bergmann und Leineweber in und um Bochum um 1790" und anderes.[86] Im April 1940 wurde Kleff noch eine besondere ‚Ehre' zuteil. Bis dahin war er in der Stadtverwaltung unter seiner früheren Amtsbezeichnung „Rektor" geführt worden. Das bedürfe nun einer Änderung, hieß es, und so wurde ihm „zum Geburtstag des Führers die Dienstbezeichnung ‚Städtischer Archivar' verliehen".[87]

## Wohnliches Beieinander der Dinge im alten Rittergut: Museum Haus Rechen

Die erste urkundliche Erwähnung des Rittergutes Rechen stammt aus dem 11. Jahrhundert. Seit Ende des 16. Jahrhunderts gehörte Rechen der Familie Vittinghoff genannt Schell. Es lag vor den Toren des alten Bochum in der 1904 eingemeindeten Ortschaft Wiemelhausen. Der letzte Eigentümer aus der Familie von Schell war der General Otto von Schell. Er verkaufte das Gut an den Bauunternehmer Clemens Erlemann, der das Gelände bebaute.[88] 1914 erwarb die Stadt Bochum das von Erlemann 1907/08 im neuen Bezirk „Ehrenfeld" errichtete „Apollo-Theater", ließ es umbauen und eröffnete 1915 – am selben Standort wie heute – ihr Stadttheater. Das hinter dem Theater an der Königsallee gelegene alte Adelshaus kaufte sie gleich mit.[89] Das von Rektor Kleff gegründete Heimatmuseum bekam hier seinen neuen und vorläufig letzten Standort zugewiesen. 1919 zog das Museum in elf Räume des Hauses Rechen ein. Anders als an den vorherigen Standorten war die Stadthistorische Sammlung nun erstmals – und mit regulären Öffnungszeiten – für Publikum zugänglich.

Es ist nicht belegt, wie intensiv sich Kleff den museumstheoretischen Fragen seiner Zeit widmete und woran er sich orientierte. Das Bochumer Museum wird sich aber nur unwesentlich von vielen anderen „Heimatmuseen" in Deutschland unterschieden haben. Die von Kleff erarbeitete Dauerausstellung folgte dem Leitgedanken, ein „möglichst wohnliches Beieinander"[90] zu schaffen. Ob Kleff konzeptionell bewusst Wilhelm von Bode folgte, „der die ‚wohnliche' Präsentation erfunden hat",[91] sei dahingestellt. Im Haus Rechen kombinierte er die Exponate aus seiner Sammlung nach Belieben. Es entstanden Funktionsräume mit stilistisch mehr oder weniger gut zueinander passenden Möbeln, Bildern, Schmuck und Luxusgegenständen, Hausrat und so weiter. Der Rundgang durch die Ausstellung begann mit dem Besuch der alten Küche des Hauses Rechen. „So war es einmal", erläuterte Kleff mit Blick auf die alte Herdanlage mit auf Brandruten aufgeschichteten Holzscheiten, Aschenloch, Backofen und Rauchzug. Im Umfeld des Herdes fanden sich verschiedene Hahle oder Kesselhaken **(15)**, „Topfgreifer", eine Eisenhaube (zur nächtlichen Abdeckung des glimmenden Holzfeuers), „Pfannhängsel" und so weiter.[92] Aber wenn der Besucher meinte, es sei tatsächlich „so" gewesen,

**Abb. 9** | Museum Haus Rechen: Herdanlage/Küche mit Hahl (Bildmitte), Salzhaus (links an der Wand) und Ofenplatte (links unten)

**Abb. 10** | Museum Haus Rechen: Webstuhl

**Abb. 11** | Museum Haus Rechen: Bauernschlafzimmer mit Himmelbett

dann irrte er. Mit Ausnahme des Herdes selbst hatte Kleff die genannten Objekte – sogar die Brandruten – schon in der Roonstraße 22 gezeigt.[93] Sie gehörten nicht zum Bestand des alten Rittergutes. In dem als Küche gestalteten Raum präsentierte er Küchenmöbel und passenden Hausrat aus seiner Sammlung: Geschirr, Salzkasten **(11)**, Mörser und anderes. Aber er zeigte nicht nur einen Salzkasten, sondern mehrere und nicht nur einen Mörser, sondern eine ganze Reihe. Einer davon entstammte dem Besitz des Bochumer Amtsrichters Bergmann (1597–99). Anhand dieser und anderer Beispiele wollte Kleff die ‚Entwicklung' der Dinge verdeutlichen. Zu den Metallgeschirren in seiner Küche (Zinn-, Kupfer- und Messinggerät) ließ er sein Publikum wissen, sie seien nicht stillos, sondern hätten auch ihr „Barock, Rokoko, Empire und Biedermeier". Bei einem „Schlüsselschap" von 1814 erkannte er „Ravensberger Einfluss". An die Küche schloss sich eine ländliche „gute Stube" an. Ihre Einrichtung bestand aus einem Wandofen aus Gusseisenplatten, einem deftigen Stiepeler Schrank (dem sogenannten „Glasschap"), Sofa, Säulenofen, Standuhr und Brauttruhe. Die ausgestellten Möbel passten zur ländlichen Wohnstube. Kleff vermittelte den Besuchern des Museums auch hier ein wenig ‚Stilkunde': Das „Glasschap" vertrete die Schrankform, die auf dem Lande verbreitet gewesen sei. Die Schnitzerei bewege sich zwischen „Zopf" und „Empire". Letzteres komme beim Sofa ziemlich rein zur Auswirkung, während der Säulenofen mehr zum „Zopfstil" neige. Standuhr und Brauttruhe seien Abwandlungen „heimischer Renaissance". Die Fensternischen in der „guten Stube" hatte der Museumsleiter mit Porträts von Persönlichkeiten aus der Stadt- und Regionalgeschichte dekoriert. Im Museum verteilte Einzelstücke – Schränke, Truhen, Schreibschränke – repräsentierten unterschiedliche Stile, die „hierzulande in stadtbürgerlichen Behausungen" zu finden gewesen seien: Louis XVI, Renaissance, Gotik. Bäuerlich dagegen kam ein Kleiderschrank daher, den ein Dorfschreiner in „Bauernrenaissance" gefertigt hatte. Er stand im Treppenraum, ihm direkt gegenüber ein Barockschrank aus dem Nachlass des preußischen Generalstabschefs Grolmann aus alter Bochumer Familie. Die im Obergeschoss des Gebäudes – wie im richtigen Leben – platzierten Schlafzimmer präsentierten sich eher bäuerlich als bürgerlich. In einem „Weberzimmer" hatte Kleff „ungefähr alles" vereint, was zur Bearbeitung von Flachs und zur Herstellung von Leinen nötig war. Kleff und der Bochumer Museumsausschuss wähnten sich sicher auf der Höhe der Zeit, als sie 1925 „Stilzimmer in Aussicht" nahmen."[94] Im Museum Haus Rechen konnten seitdem auch ein „freundliche(s) Biedermeierzimmer" **(89)** und ein „bergisches Zimmer" bewundert werden. Das letztgenannte war ausgestattet mit „zwei feine(n) Vertreter(n) des benachbarten bergischen Landes": einem „zierlichen Glasschrank" und einem „Eckschrank mit offener Schlüsselnische". Das Zimmer passe nach Bochum, meinte Kleff, weil solch „bergisches Barock [...] in der Bochumer Gegend recht beliebt und häufig (war)". Den Glasschrank füllte er mit „köstlichem Porzellan" der Marke „Alt-Fürstenberg". Die (ebenfalls im Glasschrank ausgestellten) „geschliffenen farbigen Gläser boten s. Zt. einem Brautpaare den Hochzeitstrunk". **(29)** Der Eckschrank enthielt „Meißener Ware".[95] **(16)**

Mit den von Wilhelm von Bode 1904 im neu eröffneten Kaiser-Friedrich-Museum in Berlin realisierten „Epochenräumen" aus zeitlich und stilistisch verwandten Kunstwerken, Teppichen und Mobiliar hatte die Präsentation im Bochumer Heimatmuseum nicht viel gemein. Aber es ist wahrscheinlich, dass die Bochumer und besonders Kleff sich inspirieren lassen wollten und bei der Entwicklung einer eigenen Konzeption den Blick nicht nur in die Nachbarschaft, sondern auch nach Berlin richteten.[96] Bodes „Epochenräume" waren beim Publikum und bei der Fachwelt auf Begeisterung gestoßen und überall nachgeahmt worden.[97] An ihn zu erinnern, fällt seit der Wiedereröffnung des „Bode-Museums" an der Berliner Museumsinsel im Herbst 2006 nicht schwer. Sie wurde als das Kulturereignis des Jahres gefeiert. Das Museum trägt Bodes Namen seit Mitte der 1950er Jahre. Die Neugestaltung der Räume und die Präsentation der Skulpturensammlung wurden in den wichtigen Feuilletons diskutiert.

| 12 |

| 13 |

Zurück zum Bochumer Heimatmuseum: Neben dem „wohnlichen Beieinander der Dinge" wollte Kleff hier „Entwicklungsreihen"[98] aufzeigen. Am Beispiel der Lampe scheint ihm das besonders gut gelungen zu sein. Die Präsentation begann mit Kienspanhaltern, führte über „Ungellampen" (verwerteten Abfallfett des Haushaltes), Glas-, Ton-, Zinn- und Messinglampen zu den ersten Zylinderlampen. Es folgte eine „Pumplampe" (mit einer Öllampe im Schaft), eine „Moderateurlampe" (die das Öl „durch Federbodendruck nach oben" brachte) und eine „Sinumbralampe" (die den Ölbehälter mit dem Kuppelträger vereint hatte, um möglichst wenig Schatten zu werfen). Eine Schiebelampe führte die Reihe fort „zu dem Schlitz- und Rundbrenner von heute." Kleffs unermüdlichem Sammeln war es zu verdanken, dass er in seinem Museum „eine lange gedankenreiche Reihe eines an sich so simplen Dinges" zeigen konnte.[99]

Materielle Zeugen aus Bochums Geschichte fanden sich überall im Museum. In einer Nische aufgestellte Taufsteine aus Langendreer und Stiepel **(74)** verwiesen auf die lange Bochumer Kirchengeschichte, die „müden Schützenfahnen" erinnerten an das alte Maiabend- und Schützenfest. Von den Porträts wichtiger Persönlichkeiten war schon die Rede, ebenso wie von Objekten, die aus dem Besitz bekannter Bochumer Familien stammten. Bauernmöbel aus Stiepel **(38)** zeugten von der ländlichen Vergangenheit Bochums. Der berühmte Kortum hatte sein eigenes Zimmer bekommen. Darin fanden sich die Urschrift der „Jobsiade", weitere Kortum-Schriften und einige von Kortums Herbarien. 1924 war in Bochum der 100. Todestag Carl Arnold Kortums feierlich begangen und eine Medaille geprägt worden. Auch sie gehörte zu den Ausstellungsstücken des Museums und konnte – solange sie vorrätig war – von Besuchern erworben werden. Kleffs ganzer Stolz war ein Modell, das die „heutige Großstadt Bochum" zeigte, wie man sich „das ehemalige Ackerstädtchen so um das Jahr 1800 vorzustellen" hatte. **(49)** Die große plastische Darstellung mit rund 400 Häusern war in zweijähriger Arbeit auf der Grundlage eines von Kortum gezeichneten Stadtplans sowie von alten Katasterplänen, Fotografien alter Gebäude und „den Erinnerungen alter Leute" entstanden.[100] Kleff hatte sich dem Modell besonders intensiv widmen können, als 1923 – im Zuge der Ruhrbesetzung – französische Truppen das Bochumer Rathaus besetzt und Kleff an der weiteren Ordnung der Archivbestände gehindert hatten.[101] Auch die Arbeit im Heimatmuseum war in dieser Zeit zum Erliegen gekommen und Kleff hatte Zeit für das Modell. Später beschwerte er sich über das Desinteresse seiner Vorgesetzten. Kein „Stadtrat – auch nicht mein Dezernent – kein Bürgermeister" habe ihm für das Stadtmodell gedankt.[102]

Den Eintrittspreis für das Museum hielt Kleff in Absprache mit dem Museumsausschuss bewusst niedrig. Schüler und Jugendorganisationen hatten freien Eintritt. Überhaupt stellten Lehrer mit ihren Schulklassen „aus Stadt und Umgebung" die wichtigste und, wie Kleff meinte, auch „dankbarste" Besuchergruppe.[103] Der Besucherzuspruch scheint im Lauf der Jahre aber nicht stabil geblieben zu sein. 1931 beklagte sich Kleff bei Stadtrat Stumpf über das mangelhafte Interesse der höheren Schulen. Im Vergleich mit den Volks- und Mittelschulen seien ihre Besuche im Museum „kläglich". Auslöser für Kleffs Zorn war ein Schulbericht des Lyzeums II, in dem Museumsbesuche in Essen und Dortmund lobend erwähnt wurden. Von einem Besuch des Bochumer Museums sei dagegen nicht die Rede gewesen, schimpfte Kleff. Er wollte wissen, ob diese Schule das Heimatmuseum überhaupt schon einmal besucht habe, da er beabsichtige, „im Falle der Verneinung die Leitung der Schule auf ihre heimatlichen Pflichten hinzuweisen."[104]

Appelle an den Lokalpatriotismus waren das eine, die Hebung der Attraktivität des Museums das andere – und erfolgversprechendere – Mittel, um eine Steigerung der Besucherzahlen zu erreichen. Neben der permanenten Ausstellung arrangierte Kleff auch einige Wechselausstellungen: 1924 eine Kortumausstellung, 1930 eine Urkundenausstellung und 1935 eine „familiengeschichtliche Ausstellung".[105] 1939 beteiligte sich das Bochumer Heimatmuseum an einer „Gemeinschaftsausstellung westfälischer

**Abb. 12** | Museum Haus Rechen: Biedermeierzimmer mit Nähtischchen (unter dem linken Fenster)

**Abb. 13** | Büste von Bernhard Kleff, zweiter Abguss 1991, Künstler: Erich Schmidtbochum, Aufnahme 1998

Museen." Zudem wurden „die Auslagen in den Schaukästen und -schränken, die Bilder und auch die Kleinmöbel von Zeit zu Zeit ausgewechselt."[106] Um „mehr Leben" ins Museum zu bringen, hätte Kleff gern häufiger Sonderausstellungen gezeigt. Das ging aber nicht, weil kein Platz vorhanden war! Räumlich stehe das Museum auf demselben Stand wie 1919, klagte Kleff 1930.[107] Es fehlte nicht nur an Ausstellungsraum, sondern auch an Lagerflächen. Neben Kellerräumen im Rathaus nutzte das Museum nach wie vor Räume in der Weilenbrinkschule. Nachdem Kleff aus dem Schuldienst ausgeschieden war, mussten sie zurückgegeben werden. Sein Nachfolger als Rektor der Weilenbrinkschule ließ ihm über das Schulamt ausrichten, er möge „die alten Schränke von der Schule wegholen lassen."[108] Stadtrat Stumpf versprach, sich um Ersatzräume zu bemühen.[109]

Nicht nur die räumliche Enge ließ Kleff schon in den 1920er Jahren an der dauerhaften Eignung des Hauses Rechen als Museum zweifeln – und beinahe verzweifeln, „trotz empfehlender Eigenheiten eines alten Rittersitzes". Das Gebäude war offenbar auch aus konservatorischen Gründen problematisch. Es sei so feucht, dass Eisensachen immer wieder rosteten und Möbel „ausschlagen". Die Wände (aus „Lehmbewurf") seien bröckelig und die Sicherung gegen Einbruch und Feuer unzureichend bis unmöglich.[110] Besonders wird sich Kleff auch darüber geärgert haben, dass er nur einen Teil des Gebäudes nutzen konnte und sich zudem mit rücksichtslosen Nachbarn herumschlagen musste. Auf den „größten Raum im Hause Rechen" hatte er keinen Zugriff. Er diente dem Städtischen Orchester als Probenraum![111] Zu Kleffs Verdruss standen die Fahrräder der Orchestermitglieder im Hausflur herum, wenn geprobt wurde. Die Museumsbesucher mussten um die Räder herumgehen oder sie wegschieben, wenn sie die Türen zu den Museumsräumen öffnen wollten. Kleff klagte im Dezember 1940, die Behinderung im ohnehin engen Flur mache sich besonders dann bemerkbar, wenn Schulklassen das Museum besuchten. Es habe „schon des öfteren Beinverletzungen und zerrissene Kleidungsstücke gegeben." Er warnte vor möglichen Entschädigungsansprüchen und versuchte, die Bauunterhaltungsabteilung der Stadt Bochum mit diesem Argument zur Lösung des Problems zu bewegen. Der zuständige Sachbearbeiter war schließlich bereit, einen Kellerraum im benachbarten Theatergebäude als Fahrradraum herrichten zu lassen, zeigte sich aber skeptisch, „ob die Benutzer des Orchesterraumes auch tatsächlich ihre Fahrräder in den etwas abseits gelegenen Keller bringen werden, oder ob sie [...] aus Bequemlichkeitsgründen weiterhin den Flur benutzen".[112]

Kleff wiederholte seine Kritik am Museumsgebäude in schöner Regelmäßigkeit und in moderatem Ton.[113] Abhilfe wurde nicht geschaffen. Auch Stadtrat Stumpf und der Museumsausschuss konnten offenbar nicht helfen. Deutlich und drastisch beklagte sich Kleff erst viele Jahre später: Von Fachleuten habe er warme Anerkennung für seine Arbeit erhalten. Bochum aber habe ihn jahrelang auf dem „Bodenraum" sitzen lassen, den er bereits 1919 zur Verfügung hatte. Trotz aller seiner Bitten sei es dabei „bis zum unseligen Kriege geblieben". Ein „gut sehender Bochumer" habe die Lage einmal so charakterisiert: „Stadttheater und gleich anschließend Städt(isches) Orchester, ein K(ilo)m(eter) Leer-Straße, dann einige Spreng- und Müllwagen, 2 K(ilo)m(eter) gar nichts, dann Städt(ische) Gemäldegalerie, dann der Maischützenweg nach Harpen und dann weit hinten eine Auch-Angelegenheit: das Heimatmuseum."[114]

## Alles in Trümmern: Krieg – Auslagerung – Nachkriegsprovisorien

Als im Zweiten Weltkrieg Bomben auch auf Bochum fielen, verschoben sich die Prioritäten. Kleff hatte nun vor allem die Sicherung der Museums- und Archivbestände im Sinn.[115] Im Sommer 1943 lagerte der größte Teil des Archivgutes im Rathauskeller, ein weiterer Teil im Keller der früheren Amtssparkasse am Marienplatz.[116] Das im Heimatmuseum Haus Rechen ausgestellte Mobiliar war weitgehend zerlegt worden und wartete auf den Abtrans-

| 14 |

| 15 |

**Abb. 14** | Max Ibing, Bürgermeister in Gerthe und Vorsitzender der Vereinigung für Heimatkunde, 1950er Jahre

**Abb. 15** | Amtshaus Gerthe, Heinrichstraße 42, 1959

**Abb. 16** | Turnhalle Gerthe, Heinrichstraße, Aufnahme ca. 1935

port in geeignete Schutzräume. Nach einem durch Bombentreffer verursachten Brand der Sparkasse musste diese als Lagerort aufgegeben werden. Aber auch der Rathauskeller war nicht sicher. Kleff hielt das dort untergebrachte Archivgut für gefährdet: „Nach der Zurichtung des Rathauses durch einen Fliegerangriff ist die Sicherheit dieser Archivalien wohl zu bezweifeln." Für die Bestände des Heimatmuseums suchte er Unterstellräume im gesamten Stadtgebiet, vor allem in Luftschutzkellern in Schulen im – wie er meinte – weniger gefährdeten Süden der Stadt. Seine Wohnung war mittlerweile ebenso ausgebombt worden wie sein Arbeitsraum im Rathaus. Im Juli 1943 wandte sich Kleff an den Oberbürgermeister: „Ich glaube, jetzt genug an Feindeinwirkung mitgemacht zu haben. Nun möchte ich das, was ich in 30 langen Jahren zusammengetragen habe, doch möglichst für eine bessere Zukunft zu retten versuchen."[117] Offenbar stieß er auf offene Ohren. Ab August 1943 unterstützte die Stadtspitze Kleff bei seinem Bemühen, das Archiv- und Museumsgut aus Bochum herauszubekommen. Es gelang und die Bestände wurden zusammen mit Kunstwerken aus der Gemäldegalerie auf einer Schachtanlage der Gewerkschaft Constantin der Große an der Hiltroper Straße in Bochum, in Erwitte und Geseke im Kreis Soest und vor allem im Sauerland – hier in einem Schieferbergwerk in Nuttlar, einem Jagdschloss in Siedlinghausen und in Brachthausen bei Kirchhundem – untergebracht.[118] Kleff zog 1944 zu seinem Sohn nach Lippstadt. Von hier aus half er mit, als nach Kriegsende die ausgelagerten Bestände nach Bochum zurückgeführt werden sollten.[119] Sie hatten extrem gelitten, waren nicht nur schädlichen klimatischen Einflüssen, sondern auch mutwilligen Beschädigungen und Plünderungen ausgesetzt gewesen.

Am 26. August 1948 verstarb Bernhard Kleff im Alter von 72 Jahren in Lippstadt.[120] In seinen letzten Lebensjahren hatte er verbittert nach Bochum und auf die Trümmer seines Schaffens geblickt. In seinem eingangs zitierten Brief an den Bochumer Kulturdezernenten Dr. Franz vom 27.7.1946 klagte Kleff, seine Lebensarbeit sei zerschlagen. Nach Bochum wollte er nicht zurück und fragte: „Was soll eine Menschenruine in Ruinen-Bochum?" Aber er sorgte sich noch um seine Sammlung und bat darum, bei der Enttrümmerung der Stadt auf „Reste" aus dem Magazin des Heimatmuseums zu achten, die er unter den Trümmern vermutete. Seinen Brief an den Kulturdezernenten schloss er mit einem Aufruf, der einen größeren Adressatenkreis meinte: „Und: nichts wegwerfen!"[121]

Die Stadt Bochum ehrte den Begründer ihres Heimatmuseums posthum mit einer Büste, die der Bildhauer Erich Schmidtbochum in ihrem Auftrag schuf. Ein vom Künstler angefertigtes Gipsmodell befand sich schon 1948 im Besitz der Familie Bernhard Kleffs. Die Büste selbst entstand erst 10 Jahre später.[123]

Um die Rückführung der im Zweiten Weltkrieg ausgelagerten Archivalien und Museumsbestände kümmerte sich in erster Linie Max Ibing, der ehemalige Bürgermeister von Bochum-Gerthe.[124] Als Vorsitzender der Vereinigung für Heimatkunde fühlte sich Ibing für das Archiv und das Museum mit verantwortlich und hatte den Bochumer Oberbürgermeister schon 1943 auf die Gefahren der Unterbringung der Bestände in Bochum hingewiesen.[125] Unter seiner Leitung fanden mehrere Fahrten ins Sauerland statt, um sich ein Bild vor Ort zu machen und den Rücktransport in die Wege zu leiten. Unter den Nachkriegsbedingungen war dies offenbar keine leichte Aufgabe und ihre Erledigung zog sich lange hin. Noch im Sommer 1946 fand Ibing im Schieferbergwerk Nuttlar Möbelstücke aus dem Bestand des Heimatmuseums vor, die „derart zertrümmert und vermodert" waren, „dass die Reste beim Anfassen auseinander fielen".[126] Im August 1947 stritten die Stadt Bochum und die Verwaltung der Schieferbergbau AG Nuttlar über die Verantwortung der Letztgenannten für die entstandenen Schäden.[127] Selbst im Sommer 1948 lagerten in Erwitte bei Soest noch Bestände aus Bochum. Der dortige Amtsdirektor teilte der Stadt Bochum mit, die in seinen Bereich verbrachten Bücher seien zum Großteil zwar schon 1945 nach Bochum zurückgeholt worden, die „hier zurückge-

lassenen" könnten nun aber „nicht länger aufbewahrt werden, da der Raum für andere Zwecke dringend benötigt wird."[128]

Die vordringliche Aufgabe in den ersten Nachkriegsjahren war es, die Bestände zu sichten und zu ordnen, die Verluste zu dokumentieren, notdürftige Restaurierungsarbeiten vorzunehmen und geeignete Lager- und Ausstellungsräume zu finden. Haus Rechen stand dafür nicht mehr zur Verfügung. Das Gebäude war während des großen Luftangriffs auf Bochum am 4.11.1944 zerstört worden.[129] Bürgermeister Ibing blieb offenbar nichts anderes übrig, als Räume in seinem eigenen Zuständigkeitsbereich frei zu machen. So kam es, dass das Amtshaus Gerthe die erste Nachkriegs-Adresse des Stadtarchivs und der Stadthistorischen Sammlung wurde. Der ehemalige Sitzungssaal im Amtshaus Gerthe und die benachbarte Turnhalle an der Heinrichstraße[130] dienten als Auffangräume für die zurückgeführten Bestände. Geeignete Magazinräume waren nicht vorhanden. In der Turnhalle Heinrichstraße lagerten neben Archivalien und stadtgeschichtlichen Objekten auch die zusammen mit dem Archiv- und Museumsgut ausgelagerten und 1945 zurückgeführten Kunstwerke der Gemäldegalerie.[131] Die Verantwortung für die Bestände übernahm Anfang 1946 der Lehrer Dr. Karl Brinkmann. Zu diesem Zeitpunkt konnte mit Genehmigung der Militärregierung zwar auch an den höheren Schulen wieder mit dem Unterricht begonnen werden, zunächst jedoch nur mit einem kleinen Kreis von Lehrern.[132] Brinkmann gehörte (noch) nicht dazu. Während seines etwa ein halbes Jahr dauernden ungeteilten Einsatzes für das Archiv und die Sammlungen scheute er keinen Konflikt und fand drastische Worte für die aus seiner Sicht unhaltbaren Zustände. Im Mai 1946 schickte er dem Schul- und Kulturdezernenten Stadtrat Dr. Franz einen Arbeitsbericht und kündigte als nächstes Projekt die Trennung der Stücke der städtischen Gemäldegalerie von denen des Museums und des Stadtarchivs an. Vorläufig sei „noch alles in buntem Durcheinander unter museumstechnisch haarsträubenden Verhältnissen aufgestapelt". Brinkmann meinte, es sei unter den derzeitigen Umständen „natürlich keinem Sterblichen zuzumuten, irgendwelche Verantwortung für den restlichen Besitz der Gemäldegalerie zu übernehmen." Er selbst wollte diese Verantwortung auch nicht haben und ließ den Kulturdezernenten wissen, er halte es „unter allen Umständen" für ratsamer, „die Stücke noch rechtzeitig abzustoßen als verkommen zu lassen."[133] Auch andere Einrichtungen der Stadt Bochum bekamen seinen Sarkasmus zu spüren. Das Hauptamt zum Beispiel forderte er auf, die Sachen aus Gerthe abzuholen, die weder dem Museum noch dem Archiv gehörten und nur Platz wegnähmen. Dazu zählte er auch das Uhrwerk und die Walzen des zerstörten Glockenspiels vom Rathaus. **(55)** Sie befänden sich in einem desolaten Zustand und durch die Walzen sei „überflüssigerweise" noch ein paar Mal geschossen worden. Dieses Altmetall nähme in „protziger Weise" Arbeitsplatz weg. Brinkmann bat um „schleunige Beseitigung der Stücke", was zudem eine gewisse Sicherheit dagegen biete, „dass jemand auf den Gedanken kommen könnte, wieder ein solches Gebimmel beim Rathaus aufzuhängen."[134] Welche Reaktionen Brinkmanns Briefe bei den Adressaten auslösten, ist nicht bekannt. Die Raumfrage jedenfalls wurde in den folgenden Monaten nicht geklärt; sie verschärfte sich weiter. Bürgermeister Ibing forderte einen Teil der dem Archiv und dem Museum zur Verfügung gestellten Räume im Amtshaus Gerthe für Verwaltungszwecke zurück, und der in der Turnhalle belegte Saal sollte auf Anordnung des Oberbürgermeisters „für die Arbeiterjugend" frei gezogen werden.[135] Tatsächlich wurde er dann zur Unterbringung von „Sowjetzonen-Flüchtlingen" gebraucht.[136] Die dem Museum angebotenen kleineren Ersatzräume in der Turnhalle reichten für die Masse der Museumsstücke nicht aus und Brinkmann drohte damit, „sie auf die Straße zu stellen." Seine über viele Wochen geleistete Arbeit sei „für die Katz" gewesen. Wenn man einen Eulenspiegel brauche, schimpfte er weiter, solle man nicht versuchen, „einen Archivar dazu zu machen. Jedenfalls habe ich nicht soviel Humor, dass ich die entsprechende Gestalt abgeben möchte." Brinkmann schloss mit der

| 17 |

**Abb. 17** | Stadtarchiv Bochum, Kronenstraße, Ausstellung „Hakenkreuz über Bochum", 1983

**Abb. 18** | Museum Bochum (Neubau), Kortumstraße, 2006

**Abb. 19** | Museumsdirektor Dr. Peter Leo, 1965

Bitte, ihn sobald wie möglich ablösen zu lassen und „von jeder Verantwortung und Verbindlichkeit gegenüber Museum und Stadtarchiv zu entbinden."[137] Im Sommer 1946 wurde er „zum Schuldienst wieder zugelassen"[138] und ging als Studienrat an die Goethe-Oberrealschule.[139] Vom Archiv und den Beständen des Heimatmuseums kam er trotzdem nicht los. Er erklärte sich bereit, den beiden Einrichtungen in seiner Freizeit und „ohne Entgelt" mit Rat und Tat zur Verfügung zu stehen. Die Stadt hatte offenbar davon abgesehen, dem Vorschlag des Kulturdezernenten zu folgen und als Ersatzkraft für Brinkmann „eine Kriegerwitwe oder die Frau eines Kriegsgefangenen" zu beschäftigen, die „Interesse für Archiv, Museum und Gemäldegalerie" habe.[140] Stattdessen beauftragte sie Brinkmann offiziell und bis auf Weiteres mit der nebenamtlichen Leitung.[141] Vielleicht hatte die Intervention Ibings geholfen, der es für zwecklos hielt, „irgendeine unfähige Person mit dieser bedeutsamen Aufgabe zu betrauen" und stattdessen die Weiterbeschäftigung Brinkmanns und dessen Unterstützung durch eine männliche (!) Bürokraft vorschlug.[142] So kam es dann auch. Der Verwaltungsangestellte Berg wurde eingestellt und außerdem eine „weibliche Hilfskraft".[143]

Die in der unmittelbaren Nachkriegszeit vermischten Aufgabenbereiche Archiv, Gemäldegalerie und Museum wurden wieder getrennt voneinander wahrgenommen. Dabei gelang es dem Stadtarchiv und der bildenden Kunst, eigene Wege einzuschlagen. Für beide dauerte es aber noch Jahrzehnte, bis von einer halbwegs befriedigenden Raum- und Arbeitssituation die Rede sein konnte. Die Bedeutung der Archive für die Stadtverwaltungen war unumstritten. Auch Bochum musste etwas für sein Archiv tun und für Brinkmann einen Nachfolger finden. Offenbar hatte die Stadt dabei zunächst an eine ‚halbe' Lösung gedacht: in Abstimmung mit Gelsenkirchen beantragte sie die Genehmigung zur Einstellung eines Archivars für beide Stadtarchive. Die Landesarchivverwaltung in Düsseldorf war davon wenig begeistert und teilte im Oktober 1948 mit, dass der Archivausschuss der drei Westzonen „ernsthafte Bedenken gegen die Einsparung von Archivstellen" geäußert habe.[144] Vielleicht hatte man in Bochum mit diesem Bescheid gerechnet, denn schon im September 1948 hatte die Stadt eine andere Lösung gefunden: Zunächst „vorübergehend" beauftragte sie den Archivar des Krupp-Archivs Friemann mit der Betreuung ihres Archivs. Eine endgültige Regelung sollte nach „Besserung der Geldverhältnisse" erfolgen.[145] Ab Januar 1949 kümmerte sich das 1946 neu gegründete Kulturamt[146] verstärkt um die Belange des Stadtarchivs und übernahm formal auch seine Leitung.[147] Das Archiv befand sich noch immer in der Verwaltungsstelle Gerthe, wo Bürgermeister Ibing neben dem nach wie vor als Lager genutzten Sitzungssaal auch einen Büroraum zur Verfügung gestellt hatte. Ein Lesezimmer gab es vorerst allerdings nicht und so konnte das Stadtarchiv nur ausnahmsweise für Benutzer geöffnet werden.[148] Zum 1. November 1956 stellte die Stadt Bochum den in Krefeld geborenen Historiker und Sozialwissenschaftler Dr. Helmuth Croon als wissenschaftlichen Archivar ein.[149] Das Stadtarchiv bekam weitere Räume im Amtshaus Gerthe, so dass nun auch ein regulärer Archivbetrieb möglich war. Die nur als Not- oder Zwischenlösung gedachte Unterbringung in Gerthe zog sich hin bis April 1963. Erst jetzt kehrte das Archiv in die Innenstadt zurück und bezog Räume in der Arndtstraße.[150] Croon trat am 31.1.1971 in den Ruhestand.[151] Sein Nachfolger wurde ab 1. Juni 1974 Dr. Johannes Volker Wagner, der das Stadtarchiv bis 2004 leitete. In den 30 Jahren seines Wirkens wurde das Archiv weiter professionalisiert und konnte auch personell zulegen. Mehrere ausgebildete Archivare des gehobenen und höheren Dienstes kümmerten sich um die Bestände und die Benutzer. Vor allem aber machte das Stadtarchiv durch eine breite Öffentlichkeitsarbeit auf sich aufmerksam,[152] die sich seit den 1980er Jahren an der Kronenstraße 47–49 abspielte. Hierhin war das Archiv 1984 umgezogen.

Auch die Aufgaben der früheren Gemäldegalerie fielen zunächst in die Kompetenz des Kulturamtes. Dieses trat zusammen mit dem Bochumer Künstler-Bund schon 1946 mit einer

ersten Ausstellung an die Öffentlichkeit: der Jahresschau Bochumer Künstler in der Lichthofhalle des Bergbau-Museums.[153] Bis 1952 war der Bochumer Künstler-Bund an der Planung und Umsetzung des Ausstellungsprogramms beteiligt. Eigene Räume standen noch nicht zur Verfügung und die Ausstellungen fanden zunächst – ab 1947 – im Richard-Baltz-Haus und ab 1951 im stadteigenen Haus Metropol an der Bongardstraße/Ecke Kortumstraße statt.[154] 1957–59 stellte das Bergbau-Museum dem Kulturamt Räumlichkeiten für Kunstausstellungen zur Verfügung. 1960 schließlich konnte ein eigenes Gebäude bezogen werden: die „Villa Marckhoff" an der Kortumstraße 147, die zuvor für museale Zwecke umgebaut worden war. Zeitgleich mit der feierlichen Eröffnung am 3. April 1960 trat der aus Leipzig stammende Kunsthistoriker Dr. Peter Leo seinen Dienst als Direktor der „Städtischen Kunstgalerie" an.[155] Die alte „Gemäldegalerie" war damit passé. 1970 erfolgte auf Beschluss der parlamentarischen Gremien ein erneuter Namenswechsel. Das Institut hieß nun „Museum Bochum".[156] Museumsdirektor Leo starb zwei Jahre später im Alter von erst 56 Jahren.[157] Sein Nachfolger wurde Dr. Peter Spielmann. In dessen Amtszeit fiel der von den dänischen Architekten Bo und Wohlert realisierte Museumsneubau, der 1983 – als Anbau an die „Villa Marckhoff" – eröffnet wurde. 1997 ging die Leitung des Hauses an Dr. Hans Günter Golinski über.

**Von Gerthe nach Kemnade: Irrfahrten des „Heimatmuseums"**

Als Dr. Peter Leo im April 1960 seinen Dienst bei der Stadt Bochum antrat, wurde ihm neben der Leitung der Städtischen Kunstgalerie auch die Zuständigkeit für das Heimatmuseum übertragen, und das lange Nachkriegsprovisorium fand ein vorläufiges Ende. Als äußeres Zeichen für seine Doppelfunktion wurde Leo als „Museumsdirektor" eingestellt. Bis dahin war in Bochum das Heimatmuseum gemeint, wenn vom „Museum" die Rede war.

Der Großteil der Bestände war seit der kriegsbedingten Auslagerung nicht wieder ans Licht der Öffentlichkeit gekommen.[158] Von der Turnhalle in Bochum-Gerthe zogen sie im Herbst 1946 in die Schule an der Hegelstraße, ebenfalls in Gerthe, weiter, die einen Zeichensaal und Kellerräume zur Verfügung gestellt hatte. 1956 forderte die Schule ihren Zeichensaal zurück. Der hier gelagerte Teil der Sammlung fand Unterkunft in zwei Räumen im Keller der Verwaltungs- und Wirtschaftsakademie, während der Rest vorerst in Gerthe bleiben konnte.[159] Vielleicht erinnerte man sich nun deutlicher an die in Kisten verpackten Museumsbestände, deren Wanderung von einer Notunterkunft zur nächsten keine Dauerlösung sein konnte. Ende der 1950er Jahre setzten ernsthafte Überlegungen ein, die Stadthistorische Sammlung wieder zugänglich zu machen. Das für die Standortfrage zuständige Gremium beim Rat der Stadt Bochum war der Unterausschuss „Heimatpflege" des Kulturausschusses. Einer Empfehlung der Verwaltung folgend, schlug er vor, das ehemalige Amtshaus Altenbochum an der Wittener Straße 136 für Museumszwecke umzubauen. Der Plan stieß auf Zustimmung und dem entsprechenden Beschluss des Kulturausschusses vom 21.12.1957 folgte die Bestätigung durch den Hauptausschuss am 3.1.1958. Aber nun entstanden Hindernisse aller Art und blockierten die Umsetzung der Beschlüsse: Die Beigeordnetenkonferenz entschied sich gegen die Aufnahme des Museums in das bauliche Schwerpunktprogramm der Jahre 1958 und 1959 und die Finanzverwaltung strich die für den Umbau bereits vorgesehene Summe von 150.000 DM aus dem Haushaltsplan.[160] Dann ergaben sich scheinbar unlösbare Probleme, als es galt, Ersatzwohnungen für neun in dem ehemaligen Amtshaus lebende Familien zu beschaffen.[161] Und schließlich erwies sich das Gebäude in Altenbochum bei näherem Hinsehen als doch nicht museumstauglich. Die Räume seien niedrig und dunkel, die Decken verfügten nicht über die erforderliche Tragfähigkeit und auch die Luftfeuchtigkeit müsse überprüft werden.[162]

Bochum machte mit seiner zögerlichen Haltung in Sachen Heimatmuseum keine gute Figur. Im Mai 1959 befasste sich die Vereinigung Westfälischer Museen auf ihrer Jahrestagung

**Abb. 20** | Wasserburg Kemnade, 1972

**Abb. 21** | Haus Kemnade: „Kortumraum" mit dem Modell der Stadt Bochum um 1800, 1969

mit den Orten, denen es bis dahin nicht gelungen war, die früheren Museen wieder einzurichten. Dass Bochum hier nicht genannt wurde, verdankte es der Rücksichtnahme des Geschäftsführers der Vereinigung, Dr. Pieper. Der Leiter des Bochumer Stadtarchivs Dr. Helmuth Croon nahm an der Tagung teil und berichtete anschließend: Pieper habe in seinem Bericht die Großstadt Bochum nicht blamieren wollen, „indem er sie in die Reihe der kleinen Städte wie Borken, Brilon, Blankenstein usw. einreihte." Weiter habe Pieper angeregt, „dass in den Fällen, in denen mit einer Wiedereröffnung der Heimatmuseen innerhalb kurzer Zeit nicht zu rechnen sei, die Bestände der Heimatmuseen an andere Museen abgegeben werden sollten."[163]

Das wollten die Verantwortlichen in Bochum offenbar nicht. Aber sie taten sich schwer damit, eine verbindliche und tragfähige Entscheidung zu fällen und 1959/60 war die Standortfrage wieder offen. Neben dem Amtshaus Altenbochum kamen nun weitere Standorte ins Spiel: die im 17. Jahrhundert erbaute, auf Hattinger Gebiet liegende und 1921 von der Stadt Bochum erworbene Wasserburg Kemnade sowie die „Villa Nora" an der früheren Kaiser-Wilhelm-Straße (seit 1945 Teil der Kortumstraße). Sie lag schräg gegenüber der als Domizil der Kunstgalerie vorgesehenen „Villa Marckhoff" und hatte bis zum Zweiten Weltkrieg die Gemäldegalerie beherbergt. Der neue Bochumer Kulturdezernent Stadtrat Dr. Ronte favorisierte die „Villa Nora" als Standort des Heimatmuseums, was er damit begründete, dass dann „zwar keine Museumsinsel im Berliner Stil, aber doch so etwas wie eine Museumszone in Bochum entstehen" würde: mit dem Bergbau-Museum, dem in unmittelbarer Nachbarschaft des Bergbau-Museums geplanten Neubau des Geologischen Museums, der Städtischen Kunstgalerie in der „Villa Marckhoff" und dem Heimatmuseum in der „Villa Nora".[164] Allerdings konnte auch die „Villa Nora" ohne Umbaumaßnahmen nicht als Museum genutzt werden. Wie das alte Amtshaus in Altenbochum und wie die Wasserburg Kemnade wies sie deutliche Mängel in konservatorischer Hinsicht auf.

Um neu entscheiden zu können, hob der Hauptausschuss den noch immer gültigen Beschluss, das Heimatmuseum an der Wittener Straße 136 zu etablieren, am 7.1.1960 wieder auf. Gleichzeitig wurde der Kulturausschuss beauftragt, die Standortfrage erneut zu beraten und dabei besonders die Verwendung des Hauses Kemnade zu prüfen.[165] Damit war der weitere Weg vorgezeichnet. Für die Wasserburg sollte unter Einbeziehung der Stadthistorischen Sammlung ein neues Nutzungskonzept realisiert werden. Von der Kombination von gastronomischen Angeboten, Kulturveranstaltungen und Ausstellungen in dem historischen Gemäuer erhoffte man sich eine Hebung der Attraktivität der Burg als Ausflugsziel. Die Befürworter der „Villa Nora" als Stadt- oder Heimatmuseum konnten sich nicht durchsetzen. Obwohl eine neue Entscheidung über den Standort (noch) nicht getroffen worden war, wurde im Juli 1961 in zwei Räumen im Südflügel des Hauses Kemnade eine heimatkundliche Ausstellung mit Objekten aus dem alten Heimatmuseum eröffnet.[166] Wer in Bochum auf dessen (Wieder-)Eröffnung im Zentrum der Stadt gewartet hatte, sah nun alle Hoffnungen schwinden. Schon im Januar 1960 hatte der „Bochumer Anzeiger" der Enttäuschung Vieler Ausdruck gegeben und geschrieben: „Wir befürchten: das Heimatmuseum im Wasserschloß wird ein Schlag ins Wasser werden. [...] Es genügt nicht, die lästige Akte Heimatmuseum aus dem Wege zu schaffen, indem man einfach eine Entscheidung trifft, um die Sache los zu sein. Das Heimatmuseum muss so im Bochumer Raume liegen, dass es gut und ohne besondere Kosten erreicht werden kann."[167] Auch die anderen Lokalzeitungen berichteten regelmäßig über den Stand der Dinge und bezogen Stellung. Im Juli 1961 mutmaßte die „Westdeutsche Allgemeine Zeitung", dass die Frage des Heimatmuseums durch die bevorstehende Eröffnung der Ausstellung im Haus Kemnade „auf kaltem Wege" gelöst werden solle: „Denn wenn man die schönsten Dinge dort unterbringt, bleibt schließlich kein vernünftiger Grundstock für ein Heimatmuseum mehr auf Bochumer Boden." Der Autor nannte es „grotesk", dass das Bochumer Heimatmuseum sich im Ennepe-

Ruhr-Kreis ansiedle. Dort nämlich liege Kemnade! Außerdem sei es „eine völlige Verkennung der Dinge [...], wenn man heimatkundliche Altertümer als Attraktion für ein Ausflugslokal nehmen will. Dafür wäre vielleicht eine Steinbockzucht besser geeignet. Oder ein Felsen mit einer Horde lustiger Affen." Ein Heimatmuseum dagegen verdiene einen Platz, an dem man es von allen Teilen der Stadt aus leicht erreichen könne.[168]

Es blieb dabei: Objekte aus der Stadthistorischen Sammlung konnten nur in der Wasserburg bewundert werden, zusammen übrigens mit ‚Heimatkundlichem' aus Neidenburg, dem Patenkreis der Stadt Bochum im ehemaligen Ostpreußen. Die Neidenburger Ausstellung war zeitgleich mit der Bochumer im Juli 1961 eröffnet worden. Die Presse gewöhnte sich allmählich an die Situation und berichtete positiver. Die geschickte Öffentlichkeitsarbeit von Museumsdirektor Dr. Peter Leo wird das Ihre dazu beigetragen haben. Peter Leo war zunächst als vehementer Befürworter der „Villa Nora" als neues Heimatmuseum aufgetreten, arrangierte sich dann aber mit den Möglichkeiten, die die Wasserburg Kemnade bot. Als (alleinigen) Ersatz für ein Stadtmuseum sah er sie weiterhin nicht. Noch Mitte der 1960er Jahre favorisierte er einen Platz „irgendwo in der Stadt selbst" als Standort für ein „sogenanntes ‚stadthistorisches Museum'", während er das Gelände von Haus Kemnade als einen Ort sah, an dem schöne alte Fachwerkhäuser „im Sinne eines Freilichtmuseums" wiederaufgebaut werden könnten.[169]

Kemnade wurde (und wird) als Außenstelle der Kunstgalerie (seit 1970 Museum Bochum) geführt. Die Mitarbeiter des Museums/der Kunstgalerie gestalteten die Ausstellungsräume in der Wasserburg mehrmals um. 1968 zum Beispiel entstand im zweiten Stockwerk ein „Kortumraum",[170] der die älteren Besucher an das frühere Kortum-Zimmer im Haus Rechen erinnert haben mag. 1971 wurde die Burg grundlegend umgebaut. Neben anderen Überraschungen fand sich dabei ein Haufen tönerner Tabakpfeifen aus dem 18. Jahrhundert an **(17)**, den die Bagger bei Bodenuntersuchungen im Vorfeld der Bauarbeiten aus dem Burggraben zu Tage gefördert hatten.[171]

Nach dem Umbau standen von nun insgesamt 19 Räumen sechs im ersten Stockwerk der Gastronomie zur Verfügung, sollten aber „universal" genutzt werden. Das heißt: Sie wurden mit Stücken aus der Stadthistorischen Sammlung dekoriert. In bewusster Abkehr von der Idee des alten „Heimatmuseums" oder vom „Heimatmuseumsmuff" (Peter Leo)[171] war für Kemnade eine neue Konzeption entwickelt worden. Unter Einbeziehung der Gaststättenräume sollte Heimatgeschichte lebendig und eher beiläufig vermittelt werden. Leo brachte es so auf den Punkt: „Man trinkt sein Bier im Museum!"[173] Anfang der 1970er Jahre konnte die Presse über eine neue Attraktion berichten: Auf Kemnade sollte ein altes Bauernhaus errichtet werden. Dabei handelte es sich um die ehemalige Stiepeler Meierei, ein um 1800 erbautes Vierständer-Fachwerkhaus. Das Gebäude war an seinem bisherigen Standort in Stiepel vollständig zerlegt worden und wurde 1972 hinter der Wasserburg neu aufgebaut. War das der Beginn des von Peter Leo erträumten Freilichtmuseums auf dem Gelände von Kemnade? Bekanntlich blieb es bei diesem ‚Solitär'. Die alte Stiepeler Meierei wurde als Bauernhausmuseum in Betrieb genommen. Hier konnten (und können) neben bäuerlichem Gerät, Hausrat und anderem auch Möbel aus der vorindustriellen Zeit besichtigt werden. Einige der ausgestellten Objekte stammen aus der ehemaligen Kleff'schen Sammlung. Ins Haus Kemnade selbst zogen die Musikinstrumentensammlung Hans und Hede Grumbt (nach 1970) und die Ostasiatische Sammlung Ehrich (Anfang der 1990er Jahre) ein.

Die Konzeption ist mittlerweile erneut überarbeitet worden. Spuren der Stadtgeschichtlichen Sammlung finden sich kaum noch. Die Idee von der ‚Nebenbei'-Vermittlung der Stadtgeschichte während des Kaffeetrinkens beim Familienausflug am Wochenende hat sich überlebt.

| 22 |

**Abb. 22** | Haus Kemnade mit Bauernhausmuseum, 2003

**Abb. 23** | Bauernhausmuseum, Ausstellungsszene, 2003

**Im Verborgenen: Sammeln in der Nachkriegszeit**

Die lange Zeit ungeklärte Perspektive des Heimatmuseums war kein Hinderungsgrund für die Fortführung der Stadthistorischen Sammlung nach dem Zweiten Weltkrieg. Bis 1960 trat das Kulturamt als ‚Sachwalter' des Museums auf und stellte die Mittel für Ankäufe. Allerdings steckte die Raumnot dem Sammeln enge Grenzen. So konzentrierte sich das Interesse zunächst auf das Aufspüren und den Erwerb weiterer Stücke aus dem zersplitterten Kortum-Nachlass und auf kleinere Ergänzungskäufe.[174] Dabei spielte der Zufall eine Rolle und man reagierte auf Angebote wie zum Beispiel das des Fritz Lehmann aus Bad Harzburg, der Ende 1949 einen Satz Briefmarken der früheren Bochumer Privatpost Christian Menne **(71)** nach Bochum schickte[175] oder das des Kriminalsekretärs Lühn, der einen Kürass aus preußischer Zeit **(91)** zur Verfügung stellte. Von Interesse war auch eine Schmetterlingssammlung. Ein Dortmunder Sammler hatte „Großschmetterlinge" angeboten, die er abstoßen wollte, um Platz für seine „Kleinschmetterlinge" zu schaffen. Der Kulturausschuss entschied im November 1951, die Sammlung für 2.000 DM anzukaufen. Der Erwerb belegt, dass sich die alte Idee von einem Naturkundemuseum oder einer naturkundlichen Abteilung im Heimatmuseum, die im Haus Rechen nicht hatte realisiert werden können, bis in die Nachkriegszeit erhalten hatte. Trotzdem reagierten Verwaltung und Politik mit Vorsicht, als der Stadt die „Zoologische Sammlung Uhlenbruch" angeboten wurde. Diese hatte ihren Platz bis 1943 in der traditionsreichen Bochumer Gaststätte „Zur Uhle" und sollte von der Erbengemeinschaft Uhlenbruch nun zu einem hohen Preis veräußert werden. Die Stadt Bochum hatte das Vorkaufsrecht. Im November 1951 entschied sich der Kulturausschuss gegen den Ankauf und damit auch gegen die Möglichkeit, die Sammlung zum „Grundstock eines naturkundlichen Museums oder einer naturkundlichen Abteilung des Heimatmuseums" zu machen. Die Erwerbskosten seien „im Hinblick auf die Zeitverhältnisse und die Finanzlage der Stadt" zu hoch. Zudem mangle es an geeigneten Räumen für die Unterbringung. Man war auch der Auffassung, „dass durch die Anschauungsmöglichkeiten lebender Tiere, wie sie der Tierpark bietet, die Interessen der Bevölkerung für die Natur- und Tierkunde [...] besser und zweckmäßiger gefördert" werden könnten.[176] Das ‚Aus' für ein eventuelles Naturkundemuseum war das noch nicht. Denn gleichzeitig war ja beschlossen worden, die finanziell deutlich günstigere Schmetterlingssammlung aus Dortmund zu erwerben. Diese bereitete in der Folgezeit enorme Probleme. Mangels angemessener Lagerbedingungen wanderte sie vom „Heimatmuseum" ins Stadtarchiv, von dort in die nun für das Museum zuständige Kunstgalerie und war auch im Tierpark nicht willkommen, dem sie 1962 als Leihgabe angeboten wurde. Eine Sichtung durch Spezialisten ergab, dass ein Exponieren der Sammlung (im Tierpark oder anderswo) zu irreparablen Schäden führen würde.[177] Heute ist sie ebenso zu Staub zerfallen wie die Idee von einem Naturkundemuseum.

Einen Sammelschwerpunkt in den 1950er und 60er Jahren bildete der Erwerb von Stücken für die bereits von Kleff konzipierte, im Heimatmuseum Haus Rechen aber nicht realisierte Abteilung „Vor- und Frühgeschichte". Ein bedeutender Teil der von Pastor Leich angelegten archäologischen Sammlung – ein Ergebnis seiner Ausgrabungen in den 1920er und 1930er Jahren – gelangte 1954 in städtischen Besitz, allerdings auf Umwegen. Leich war am 2.12.1953 gestorben und hatte seine Bodenfunde, soweit sie sich nicht schon in diversen Museen befanden, dem ehemaligen Gerther Bürgermeister und Vorsitzenden der Vereinigung für Heimatkunde Max Ibing testamentarisch vermacht. Zwar hatte sich Ibing im Auftrag der Stadt schon zu Leichs Lebzeiten um die Sammlung bemüht, zunächst jedoch ohne Erfolg. Dem Kulturamt hatte er 1952 sein Scheitern eingestanden und gleichzeitig versprochen, er werde „trotzdem nicht locker lassen". Ibings Hartnäckigkeit zahlte sich aus. Laut Testament konnte er frei über die Sammlung verfügen. Er schenkte sie der Stadt Bochum für das Heimatmuseum,[178] darunter das Horn eines

Auerochsen **(2)**. Weitere Bodenfunde aus aktueller Ausgrabungstätigkeit gingen der Stadt in den 1950er und vor allem in den 1960er Jahren zu. Dabei war es für die Sachwalter des Museums ‚im Wartestand' keine leichte Aufgabe, die Dinge zu sichern. Die Archäologie in Bochum nach dem Zweiten Weltkrieg war eng mit dem Namen Karl Brandt verbunden, dem Gründer und ersten Leiter des Emschertal Museums in Herne (Museum Schloss Strünkede) und Bodendenkmalpfleger von Bochum und Herne. Brandt förderte bei seinen mit der Stadt Bochum abgestimmten Grabungen zahlreiche Fundstücke zu Tage. Ein geringer Teil davon, wie zum Beispiel die Perlen, der Goldanhänger und die Goldscheibenfibel **(28)**, die Brandt 1953 in einem in Bochum-Langendreer ausgegrabenen Frauengrab aus fränkisch-merowingischer Zeit gefunden hatte, ging der Stadt Bochum zeitnah zu. Die meisten Funde aber lagerte er zunächst in seinem Museum in Herne und stellte sie anderen Museen und Fachwissenschaftlern für Forschungszwecke zur Verfügung. Das Kulturamt bemühte sich Ende der 1950er Jahre vergeblich um eine Übersicht über die im Emschertal Museum verwahrten Bochumer Funde. Brandt versprach, diese zurückzugeben, sobald in Bochum ein städtisches Museum eröffnet werde.[179] Die Abgabe der Funde zog sich auch deshalb so lange hin, weil es in Bochum an geeigneten Lagerräumen mangelte.[180] 1963 erreichte Karl Brandt die Altersgrenze und schied aus dem Dienst der Stadt Herne aus. Er hatte nun Zeit für eine geordnete Übergabe, konnte sich verstärkt um die Bochumer Angelegenheiten kümmern und auch weitere Grabungen in Angriff nehmen. Brandt bot an, seine Forschungsergebnisse zu publizieren und Konzepte für die Präsentation der Bochumer Funde zu entwickeln. Für das Heimatmuseum war nun Museumsdirektor Dr. Peter Leo zuständig. Ihm versprach Brandt, im Frühjahr 1964 das Magazin auf Kemnade zu ordnen und bei dieser Gelegenheit „das für Bochum geeignete Ausgrabungsmaterial" zu übergeben. Es sei bei ihm besonders gelagert. In Bochum war man über diese Formulierung irritiert.[181] Offenbar gab es aber kein Mittel, Brandt zur Abgabe aller Bochumer Fundstücke zu bewegen, zumal die Stadt auf seine Hilfe angewiesen war. Brandt seinerseits versicherte Museumsdirektor Leo gegenüber im Januar 1964, bei den von ihm als für Bochum „geeignet" bezeichneten Funden aus Bochum handle es sich um „bessere Stücke": „Ehrensache!"[182] Im Februar 1964 ließ Brandt zunächst 28 Pappkartons in das Magazin im Haus Kemnade liefern. Die Kartons enthielten vor allem Scherben aus der germanischen Siedlung (Bandkeramik), deren Reste 1949 anlässlich des Baus der Bergmanns-Siedlung der Gewerkschaft Constantin der Große in Bochum-Hiltrop ausgegraben worden waren. Brandt versah seine Abgabeliste mit der Überschrift „Nach Jahren die erste Abgabe von ergrabenen Bodenfunden aus dem Stadtgebiet von Bochum."[183] Weitere sollten folgen. **(3, 13, 14, 52, 77)**

Im September 1966 konnte sich die Bochumer Lokalpresse einen Überblick über die Stadthistorische Sammlung verschaffen und erfuhr, dass diese „im Stillen" gewachsen sei. Die nun zuständigen Mitarbeiter der Kunstgalerie hatten die Sammlung in den vergangenen vier Jahren „nach genauem Plan" um 300 Stücke vermehrt. Für ca. 25.000 DM waren wertvolle Schränke, eine Menge Hausgerät, Steingut und Töpferwaren angeschafft worden.[184] Ein Weihwassergefäß aus dem 17. Jahrhundert **(67)** und ein Wasserrohr aus dem 18. Jahrhundert **(78)** gehörten zu den Zugängen der Jahre 1962 bis 1966. Vor allem aber seien nun auch Landwirtschaftsgeräte vorhanden, schrieb die Westdeutsche Allgemeine Zeitung am 3.9.1966, „die zeigen, wie die bäuerliche Wirtschaft in unserem Lebensraum gearbeitet hat."[185] Die Objekte aus der Landwirtschaft fanden ihren Platz, als einige Jahre später das Bauernhausmuseum eröffnet wurde. Etwas ratlos blickten die Vertreter der Presse 1966 auf die Überbleibsel der alten Kleff'schen Sammlung. Von den Beständen des früheren Heimatmuseums sei vieles „kaum brauchbar" und „manches – z. B. 150 Lampen und Leuchten – in zu großen Massen vorhanden". Kleffs Idee von den „Entwicklungsreihen" der Dinge, die ihn mit Fleiß und Sorgfalt diverse Sondersammlungen hatte anlegen lassen, vermittelte sich offenbar nicht mehr spontan.

**Abb. 24** | Stadtarchiv Bochum, Kronenstraße, Ausstellung „Vom Trümmerfeld ins Wirtschaftswunderland" (mit Kinoplakaten), 1986

**Abb. 25** | Keramikwandbild am alten Arbeitsamt, 1991

### Ende gut, alles gut? – Die (Wieder-)Vereinigung der Stadthistorischen Sammlungen

Ende der 1990er Jahre entwickelte das Museum eine – von den parlamentarischen Gremien 1997 gebilligte – Neukonzeption und konzentriert sich seitdem stärker auf seine Funktion als Kunstmuseum mit dem Schwerpunkt Kunst des 20. und 21. Jahrhunderts. Die bis dahin im Haus Kemnade gelagerten und teilweise ausgestellten stadtgeschichtlichen Bestände gingen in die Obhut des Stadtarchivs über. Sie wurden mittlerweile mit der Archivsoftware „Faust" erfasst. Eine Recherche nach Objekten mit der Provenienz „Museum Bochum" (einschließlich der im Bauernhaus Kemnade exponierten) ergibt 2.095 Treffer, von denen sich 961 auf Zugänge beziehen, die nach 1945 erfolgten. Die Mehrzahl der erzielten Treffer, nämlich 1.134, verweist auf Museumsgut mit der Vorprovenienz „Heimatmuseum Haus Rechen". Dieses entstammt der alten Kleff'schen Sammlung und ist nun Teil der Sammlungen des Stadtarchivs. Hier schließt sich ein Kreis, denn Stadtarchiv und -museum bildeten schon zu Kleffs Zeiten eine organisatorische Einheit. Seit der 1999 endgültig verabredeten „Flurbereinigung" zwischen Archiv und Kunstmuseum ist das Stadtarchiv für alle stadtgeschichtlich relevanten Materialien allein zuständig. Der Rat der Stadt Bochum trug dem Rechnung, indem er am 6.10.2006 den Ausbau des Stadtarchivs zum „Bochumer Zentrum für Stadtgeschichte" beschloss. Dieses soll auch die – viele Jahre lang in Bochum nicht mehr besetzte – Funktion eines historischen Museums wahrnehmen.

Die städtischen Sammlungen wären nicht vollständig benannt ohne diejenigen, die das Stadtarchiv selbst in den vergangenen Jahren und Jahrzehnten anlegte. Vieles davon besitzt Anschauungsqualität und eignet sich für künftige historische Ausstellungen. So verwahrt das Archiv ca. 1.500 historische Karten und Pläne, ca. 150.000 Fotografien, ca. 6.000 Ansichtskarten und ebenso viele Plakate, ca. 1.000 Figurinen aus der Theatergeschichtlichen Sammlung, zahlreiche Zeichnungen, einige Ölgemälde sowie eine aus ca. 900 Stücken bestehende gegenständliche Sammlung mit Fahnen und Modellen, Mobiliar, Kleingegenständen, Münzen, Medaillen und anderem. Teil der Objektsammlung ist ein Alltagsfundus des 20. Jahrhunderts, der seinen Schwerpunkt in den 1950er Jahren hat und bis zur Gegenwart reicht. Zahlreiche Zugänge zu den Beständen des Stadtarchivs erfolgten im Rahmen von Ausstellungsvorbereitungen in den 1980er und 1990er Jahren, wie zum Beispiel: „Schwarz wie Kohlendampf die Luft und die Glut von 1000 Essen. Bochum wird Großstadt: 1824–1904 **(63)**, „Hakenkreuz über Bochum" **(4, 42)**, „Vom Trümmerfeld ins Wirtschaftswunderland" **(22, 32)**, „... der löblichen Apothekerkunst zugethan" **(25, 70)**, „610 Jahre Bochumer Maiabendfest" **(65)**. Manches wurde dem Archiv von Sammlern überlassen. **(23, 84)** Anderes kam ins Haus, um es vor der drohenden Vernichtung zu retten. So übernahm das Stadtarchiv Objekte aus dem ehemaligen Stadtbad, kurz vor dessen Abriss Ende der 1990er Jahre **(24, 61)** und ebenso die Fragmente des Keramik-Wandbildes vom alten Arbeitsamt **(45)**, das als Ganzes nicht hatte gerettet werden können. Weitere Objekte und Sammlungen sind der Großzügigkeit von Leihgebern zu verdanken: Die Stiftung der Sparkasse Bochum vermittelte dem Stadtarchiv unter anderem die Standuhr eines Bochumer Uhrmachermeisters aus dem Jahr 1800 **(9)** und ein um 1740 in der Werkstatt eines Bochumer Silberschmieds entstandenes Prunkstück. **(31)** Zu Beginn der 1990er Jahre fand das seit den Anfängen des „Heimatmuseums" im Zentrum des Sammelinteresses stehende Bemühen um Dinge aus dem Kortum-Nachlass einen vorläufigen Abschluss, als ein über mehrere Generationen vererbter Teil-Nachlass Carl Arnold Kortums geschlossen als Leihgabe ins Stadtarchiv gelangte,[186] darunter der von Kortum gefertigte Anatomieatlas. **(76)** Auch Stücke aus jüdischem Besitz fanden den Weg ins Stadtarchiv **(69, 85, 90)** und können Exponate künftiger Ausstellungen sein. Es sind bisher nur wenige. Das Bemühen um Judaica aus Bochum soll deshalb intensiviert werden und einen der Sammelschwerpunkte des Stadt-

archivs/Bochumer Zentrums für Stadtgeschichte bilden.

Als Bernhard Kleff 1910 mit dem Aufbau der Stadthistorischen Sammlung begann, war Bochum eine junge Industriestadt und seit einigen Jahren (1904) Großstadt. Dennoch war die Stadt nicht geschichtslos und Kleff nicht der erste, der sich der Bochumer Geschichte verschrieb. Bereits 1790 hatte Carl Arnold Kortum mit seiner „Nachricht vom ehemaligen und jetzigen Zustande der Stadt Bochum" eine erste geschlossene Darstellung zur Stadtgeschichte vorgelegt und 1894 war die beeindruckende, zusammen mit einem Urkundenbuch mehr als 800 Seiten umfassende, Geschichte der Stadt Bochum von Franz Darpe erschienen. Kleffs besonderes Verdienst bestand in der Sicherung materieller Kulturgüter aus der vorindustriellen Zeit. Seine Sammlung entstand quasi aus dem ‚Nichts' heraus. Bochum war keine Residenzstadt gewesen, kein vormodernes politisches oder religiöses Zentrum. Wie andere aus ländlichen Orten schnell emporgeschossene Industriestädte hatte Bochum keine fürstlichen Schatzkammern, keine Kunst- und Wunderkammern und keine adligen oder frühbürgerlichen Privatsammlungen. Ererbte Schätze besaß die Stadt also nicht und es gab keinen Grundstock, auf dem man hätte aufbauen können, als die Pläne für ein öffentlich zugängliches Museum reiften. Die Formulierung, die Kultur des Ruhrgebiets sei erarbeitet und nicht ererbt, trifft auf Bochum und seine Sammlungen in besonderem Maße zu. Bereits 1882 war das Museum für Kunst- und Kulturgeschichte in Dortmund gegründet worden, 1886 das Märkische Museum in Witten sowie das Gustav-Lübcke-Museum in Hamm, 1890 das Museum Haus Martfeld in Schwelm, 1896 das Vestische Museum in Recklinghausen und das Museum Dorsten, 1902 das Niederrheinische Museum in Duisburg, 1904 das Städtische Museum Essen (aus dem das Folkwang-Museum und das Ruhrlandmuseum hervorgingen) und 1909 schließlich das Städtische Museum Mülheim und das Grafschafter Museum in Moers.[187] Die von Bernhard Kleff begründete Bochumer Sammlung wurde seit 1913 als städtische Sammlung weitergeführt, das Stadt- oder Heimatmuseum im Haus Rechen erst 1919 eröffnet. Auch im Vergleich mit anderen Ruhrgebietsstädten war Bochum also spät dran. Vor diesem Hintergrund ist es beachtlich, was Kleff und seine Nachfolger zusammentrugen.

Die Objekte sind alt oder ‚modern', attraktiv und schön oder unscheinbar, wertvoll oder alltäglich, selten, besonders oder banal.[188] Immer aber verweisen sie auf Vergangenes, auf lange (und noch nicht so lange) Zurückliegendes. Die Bochumer Sammlung authentischer, dinghafter Zeugen aus der Geschichte ist ansehnlich, trotz aller Verluste und Rückschläge und trotz der Lücken, die sie aufweist und die ein Ansporn sind zu weiterem Sammeln. Wenn das Bochumer Zentrum für Stadtgeschichte Anfang Juni 2007 am neuen Standort eröffnet wird, dann zusammen mit einer ersten Ausstellung. Ihr Thema sind die Stadtgeschichtlichen Sammlungen selbst, die es verdient haben, der Öffentlichkeit (wieder) zugänglich gemacht zu werden.

Siebenundneunzig Exponate stehen für siebenundneunzig Jahre Bochumer Sammlungsgeschichte. Aber es sind nicht einfach ‚Sieben Sachen', die mehr oder weniger willkürlich aus der Vielzahl der Objekte und Sammlungen ausgewählt wurden. Der Ausstellung liegt ein ambitioniertes Konzept zugrunde. Es lässt die Dinge in Beziehung zueinander treten und erlaubt gleichzeitig tiefe, oft überraschende Einblicke in die Stadt- und Kulturgeschichte. Einige der hier gezeigten Exponate verweisen ‚stellvertretend' auf wichtige historische Etappen und bieten Anknüpfungspunkte für künftige thematische Ausstellungen im Bochumer Zentrum für Stadtgeschichte.

**SEITE 8_9**

1 Vgl. Brief Bernhard Kleff an Dr. Franz vom 27.7.1946, in: Stadtarchiv Bochum (StadtA BO), Bo 41/37. Alle benutzten Quellen stammen aus dem Stadtarchiv Bochum. Im Folgenden werden i.d.R. nur die Signaturen genannt.

2 Vgl. Bo 40/837. Geboren wurde Kleff am 15.10.1876. Seine Seminarprüfung legte er am 11.2.1897 ab, die 2. Prüfung am 10.6.1899.

3 Bo 40/837, S. 28 und S. 32.

4 Vgl. ebd., S. 36 f.

5 Ebd. und D St 57/1–4, S. 36.

6 Bericht Bernhard Kleff über das Städtische Museum vom 7.10.1925, in: D St 57/1 4, S. 107.

7 Vgl. D St 57/1–4, S. 36.

8 „Die Anfänge des Städtischen ‚Museums' zu Bochum". Im Auftrag des Magistrats verfasst von Rektor Kleff, Bochum 1918, S. 5. Der Bericht ist auch enthalten in: StadtA BO, D St 57/1–4, S. 36 f.

9 Vgl. ebd. und D St 88, S. 4.

10 Vgl. D St 57/1–4, S. 107R und D St 88, S. 1.

11 Sahm war Bürgermeister in Bochum 1912–1918. Vgl. z.B.: Bo OB 381.

12 Vgl. Bo 11/191, S. 90 f.

13 Vgl. D St 88, S. 1–3.

14 Vgl. D St 57/1–4, S. 5 f.

15 Vgl. D St 57/1–4, S. 1.

16 „[...], da wir in der jetzigen Zeit alle Mittel, die uns zur Verfügung stehen, für unser eigenes Museum aufwenden müssen", begründete Stumpf die getroffene Entscheidung. D St 57/1–4, S. 2. Das Bochumer Museum selbst dagegen sollte auf Beschluss des Museumsausschusses vom 19.12.1919 nicht nur dem Westfälischen Verein für Geschichte und Altertumskunde und dem Verein für Geschichte von Soest und der Börde beitreten, sondern auch Mitglied des Märkischen-Museums-Vereins werden. Vgl. D St 88, S. 3.

17 D St 57/1-4, S. 15.

18 D St 57/1-4, S. 22 und S. 31.

19 D St 57/1-4, S. 24.

20 D St 57/1-4, S. 36. In seiner Funktion als Vorsitzender der Vereinigung gab Kleff die ersten vier Bände des Bochumer Heimatbuchs heraus. BO 41/65, S. 36. Das Vorwort des ersten Bandes überschrieb er mit: „Wir haben auch eine Heimat". Vgl. z.B. BO 11/503, S. 124.

21 D St 57/1-4, S. 26.

22 Später gehörte Peddinghaus auch der Schriftleitung des Bochumer Heimatbuchs an.

**SEITE 10_11**

23 D St 57/1-4, S. 26.

24 Vgl. z. B. Hermann Lübbe, Die Aufdringlichkeit der Geschichte. Herausforderungen der Moderne vom Historismus bis zum Nationalsozialismus. Graz, Wien, Köln 1989.

25 D St 57/1-4, S. 26.

26 Vgl. Museumshandbuch Ruhrgebiet. Kunst, Kultur und Geschichte, hg. von Heinrich Theodor Grütter im Auftrag des Kulturwissenschaftlichen Instituts des Landes Nordrhein-Westfalen und der Kultur Ruhr GmbH, Essen 2003, S. 13.

27 Vgl. D St 58 und D St 88.

28 Vgl. D St 88, S. 4 f.

29 Vgl. D St 58, S. 180. Kleff gelang es trotzdem, eine ansehnliche Waffensammlung für das Museum zusammenzutragen. Vgl. z.B. Bo 41/65, S. 53.

30 D St 58, S. 244 f.

31 Die Zahlen verweisen auf einzelne Objekte aus den Sammlungen, die in der Ausstellung gezeigt werden und im Katalog abgebildet sind. Zum Aufbau der erwähnten Sammlungen vgl. z. B. Bernhard Kleff: Vom Bochumer Heimatmuseum, 1925, StadtA BO, ZGS IX b 7; StadtA BO, D 57/1-4, S. 107; D St 59/2; Bo 59/2. 1931 wurde entschieden, die Münzsammlung des Heimatmuseums (Schätzwert: 21.000 Reichsmark) im Stadtarchiv unterzubringen.

32 Vgl. Bo 41/66, S. 9.

33 Vgl. z.B. D St 57/1-4, Bo 41/38 und D St 88.

34 Vgl. D St 57/1-4, S. 15. (Bericht Stumpf, 23.9.1920).

35 Vgl. D St 88, S. 18 (Bericht Kleff , 1.2.1927).

36 Vgl. D St 58, S. 137 und 140.

37 Vgl. D St 58 (Vermögensübersicht des Museums vom 31.3.1930, aufgeteilt nach Abteilungen) und Bo 41/65, S. 128.

38 Vgl. Bo 41/66, S. 9.

39 Vgl. ebd., S. 135.

40 In der Sitzung des Museumsausschusses vom 9.12.1927 wurde angeregt, „der Einrichtung eines naturwissenschaftlichen Museums in Verbindung mit dem Heimatmuseum näher zu treten." D St 88.

41 Vgl. Bo 41/66, S. 58 f.

42 Vgl. Bo 41/66, S. 24 f.

**SEITE 12_13**

43 Vgl. oben und Bo, D St 57/1-4, S. 24.

44 Max Ibing: Ein halbes Jahrhundert Harpener Geschichte, in: Heimatbuch Bd. 5, Bochum 1951, S. 84–109.

45 Heutiger Name: Technische Fachhochschule Georg Agricola.

46 Vgl. StadtA BO, NAP 60 (Nachlass Küppers), Band 5, S. 131 und D St 59/2, S. 30R und 32.

47 Vgl. Geologie, TFH Georg Agricola zu Bochum (www.http//gb.tfh-bochum.de.) Zur Geschichte des Geologischen Museums vgl. z. B.: Geologisches Institut der Westfälischen Berggewerkschaftskasse (Hg.): Aus dem Geologischen Museum des Ruhrbergbaues zu Bochum, Herne 1954 (2. Aufl.) Zum geologischen Museum vgl. z. B.: Bergassessor Dr. Kukuk: Das geologische Museum der Westfälischen Berggewerkschaftskasse, 4. Beilage zum Bochumer Anzeiger und General Anzeiger, 32. Jg., Bochum, 10.3.1925.

48 Vgl. D St 88, S. 8.

49 Vgl. Bo 41/66, S. 58 f.

50 Vgl. Bergschuldirektor Prof. Dr. Ing. Heise zum „Geschichtlichen Bergbau-Museum der Westfälischen Berggewerkschaftskasse", in: „Der Bergbau" 1931, Nr. 37. Abgedruckt in: NAP 60, Bd. 5, S. 131.

51 Vgl. NAP 60, Band 5, S. 131.

52 Vgl. Michael Farrenkopf: 75 Jahre Deutsches Bergbau-Museum Bochum im Spiegel ausgewählter Exponate. Ein Rundgang zur Geschichte des DBM. Kurzführer, Bochum 2005, S. 5.

53 Vgl. ebd. und NAP 60, Bd. 5, S. 131.

54 Vgl. Farrenkopf, S. 5.

55 Das Geologische Museum blieb in den Räumen der Bergschule, später der Technischen Fachhochschule Agricola, an der Herner Straße. 1974 wurde es aufgelöst. Der überwiegende Teil der Bestände kam ins Deutsche Bergbau-Museum, kleinere Teile verblieben in der Bergschule. Vgl. Geologie, TFH Georg Agricola zu Bochum, www.http//gb.tfh-bochum.de.

56 Vgl. StadtA BO, Museum Bochum, „Akten betr. Aldegrever Sammlung", Bd. 1, 1920–1922 (unverz.) sowie D St 88, S. 6 ff.

57 Vgl. Heinrich Aldegrever. Verzeichnis seiner graphischen Werke im Museum Bochum, bearbeitet von Nils Büttner unter Mitarbeit von Leander Büsing, Marius Lausch und Anna Renfordt, unveröffentlichtes Manuskript, Dortmund 2006, S. 5.

58 Bernhard Kleff: Heinrich Aldegrever, in: Hellweg. Westdeutsche Wochenschrift für deutsche Kunst, 2. Jg., Heft 6, Essen, 8.2.1922, S. 101 f.

### SEITE 14_15

59 Vgl. „Akten betr. Aldegrever-Sammlung".

60 D St 88, S. 10.

61 Vgl. StadtA BO, Museum Bochum, „Aldegrever-Stiche, Aldegrever-Umkreis, Dürer-Stiche",1948–1987 (unverz.). Vgl. auch D 57/1-4, z. B. S. 108.

62 Nils Büttner u.a. 2006, S. 10f. Das Gutachten kommt zu dem Schluss, dass sich eine aufwendige Restaurierung des Bestandes nicht lohne. Vgl. ebd., S. 11.

63 Vgl. „Akten betr. Aldegrever-Sammlung", S. 8.

64 Vgl. Bo 41/64, S. 1.

65 D St 88, S. 6 f.

66 Vgl. Bo 41/64, S. 55 (Bericht über „25 Jahre Städtische Gemäldegalerie").

67 Zeitgleich mit der Gemäldegalerie entstand in Bochum ein Kunstverein. Vgl. D 59/2 (ohne Paginierung).

68 Offenbar gab es in Bochum Privatsammler moderner Kunst „von Ruf", wie den Industriellen Gröppel, den Bankier Hermann Schüler u. a. Vgl. den Artikel „Die Bochumer Museumsfrage", in: Rheinisch-Westfälische Zeitung, Sondernummer, Bochum 8.3.1925. Zur Geschichte der Bochumer Gemäldegalerie vgl. auch: Clemens Kreuzer: Zu unrecht vergessen: Die Städtische Gemäldegalerie, in: Bochumer Zeitpunkte. Beiträge zur Stadtgeschichte, Heimatkunde und Denkmalpflege Nr. 8/1994.

69 Vgl. D St 88, S. 11 und Bo 41/64, S. 1. Es stellten aus: Wilhelm Borutta; Heinz Döhmann, K. Wilhelm Heyer, Fr. Schöneborn, Margret Umbach, Adolf Schleyer, Sommer, Lydia Ruppel, Anke Oldenburger, Hedwig Treskow, Elisabeth Treskow.

70 Vgl. Bo 41/64, S. 2.

71 D St 88, S. 8.

72 Vgl. D St 89, S. 1.

73 Vgl. Bo 41/64, S. 55 und D St 59/2.

74 Vgl. D St 89, S. 1–9.

75 Vgl. Vermerk Stadtrat Stumpf vom 17.11.1921, in: Bo 11/503.

76 Vgl. D St 59/2 und D St 88.

77 Vermerk Stumpf vom 17.11.1921, in: Bo 11/503.

78 Vgl. Bo 11/503.

79 Brief Kleff vom 27.7.1946, in: Bo 41/37.

### SEITE 16_17

80 Vgl. Bo D St 59/2, S. 38.

81 Vgl. Bo 11/503, S. 96.

82 Zur Rolle der Archive in der Zeit des „Dritten Reichs" vgl. den Tagungsband des 75. Deutschen Archivtags 2005 in Stuttgart: Das deutsche Archivwesen und der Nationalsozialismus, hg. vom Verband deutscher Archivarinnen und Archivare e. V., Essen 2007.

83 Zu Meyer vgl. Tagungsband Archivtag Stuttgart, S. 460.

84 Vgl. Bo 11/503, S. 85 ff.

85 Bo 41/65, S. 12.

86 Verwaltungsbericht der Stadt Bochum 1935, S. 127 ff.

87 Bo 11/503, S. 105.

88 Vgl. z.B. Bernhard Kleff: Vom Bochumer Heimatmuseum, in: Festschrift zur 8. Hauptversammlung des Reichsbundes deutscher Papier- und Schreibwarenhändler e.V. Ortsgruppe Bochum am 12.-16. Mai 1926 in Bochum. StadtA BO, ZGS IX b 7.

89 Vgl. z.B. Ingrid Wölk: Vom Kuhhirten zum Kuhhirtendenkmal: Bochum auf dem Weg zur Großstadt, in: Jürgen Mittag, Ingrid Wölk (Hg.): Bochum und das Ruhrgebiet. Großstadtbildung im 20. Jahrhundert, Essen 2005, S. 111.

90 Bo D St 57/1-4, S. 107.

91 Peter Richter: Wenn wir uns was wünschen dürften, in: Frankfurter Allgemeine Zeitung (FAZ) vom 24.12.2006.

92 Die Beschreibung der Ausstellung im Haus Rechen folgt den Hinweisen Kleffs für einen Rundgang. Vgl. Bernhard Kleff: Vom Bochumer Heimatmuseum, in: Festschrift zur 8. Hauptversammlung des Reichsbundes deutscher Papier- und Schreibwarenhändler 1926, ZGS IX b 7. Ein identischer Artikel von Kleff erschien im Festbuch zum 45. Verbandstag des „Germania"-Zentralverbandes Deutscher Bäckerinnungen, Zweigverband Westfalen, Bochum 1925, S. 44–48.

93 Vgl. „Die Anfänge des Städtischen ‚Museums' zu Bochum". Im Auftrage des Magistrats verfasst von Rektor Kleff, Bochum 1918, S. 13.

94 Bericht Kleff vom 7.10.1925. S St 57/1-4, S. 108.

95 Vgl. Bernhard Kleff: Vom Bochumer Heimatmuseum, in: Festschrift zur 8. Hauptversammlung des Reichsbundes deutscher Papier- und Schreibwarenhändler, 1926, ZGS IX b 7.

96 Dass Kontakte nach Berlin bestanden, zeigte sich, als Stadtrat Stumpf in Sachen Gemäldegalerie tätig wurde. Vgl. oben.

97 Vgl. FAZ vom 24.12.2006 und Berliner Zeitung vom 17.10.2006.

### SEITE 18_19

98 Vgl. D St 59/2.

99 Bernhard Kleff, Vom Bochumer Heimatmuseum, in: Festschrift zur 8. Hauptversammlung des Reichsbundes deutscher Papier- und Schreibwarenhändler 1926, ZGS IX b 7.

100 Ebd.

101 Vgl. den Bericht Bernhard Kleffs vom 11.6.1923, in: Bo 10/52, S. 8 und Bo 41/65, S. 34.

102 Bo 41/34.

103 Vgl. D St 57/1-4, S. 107 (Bericht vom 7.10.1925).

104 Schreiben Stadtrat Stumpf an Bernhard Kleff vom 13.2.1931, D St 58.

105 Dabei wird es sich wohl um den Beitrag des Heimatmuseums zur Wanderausstellung „Rasse, Sippe, Siedlung" der NSDAP gehandelt haben. Vgl. oben.

106 Vgl. Bo 41/65, S. 36.

107 Vgl. D St 88, S. 22.

108 D St 58.

109 Vgl. ebd. und D St 88, S. 22.

110 Vgl. D St 57/1-4, S. 108.

111 Vgl. den Brief Kleffs an den Kulturdezernenten vom 27.7.1946, Bo 41/37.

112 Bo 41/65, S. 67 f.

113 Vgl. z.B. D St 88, S. 18 (Sitzung des Museumsausschusses am 1.2.1927).

114 Bo 41/37 (Brief vom 27.7.1946).

115 Vgl. Bo 41A/29.

116 Das Stadtarchiv war 1940 vom Rathaus in die frühere Amtssparkasse am Marienplatz umgezogen. Vgl. Bo 41/34.

### SEITE 20_21

117 Bo 41A 29 (Kleff an OB, 23.7.1943).

118 Vgl. Bo 41A/29.

119 Vgl. ebd.

120 Vgl. Bo 40/837.

121 Vgl. Bo 41/34.

122 Vgl. ebd.

123 Die Kortum-Gesellschaft ließ zu ihrem 70-jährigen Bestehen 1991 einen zweiten Abguss von dem noch vorhandenen Modell anfertigen und übergab ihn dem Stadtarchiv. Vgl. auch Gerhard Kaufung: Der Bildhauer Erich Schmidtbochum, in: Bochumer Zeitpunkte online: www.bochum.de/zeitpunkte/bz 15 03. htm.

124 Vor der Eingemeindung nach Bochum war Ibing Amtmann und Bürgermeister in Gerthe gewesen. 1945 hatte die amerikanische Besatzungsbehörde ihn dazu aufgefordert, (wieder) als Bürgermeister von Gerthe tätig zu werden. Von 1931–1957 war er Vorsitzender der Vereinigung für Heimatkunde. Vgl. z. B. Clemens Kreuzer: „Wir Bochumer wollen leben und wir werden leben. Glückauf zur Tat!", in: Bochumer Zeitpunkte. Beiträge zur Stadtgeschichte, Heimatkunde und Denkmalpflege Nr. 18/2006, S. 4.

125 Vgl. Bo 41A/29 (Schreiben Ibing, Vereinigung für Heimatkunde, an den Oberbürgermeister vom 24.7.1943).

126 Bo 41A/29 (Schreiben Ibing an das Kulturamt, 20.7.1946).

127 Vgl. Bo 41A/29 (Schreiben Schieferbergwerk Nuttlar, 11.8.1947).

128 Bo 41A/29 (Schreiben Amtsdirektor Erwitte, 16.7.1948).

129 Vgl. Verwaltungsbericht der Stadt Bochum 1938–48, S. 198.

130 Vgl. Bo 41A/29 und Bo 41/26 (Aufstellung von Kriegsschäden vom 21.11.1950).

131 Bo 41A/29 (Dr. Karl Brinkmann, 7.2.1946).

132 Verwaltungsbericht der Stadt Bochum 1938–1948, S. 168.

133 Bo 41 A/29 (Brinkmann, 10.5.1946).

134 Ebd. (Brinkmann, 24.5.1946).

135 Ebd. (Brinkmann, 15.7.1946).

136 Vgl. Bo 41/65 und Bo 324/27.

**SEITE 22_23**

137 Bo 41A/29 (Brinkmann, 15.7.46).

138 Bo 41/34 (Stadtrat Dr. Franz, 28.6.1946).

139 Vgl. Bo 41/34.

140 Vgl. ebd. (Stadtrat Dr. Franz, 8.6.1946).

141 Vgl. Bo 41/34 und Bo 41/65.

142 Vgl. Bo 41A/29.

143 Vgl. Bo 41/34, Bo 41/38 und Bo 41/65.

144 Vgl. Bo 41/282, S. 25 f.

145 Vgl. Bo 41/34 und Bo 41/282, S. 26R.

146 Vgl. z.B. Verwaltungsbericht der Stadt Bochum 1948–1952, S. 84.

147 Vgl. z.B. Bo 41/34.

148 Vgl. Bo 41/35.

149 Croons Karriere verlief nicht ungebrochen. 1943 bis Kriegsende hatte er die Archive des Reichsarbeitsdienstes geleitet, seit 1944 im Range eines „Arbeitsführers". Nach Kriegsende wurde er wegen seines relativ hohen Dienstgrades beim Arbeitsdienst 1945/46 interniert und war 18 Monate in Haft. Vgl. Joachim Lilla: Helmuth Croon (1906–1994): Leben und Werk, in: Die Heimat. Krefelder Jahrbuch 65 (1994), S. 150 f. Vgl. auch Bo 11/785.

150 Vgl. Bo 41/35.

151 Vgl. Bo 11/787, S. 50.

152 Vgl. Johannes Volker Wagner (Hg.): Das Stadtarchiv: Schatzkammer, Forschungsstätte, Erlebnisort; Beispiel Stadtarchiv Bochum, Essen 2004.

153 Vgl. Verwaltungsbericht der Stadt Bochum 1938–1948, S. 199.

154 Vgl. Verwaltungsbericht der Stadt Bochum 1948–52, S. 90.

155 Vgl. Bo 41/612.

156 Vgl. Verwaltungsbericht der Stadt Bochum 1970, S. 124.

157 Peter Leo starb am 11.2.1972. Vgl. Bo 41/612.

158 Kleine Sonderausstellungen ab 1946 blieben die Ausnahme. Das Bergbau-Museum und die Hegelschule in Bochum-Gerthe stellten Räume dafür zur Verfügung. Vgl. Bo 41/65, S. 17, 43 und 83.

159 Vgl. Bo 41/65, S. 23 ff.

160 Vgl. Bo 41/618, S. 50 ff.

161 Vgl. Ruhr-Nachrichten vom 24.4.1959, in: Bo 41/618, S. 66.

162 Vgl. Bo 41/618, S. 82 (Vermerk vom 18.9.1959).

**SEITE 24_25**

163 Vgl. ebd., 65.

164 Vgl. ebd., S. 80. Zum Neubau des Geologischen Museums kam es bekanntlich nicht. Es blieb an der Herner Straße bis 1974 und wurde dann aufgelöst. Vgl. Anm. 55.

165 Vgl. ebd., S. 97.

166 Vgl. Verwaltungsbericht der Stadt Bochum 1961, S. 133.

167 Bochumer Anzeiger, 16.1.1960 (Bo 41/618).

168 Westdeutsche Allgemeine Zeitung (WAZ) vom 29.7.1961, in: Bo 41/613 (Pressespiegel zu Peter Leo).

169 WAZ vom 3.9.1966, in: Bo 41/613.

170 Vgl. Ruhr-Anzeiger Nr. 118 vom 21.5.1968, in: Bo 41/613.

171 Vgl. WAZ vom 6.4.1971, in: Bo 41/613.

172 Vgl. Westfälische Rundschau vom 6.4.1971, in: Bo 41/613.

173 WAZ vom 6.4.1971, in: Bo 41/613.

**SEITE 26_27**

174 Vgl. Bo 41/282 und Bo 41/38.

175 Vgl. Bo 41/35.

176 Vgl. ebd. und Bo 41/65.

177 Vgl. Bo 41/35.

178 Vgl. ebd.

179 Vgl. Bo 41 M/5, S. 3.

180 Vgl. ebd., S. 20.

181 Vgl. Bo 41 M/6, S. 14R und 15.

182 Bo 41 M/5, S. 22.

183 Bo 41 M/6, S. 26.

184 Vgl. WAZ, 3.9.1966, in: Bo 41/613.

185 Ebd.

**SEITE 28_29**

186 Die Objekte aus dem Nachlass-Teil standen zur Verfügung, als in Bochum in mehreren Ausstellungen und Veranstaltungen des 250. Geburtstags Carl Arnold Kortums gedacht wurde. Zum Jubiläum erschien der Band: Carl Arnold Kortum: einem Revierbürger zum 250. Geburtstag, 1745–1824, hrsg. vom Arbeitskreis Kortum-Jahr 1995, Essen 1995.

187 Vgl. Heinrich Theodor Grütter: Museumshandbuch Ruhrgebiet, S. 12 f.

188 Hier hätte auch die für die Essener Ausstellung zum 100-jährigen Jubiläum des Ruhrlandmuseums gewählte Klassifizierung der Dinge genannt werden können: alt, selten, wertvoll, fremd, schön. Vgl. Die Gegenwart der Dinge. 100 Jahre Ruhrlandmuseum, hg. Von Mathilde Jamin und Frank Kerner im Auftrag des Ruhrlandmuseums, Essen 2004.

# ZUR KONZEPTION DER AUSSTELLUNG „SIEBEN UND NEUNZIG SACHEN"

BEATE OLMER / REINHILD STEPHAN-MAASER

Als wir im Frühjahr 2006 den Auftrag erhielten, die Konzeption für die Auftakt-Ausstellung in dem 2007 zu eröffnenden Bochumer Zentrum für Stadtgeschichte zu entwickeln, war im Gespräch mit der Archivleiterin Dr. Ingrid Wölk schnell Einvernehmen bezüglich des Charakters der Präsentation hergestellt: Es sollte weder eine chronologisch angelegte, die Bochumer Stadtgeschichte abbildende noch eine thematisch ausgerichtete Ausstellung werden. Stattdessen galt es, einen Querschnitt durch das Gesamtspektrum der historischen Sachkultur in Bochum zu präsentieren. Schließlich sind die musealen Bestände Bochums, die seit 1999 vom Stadtarchiv betreut werden, der Öffentlichkeit weitgehend unbekannt: Seit der Zerstörung des als Standort des Heimatmuseums dienenden Hauses Rechen im Jahr 1944 gibt es in der Stadt Bochum kein (stadt-)historisches Museum mehr. Nur Teile der Sammlung waren seitdem in der Wasserburg Kemnade zu sehen.

Die Eröffnungsausstellung im Bochumer Zentrum für Stadtgeschichte sollte daher einen Einblick in die umfangreiche und vielseitige Sammlung bieten und auf das in den Depots schlummernde Potenzial hinweisen, auf das für zukünftige Präsentationen zurückgegriffen werden kann. Der erste Arbeitschritt bestand somit darin, einen Überblick über die Objektlage zu gewinnen. Mithilfe der Datenbank, in der der Hauptteil der Bestände verzeichnet ist, wurden für die Ausstellung interessant erscheinende „Sachen" in die engere Auswahl gezogen. Gleichzeitig erfolgte eine intensive Sichtung der Depots, bei der auch noch nicht in die Datenbank aufgenommene Objekte (meist aus der zweiten Hälfte des 20. Jahrhunderts) einbezogen wurden. Die Entscheidung, welche Exponate schließlich in der Ausstellung zu sehen sein würden, fiel angesichts vieler attraktiver Objekte nicht leicht und ist das Ergebnis eines langen Diskussionsprozesses. 97 Dinge sollten es sein – entsprechend den 97 Jahren öffentlicher Bochumer Sammlungsgeschichte. Die nicht repräsentative, aber die Vielschichtigkeit der Sammlung aufzeigende Auswahl schlägt den zeitlichen Bogen von der Urgeschichte bis zur Gegenwart, spiegelt verschiedene Gattungen und Sammlungsschwerpunkte wider und berücksichtigt sowohl die Geschichte Bochums als auch darüber hinausgehende Themen von allgemeinem Interesse. Originalität, (kunst )historischer oder auch ideeller Wert und ein ausgewogenes Verhältnis von Groß- und Kleinobjekten waren weitere Auswahlkriterien, und natürlich spielte auch der subjektive Blick der Ausstellungsmacherinnen eine Rolle.

Konsens herrschte darüber, dass die Objekthaftigkeit der Dinge im Mittelpunkt stehen sollte – ein Weg, der bisher bei der Präsentation historischer Sachgüter in Bochum noch kaum begangen wurde. Mit diesem dingorientierten Ansatz folgt die Ausstellung neueren – maßgeblich von Gottfried Korff geprägten – Entwicklungen der museologischen Diskussion.[1] Jedes Einzelobjekt, das in einer Ausstellung zum Exponat wird, ist ein Zeichenträger (Semiphoros), dem Informationen innewohnen und der in der Gegenwart Zeugnis von Vergangenem ablegt. Neben der Authentizität des Originals ist es diese „Erinnerungsveranlassungsleistung" der Objekte, die das ganz Eigene, das Alleinstellungsmerkmal des historischen Museums gegenüber anderen Institutionen darstellt und es für seine Besucher attraktiv macht.

Trotz ihrer individuellen auratischen Wirkung sollten die 97 Objekte der Bochumer Sammlung in der Ausstellung aber nicht gänzlich isoliert gezeigt werden. Für ihre sinnvolle Zusammenfassung in überschaubaren Gruppen entwickelten wir, ausgehend vom dingorientierten Ansatz, ein Konzept auf der Basis eines assoziativen Spiels mit der deutschen Sprache: Aus der überraschenden Vielzahl der existierenden Komposita mit dem Wortbestandteil „Sache(n)" – wir kamen auf über 30 Begriffe – wurden während der Konzeptionsphase schließlich dreizehn Oberbegriffe als Sachgruppen ausgewählt: UrSachen, TatSachen, GeschmacksSachen, GefühlsSachen, WertSachen, GlücksSachen, AnsichtsSachen, FormSachen, DruckSachen, PrivatSachen, HauptSachen, NebenSachen und EhrenSachen.

Unter den durch die veränderte Schreibweise bereits auf Mehrdeutigkeit zielenden Überschriften findet der Betrachter in der Ausstellung „Sachen" aus ganz unterschiedlichen Zusammenhängen. Durch die Zuordnung zu einem Oberbegriff erfolgt eine Re-Kontextualisierung, die entweder die Erwartungshaltung des Besuchers bestätigt, unerwartet oder aber auch irritierend ist. Das Publikum wird auf diese Weise in den spielerischen Prozess sprachlicher Assoziationen mit einbezogen. Kommt der Betrachter zu dem Schluss, dass ein Exponat auch in eine andere Rubrik gepasst hätte – oder in eine, die in der Ausstellung gar nicht erscheint –, stellt sich die beabsichtigte Erkenntnis ein, dass die getroffene Zuordnung nur eine Möglichkeit unter anderen darstellt: Objekte als Zeichenträger sind eben nicht eindimensional. Die ‚Deutungsmacht' der Ausstellungsmacherinnen wird damit thematisiert und transparent gemacht. Der Besucher ist gleichsam nachträglich in den Deutungs- und Zuordnungsprozess einbezogen, indem er über den Grund und Sinn der vorgenommenen Eingruppierung nachdenken und Alternativen erwägen kann. Er erkennt, dass die Wertschätzung eines Objekts nicht zeitlos und allgemeingültig ist, sondern von der gesellschaftlichen und kulturellen Bedingtheit derjenigen abhängt, die diese Deutung vornehmen. Denn Ausstellungen zeigen nicht die Geschichte oder die Vergangenheit, „wie sie war", sondern jeweils eine, (meist) wissenschaftlich fundierte Interpretation.

Das Arrangement der Exponate – die Inszenierung – ist Teil dieser Deutung. Da jede materielle Überlieferung, jedes museale Objekt Deutungen über die Vergangenheit zulässt, müssen die Exponate in einer dingorientierten Ausstellung gleichwertig behandelt werden. Diesem konzeptionellen Grundgedanken folgend, präsentiert der Bochumer Gestalter Martin Dolnik jedes Objekt als Einzelstück entweder in einer Vitrine oder auf einem Podest, in einem eigenen Umraum. Die zurückhaltende Gestaltung unterstreicht so die im Mittelpunkt stehenden ‚Sachen'. Die Zugehörigkeit der einzelnen Exponate zu den Oberbegriffen wird dem Besucher sowohl durch die Gruppierung der Exponate im Raum, durch die Überschriften als auch durch kurze Exponattexte vermittelt.

Nicht nur Objekt und Besucher, auch die Dinge untereinander treten durch die vorgenommene Gruppierung in Spannungsverhältnisse. Das Spiel mit den Worten lässt sowohl die wortwörtliche Bedeutung eines Begriffs als auch ironische Brechungen, Doppeldeutigkeiten und assoziative Verbindungen zu.

Als programmatischer und ‚augenzwinkernder‘ Auftakt begegnet in der Gruppe UrSachen ein Porträt von Bernhard Kleff – dem Begründer und Urheber der Bochumer Sammlung – einem in Bochum ausgegrabenen Schädelfragment eines Auerochsen (Ur).

Unter TatSachen finden sich u. a. Tatwerkzeuge (Amphibolit, Steinschlosswaffe), das Werkstück eines Bochumer Handwerkers (Bodenstanduhr), ein Objekt, das vom Tatsachen-Schaffen zeugt (Straßenschild „Adolf-Hitler-Platz“) oder ein Instrument zur Beobachtung von wissenschaftlichen Tatsachen (Fernrohr).

Die Kategorie GeschmacksSachen beinhaltet Objekte mit unterschiedlichen kulinarischen Bezügen (Salzhaus, Kugeltopf) sowie ein auf den Modegeschmack zielendes Exponat (Gummischuhe).

Die Bandbreite der GefühlsSachen reicht von Schmerz (Hatzband, Krankenliege), Wohlbefinden (Bettwärmer, Schaukelbadewanne) und Mutterliebe (Wiege) bis zum Gefühlskitsch (Kinoplakat).

In WertSachen werden Objekte von tatsächlichem (silberne Deckeldose, Care-Paket), ideellem (Brautglas, Eisenpfanne) oder praktischem Wert (Horizontal-Reisesonnenuhr) und solche zur Berechnung oder Anzeige von Werten (Geldwaage, Registrierkasse) gezeigt.

Die Gruppe GlücksSachen erzählt von persönlichem (Himmelbett), wirtschaftlichem (Aktie), zufälligem (Spielautomat, Silbertaler) oder jenseitigem Glück (Wange einer Kirchenbank). Die hier ebenfalls ausgestellte, glücklicherweise nicht detonierte Sprengbombe sorgt zweifellos für Irritation.

Die nächste Abteilung AnsichtsSachen enthält Anschauungsmaterial (Stadtmodell „Bochum um 1800“, Schulwandbild), aber auch Dinge, die auf gesellschaftliche Kontroversen verweisen (Pfeife, Volkszählungs-Hinweisschild).

FormSachen sind in Formen gegossene (Bronzeglocke, Ofenplatte) oder Form verleihende Objekte, wobei zu letzteren neben dem Bügeleisen und der Bügelschere auch das Trainingsfahrrad des Bochumer Radweltmeisters Walter Lohmann gehört.

Unter DruckSachen erwartet man zunächst Druckerzeugnisse – in der Ausstellung vertreten durch einen Atlas aus dem 18. Jahrhundert; es finden sich aber auch Gegenstände, die physischen oder psychischen Druck ausüben (Klotzmausefalle, Arbeiter-Kontrolluhr) oder auf (Wasser-)Druck angewiesen sind (Dusche aus dem Bochumer Stadtbad).

In der Gruppe PrivatSachen treffen Exponate des persönlichen Besitzes und der Intimität, die auch VerschlussSachen hätten werden können (Truhe, Fotoalbum), auf öffentlich zugängliche Objekte, die für das Privatleben Bedeutung hatten (Zapfsäule, Warenautomat für Verhütungsmittel).

HauptSachen verweist einerseits auf Dinge, die den Kopf betreffen (Haarpfeil, Polizei-Tschako), aber gleichfalls auf elementare menschliche Bedürfnisse (Wasserrohr, Höhensonne) sowie den Hauptarbeitgeber in Bochum während der Industrialisierungsphase (Ansicht der Gussstahlfabrik „Bochumer Verein“).

Die Kategorie NebenSachen vereinigt Objekte, die zu einer Randerscheinung wurden (Tefifon) oder angesichts einer existenziellen Bedrohung an Bedeutung verloren (Esszimmerstuhl der jüdischen Familie Baer). Dazu gesellen sich auf Nebenaspekte des menschlichen Lebens verweisende Objekte wie die Fahne eines Männergesangsvereins oder der die schönste Nebensache der Welt repräsentierende VfL-Fußball.

Zum Abschluss trifft der Besucher in der Gruppe EhrenSachen auf Auszeichnungen und Prestigeobjekte (Grafenbrief Ostermann, Krone der Schützenkönigin, Jadeitbeil), auf eine zur Durchführung von Ehrenstrafen dienende Halsgeige, auf eine Gedenkplatte (Löwe von Juda) sowie den Kampf Don Quichottes mit den Windmühlen (Gobelin).

Als dritte Ebene tritt neben die Betrachter-Objekt-Beziehung und die Spannung zwischen den Objekten untereinander die Erläuterung. Jedes Objekt erhielt eine Beschriftung, die den Bezug zur Sachgruppe aufnimmt und die wesentlichen Informationen der ausführlichen Katalogbeschreibung enthält. Aufgrund der in Museen häufig lückenhaften Dokumentation der einzelnen Exponate waren hierfür fast ausnahmslos aufwendige Recherchen erforderlich. Die Texte ermöglichen es demjenigen Betrachter, der sich über die sinnliche Präsenz der Dinge und ihre Erinnerungskraft hinaus mit den Objekten auseinandersetzen möchte, über historische Einordnungen und Verstehenszusammenhänge zu reflektieren.

Doch blicken wir zum Schluss den Tatsachen ins Auge: Sowenig wie ein Ausstellungsbesuch reine Männer- oder Frauensache ist, sowenig sollte er eine reine Formsache und schon gar keine Drucksache sein. Dem einen gerät er zur Gefühlssache, der anderen zur Glaubenssache, einem dritten zur Eilsache. Ob eine historische Ausstellung Ursache zu höherer Erkenntnis, Herzenssache oder reine Spielsache ist, bleibt letztlich Privat-, Geschmacks- oder Ansichtssache.

1 Gottfried Korff: Museumsdinge deponieren – exponieren, hg. von Martina Eberspächer/ Gudrun Marlene König/Bernhard Tschofen, Köln/Weimar/Wien 2002; Mathilde Jamin/Frank Kerner (Hg.): Die Gegenwart der Dinge. 100 Jahre Ruhrlandmuseum. Ausstellungskatalog, Ruhrlandmuseum Essen, Essen/Bottrop 2004

# IN MEDIAS RES

MARTIN DOLNIK

Als Bühnenbildner geht es mir in erster Linie darum, Räume zu schaffen, in denen Geschichten menschlichen Lebens spürbar werden. Dem Schauspieler zu größtmöglicher Präsenz zu verhelfen, ist mein Anliegen. Die Aufgabe, einen Raum zu kreieren, in dem nicht Menschen, sondern 97 Sachen ins Rampenlicht treten, stellt mich vor eine neue Herausforderung. Dinge unterschiedlichster Beschaffenheit wollen gleich stark zur Geltung kommen. Wie finde ich den Schlüssel für eine Gestaltung, die jeder Sache eine selbstverständliche Präsenz verleiht? Und da ist er: der gute alte Sockel, schlicht und gipsweiß, seit Jahrhunderten bewährt. Den ersten ästhetischen Eindruck erzeugt dieses verblüffend einfache Gestaltungselement bereits beim Betreten der Ausstellungsetage durch den zentralen Treppenaufgang. Der Besucher findet sich von Anfang an inmitten der Dinge wieder, in einem sich nach allen Seiten ausbreitenden Stelenfeld. Auffällig variierende Proportionen – schmale, breite, quadratische und längliche Formen wechseln sich ab – schaffen ein spannungsvolles, kontrastreiches Ganzes. Ein klarer Tutti-Klang der 97 Sachen gibt den Auftakt der Ausstellung. Allmählich werden räumliche Strukturen in Form von Objektensembles ersichtlich. Als Orientierungsangebot dienen Schilder, die über den Gruppen hängen. Am einzelnen Objekt angelangt, kommt ein weiterer ästhetischer Effekt zum tragen. Isoliert in dem ruhigen Weiß des Sockels, treten zahllose Details hervor, die das Objekt sinnlich erfahrbar machen. Hier die unzähligen Schrammen und Kratzer, dort ein Glanz, dessen Leuchtkraft durch das Alter blind und brüchig geworden ist. Alle diese Spuren atmen lebendige Geschichte und verleihen den Dingen eine eigentümliche Schönheit. „Die Dinge sind, wie sie sind."

**Abb. 26, 27:** | Entwurfsskizzen Martin Dolnik

| 26 |

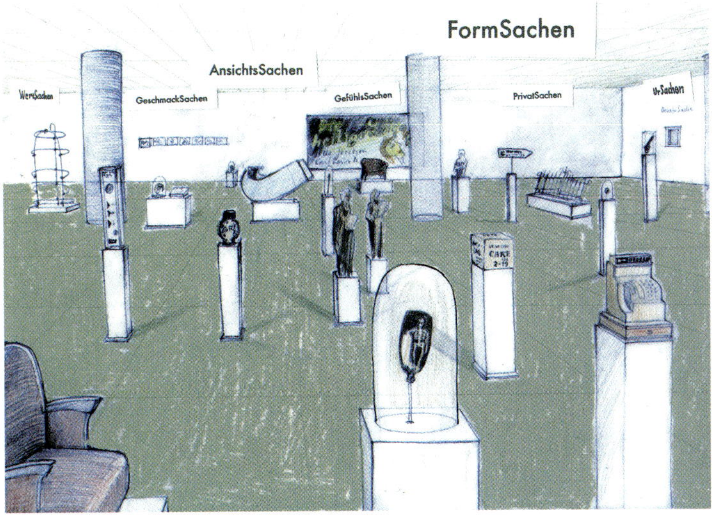


| 27 |

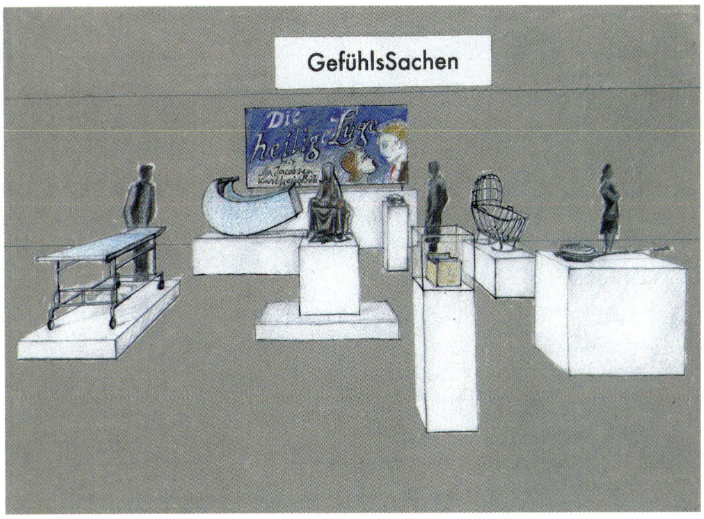

# SIEBEN

# UND

# NEUNZIG

# SACHEN

U R

# SACHEN

1
PORTRÄT DES BOCHUMER REKTORS BERNHARD KLEFF

2
SCHÄDELFRAGMENT EINES URS

# PORTRÄT DES BOCHUMER REKTORS BERNHARD KLEFF

1

Hermann Peters; 1. Drittel 20. Jh.
Radierung auf Papier; Blatt: H 61,5 cm, B 42,8 cm, Druck: H 40 cm, B 30 cm
Zugang Heimatmuseum, vermutlich 1920er Jahre

Vom Auerochsen (Ur), mit dem Bernhard Kleff sich die Gruppe „Ursachen" teilt, bleibt uns nur ein Horn, Kleff dagegen hinterließ zahlreiche Spuren seines Wirkens. Er betrat die Bühne aber auch viel später als das vor Jahrtausenden in unseren Gefilden heimische Urvieh. Kleff war Urheber in mehrfacher Hinsicht. Die Vereinigung für Heimatkunde hob er mit aus der Taufe und amtierte als ihr erster Vorsitzender. An der Gründung der Städtischen Gemäldegalerie war er beteiligt. In erster Linie aber war er der Initiator der Stadtgeschichtlichen Sammlung und des Heimatmuseums Haus Rechen. Damit ist er ursächlich dafür verantwortlich, dass es die Ausstellung und diesen Katalog gibt.

Am 1. November 1899, nach abgeschlossenem Lehramtsstudium, nahm der am 15. Oktober 1876 in Steinkuhl geborene Bernhard Kleff eine Lehrerstelle in Wiemelhausen an. Am 1. April 1904, dem Tag der Eingemeindung Wiemelhausens nach Bochum, wurde er zum Hauptlehrer befördert und am 26. Januar 1908 zum Rektor der katholischen Volksschule an der Wiemelhauser Straße ernannt. In den „Außenbezirken" wollte Kleff aber nicht bleiben. Er bewarb sich auf die frei gewordene Stelle des Rektors der Weilenbrinkschule im Zentrum der Stadt, die er am 1. Oktober 1910 antreten konnte. Hier war die ‚Wiege' der Stadthistorischen Sammlung, die Kleff zunächst als Schulsammlung anlegte. 1913 übernahm die Stadt Bochum die Sammlung, stellte Mittel für den Erwerb von „Altertümern" in den Haushalt ein und beauftragte Kleff mit dem weiteren Aufbau. 1918 tagte erstmals ein städtischer Museumsausschuss, und im Dezember 1919 eröffnete man das Stadtmuseum in der ehemaligen Ritterburg Haus Rechen. Bernhard Kleff wurde Museumsleiter (im Nebenamt) und blieb gleichzeitig Rektor der Weilenbrinkschule. Erst 1936 übertrug ihm die Stadt Bochum die hauptamtliche Leitung des Museums und des Stadtarchivs, das er seit 1921 ebenfalls nebenamtlich betreut hatte. Während des großen Luftangriffs auf Bochum, am 4. November 1944, wurde das Museum Haus Rechen zerstört. Die Sammlung war vorher ausgelagert worden. 1945/46 kam sie schwer geschädigt nach Bochum zurück. Kleff hatte sich zwischenzeitlich in Lippstadt zur Ruhe gesetzt. Von hier aus blickte er tief verbittert nach Bochum und auf die Trümmer seines Lebenswerks. Er starb am 26. August 1948.

Die Radierung von Hermann Peters entstand vermutlich in den 1920er Jahren. Nur der Kopf und die rechte Hand sind ausgeführt, vielleicht als Zeichen für die Einheit von Geist und Tat, wobei die bewusste Reduzierung auf die zum Denken und Anpacken erforderlichen Körperteile den Porträtierten besonders charakterisieren sollte. Der am 14. Januar 1886 geborene Maler und Grafiker Hermann Peters war Schüler der Akademie Düsseldorf, wirkte in Bochum und Gelsenkirchen und starb 1970 in Eschenlohe. Er gehörte dem 1923 von Otto Wohlgemuth gegründeten „Ruhrlandkreis" an, einer Vereinigung von Schriftstellern und Malern. In ihren Werken setzten sie sich mit den Folgen der Industrialisierung auseinander, wobei die Industrie als bedrohlich, fremd und disharmonisch erscheint, die Menschen und das Land (die „Heimat") als ihre Opfer. Zu Kleff könnte eine geistige Verwandtschaft bestanden haben. Auch er sah das „Land der Industrie" als „Land der Opfer". Man müsse sich damit abfinden und die Heimat „kennen, pflegen und lieben" lernen, schrieb Kleff in dem 1925 von ihm herausgegebenen ersten Band des „Bochumer Heimatbuchs".

Hermann Peters wurde vor allem mit Industriebildern bekannt, malte aber auch Landschaften und fertigte Porträts. Seine Arbeiten seien „ohne jegliche Beimischung von Tendenz", lobte ein Zeitgenosse aus dem Umfeld des „Ruhrlandkreises". Das unterschied Peters von Künstlern, die, wie etwa Käthe Kollwitz, die Kunst (auch) in den Dienst politischer Forderungen stellten – und dafür kritisiert wurden. Vom 8. Oktober bis 9. November 1922 präsentierte die Bochumer Gemäldegalerie eine Sonderausstellung mit Arbeiten von Hermann Peters. Kleff gehörte dem Ausschuss für die Gemäldegalerie an. Ob er an der Planung der Peters-Ausstellung beteiligt war oder – umgekehrt – durch die Ausstellung auf ihn aufmerksam wurde, spielt keine Rolle. Kleff war aber wohl ein ‚Fan' von Hermann Peters und blieb ihm treu. Das wird die Ursache dafür gewesen sein, dass er in den 1920er Jahren zahlreiche Zeichnungen und Radierungen von Peters für das Heimatmuseum ankaufte. 24 davon befinden sich noch heute im Bestand und sind Teil der Stadthistorischen Sammlung.

INGRID WÖLK

SIEBEN

UND

NEUNZIG

SACHEN

# SCHÄDELFRAGMENT EINES URS

2

Mittelsteinzeit (8000–4000 v. Chr.)
Fundort: Bochum-Harpen / Ölbach / Wieschermühle (Ausgrabung durch Pastor Leich);
Bos primigenius mit kräftigem Hornzapfen; ca. H 37 cm, B 21 cm, T 12 cm
Zugang Kulturamt (Heimatmuseum), 1954

Unter den aus dem Ölbach geborgenen Knochenresten befindet sich auch das linke Fragment eines Wildrinderschädels mit vollständigem Horn. Aufgrund seiner typischen Merkmale kann das Stück dem Auerochsen oder dem Ur (Bos primigenius) zugeschrieben werden. Da das Stück relativ klein ist, mag es von einem weiblichen Tier stammen.

Der Ur, wohl aus Asien eingewandert, ist erst relativ spät in Mitteleuropa heimisch geworden. Seine ältesten Reste stammen von Fundstellen des jüngeren Eiszeitalters, dem sogenannten späten Mittelpleistozän. Hier wären Fundorte in Baden-Württemberg (Steinheim an der Murr) oder Sachsen-Anhalt (Neumark-Nord) zu nennen, die etwa 220.000 Jahre alt sind. Der Ur ist ein typischer Vertreter der kurzen warmen Phasen des jüngeren Eiszeitalters, während er mit Beginn der längeren und kalten Abschnitte nach und nach verschwindet, um bald nur noch in südlichen Gefilden zu finden zu sein. So stammen in Deutschland viele Funde vor allem aus der letzten Warmzeit (Eem-Interglazial), die vor etwa 127.000–118.000 Jahren vor heute das Klima prägte. Die Überreste mächtiger Stiere mit seitlich bis zu 1,4 m ausladenden Hornzapfen sind aus dieser Zeit zum Beispiel aus der Oberrheinebene bekannt.

Für den eiszeitlichen Menschen war der Ur ein attraktives, aber sicher auch gefährliches Jagdwild. Von einer Fundstelle – La Borde – des späten Neandertalers aus dem südwestlichen Frankreich (mehr als 100.000 Jahre alt) hat man Belege dafür, dass hier in recht kurzer Zeit mindestens 27 Auerochsen gejagt, zerlegt und weiterverwertet wurden.

Die Auerochsen wurden auch immer wieder in der eiszeitlichen Kunst des modernen Menschen, des „Homo sapiens", dargestellt. Berühmt sind die Malereien großer Auerochsen im „Saal der Stiere" der Höhle von Lascaux in der südfranzösischen Dordogne. Diese Darstellungen sind vielleicht 20.000 Jahre alt und gehören damit in eine allgemein sehr kalte Phase der letzten Kaltzeit, doch waren im südlichen Frankreich die Lebensbedingungen für den Auerochsen (vielleicht auch als Sommergast) zu dieser Zeit offenbar ausreichend.

Ob die Rinderreste, die aus einem warmen Abschnitt vom Ende der letzten Kaltzeit (sogenannte Allerød-Interstadial) vor rund 13.000 Jahren am Mittelrhein gefunden wurden, dem Auerochsen oder einer anderen Wildrinderart (Wisent) zuzuordnen sind, bleibt aufgrund wenig aussagekräftiger Knochenreste offen. Die damalige Umwelt – kühl-gemäßigt mit lichten, aber doch geschlossenen Wäldern mit besonders vielen Birken und Kiefern und reichem Unterwuchs – spricht allerdings dafür, dass der Auerochse seinen Lebensraum wieder nach Norden ausdehnen konnte. Wenn dies so war, dann verschwand er zumindest aus dem nördlichen Mitteleuropa in der Folge wieder, denn aus dem kalten Abschnitt der Jüngeren Dryaszeit (12.800–11.640 vor heute) ganz am Ende der letzten Kaltzeit fehlen entsprechende Nachweise.

Mit Beginn der ‚nacheiszeitlichen' Wiederbewaldung des Holozäns werden die Funde des Auerochsen dann sehr zahlreich. Eigentlich jede Fundstelle des Mesolithikums (Mittelsteinzeit) mit Knochenerhaltung in Mitteleuropa hat Skelettreste des Auerochsen geliefert. Etwa 11.000 Jahre alt sind die Schlachtabfälle von Bedburg-Königshoven am Niederrhein, wo mehrere verschieden alte Auerochsen zerlegt worden sind. Aus Dänemark kennt man den etwas jüngeren Befund, wo mit den Knochen eines kräftigen Urstieres mehrere steinerne Pfeilspitzen mesolithischer Jäger entdeckt worden sind, die eine erfolgreiche Jagd dokumentieren – allerdings versank das Tier dann unerreichbar in einem See.

Auch aus Westfalen stammen aus dem frühen Holozän Reste des Auerochsen, so aus Füchtorf bei Warendorf, wo bereits 1844 das Skelett einer Kuh gefunden werden konnte, oder aus Bad Sassendorf; dort entdeckte man 1985 einen Stier.

Auch aus Fundstellen der folgenden Perioden der Ur- und Frühgeschichte oder aus natürlichen Ablagerungen dieser Zeiten sind immer wieder die Reste von Auerochsen bekannt geworden. Er war zeitweise immer noch ein wichtiges Jagdtier. Später war die Jagd auf den Ur-Stier dann herrschaftliches Privileg.

Nach und nach wurden die Auerochsen jedoch immer seltener und 1627 ist das allerletzte Tier – eine Kuh – in einem polnischen Wald erlegt worden. Zwar ist diese Tierart damit endgültig ausgestorben, doch lebt der Ur in den Genen der Hausrinder, die von ihm abstammen, weiter.

Wie alt der Fund aus Bochum-Kirchharpen ist, kann letztlich ohne eine Radiokarbon-Datierung nicht sicher gesagt werden. Die übrigen Stücke der Fundstelle gehören möglicherweise ganz unterschiedlichen Zeitperioden an. Ob der Überrest dieses Auerochsen tatsächlich in die Mittelsteinzeit bzw. das frühe Holozän gehört, bleibt somit noch abzusichern.

MICHAEL BAALES

SIEBEN

UND

NEUNZIG

SACHEN

# T A T

# SACHEN

3
AMPHIBOLITAXT

4
STRASSENSCHILD „ADOLF-HITLER-PLATZ“

5
TELESKOP DER VOLKSSTERNWARTE SCHILLERSCHULE

6
ZWEI KUPFERSTICHE MIT KAMPFSZENEN

7
STEINSCHLOSSPISTOLE

8
„BOCHUMER TOTENTANZ“

9
BODENSTANDUHR

10
ALCHEMISTISCHE SCHRIFT

# AMPHIBOLITAXT

3

wahrscheinlich Jungsteinzeit, Rössener Kultur; um 4500–4300 v. Chr.
Fundort: Bochum-Harpen, Ringofen, Ziegelei, 1953
Hornblendeschiefer; L 16,9 cm, B 5,6 cm, Dm 3,4–4,1 cm; Stielloch: Dm 2,1–2,6 cm, L 4,1 cm
Zugang Städtische Kunstgalerie, o. J.

Zu den schönsten Stücken aus dem Bochumer Stadtgebiet, die dem Neolithikum zuzuweisen sind, zählt der Einzelfund einer vollständigen neolithischen Axt mit gerundetem Nacken. Aufgrund der in den Ortsakten erhaltenen Unterlagen ist es eine Tatsache, dass der Fund, etwa 40 m nördlich der Rössener Siedlung von Harpen, am Nordhang des ehemaligen flachen Hügels, schräg nach unten halb in der Übergangsschicht (der Nacken) und halb im Lösslehm steckend, aufgefunden wurde. Es handelt sich also in klassischer Weise um einen Einzelfund. Inwieweit die beschriebene Fundlage Aufschluss über die Art der Vergrabung, zum Beispiel als Weihefund, gibt, bleibt allerdings unsicher. Jedenfalls gehört der Fund nicht sicher zu der mittelneolithischen Siedlung, die weiter südlich von Karl Brandt 1952 an der Grenze zu Bochum-Grumme dokumentiert worden ist.

Es ist auch eine Tatsache, dass in solchen Fällen die Archäologie zu ihren ureigensten Methoden greift, um der Funktion und der zeitlichen Einordnung des Stückes nahe zu kommen. Zunächst handelt es sich um eine geschliffene Amphibolitaxt aus schwarzgrau gesprenkeltem Hornblendeschiefer mit stumpfem, gerundetem Nacken und parallelseitiger, leicht asymmetrischer Schneide, die einseitig von der Ober- zur Unterseite abgenutzt ist. Die gebohrte Lochung weist an der Oberseite einen größeren Durchmesser (2,6 cm) als auf der Unterseite (2,1 cm) auf und gibt daher die Richtung der Einstielung wieder. Die Schneide ist durch Nutzung schartig, ebenso lässt der stumpfe Nacken Abstoßungen erkennen. Das Stück hat vor allem auf der Unterseite eine verschliffene Abplatzung; allerdings weist der Stein verschiedene Unregelmäßigkeiten auf.

Nun gilt es als nächstes zu entscheiden, ob das Stück als bloße Arbeitsaxt oder schon als Waffe und Statussymbol anzusprechen ist. Auffälligerweise hat es einen gerundeten Nacken, weist der Körper im Querschnitt eine geschliffene, doppelkonische Form auf und ist das Stück in der Seitenansicht leicht nach unten gebogen. Es ähnelt darum eher jungneolithischen Rundnackenäxten denn den mittelneolithischen Arbeitsäxten, wie wir sie auch für die Siedlung auf dem Harpener Ringofen (Kirchharpen) erwarten würden. Arbeitsäxte, wie wir sie etwa ab der Mitte des 5. Jahrtausends v. Chr. im Rheinland kennen (etwa aus Gräberfeldern und Siedlungen der Hinkelstein- und Großgartacher Kulturgruppe), haben häufig noch einen abgeplatteten Nacken und keine so deutliche Abkantung der Seiten. Doch sind die Übergänge fließend und darum ist es für die prähistorische Archäologie schwer zu entscheiden, wie sie dieses Objekt datieren soll. Auch das ist eine Tatsache.

Ob nun frühes Streitbeil oder Axt: Der Bochumer Nordosten war auf den wasserreichen und fruchtbaren Lössinseln während des 5. Jahrtausends intensiv besiedelt, inmitten eines seit dem 6. Jahrtausend v. Chr. und vor allem im 5. Jahrtausend v. Chr. siedlungsreichen Raumes des mittleren Ruhrgebietes. An verschiedenen Stellen konnten hier Siedlungsfundstellen der „stichbandkeramischen" Kulturgruppen, vor allem der sogenannten Rössener Kultur, ausgegraben werden. Die siedlungsgeschichtliche Bedeutung des Raumes ist durch den Befund einer Kreisgrabenanlage von 46 m Durchmesser in Bochum-Harpen erwiesen: Sie kann mit ähnlichen seit dem Mittelneolithikum üblichen Kreisgrabenanlagen verglichen werden, wie sie sich vorzugsweise in Süddeutschland und dem mittleren Donauraum finden.

Jedenfalls wurde das Objekt für Handgreifliches verwendet, sei es um die Bäume für die nahe liegende mittelneolithische Siedlung zu fällen, sei es um sie als Waffe gegen jemand anderen zu richten; dennoch sprechen die nur geringfügigen Abnutzungen nicht dafür, dass es lange Zeit als Arbeitsgerät im Einsatz gewesen ist. Typisch sind die langen, leicht bauchigen, an den Schmalseiten verjüngten Hausanlagen dieser Zeit: Allein das in Hiltrop-Hillerberg Nord errichtete Haus muss nach den Bodenbefunden eine enorme Länge von ca. 82 m gehabt haben. Die Errichtung des für Bochum außergewöhnlichen Hauses hat sicher vor und um die Mitte des 5. Jahrtausends v. Chr. einiges an Waldarbeit erfordert. Dass unsere schwere Axt auch dabei gut einzusetzen gewesen wäre, liegt auf der Hand.

THOMAS STÖLLNER

SIEBEN

UND

NEUNZIG

SACHEN

# STRASSENSCHILD „ADOLF-HITLER-PLATZ“

4

Deutschland; 1933
Eisenblech, blauweiß emailliert; H 15 cm, B 79 cm, T 1 cm
Zugang Stadtarchiv, um 1983

Eigentlich dürfte es das Straßenschild mit der Aufschrift „Adolf-Hitler-Platz“ gar nicht mehr geben. Denn es war erklärtes Ziel der Siegermächte, Deutschland nach dem Ende des Zweiten Weltkrieges auf den demokratischen Weg zu führen. Dazu sollten auch die Entnazifizierung und Entmilitarisierung in Gesellschaft, Politik und Wirtschaft beitragen. Der Alliierte Kontrollrat in Berlin setzte am 13. Mai 1946 die Direktive Nr. 30 in Kraft. Sie legte fest, dass unter anderem auch das Aufstellen von Straßenschildern gesetzwidrig sei, wenn es dazu diene, „die deutsche militärische Tradition zu bewahren und lebendig zu erhalten, den Militarismus wachzurufen oder die Erinnerung an die nationalsozialistische Partei aufrechtzuerhalten“. Existierten solche Schilder bereits, mussten diese bis zum 1. Januar 1947 zerstört werden, denn auch ihre „Aufbewahrung oder wissentliche Zurschaustellung“ war untersagt.

Wie kam dann das hier abgebildete Straßenschild ins Bochumer Stadtarchiv? Fakt ist, dass es 1983 im Rahmen der Ausstellung „Hakenkreuz über Bochum“ gezeigt wurde. Naheliegend ist, dass es aus der damals noch selbständigen Stadt Wattenscheid stammt. Hier gab es wie in vielen anderen Städten einen Adolf-Hitler-Platz.

Nur wenige Wochen nach der Machtübernahme Adolf Hitlers am 30. Januar 1933 wurden überall in Deutschland Straßen, Plätze und Schulen nach nationalsozialistischen Parteigrößen, Militärs aus dem Ersten Weltkrieg und sogenannten „Blutzeugen der Bewegung“ benannt. Das waren Faschisten, die zwischen 1923 und 1933 meist in Straßenkämpfen mit politischen Gegnern ums Leben gekommen waren. Bevorzugt wurden Straßen umbenannt, die die Namen von bekannten Kommunisten, Sozialisten, Gewerkschaftlern, Juden usw. trugen. Die Umbenennung – das Schaffen neuer Tatsachen – war ein Beitrag zur Systemstabilisierung des Nationalsozialismus.

Zum Thema Straßenumbenennung gab es eine Reihe von Erlassen des preußischen Innenministers beziehungsweise des Reichsministers des Inneren. Zwei Beispiele:

Am 9. Mai 1933 teilte das preußische Ministerium des Inneren mit, dass Handlungsbedarf bestünde, wenn „vor der nationalen Erhebung die Bezeichnung von Straßen usw. ohne sachliche Notwendigkeit lediglich zur Verherrlichung des Marxismus oder seiner Vertreter geändert worden“ sei. Am 27. Juli 1938 mahnte das Reichsministerium des Inneren Vollzug an: „Soweit dies noch nicht geschehen ist, sind sämtliche nach Juden und jüdischen Mischlingen I. Grades benannte Straßen oder Straßenteile unverzüglich umzubenennen.“ Erlasse des Reichsministers des Inneren vom 30. August 1939 und vom 19. Oktober 1940 zielten schließlich auf die Beendigung der nationalsozialistisch geprägten Straßenumbenennungen ab.

Bis dahin hatte es in Wattenscheid und in Bochum eine Reihe von Umbenennungen gegeben. So wurde aus der Probst-Hellmich-Promenade die Horst-Wessel-Promenade und aus dem Gertrudis-Platz der Platz der SA. Am 4. April 1933 schrieb die Allgemeine Wattenscheider Zeitung (AWZ): „Der bisherige ‚August-Bebel-Platz‘ ist in ‚Adolf Hitler-Platz‘ umzubenennen. Der Antrag wird mit den Stimmen der Rechten angenommen. Stadtv. Krahforst (Zentr.) erklärt, daß seine Fraktion sich der Stimme enthalte.“ Die neuen Machthaber fühlten sich legitimiert, wie Kreisleiter Kleshies am Nationalfeiertag in Wattenscheid betonte. Die AWZ berichtete darüber am 22. März 1933: „Zu der Umtaufung sei er insofern berechtigt, da heute annähernd 20.000 Bürger der Stadt Wattenscheid den neuen Kurs wünschten“.

Die zahlreichen Straßenumbenennungen in Bochum lassen sich an Hand einer Akte aus der Verwaltungsstelle Harpen, Laufzeit 1930–1939, 1945 rekonstruieren. Die eingangs erwähnte Direktive Nr. 30 wurde hier im Juni 1945 umgesetzt.

URSULA JENNEMANN-HENKE

SIEBEN

UND

NEUNZIG

SACHEN

# TELESKOP DER VOLKSSTERNWARTE SCHILLERSCHULE

5

Spiegelteleskop: Fa. Manfred Wachter, Stuttgart-Uhlbach;
Leitrohr; Fa. Lichtenknecker, Berlin; Mitte 1960er Jahre
Spiegeldurchmesser 40 cm, Länge Tubus 150 cm, Breite Schwenkradius 50 cm
H ca. 250 cm, Gewicht mit Montierung ca. 550 kg
Zugang Stadtarchiv/Bochumer Zentrum für Stadtgeschichte, 2007

Es begab sich im Jahr 1948: In der neu gegründeten Bochumer Volkshochschule fand sich eine Gruppe von Menschen zusammen, die von den Sternen und der Himmelskunde begeistert war. Dort bildeten sich Arbeitsgemeinschaften unter der Leitung des Chemieingenieurs Heinz Kaminski, der Hobby-Astronom und Amateurfunker war. Auf dem Dach der Goetheschule fanden erste Sternführungen statt. Der Wunsch nach einer festen Beobachtungsstation wuchs, und so wurde der Titel einer der Arbeitsgemeinschaften „Wir bauen eine Volkssternwarte" zum Programm.

Am 4. Mai 1953 war es soweit: Die drehbare Kuppel auf der Schillerschule war fertig gestellt, der Grundstein für die spätere „Sternwarte Bochum" gelegt. Das erste Teleskop war ein Linsenfernrohr, auch Refraktor genannt, mit einem Objektiv-Durchmesser von etwas mehr als 15 cm. Mitte der 1960er Jahre wurde dann unser Ausstellungsstück als neues Fernrohr der Beobachtungsstation zur Tatsache: Es ist ein Spiegelteleskop der Firma Manfred Wachter mit einem Durchmesser von 40 cm und einer Brennweite von 6,80 m. Als Leitrohr dient ein Refraktor mit 12,5 cm Durchmesser und 1,30 m Brennweite der Firma Lichtenknecker. Dieser „verkittete Achromat" besitzt ein Objektiv aus zwei Linsen, das die gröbsten Farbfehler, die bei einem Teleskop mit nur einer Objektivlinse unvermeidlich sind, ausgleicht. Die Teleskope sitzen auf einer gemeinsamen Montierung. Schon in den 60er Jahren hatten sie eine elektrische Nachführung. Betriebsfertig kostete das Gerät bei der Anschaffung etwa 30.000 DM.

Wie man sofort erkennt, ist das große Spiegelteleskop nicht 6,80 Meter lang. Offenkundig ist der Strahlengang gefaltet, und zwar auf raffinierte und besonders besucherfreundliche Art in einem „Cassegrain-Coudé"-System. Das Licht eines Himmelsobjektes wird dabei über insgesamt vier Spiegel zum Okular gelenkt. Warum ist dieser komplizierte Lichtweg ein Vorteil? Das Okular ist raumfest, ändert also seine Position nicht. Dem Beobachter bleibt erspart, sich – wie bei vielen anderen Amateur-Teleskopen – beim Beobachten je nach Stellung des Himmelsobjekts schmerzhaft zu verrenken, etwa bei der Betrachtung eines zenitnahen Objektes unter den Spiegel zu kriechen oder alternativ auf einer schwankenden Leiter der Okularöffnung hinterher zu klettern.

Viele Jahrzehnte lang holte das Teleskop für alle interessierten Bochumer den Himmel auf die Erde. Vom Zahn der Zeit blieb es dabei nicht verschont: 1982 musste ein neuer Antrieb eingebaut werden. Bis Juni 2006 war die Beobachtungsstation an jedem Montagabend außerhalb der Ferien geöffnet. Über die Jahre arbeiteten viele Gruppen von Amateurastronomen mit dem Teleskop, es wurden diverse Sonnen- und Mondfinsternisse und günstige Sichtbarkeiten von Planeten und Kometen ebenso beobachtet wie ferne Sternhaufen und Nebel. So diente das Teleskop dazu, Dinge sichtbar zu machen, die unbestreitbar Tatsachen, aber nicht direkt zu sehen sind. Durch dieses Teleskop wurde die Astronomie, die Wissenschaft von den Dingen, die sehr weit weg sind und doch die Bedingungen für unsere Existenz definieren, direkt erfahrbar.

An dem seit langem etablierten Beobachtungstermin änderte sich nichts, als sich die Sternwarte Bochum 1982 in das private „Institut für Umwelt- und Zukunftsforschung" unter Leitung von Heinz Kaminski und die nach wie vor städtische Sternwarte mit Großplanetarium und Beobachtungsstationen spaltete. Aus der einen waren mittlerweile zwei Stationen geworden: 1976 kam die Sternwarte auf der Erich-Kästner-Schule dazu. Dorthin hat sich seit 2006 der Beobachtungsbetrieb verlagert, und dort holen heute an jedem Freitag andere Teleskope die himmlischen Tatsachen direkt ins Auge des Betrachters.

SUSANNE HÜTTEMEISTER

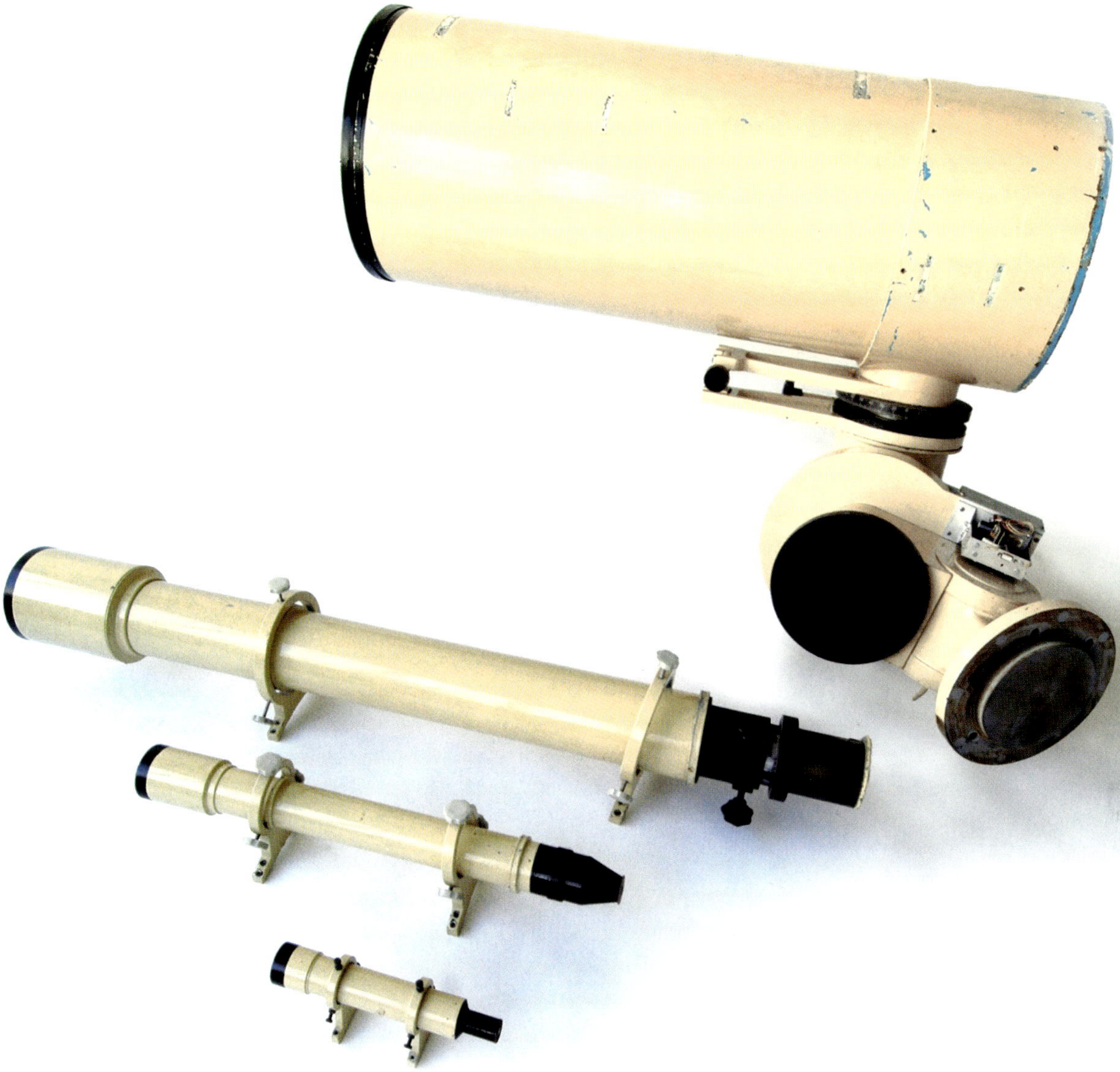

SIEBEN

UND

NEUNZIG

SACHEN

# ZWEI KUPFERSTICHE MIT KAMPFSZENEN

6

a) Kampf von achtzehn nackten Männern
b) Kampf des Titus Gracchus
Barthel Beham; undatiert (a) und 1528 (b)
Kupferstiche auf Papier, Ränder beschnitten; a) H 5,8 cm, B 29,5 cm, b) H 5,4 cm, B 29,2 cm
Zugang Städtische Gemäldegalerie, nach 1921

Insgesamt 53 miteinander kämpfende Männer sind in der Form lang gestreckter Friese auf den beiden Kupferstichen dargestellt, die aus der vom Leiter des Heimatmuseums im Jahr 1921 mitgegründeten „Städtischen Gemäldegalerie Bochum" stammen, für die Bernhard Kleff gezielt Kunstwerke ankaufte. Neben einer umfangreichen Aldegrever-Sammlung gehörten auch diese wertvollen Kupferstiche zum Grundstock der Galerie.

Es handelt sich um Originaldrucke zweier bekannter Arbeiten des Nürnberger Malers und Kupferstechers Barthel Beham (1502–1540), eines Zeitgenossen Albrecht Dürers. Der „Kampf von achtzehn nackten Männern" zeigt, wie auf einer hell erleuchteten Bühne Gruppen von muskelbepackten Kämpfenden, von denen einige bereits besiegt am Boden liegen, mit primitiven Waffen wie Keulen, Kinnbacken, Dolchen und Schilden. Wie in einem Musterbuch sind die den gesamten Fries ausfüllenden Körper in verschiedenen Stellungen, Bewegungen und Verkürzungen dargestellt. In dem Kampffries des „Titus Gracchus" mit auf engstem Raum untergebrachten 26 Fußkämpfern sowie neun Reitern mit ihren Pferden steigert sich der Eindruck zu dem suggestiven Bild eines Gemetzels, in dem jeder auf jeden mit Schwertern, Steinen, Keulen und Lanzen einzuschlagen scheint.

Der Nahkampf galt seit der Antike als Inbegriff der männlichen Stärke, des Muts und der Tatkraft. Sowohl im kriegerischen Ernstfall als auch im Kampfsport maßen sich die Kontrahenten im direkten Gegenüber. Dem Stecher ging es aber weniger um die Darstellung bestimmter Kämpfe – dies zeigt etwa die nachträgliche Benennung des schon zuvor ohne Titel publizierten Stiches des „Titus Gracchus" – als vielmehr um den Nachweis seiner künstlerischen Virtuosität. Ein ganzes Spektrum an Körperstudien und Anatomiekenntnissen ist, verbunden mit gekonnter perspektivischer Verkürzung, in diesen Kompositionen zusammengefasst. Obwohl nicht erwiesen ist, dass Barthel Beham vor seinem Todesjahr – er starb auf einer Reise nach Italien – Studienreisen unternommen hat, sind die italienischen Vorbilder unverkennbar. Schon um 1470 hatte Antonio Pollaiuolo in Florenz einen Stich mit dem „Kampf der zehn nackten Männer" veröffentlicht. Auch mag Beham von Michelangelos Marmorrelief „Kentaurenkampf" (um 1492), vor allem aber durch Raffaels „Kindermord zu Bethlehem" (um 1511) angeregt worden sein, einer Komposition, die über Kupferstichkopien Marcantonio Raimondis auch nach Deutschland gelangte.

Die strotzende Körperlichkeit, die Barthel Behams Werke insgesamt auszeichnet, erscheint vor allem bei seinen biblischen Darstellungen ambivalent. Die durchweg üppigen Frauenkörper wurden teilweise als wenig fromm empfunden. Immer steht die Tat und die Bewegung, weniger die innere Einkehr, Moral und Ruhe im Vordergrund. Dabei entspricht die Bodenständigkeit seines Stils dem, was aus seiner Biographie bekannt ist. Mit seinem älteren Bruder Sebald Beham und Georg Pencz gehörte er zu den „drei gottlosen Malern", die 1525 vom Nürnberger Rat aufgrund ihrer „unchristlichen Haltung zum Sakrament des Altars und der Taufe" gefangen genommen und aus der Stadt gewiesen wurden. Tatsächlich ging ihre Kritik an der Papstkirche weit über das reformatorische Gedankengut hinaus: Vor allem Barthel Beham agitierte freimütig auf dem Nürnberger Marktplatz; er stellte die Sakramente in Frage, hielt die Bibel für bloßes Menschenwerk und stritt Christus die göttliche Legitimation ab. Dennoch muss er auch nach seiner Vertreibung in geordneten Verhältnissen gelebt haben, denn gerade um 1525 entstanden viele Werke. Die Kampffriese hat Barthel wohl bereits in München gefertigt, wo er seit 1527 nachweisbar ist.

REINHILD STEPHAN-MAASER

SIEBEN

UND

NEUNZIG

SACHEN

# STEINSCHLOSSPISTOLE

7

wahrscheinlich Diemar, Zella-Mehlis (Lauf), Louis Servais, Liège (Schloss); 1. Drittel 18. Jh.
Nussbaumholz, Messing, Eisen; L 53 cm, B 6,4 cm, H 15 cm
Zugang Heimatmuseum, 1921

Ob mit der Bochumer Steinschlosspistole Helden- oder Untaten begangen wurden, lässt sich nicht beantworten. Es sind dem Objekt jedoch Hinweise auf seine Entstehungszeit und zwei der beteiligten Handwerker zu entnehmen. Für die Herstellung einer Feuerwaffe waren zahlreiche Spezialisten wie Schlossmacher, Laufschmiede oder Schäfter erforderlich.

Deutlich erkennbar ist die Signatur DIEMAR auf der Oberseite des am Hinterende achteckigen Laufes der Steinschlosspistole. Das Lexikon der Büchsenmacher verzeichnet diesen Namen für das Jahr 1725 in Berlin, und in Windsor Castle befindet sich ein Pistolenpaar, das mit „Diemar London" signiert ist. Wahrscheinlicher ist jedoch eine andere Provenienz: Nach Auskunft des Museumsleiters in der Beschussanstalt Zella-Mehlis, Thüringen, ist dort der Name Diemar als Hersteller von Waffen und Waffenteilen vom 17. bis 20. Jahrhundert bekannt. Da viele Markierungen verdeckt angebracht wurden, könnte aber nur eine Demontage der Waffe genauere Aufschlüsse geben. Sichtbar – wenn auch lediglich fragmentarisch erhalten – ist nur noch eine Signatur auf der Schlossplatte, die zu L. SERVAIS ergänzt werden kann. Nachgewiesen ist laut Støckel für den Zeitraum 1709–1736 ein Louis Servais in Liège (Lüttich), der 1736 als „Waffenhändler in Diensten seiner Kaiserlichen Majestät" bezeichnet wurde.

Für eine Entstehungszeit im frühen 18. Jahrhundert sprechen auch die Schäftung mit dem birnenförmigen Kolben sowie die langen Sporne der Kolbenkappe aus Messing. Auch der nach hinten zu einer kleinen Rundung gebogene Abzug findet sich an Pistolen aus dieser Zeit. Die dekorativen Elemente der Waffe schließen aus, dass es sich um eine in Massen hergestellte Kavalleriepistole gehandelt hat. Eher ist an eine Offizierswaffe oder eine Auftragsarbeit für eine Privatperson zu denken.

Das Steinschloss diente für mehr als zwei Jahrhunderte als Zündmechanismus von Feuerwaffen, bis es 1835–45 vom Perkussionsschloss verdrängt wurde. Die Erfindung des sogenannten französischen (Stein-)Schlosses, das ältere Konstruktionselemente verband und verbesserte, wird der Werkstatt des Büchsenmachers Marin de Bourgeoys in Lisieux (Normandie) zugeschrieben und auf die Zeit um 1610 datiert. Von Frankreich aus verbreiteten sich Steinschlosswaffen in ganz Europa; ab dem letzten Viertel des 17. Jahrhunderts wurden die Heere mit dieser Waffentechnik ausgerüstet. Um 1720 verfügten schließlich alle größeren Militärmächte über Steinschlossgewehre und -kavalleriepistolen.

Das dem Radschloss nachfolgende Steinschloss zündete die Pulverladung der Waffe, indem ein Feuerstein auf eine Stahlfläche traf und dadurch Zündfunken erzeugte. Die Verwendung dieses Steins gab dem Steinschlossgewehr den Namen Flinte: Das aus dem Althochdeutschen stammende Wort „Flint" bezeichnet den Feuerstein. Dieser wurde zwischen die Backen oder Lippen des Hahns eingespannt (bei dem ausgestellten Objekt fehlt dieses Funktionselement). Betätigte man den Abzug, schlug der Stein gegen die sogenannte Batterie (eine aufrecht stehende, speziell geformte Metallplatte) und hob diese an. Dadurch wurde die zuvor abgedeckte Pfanne frei gelegt und die darin befindliche kleine Pulvermenge durch die herabfallenden Funken gezündet. Von hier aus ging der Funken auf die Hauptladung über und zündete auch diese, sodass das zuvor mit einem Ladestock fest auf das Pulver aufgesetzte Bleigeschoss aus dem Lauf geschleudert wurde. Der ehemals zum Ausstellungsstück gehörende hölzerne Ladestock, der in die beiden Messinghalterungen unterhalb des Laufes geschoben wurde und zum Zeitpunkt des Zugangs in das Bochumer Heimatmuseum im Jahr 1921 noch vorhanden war, ist verloren gegangen.

BEATE OLMER

SIEBEN

UND

NEUNZIG

SACHEN

# „BOCHUMER TOTENTANZ"

8

Josef Albert Benkert; 1923
7 Federzeichnungen auf Papier; je H 32,5 cm, B 24,8 cm
Zugang Heimatmuseum, 1932

Im Spätsommer 1922 präsentierte der „Verein der Kunstfreunde" in Bochum die erste Einzelausstellung des gerade erst 22-jährigen Künstlers Josef Albert Benkert in den ein Jahr zuvor eröffneten Räumen der „Städtischen Gemäldegalerie" an der Viktoriastraße. Unter der Leitung des Kunstexperten Dr. Richart Reiche und in enger Abstimmung mit dem Leiter des Heimatmuseums im Haus Rechen, Rektor Kleff, suchte man Bochum auch in der bildenden Kunst ein engagiertes Profil zu geben. Der Zeichnungs-Zyklus „Bochumer Totentanz" von J.A. Benkert aus dem Jahr 1923 gehört zu den frühen Erwerbungen für die Kunstsammlung in den 20er Jahren.

Josef Albert Benkert, 1900 in Kulmbach geboren, war Schüler von Christian Rohlfs und hatte in den süddeutschen Malern Otto Boveri und Anton Rauh frühe Förderer gefunden. Nach dem ersten Weltkrieg übersiedelte er nach Soest und war später in Berlin Mitbegründer einer Nachfolgegruppe der „Brücke"-Maler, dem „Freundeskreis des Nordens". Industrie- und Architekturlandschaften zählten zu seinen bevorzugten Bildgattungen, in den Jahren 1923/1924 entstehen Bilder zum Thema des Krieges und mehrere Totentänze.

‚Totentanz' wird die seit dem 14. Jahrhundert aufgekommene bildliche Darstellung der Gewalt des Todes über den Menschen genannt. In Form eines Reigens nimmt der Tod, der kein Alter und keinen Stand verschont, die Menschen mit sich fort. Über Hans Holbein den Jüngeren, Wenzel Hollar und Alfred Rethel tradierte sich die Kunstform des Totentanzes bis ins 20. Jahrhundert.

Josef Albert Benkert zeigt in seinem siebenteiligen Totentanz-Zyklus den Tod als perfiden Anstifter zum Arbeitskampf. Vor einer imposanten Industriekulisse, die sich als Werksanlage des Bochumer Vereins identifizieren lässt, agiert der Knochenmann hinterrücks und verschlagen, treibt die Bergarbeiter in einen Streik und reißt die Streikenden anschließend in den Tod. So wird der Tod zum Täter.

Rauchende Schlote, Fördertürme und Werkshallen bilden die Szenerie im Hintergrund der einzelnen mit der Tuschfeder expressiv gezeichneten Blätter.

Der Tod als Knochenmann überredet einen durch Hacke und Grubenlampe als Bergmann charakterisierten Arbeiter, zum Streik aufzurufen und die mit Gewehren und wehenden Fahnen durch nächtliche Straßen ziehenden Kumpel anzuführen. Auf dem vorletzten Blatt des Zyklus erschießt der Tod den Arbeiter hinterrücks, um am Ende an den Särgen der getöteten Arbeiter seine Zufriedenheit offen zur Schau zu stellen.

Benkert zeichnet mit expressivem Strich, Atmosphäre, Licht- und Schattenwirkung kalkulierend. Im Gegensatz zu traditioneller Totentanzauffassung zeigt sein Tod nuancenreiche Physiognomien, in denen sich hinterhältige Verführung, Triumph und Hohn niederschlagen. Der zum Streik verführte Arbeiter dagegen bleibt schattenhaft blass, ohne jegliche Individualität.

Auch die politische Botschaft der Totentanzzeichnungen Benkerts bleibt vage: Streik und Widerstand der Bochumer Arbeiter als vom Tod inszeniert zu denunzieren, muss angesichts der komplizierten Situation der Ruhrbesetzung im Jahre 1923 auch als konservative Aussage verwundern; sie ist wohl als ‚überzeitlicher' Kommentar des Künstlers konzipiert.

SEPP HIEKISCH-PICARD

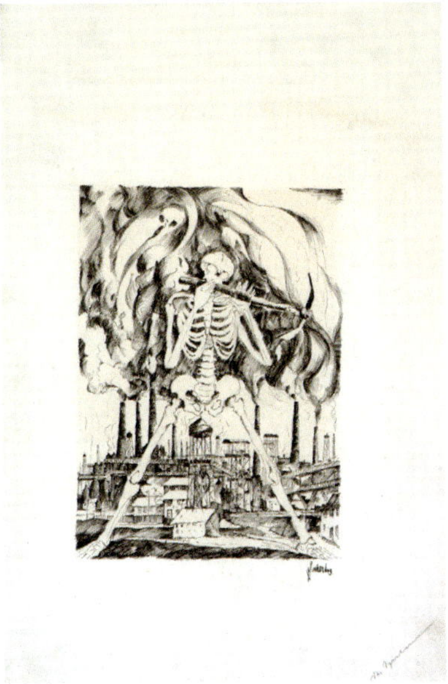

SIEBEN UND NEUNZIG SACHEN

# BODENSTANDUHR

9

Wilhelm Schulte, Bochum; 1800
Eichenholz, Email, Messing, Glas, Zinn, Blei; H 238 cm, B 52 cm, T 28 cm;
Zugang Stadtarchiv, 1999

Die Standuhr aus Eichenholz wird im Stadtarchiv seit 1999 als Dauerleihgabe der „Stiftung der Sparkasse Bochum zur Förderung von Kultur und Wissenschaft" verwahrt. Das Uhrwerk ist ein Handwerkserzeugnis – und damit gleichsam eine Tatsache – erster Güte.

Die Geschichte des Bochumer Uhrmacherhandwerks während der frühen Neuzeit wird wohl nie geschrieben werden können. Eine Uhrmacherinnung hat sich damals ebenso wenig entwickelt wie diejenige irgendeines anderen Gewerbes. Die Ackerbürgerstadt des 18. Jahrhunderts war für die Ansiedlung einer größeren Zahl von Handwerkern zu klein. Carl Arnold Kortum hatte deshalb keine Mühe, alle 1789 in Bochum handwerklich Tätigen aufzulisten. Er nennt unter ihnen nur einen einzigen Uhrmacher. Bei ihm mag, aber das bleibt eine Vermutung, Wilhelm Schulte, nach der Signatur auf dem Ziffernblatt der Hersteller der abgebildeten Standuhr, in die Lehre gegangen sein.

Darüber hinaus ist über Schultes Leben nur bedauerlich wenig in Erfahrung zu bringen. Er begegnet in den Bochumer Quellen erstmals zum Jahr 1802: Für dieses Jahr ist im „Bürgerbuch", dem 1519 angelegten und damit ältesten Amtsbuch der Stadt, sein Name in der Liste der neu vereidigten Bürgersöhne verzeichnet. Als Beruf wird bereits damals derjenige des Uhrmachers angegeben, sodass er seine Lehre wohl schon abgeschlossen haben dürfte. Davon abgesehen, liegt über Schultes Jugend ein undurchdringliches Dunkel. Das Geburtsdatum ist ebenso unbekannt wie der Name der Eltern. Ob es sich bei seinem Vater um den 1791 als Besitzer von sieben Scheffelsaaten Landes genannten Moritz Schulte handelte, bleibt ungewiss.

Wilhelm Schulte muss in kurzer Zeit ein angesehener Bürger seiner Heimatstadt geworden sein. Dafür spricht, dass man ihn gegen Ende des Jahres 1806 in den damals gerade eingerichteten „Sicherheitsausschuss" der Stadt berief. Dabei handelte es sich um ein neunköpfiges Gremium, dem es oblag, „gutwillige vermögende Bürger", wie Franz Darpe in seiner „Geschichte der Stadt Bochum" schreibt, für den Dienst in der sogenannten Bochumer Nationalgarde auszuwählen. Diese Garde hatte die öffentliche Ordnung zu sichern – so forderte es jedenfalls die französische Aufsichtsbehörde von der (zwischen 1806 und 1813 zum napoleonischen Herrschaftsbereich gehörenden) Stadt. Schulte selbst fungierte in der städtischen Truppe als Unteroffizier. Danach verliert sich seine Spur. Nur seine Uhr erinnert an ihn.

Bodenstanduhren konnten von Region zu Region in ihrer Gestaltung (etwa des Uhrenschrankes oder des Uhrenkopfes) stark variieren. Die von Wilhelm Schulte im Jahr 1800 – und damit wohl in vergleichsweise jungen Jahren – gefertigte Uhr entstand während der von 1780 bis 1840 dauernden Blütezeit in der Herstellung von Bodenstanduhren im bergisch-westfälischen Raum. Obgleich die profane Verwendung von Uhren im Münsterschen bereits für die Mitte des 17. Jahrhunderts nachweisbar ist, hielten Standuhren erst zu Beginn des folgenden in die dortigen Haushalte Einzug. Dabei handelte es sich zunächst um englische oder holländische Fabrikate. Im Bergischen bzw. im Münsterland gefertigte Uhren kamen zwischen 1750 und 1780 auf den Markt. Die erwähnte Blütezeit der Standuhrenherstellung fiel zusammen mit einem Höhepunkt der städtischen und ländlichen Wohnkultur, deren erster bzw. zweiter Abschnitt als „Klassizismus" und „Empire" bezeichnet werden. Eine dritte, von etwa 1815 bis 1850 dauernde Epoche ist unter dem Namen „Biedermeierzeit" bekannt. Nach 1840 ging die Uhrenherstellung im bergisch-westfälischen Raum – nicht zuletzt auch wegen der kostengünstigeren Konkurrenz aus dem Schwarzwald – allmählich zurück.

STEFAN PÄTZOLD

SIEBEN

UND

NEUNZIG

SACHEN

# ALCHEMISTISCHE SCHRIFT

10

Carl Arnold Kortum, „Wichtige Nachricht und Beschreibung des philosophischen Spiesglasöls welches die Kraft haben soll Silber und Mercurium zum Teil in Gold zu verwandeln"; Bochum 1786
Brauner Lederband, 43 gebundene handgeschriebene Seiten; H 21,5 cm, B 16,2 cm, Dicke 1,1 cm
Zugang Heimatmuseum, o. J.

Man nehme: „ein Pfund süsser Anken, [...] dasselbe in der Wärme mit dem concentrirten Meerwasser, so die gantze Erde überschwemmt, dissolvirt; in das Reine davon hab ich gelegt eine schöne Ringelblume, bis sie darin verschwunden".

Dies ist ein Auszug aus der alchemistischen Rezeptur vom Spießglasöl, dem Kortum bei der Herstellung des Steins der Weisen eine große Bedeutung beimaß. Kortum hatte dieses Rezept von dem Alchemisten und Mathematiker Johann Conrad Creiling (1673–1752).

Aber was ist Alchemie überhaupt? Meist erzeugt die Frage danach heute nur noch Achselzucken. Die Anfänge der Alchemie reichen bis in das 2./3. Jahrhundert zurück. Sie diente der naturphilosophischen Erkenntnis von Mensch und Universum. Sie setzte sich aus religiösmythologischen und praktisch-stoffkundlichen Komponenten zusammen. Seit jeher galt der Suche nach dem Stein der Weisen, der unedle Metalle in edle umwandeln sollte, das Hauptinteresse der Alchemisten. Die Alchemie fußte im Wesentlichen auf Theorien griechischer Naturphilosophen. Seit dem 15. Jahrhundert setzte eine zunehmend auf logische Gesetzmäßigkeit, auf Tatsachenwissen abzielende Betrachtung der Natur ein. Daraus entwickelte sich im 17. Jahrhundert, als eine der exakten Naturwissenschaften, auch die Chemie. Die Alchemie wurde zunehmend verpönt. Sie galt als schwarze Magie, die von Scharlatanen und Betrügern ausgeübt wurde.

Auch Kortum hegte Bedenken. Im Vorwort zu seinem Manuskript zum Spießglasöl schrieb er: „Ich bin zwar von alchimistischen Processen kein Freund. Sie sind meistens betrüglich, unsicher und mit schweren Kosten verknüpft." Aber Kortum schätzte Creiling als seriösen Alchemisten, dem ein wichtiger Beitrag zur Lösung des Grundproblems der Alchemie zuzutrauen war.

1777 veröffentlichte der Apotheker Johann Christian Wiegleb (1732–1800) sein Traktat „Historisch-kritische Untersuchung der Alchemie oder der eingebildeten Goldmacherkunst". 1789 reagierte Kortum mit seiner Gegenschrift: „Verteidiget die Alchemie gegen die Einwürfe einiger neuen Schriftsteller besonders des Herrn Wiegleb". Dort hob er unter anderem die Bedeutung der Alchemie für die Naturwissenschaften hervor. 1796 gründete er, zusammen mit dem befreundeten Schwerter Arzt, Pfarrer und Alchemisten Christoph Friedrich Bährens (1763–1833) anonym die „Hermetische Gesellschaft" (geheime Gesellschaft). Später offenbarte er deren Mitgliedern, dass es sich bei dem Stein der Weisen um „Ampelites" handele, was Kortum mit „Steinkohle" übersetzte.

Der Aufklärer Kortum – Verteidiger der Alchemie? Wie passte das zusammen?

1995, anlässlich seines 250. Geburtstags, setzten sich Wissenschaftler mit dieser Frage auseinander. So urteilt der Historiker Faulenbach: „Das Zeitalter der Aufklärung wollte im Prinzip alles wissen, was menschlicher Erkenntnis zugänglich war. [...] Dabei waren die Grenzen zu ‚Wissenschaften' wie der Alchemie – auch das zeigt das Beispiel Kortum – noch nicht immer klar gezogen. Charakteristisch ist auch, dass die Unterschiedlichkeit von Geistes- und Naturwissenschaften noch nicht so stark empfunden wurde. So war z. B. keine Wissenschaft vor Kortums Interesse sicher."

Der Pädagoge Schalla stellte heraus, in welchem Zwiespalt sich Kortum befunden haben musste. Kortum wollte auch auf diesem Gebiet aufklärerisch wirken. Aber eine ernsthafte Beschäftigung mit dieser Wissenschaft war am Ende des 18. Jahrhunderts wenig opportun und konnte dem guten Ruf als Gelehrtem schaden.

Kortum ging es um nichts weniger, als um die Rehabilitation der Alchemie. „Es ging ihm um das ‚theoretische Studium dieser Wissenschaft', um die Philosophie, um die Metaphysik der Alchemie: die Hermetik oder die ‚Höhere Chemie'."

URSULA JENNEMANN-HENKE

SIEBEN

UND

NEUNZIG

SACHEN

# GESCHMACKS

# SACHEN

# SALZHAUS

11

Westfalen; 1821
Eichenholz, Eisen; H 61 cm, B 33,5 cm, T 35 cm
Zugang Heimatmuseum, 1914

Um Speisen zu würzen und haltbar zu machen, benutzen Menschen seit der Steinzeit Salz. Während heute 90 Prozent der Salzproduktion auf industrielle und gewerbliche Zwecke entfallen, wurden in vorindustrieller Zeit noch bis zu 40 Prozent des Salzes, dessen Lebensnotwendigkeit schon sehr früh bekannt war, für den direkten Verzehr für Mensch und Tier hergestellt. Der Hauptteil diente weniger der geschmacklichen Verfeinerung als vielmehr der Konservierung von Lebensmitteln. Das Einsalzen war vor der Erfindung der künstlichen Kälteerzeugung die einzige Methode, leicht verderbliche Lebensmittel wie Fisch, Fleisch, Gemüse und Milchprodukte haltbarer zu machen, um diese Produkte über größere Entfernungen transportieren und sie verkaufen und lagern zu können. Nur ein geringer Prozentsatz des Salzes diente gewerblichen Zwecken wie dem Glasieren von Keramik, der Bearbeitung von Fellen oder der Kühlung durch Salz-Eis-Gemische.

Die Unentbehrlichkeit des Salzes im Alltag spiegelt sich in seiner hohen allgemeinen Wertschätzung. Salz war kostbar und wurde oft als „weißes Gold" bezeichnet; Brot und Salz auf dem Altar sowie die biblische Rede vom „Salz der Erde" zeugen von der Hochachtung, die man seitens der Kirche dem Salz entgegenbrachte. Europaweit wurde Salz mit unzähligen, regional unterschiedlichen magischen und volksreligiösen Riten verbunden, die sich meist um seine Symbolfunktion der Reinheit rankten. So wurden Dämonen durch geweihtes Salz vertrieben und Häuser mit Salzwasser besprengt, um seine Bewohner vor der Pest zu schützen; Eheleute wappneten sich mit einer Handvoll Salz gegen Unfruchtbarkeit; Brunnenwasser wurde mit eingestreutem Salz gereinigt usw.

Der Salzkasten war im 18. und 19. Jahrhundert ein fester Bestandteil des bäuerlichen Haushalts. Um das Salz jederzeit trocken und beim Kochen griffbereit zu haben, waren die Kästen häufig an der Wand neben dem Kamin angebracht oder auch in sie eingelassen. Die Nähe zum Herdfeuer hatte aber ebenfalls eine volksreligiöse Dimension: Eine Prise Salz im Feuer sollte der Abwehr von drohenden Unwettern und Unheil überhaupt dienen.

Es gab vor allem zwei Typen dieses Kleinmöbels: den einfachen abgeschrägten Klappkasten und das aufwendigere Giebelhaus mit rundem Griffloch. Bei letzterem wurde die als Fassade dienende Schauseite, die oft weit über die eigentliche Höhe des Salzgefäßes hinausragt, häufig mit Flachschnitzerei geschmückt und mit Sprüchen oder, im Falle der Verwendung als Brautgeschenk, mit Namen und Jahreszahlen versehen.

Das hier gezeigte, 1914 für die Sammlung erworbene Salzgefäß gehört mit seinem hausförmigen Korpus dem Giebeltypus zu. Seine Schauseite endet in einem eigenwillig gesprengten Giebel mit einer dazwischen gestellten großen Rosette. Am hinteren Dachende befindet sich eine massive Eisenaufhängung. Wie bei fast allen Salzkästen wurde auch hier nur die Vorderseite verziert: Sie trägt rund um den verschiebbaren Deckel, der mit einem sechsstrahligen Stern und einem umlaufenden Rand mit Schrägkerben geschmückt ist, eine Aufschrift in sieben Zeilen: „O. Mund. es. Koch. vergis. doch nicht. dis. runde. Loch Anno 1821".

Dieser Spruch findet sich in geringen Abwandlungen auf drei weiteren erhaltenen Salzhäusern, von denen zwei auf 1773 und 1822 datiert sind. Die Herkunft dieses Spruches und der mit ihnen verzierten Salzhäuser kann auf das nordöstliche Westfalen eingegrenzt werden. Die Aufschriften verweisen auf die wichtige Rolle des Salzes für den Geschmack des Essens, die vor allem dann auffällt, wenn der Koch vergisst, die Speisen zu salzen.

REINHILD STEPHAN-MAASER

SIEBEN

UND

NEUNZIG

SACHEN

# GUMMISCHUHE (GALOSCHEN) MIT ORIGINALVERPACKUNG

12

Harburger Gummiwaren Fabrik Phoenix AG, Hamburg-Harburg; 1930er Jahre
Schuhe: Gummi, Flanell, Metallreißverschluss; je H 20 cm, L 26,5 cm, B 10 cm;
Karton: Pappe, bedruckt; H 11 cm, B 28,8 cm, T 23,5 cm
Zugang Stadtarchiv, o. J.

Mode, auch und vor allem die Schuhmode, gilt als Geschmackssache. Ob ein Design als gut oder schlecht empfunden wird, darüber entscheidet der Geschmack des Käufers. Dieser allerdings ist nicht so persönlich ausgebildet, wie es mancher Individualist gern hätte, sondern folgt allgemeinen Zeitströmungen bzw. durch Produktstrategien lancierten Trends. Wer sich im ‚Mainstream' bewegt, hat anerkanntermaßen Stil; wer aber der Mode hinterherhinkt oder ihr ganz zuwiderläuft, sieht sich dem Vorwurf der Geschmacksverirrung ausgesetzt.

Wie kaum ein anderes Kleidungsstück entlarven extravagante Schuhe, in denen man nicht sicher gehen kann, die Unsinnigkeit von Modetrends. In der Geschichte des Schuhs war die Frage des Geschmacks denn auch lange bedeutungslos. In erster Linie sollten Schuhe die Füße vor Kälte, Nässe und Verletzung schützen sowie ein möglichst bequemes Laufen ermöglichen. Der Sachzwang der Funktionalität galt in besonderer Weise für Überschuhe, die zum Schutz der kostbaren und empfindlichen Lederfußbekleidung getragen wurden. Ihre europäischen Vorläufer waren die Trippen des Mittelalters, Holzpantinen auf hohen Stollen, die mit Lederriemen an den beschuhten Füßen befestigt wurden und mit denen ein Begehen der von Matsch und Unrat bedeckten, ungepflasterten Wege möglich war.

Eine neue Ära der Überschuhe begann, als Kautschukfabriken in England und Österreich Mitte des 19. Jahrhunderts mit der Herstellung gummierter Schuhe begannen und bald auch Galoschen aus reinem Gummi produzierten. Diese entwickelten sich zum begehrten Einfuhrartikel: Die Hamburger Handelsstatistik verzeichnet für das Jahr 1857 über 1,2 Millionen importierter Gummischuhpaare. Nur ein Jahr zuvor hatten die Brüder Albert und Louis Cohen aus Paris in Hamburg eine eigene Fabrik gegründet, um Gummischuhe und -mäntel auf Naturkautschukbasis herzustellen. Die Cohen'schen Gummigaloschen wurden sofort zum Verkaufsschlager; 5.000 Paar verließen bereits 1857 täglich die Fabrik, in der über 500 Arbeiter unter sehr fortschrittlichen sozialen Bedingungen – so gab es schon eine Krankenkasse – beschäftigt waren. Außer Berufs- und Regenstiefeln wurden Überschuhe mit Fell- und Lederbesatz auch ins Ausland exportiert.

Das Unternehmen, das seit 1894 auch Reifen, Bälle und vor dem Ersten Weltkrieg Fesselballonhüllen herstellte und zu einem internationalen Standort der Kautschukindustrie avancierte, erhielt 1922 offiziell den Namen seines Wappenvogels: „Harburger Gummiwaren Fabrik Phoenix AG". Schwerpunkte waren die Gummiproduktion für die Zulieferung der Auto- und Flugzeugindustrie; daneben wurden Badehauben, Gummitiere, Campingartikel und weiterhin Galoschen gefertigt. Heute produziert die Firma, die 1972 mit Mercedes-Benz die ersten Airbags konstruierte und 2004 mit Continental zur ContiTech fusionierte, vor allem Transportschläuche, Wassersportartikel und Fördergurte. Die Reifenproduktion wurde 1983 eingestellt, und die Herstellung von Gummischuhen wurde nach einem kurzen Wiederaufblühen durch die „Moonboots" Ende der 1980er Jahre ebenfalls aufgegeben.

Aus den 1930er Jahren stammt das hier gezeigte, mit hellem Flanell gefütterte Galoschenpaar der Phoenix AG, das fabrikneu im Originalkarton die Zeiten überdauert hat. Waren die meisten Überschuhe mit einer Knopfleiste auf der Oberseite ausgestattet, so weist dieses Paar mit der Schuhgröße 39 zum leichteren Hineinschlüpfen bereits den modernen Reißverschluss auf, der – schon 1851 erfunden – erst seit den 1920er Jahren in der Alltagskleidung Verwendung fand. Die im Vergleich zu den heute üblichen Gummistiefeln elegante, an den zeitgenössischen Damenschuh angepasste Form wird neben der Funktionalität auch dem Modeaspekt gerecht.

REINHILD STEPHAN-MAASER

SIEBEN

UND

NEUNZIG

SACHEN

# GROSSER KUGELTOPF

13

Bochum-Stiepel; 12./13. Jh.
Fundort: Küche des Alten Reichshofes in Bochum-Stiepel; Ausgrabung K. Brandt, 1961
Ton, stark ergänzt; H 29,5 cm, B 30 cm, Dm oben 19,7 cm
Zugang Städtische Kunstgalerie, o. J.

Das nur in seiner oberen Hälfte erhaltene Gefäß wurde 1964 stark ergänzt, die entsprechenden Partien und auch Teile der originalen Oberfläche erhielten dabei eine farbige Fassung. Eine weitere, heutigen Gepflogenheiten entsprechende Restaurierung erfolgte 2007. Ergänzungen wurden optisch hervorgehoben, ohne jedoch das Gesamterscheinungsbild des Objektes zu stören. Der handgeformte Topf besteht aus hellbraunem Ton. Aufgrund des schlechten konservatorischen Zustandes ließen sich weder die Magerung noch die Qualität des Scherbens sicher beurteilen. Der Randdurchmesser beträgt 19,7 cm, der größte Durchmesser dürfte bei ca. 30 cm gelegen haben.

Kugeltöpfe gehören zum Standard der Küchenausrüstungen des hohen Mittelalters, wo sie auf dreiseitigen Eisengestellen im Herdfeuer als Kochgefäße benutzt wurden. Durch die im Innern aufbewahrte Nahrung wird der Topf selbst zu einer Geschmackssache.

Das in Stiepel entdeckte Exemplar ist wegen seiner Größe eher der letztgenannten Verwendung zuzurechnen. Es handelt sich um recht anspruchsloses Geschirr, das örtlich oder regional hergestellt wurde. Soweit erkennbar, kam an unserem Stück nicht einmal eine Drehscheibe zum Einsatz, sodass von lokaler Produktion auszugehen ist. Möglicherweise entstand es sogar im Haushandwerk und wurde – das ‚vorgeschichtliche' Erscheinungsbild des Scherbens wäre ein Indiz hierfür – in einer einfachen Erdgrube gebrannt.

Da die recht anspruchlose Form eine sehr lange Laufzeit ohne erkennbare Veränderungen aufweist, erfolgte die Datierung anhand des übrigen an der Fundstelle entdeckten Materials.

Die Ausgrabungen von Karl Brandt in Bochum-Stiepel fanden 1961 nördlich der romanischen Dorfkirche im Vorfeld einer Friedhofsanlage statt. Entdeckt wurde der mittelalterliche Vorgänger des Hofes Schulte-Stiepel, von dem sich in einer Wiese einige Grundmauern und Reste von Pflasterungen erhalten hatten. Der ansehnliche kirchennahe Hof gehörte aufgrund einiger architektonischer Details wohl einer Familie des niederen Adels. In einigen Urkunden des ausgehenden 12. und 13. Jahrhunderts ist von einer Familie von Stiepel die Rede, die hier ansässig gewesen sein könnte. Direkte Beweise für diese Zuschreibung ließen sich im Rahmen der Ausgrabungen allerdings nicht entdecken.

Der Kugeltopf fand sich unter der Pflasterung des Küchenbodens mit der Mündung nach unten im Boden steckend. Die untere Hälfte war spätestens bei Anlage des Pflasters abrasiert worden. Zwar gehören Kugeltöpfe und Küchen inhaltlich eng zusammen, die merkwürdige Fundlage bereitet jedoch einige Schwierigkeiten. Umgedrehte Töpfe waren unter Böden und in Mauern des Mittelalters als Schallgefäße zur Verbesserung der Akustik im Einsatz. Dazu benötigte man jedoch immer eine größere Zahl an Gefäßen. Überdies fehlt hier der Gefäßboden, das heißt, es entstand kein Hohlraum, und außerdem sind Schallgefäße aus Küchen bisher noch nicht bekannt. Umgedreht eingegrabene Töpfe kommen vor allem im sakralen Bereich vor, etwa als Schutz von Brandgräbern bzw. anderen zu schützenden Gegenständen. Es handelt sich dabei zumeist um magische Praktiken, die einen besonderen Schutz bieten sollten. Offensichtlich bestand trotz der nahen Kirche im 12. Jahrhundert noch zusätzlicher Bedarf. Dass hierbei nicht unbedingt an heidnisches Brauchtum zu denken ist, zeigt die heute noch übliche Sitte der Grundsteinlegung. Andererseits sind aus Gebäuden dieser Zeit auch andere Belege wie Hundeskelette unter den Türschwellen bekannt, die sich nicht in das Spektrum christlicher Praktiken einfügen lassen.

WOLFGANG EBEL-ZEPEZAUER

SIEBEN

UND

NEUNZIG

SACHEN

# RÖMISCHER BECHER

14

spätes 3. Jh. n. Chr.
Fundort: Bochum-Harpen, Gelände der Firma Boco nördlich B1 (A 40);
wahrscheinlich Grabung G. Kempa, 1967
Rötlicher Ton, schwarz gefirnisst; H 19 cm, Dm (Mündung) 7,1 cm, (Bauch) 12,5 cm, (Boden) 4,5 cm
Zugang Städtische Kunstgalerie, o. J.

Der Becher aus rötlichem Ton ist zerscherbt, aber vollständig erhalten. Die Höhe des Stückes beträgt 19 cm bei 7,1 cm Mündungs- und 4,5 cm Bodendurchmesser. Der dichte schwarze Firnisüberzug wurde bei der Restaurierung des Gefäßes flächig schwarz übermalt, sodass die originale Oberfläche kaum zu beurteilen ist. Am Hals sind allerdings metallisch glänzende Stellen erkennbar, die möglicherweise dem ursprünglichen Zustand entsprechen.

Der exakte Fundzusammenhang lässt sich nur noch erschließen. In der Bearbeitung der Funde aus den Ausgrabungen Karl Brandts 1964/65 zwischen Ruhrpark-Center und „Boco" auf der Trasse der heutigen A 40 wird das Gefäß nicht erwähnt. Man darf daher annehmen, dass es aus den Grabungen von Gerhard Kempa 1967 an gleicher Stelle stammt. Damals wurden mehrere Abfallgruben dokumentiert, die als letzter Rest einer germanischen Siedlung des 3. und 4. nachchristlichen Jahrhunderts zu betrachten sind. Alle höher gelegenen Strukturen fielen offensichtlich im Mittelalter der Bodenerosion zum Opfer. In den Gruben erhaltene Stücke vom Lehmbewurf der Hauswände belegen, dass an dieser Stelle nicht nur Abfälle entsorgt wurden, sondern auch mit einer dauerhaften Besiedlung zu rechnen ist.

Das vorliegende Gefäß imponiert neben seiner guten Erhaltung vor allem durch die qualitativ gute Ausführung. Es handelt sich um das Produkt einer feinkeramischen Werkstatt des Kölner oder Trierer Umlandes. Die recht dünnwandigen und außen schwarz metallisch glänzenden Becher wurden ausschließlich als Trinkgefäße verwendet. Sie stehen bereits für einen gehobenen Bedarf und waren auch jenseits der Provinzgrenzen bei den Germanen sehr beliebt. Die große Zahl römischer Importe in der Siedlung lässt es denkbar erscheinen, dass mit den Bechern auch das zugehörige Getränk, nämlich Wein, zur Verkostung gelangte. Zwar fehlen entsprechende Amphoren im Fundbestand von Bochum „Boco", der Handel erfolgte hier jedoch in größerem Umfang in Holzfässern, die sich archäologisch nur schwer nachweisen lassen. Man kann davon ausgehen, dass die entsprechenden Trinksitten und vielleicht auch die speziellen Weinsorten mit zugesetzten geschmacksverstärkenden Gewürzen bekannt waren. In diese Richtung weist auch das Fragment einer Reibschale aus dem gleichen Siedlungsareal. Solche Stücke wurden zur Bereitung von Soßen aus frischen Kräutern, Käse, Öl und Nüssen – etwa in der Art des rezenten Pesto – eingesetzt und kommen in den Inventaren germanischer Küchen nicht vor. Offensichtlich war man in der Siedlung unmittelbar südlich des „Boco"-Geländes in der Zeit um 300 durchaus mit mediterranen Genüssen vertraut. Ob es sich dabei um römische Händler oder rückgewanderte ehemalige Söldner handelte, lässt sich vorerst nicht klären.

WOLFGANG EBEL-ZEPEZAUER

SIEBEN

UND

NEUNZIG

SACHEN

# KESSELHAKEN (SÄGEHAHL)

**15**

wahrscheinlich Westfalen; 1790
Eisen, geschmiedet und graviert, Messing, gegossen und graviert; H 130 cm, B 39,5 cm, T 5 cm
Zugang Heimatmuseum, 1917

Die Flettküche oder Diele mit ihrer offenen Feuerstelle bildete bis zum 19. Jahrhundert das Zentrum des niederdeutschen Hallenhauses, des bestimmenden ländlichen Haustyps im Norden Deutschlands. Als offener Wohnbereich verband sie die Stall- und Wirtschaftszone mit einem meist sehr klein ausgebildeten (Schlaf-) Kammertrakt und später angebauter Stube. In der mit Kiesel- oder Sandsteinen gepflasterten Diele als einem Vielzweckraum spielte sich das Leben der Landbevölkerung ab: Die land- und hauswirtschaftliche Arbeit, das Zubereiten der Speisen, die Mahlzeiten und die Körperpflege, Textil- und Instandsetzungsarbeiten wurden hier von der ganzen Hausgemeinschaft – Bauernfamilie und Gesinde – mit-, nebeneinander und öffentlich verrichtet.

Mittelpunkt des gemeinschaftlichen Wirtschaftens im Flett war als einzige Wärme- und größere Lichtquelle die gemauerte, mit einer Feuerschutzdecke ausgestattete Herdstelle. Über dem Feuerloch hing an dem in der Wand verdübelten Eisen- oder Holzgalgen, dem Wendebaum, der Kesselhaken, an dem die schweren Wasserkessel und teilweise mächtigen Kochgeräte aus Bronze, Messing oder Kupfer eingehängt und über das Feuer bzw. von ihm weggeschwenkt wurden. Das flache, fast immer einseitig gezahnte Eisenblatt, auch Säge genannt, erlaubte durch das Einrasten einer Führungsschiene mittels eines Sperrhakens eine Höhenverstellung, um die Wärmezufuhr zu vermindern oder zu erhöhen (von diesem einfachen, überall verbreiteten Mechanismus leitet sich unsere Redewendung „einen Zahn zulegen" ab). Was am Sägehahl – neben dem Viehfutter – gekocht wurde, war so wenig individuell wie das gesamte Leben im Flett: Nicht der Geschmack stand im Vordergrund, sondern das an den Arbeitsrhythmus angepasste, pragmatische Stillen des Hungers und die Kräftigung für die schwere körperliche Arbeit. Vor der ‚Ernährungsrevolution' im 19. Jahrhundert, mit der Kartoffeln, Weißbrot, Zucker und Kaffee zu Alltagsgütern wurden, bestanden die Mahlzeiten der Landbevölkerung vor allem aus Grütz- und Milchsuppen, Eintöpfen aus Getreide, Kohl und Hülsenfrüchten, aus Brot, Buchweizenpfannkuchen und (seltener) Fleisch.

Der Kesselhaken aus der Bochumer Sammlung besitzt eine äußerst ungewöhnliche, symmetrische Form mit einer beidseitigen Säge von jeweils sechzehn Zähnen. Das unten schmaler werdende Eisenband endet mit dem eigentlichen Haken und einem Messingknauf. Über das gesamte Blatt verläuft das gravierte Ornament einer sich rankenförmig aus einem Topf nach oben windenden Blume. Die Führungsstange mit Aufhängehaken verläuft hinter der Säge; von den beiden in Messingspitzen endenden Sperrhaken ist nur einer frei beweglich. Oben befindet sich eine blütenförmige Ausschnittzier mit zwei spiegelbildlich angeordneten, steigenden und nach außen blickenden Löwen, darunter ein aufgenietetes Messingschild mit der Gravur „AMEB 1790 15ter MAJ". Diese Inschrift, die sich unten abgekürzt auf einem weiteren Schild wiederholt, weist den Kesselhaken als mit den Initialen eines unidentifizierten Paares und dem Datum der Eheschließung versehene Hochzeitsgabe aus.

Als Brautgeschenk und Kernpunkt des neuen Hausstandes war der Kesselhaken in der norddeutschen Volkskultur nicht nur unerlässlich für die Nahrungszubereitung, sondern hatte auch eine hohe rechtliche Bedeutung. In Urkunden wird er gelegentlich als Grenzmarke der „unverrückbaren Herdstelle" aufgeführt, oder seine Übergabe besiegelte den Verkauf eines Hofes. An ihm wurden überkommene Gebräuche vollzogen wie zum Beispiel gemeinsames Handauflegen bei der Bekräftigung von Verlobungen, Hochzeiten und Verträgen. Als somit wichtiges Symbol für die Familie und das Haus ist er auch ein häufig anzutreffendes Motiv in Familienwappen.

REINHILD STEPHAN-MAASER

SIEBEN

UND

NEUNZIG

SACHEN

# DECKELTASSE MIT UNTERTASSE

16

Meißen; um 1760/80
Porzellan, gegossen und teilweise frei modelliert, bemalt;
Tasse: H 7,8 cm, B 9,3 cm, Dm oben 6,9 cm;
Deckel: H 3,8 cm, Dm 6,9 cm;
Unterteller: H 3,5 cm, B 14 cm, T 13 cm
Zugang Heimatmuseum, 1928

Drei neue Getränke – Tee, Kaffee und Schokolade – wurden im Laufe des 17. Jahrhunderts in Europa eingeführt. Sie veränderten Gesellschaft und Tischkultur nachhaltig und entwickelten sich seit der Industrialisierung zu alltäglichen Konsumgütern. Anfangs blieb ihr Genuss ganz auf die aristokratischen Kreise beschränkt, die das Kaffee-, Tee- und Schokoladetrinken aus zunächst aus Ostasien importierten Porzellan- und (diese nachahmenden) Fayencegefäßen in besonderen Zeremonien inszenierten. Die Mode griff erst im späteren 18. Jahrhundert auf die bürgerlichen Stände über. Die anregende, wach machende Wirkung der neuen Getränke ersetzte vor allem morgens und nachmittags die berauschenden, ermüdenden Folgeerscheinungen von Bier und Wein – Getränke, die vormals zu allen Tageszeiten getrunken wurden. Durch den Zusatz von Zucker, der in den Trinksitten der Herkunftsländer unbekannt war und vor der Erfindung des Rübenzuckers im 19. Jahrhundert in Europa ein Luxus-Importartikel blieb, wurde der fremde, bittere Geschmack der neuen Genussmittel kompensiert.

Aus feinstem Porzellan wünschte man im 18. Jahrhundert die „drei warmen Lustgetränke" zu sich zu nehmen. Das Trinkgeschirr wurde, nachdem Johann Friedrich Boettger 1708 in der Absicht, Gold zu machen, das Geheimnis der Porzellanherstellung entdeckt hatte, in Europa eigens für die höfischen Trinkrituale entwickelt. So entstanden verschiedene Tassenformen – etwa zweihenklige für Schokolade –, große Tafelservices mit Kannen, Tassen, Porzellanlöffeln, Sahnegießern und Zuckerdosen, daneben Solitaires auf einem Tablett für eine Person bzw. „Tête à tête" genannte Ensembles für ein Frühstück zu zweit. Von den fürstlichen Gründungen erlangte die Meißener Porzellanmanufaktur in Sachsen die größte Berühmtheit. Aus ihr stammt nach der Schwertermarke auf der Unterseite des Tellers die hier gezeigte Kaffeetasse, deren Deckel zum Warmhalten des Getränks diente.

Das pistaziengrün grundierte, 1928 erworbene Gefäß besitzt eine konische Becherform und steht auf drei Tatzenfüßen. Der Henkel ist aus zwei sich umeinander windenden Schlangen, die in Schwanenhälse und -köpfe übergehen, freiplastisch modelliert. Ein weißes Medaillon mit zwei zart gemalten, in den Wolken schwebenden Putten mit einer Blütengirlande ist vom Fond durch ein rot-goldenes, geometrisches Band abgetrennt. Ein Medaillon mit variiertem Puttenmotiv befindet sich auf der Untertasse, die eine ungewöhnliche, leicht spitzovale Form aufweist. Ihre Tiefe deutet darauf hin, dass der Kaffee nach französischer Sitte zuweilen auch in die Untertasse gegossen und hieraus getrunken wurde. Der Deckel besitzt einen gold bemalten Knauf mit Perlstabrelief und ein geometrisches Ringmuster am Rand, das sich auch an den beiden anderen Objekten als goldene Randbordüre findet. Die Tasse zeigt beispielhaft, wie Arkanisten (Porzellanhersteller), Modelleure und Maler in einer Manufaktur zusammenarbeiteten.

Gemäß der zwischen 1774 und 1814 gebräuchlichen, mit einem Stern versehenen unterglasurblauen Schwertermarke sowie nach dem Stil der Garnitur – ruhiger Farbfond, zurückhaltende Bordüren, sparsame Rokokomalereien und plastischer Dekor – wurde diese kurz nach der barocken Blütezeit der Meißener Manufaktur hergestellt. Die Periode unter Direktor Camillo Marcolini war durch den Übergang vom spätbarocken zum klassizistischen Formenrepertoire geprägt. Als ihr bester Figurenmaler gilt Johann Georg Loehnig, der sich durch eine getüpfelte Punkttechnik und den sogenannten Boucherdekor – Nachahmungen der Amoretten- und Liebesszenen von François Boucher – auszeichnete. Ob die Bochumer Tasse von ihm selbst bemalt wurde, ist kaum zu entscheiden; zumindest arbeitete der Maler genau in seiner Manier.

REINHILD STEPHAN-MAASER

SIEBEN

UND

NEUNZIG

SACHEN

# FRAGMENTE VON TONPFEIFEN

17

u. a. Gouda, Niederlande; 18. Jh.
Fundort: Wasserburg Kemnade, Bochum, 1969
weißer Ton; 150 Stielfragmente, L max. 11 cm; 31 Köpfe, H max. 6 cm, Dm 2,5 cm;
Zigarrenkiste: H 7,1 cm, B 24,6 cm, T 11,5 cm, Pappschachtel: H 5,9 cm, B 16,4 cm, T 16,5 cm
Zugang Städtische Kunstgalerie, 1969

Die Sitte des Rauchens wurde Ende des 16. Jahrhunderts aus Amerika nach England und Holland eingeführt. Nach 1600 verbreiteten englische und niederländische Seefahrer, vor allem durch den Tabakhandel der 1621 gegründeten West-Indischen Compagnie, das „Toback-schmauchen" über ganz Europa, das bis ins späte 19. Jahrhundert eine reine Männerdomäne blieb.

Während heute – verfolgt man die Werbesprüche – vor allem der Geschmack im Vordergrund steht, ging es zuerst um ganz andere Vorzüge: Rauchen galt als die Konzentration steigerndes Beruhigungsmittel, daneben aber auch als Heilmittel, dem man eine große Wirksamkeit gegen Seuchen, vor allem die Pest, zuschrieb. Doch gab es schon früh auch warnende Stimmen – das Rauchen war von Anfang an eben auch Geschmackssache. So bezeichnet der kurpfälzische Gesandte in Den Haag, Johann Joachim von Rusdorff, 1627 das Pfeiferauchen als „Sauferei des Nebels", den wüste Menschen mit unglaublicher Begierde „durch hohle Röhrlein von weißem Ton" einzögen und dann wieder durch Mund und Nase als eine „greuliche Pest, die alles mit Gestank erfülle", aushauchten.

Bei einer Bodenuntersuchung des Grabens von Haus Kemnade wurden 1969 in der Nähe der ehemaligen Zugbrücke zahlreiche Bruchstücke von Pfeifen aus weißem Ton gefunden. Die becherförmigen, meist ganz erhaltenen Köpfe weisen an der Unterseite kleine Fortsätze, sogenannte Fersen, auf, auf denen sich teilweise Markenstempel befinden; der Stielansatz hat eine Neigung von etwa 45 Grad. Die Stiele, deren ursprüngliche Länge bei 30 bis 40 Zentimeter lag, sind durchweg in kleinere Stücke zerbrochen. Einfache Ritzdekore schmücken den oberen Rand der Köpfe sowie die Mundstücke der Stiele, 17 von ihnen weisen Stempelaufdrucke auf.

Derartige Funde von ausgedienten Pfeifen kamen bei vielen Altstadtgrabungen, so etwa in Soest, Lüneburg, Bremen oder Leipzig, in Hunderten von Fragmenten zutage, die eine große Ähnlichkeit mit den Kemnader Stücken aufweisen. An den zahlreichen Pfeifen, die beim Herunterfallen sofort zerbrachen und dann ‚entsorgt' wurden, lässt sich einerseits die große Beliebtheit des Rauchens und des Tabakgeschmacks dieser Zeit ablesen; andererseits zeigen sie, dass es sich um ausgesprochene Massenartikel handelte. Bis ins 19. Jahrhundert blieb die Tonpfeife – trotz der Konkurrenz von Zigarre, Schnupftabak und anderen Pfeifen – das populärste Rauchinstrument, wie auch viele Gemälde dieser Zeit zeigen.

Nachdem König James I. bereits 1604 eine Streitschrift gegen das „Tabaktrinken" veröffentlicht hatte, kehrten viele englische Pfeifenbäcker ihrem Land den Rücken und ließen sich in Holland nieder. So soll die erste Manufaktur 1617 in Gouda von dem Engländer William Baernelts gegründet worden sein. Die Stempelmarken an den Pfeifenköpfen aus Kemnade und die fragmentarischen Schriftzüge an den Stielen, die sich meist zu „FABRICIRT IN GOUDA" ergänzen lassen, weisen vor allem auf Holland als Herkunftsland hin. Hier befand sich im 17. und 18. Jahrhundert das europäische Zentrum der Pfeifenbäckerei, das den ganzen Kontinent – bis Russland und Island – mit seinen Produkten belieferte. Gouda erwarb sich im 17. Jahrhundert den Ruf, die qualitätvollsten Pfeifen herzustellen, über deren gleich bleibende Güte seit 1660 eine eigene Gilde wachte. Die Herstellermarken der Pfeifenbäcker aus Gouda wurden daher auch gern von anderen Manufakturen nachgeahmt.

REINHILD STEPHAN-MAASER

SIEBEN

UND

NEUNZIG

SACHEN

# G E F Ü H L S

# SACHEN

# SCHMERZHAFTE MUTTER (PIETÀ, VESPERBILD, MARIENKLAGE) 18

Westfalen; 1. Hälfte 15. Jh.
Holz, polychrom gefasst; H 80 cm, B 45 cm, T 31,5 cm
Zugang Heimatmuseum, 1928

Vom 14. Jahrhundert an entsteht in Südwestdeutschland das zur Gruppe der mystischen Andachtsbilder gehörende Vesperbild, auch Pietà (italienisch: Mitleid, von lateinisch pietas: Frömmigkeit, Erbarmen). Die Darstellung der Pietà orientiert sich an der Beweinung, einer in den Evangelien kurz erwähnten Szene zwischen der Kreuzabnahme und Grablegung. Dargestellt wird die Gottesmutter, die um ihren toten, vom Kreuz abgenommenen Sohn trauert, der auf ihrem Schoß liegt. Mit den Veränderungen in der christlichen Glaubenspraxis und dem Aufkommen der Mystik ab 1300 entstanden Marienklagen in mystischen Schriften und plastische, volksnahe Andachts- und Gnadenbilder zur individuellen Verinnerlichung, etwa um in einer Vesper die fünf Wundmale Christi zu betrachten. Die Pietà war Gegenstand der Verehrung und ermöglichte den Gläubigen, sich außerhalb der Gottesdienste in individueller und privater Andacht in die Trauer der Gottesmutter und das Leid Jesu einzufühlen und durch Nacherleben der Passion das Mitleid(en), die „compassio", anzuregen. Durch die emotionale Anteilnahme an dem tief empfundenen Schmerz und Erbarmen der Gottesmutter, an dem Leid Christi und der Verkündigung wird der Prozess der Marienverehrung für die Gläubigen zu einer persönlichen Gefühlssache.

Die Entwicklung des Vesperbildes weist eine große Anzahl regional unterschiedlicher Typen auf, die bis in die Barockzeit formal modifiziert wurden: den ‚freudvollen' (ab 1300) folgten die ‚schmerzvollen' Vesperbilder (ab 1320). Von 1400 an trat im deutschen Südosten und in Böhmen der Typus des ‚horizontalen' Vesperbildes und des ‚weichen Stils' auf, der im Westen aufgenommen wurde und von einer feinen Gestaltung der Figuren sowie deren Gebärden geprägt ist. Leid und Schmerz sind abgemildert und verhaltener.

Die hier ausgestellte Pietà, die stilistisch dem ab 1400 auftretenden Typus zugeordnet werden kann, stammt vermutlich aus der ersten Hälfte des 15. Jahrhunderts aus Westfalen. Die auf einer schmalen Bank sitzende Maria lässt ihre niedergeschlagenen Augen innig und ergriffen auf dem Leichnam ihres Sohnes ruhen. Seinen Kopf stützt sie mit der rechten Hand, ihre Linke ist nicht mehr vorhanden. Das Leid findet in Marias nach rechts geneigtem, sanftmütigem und ruhigem Gesicht gemilderten Ausdruck, der Zeichen der über aller menschlichen Trauer erhabenen Gefühlsstärke ist, die nur die Gottesmutter empfinden kann. Ihr Gewand und der Kopfschleier mit ausgeprägtem Faltenwurf verhüllen Marias Körper nahezu komplett und fallen in weichen Falten auf die Sockelplatte herab. Lediglich die Spitzen ihrer Schuhe ragen unter dem Saum ihres Gewandes hervor. Der schmächtige, kleine Körper Christi liegt in der Horizontalen flach auf dem Schoß Marias und ist mit einem Lendentuch umhüllt. Seine Füße reichen nahezu auf den Boden des Sockels, und sein bärtiges, nach rechts gedrehtes Haupt ist nicht mit einer Dornenkrone, sondern mit einer Seilkrone umwunden. Sein friedvoller Gesichtsausdruck lässt nichts von seinen Leiden erahnen. Der linke Arm ruht an seiner Seite, die Hand liegt auf dem Lendentuch, der rechte Arm ist nicht mehr vorhanden. Die Trauer Marias und das Leiden Christi stehen in dieser harmonisch aufeinander abgestimmten und in sich geschlossenen Komposition über all den Qualen, die Christus erleiden musste. Gezeigt wird ein Bild der verhaltenen Trauer, Milde und Innigkeit.

DELIA ALBERS

SIEBEN

UND

NEUNZIG

SACHEN

# WIEGE

19

Westfalen; 1810
Eisen, geschmiedet, Messing; H 95 cm, L 100,5 cm, B 65,5 cm
Zugang Heimatmuseum, 1918

Bis heute ist nicht völlig geklärt, warum das Wiegen ein neugeborenes Kind beruhigt. Gemeinhin wird angenommen, dass die Erinnerung bzw. Gewöhnung an die Verhältnisse im Mutterleib dafür verantwortlich sind, wenn schaukelnde Bewegungen bei Neugeborenen Entspannung und Wohlgefühle auslösen. Schon Platon, der antike Mediziner Galen und der islamische Arzt Avicenna empfahlen, unzufriedene Säuglinge – neben dem Stillen und dem Singen – durch Wiegen zum Einschlafen zu bringen. Entsprechend alt ist die Verwendung der Wiege, die in nahezu jeder Kultur seit frühgeschichtlicher Zeit bezeugt ist. Seit der frühen Neuzeit wird in Mütter-Ratgebern und medizinischen Schriften aber auch immer wieder vor den Gefahren zu heftigen Schaukelns gewarnt, das (nach dem Stillen) eine schädliche Gerinnung der Milch, starke Erschütterungen der Eingeweide, Seekrankheit sowie Gehirnschäden hervorrufe. So lehnte etwa der Reformpädagoge Jean Jaques Rousseau das Wiegen ganz ab. Der akademische Streit beeinflusste indessen kaum die Benutzung der Wiege, deren überzeugende Wirkung letztlich bis heute ausschlaggebend blieb.

Die Entwicklung der Wiegenformen erfolgte nicht linear in chronologischen Schritten. Die übliche Grundform ist der Querschwinger mit zwei kurzen Querkufen, der ein seitliches Schaukeln bewirkt; daneben gab es den Längsschwinger, durch dessen Langkufen an den Seiten das Kind „von Kopf zu Fuß" gewiegt wurde. Durch einen drehbaren Aufsatz ließen manche Wiegen auch beide Möglichkeiten zu. Wiegen bestanden meist aus Holz oder Weidengeflecht.

Die Querschwinger-Wiege, die 1918 in Bochum für das Heimatmuseum erworben wurde, ist eines der seltenen Exemplare aus geschmiedetem Eisen. Sie besteht aus 34 runden und vier flachen Stäben. Im dritten Querband des Bodens befindet sich die Einritzung: „H. H. v. S. 181[0]". Zumindest ein Teil der wohl als Namensinitialen aufzufassenden Buchstaben ist einigermaßen sicher zu deuten: Er verweist auf das westfälische Adelsgeschlecht von Schell, welches das Rittergut und Haus Rechen seit dem 16. Jahrhundert als Lehen der Grafen von Limburg-Styrum besaß. Als Seitenlinie derer von Vittinghoff, Burgmannen auf Blankenstein und Isenberg, zählten die von Schells zu den angesehensten Adelsgeschlechtern des Hellwegraumes.

Die Auflösung der Initialen „H. H." erweist sich in Ermangelung einschlägiger genealogischer Untersuchungen zur Familie von Schell als unmöglich. Im Jahr 1810 befand sich Haus Rechen im Besitz des Johann Carl Adolph von Schell (1767–1835). Es war ihm 1809 aus dem Erbe seines kinderlos verstorbenen Onkel Konrad Jost von Schell zugefallen. Johann Carl Adolph hatte zusammen mit seiner Gattin Wilhelmine (1790–1842) insgesamt sieben Kinder, deren erstes, Anton Heinrich Friedrich, am 1. Juli 1810 in Haus Rechen geboren wurde. Friedrich, wie man den (1849 gestorbenen) Sohn rief, war seit 1844 der erste Amtmann des neu geschaffenen Amtes Bochum. Dass er und seine Geschwister sanft in der ‚Familienwiege' geschlummert haben, ist wahrscheinlich.

Haus Rechen wurde 1904 durch die Familie von Schell verkauft. Nachdem es den Bochumern lange Zeit als Ausflugslokal gedient hatte, baute man es 1919 zum städtischen Heimatmuseum um. Als solches wurde es genutzt, bis es am 4. November 1944 durch Brandbomben völlig zerstört wurde. An dem vormaligen Standort des Hauses errichtete man die Kammerspiele des Bochumer Schauspielhauses.

REINHILD STEPHAN-MAASER
STEFAN PÄTZOLD

SIEBEN

UND

NEUNZIG

SACHEN

# HATZBAND

20

Deutschland; 1. Hälfte 17. Jh.
Eisen, handgeschmiedet; L 49,5 cm, B 12,5 cm, T 6,2 cm
Zugang Museum Bochum, 1974

Als Halsung oder auch Halse bezeichnet man das Halsband eines Jagdhundes, von dem es zahlreiche, auf den jeweiligen Verwendungszweck abgestimmte Varianten gibt. Anders als bei Dressur- oder Stachel-Würgehalsbändern, die an der Innenseite mit stumpfen Stacheln versehen sind, um den Hund zu disziplinieren, ist das Hatzband zum Schutz des Halses recht breit und an seiner Außenseite meist mit langen, spitzen Stacheln besetzt. Angelegt wurde diese Art der Halsung den Hatzhunden, die bei der Jagd auf Sauen, Bären oder Wölfe zum Einsatz kamen. Das Schmerzgefühl, das sich einstellte, wenn sich ein gegen die Meute zur Wehr setzendes Wildtier an den eisernen Spitzen verletzte, sollte es vor weiteren Angriffen auf den Jagdhund abhalten. Für den Hund waren aus Leder gefertigte, stachelbewehrte Hatzbänder sicherlich angenehmer zu tragen als die vollständig aus Metall bestehende, schwerere Variante, zu der das ausgestellte Objekt gehört. Das aus drei durch Zwischenglieder verbundene Eisenplatten bestehende Halsband ist handgeschmiedet und mit 18 Stacheln ausgestattet. Ein ähnliches Hatzband, das sich im Bestand des Münchener Jagd- und Fischereimuseums befindet, wird auf die Zeit um 1600 datiert.

Das Verletzungsrisiko für die bei einer Hatz auf Schwarzwild eingesetzten Hunde war groß. Das in Krünitz' Ökonomisch-technologischer Enzyklopädie zitierte Sprichwort: „Wer Schweineköpfe haben will, Hundesköpfe daran setzen muß", unterstreicht dies eindrucksvoll. Zu ihrem Schutz trugen die Hunde daher häufig auch gepolsterte Decken oder aus Metall gefertigte Panzerungen. Über den Wert von Jagdhunden, die für ihre unterschiedlichen Einsatzbereiche speziell gezüchtet und ausgebildet wurden, finden sich im Krünitz bemerkenswerte Vergleiche: Danach berichteten zu Beginn der 1780er Jahre englische Zeitungen, dass der Preis für Jagdhunde inzwischen den für Sklaven übersteige. Und auch in Deutschland habe „mancher deutscher Landjunker wohl nicht Unrecht, wenn er seine Windhunde mehr achtet, als den Hofmeister der kleinen gnädigen Herrschaft."

Um ein Wild zu erlegen, waren verschiedene Typen von Jagdhunden erforderlich. Bei der seit karolingischer Zeit beliebten Sauhatz gab es unter anderem die Saufinder, die das Wildschwein aufspürten, und die Saupacker, die es jagten und festhielten, bis der Jäger dem Tier den Fang gab (es tötete). Bei dieser über Jahrhunderte praktizierten Form der (Hetz-) Jagd mussten die Hunde schneller sein als das Wild; der Jagderfolg bemaß sich nach der Größe der Strecke, also nach der Anzahl der erlegten Tiere. Die im 17. und 18. Jahrhundert verbreitete Parforcejagd unterlag anderen Regeln: Hier wurde ein Tier, häufig ein kapitaler Hirsch, ausgewählt und von der adligen Jagdgesellschaft über weite Strecken verfolgt. Damit das zweifelhafte Vergnügen an dieser mit enormem Aufwand betriebenen Jagd lange anhielt, durften die dafür eingesetzten Hunde nicht so schnell sein wie das Wild, das von der teilweise mehr als hundert Tiere umfassenden Meute bis zur Ermüdung gehetzt wurde. Eine andere Form der Jagd, die dem Repräsentationsbedürfnis des Adels entgegenkam, war die „eingestellte Jagd", die wegen ihrer großen Beliebtheit an deutschen Fürstenhöfen ab der Mitte des 17. Jahrhunderts auch als „Teutsche Jagd" bezeichnet wurde. Über Tage, manchmal Wochen wurden große Wildmengen von Jagdhelfern und Hunden auf immer engerem Raum zusammengezogen und schließlich in ein durch Netze, Lappen oder Zäune umgrenztes Areal getrieben. Während die Hatz und die Parforcejagd auch für die Jäger ein Risiko darstellten, konnte bei der eingestellten Jagd das jeder Fluchtmöglichkeit beraubte Wild von erhöhten Schießständen aus gefahrlos und in großer Stückzahl abgeschossen werden.

BEATE OLMER

SIEBEN

UND

NEUNZIG

SACHEN

# BETTWÄRMER

## 21

wahrscheinlich Norddeutschland/Niederlande; 18. Jh.
Messing, Kupfer, getrieben, durchbrochen; L einschließlich Stiel 113 cm; größter Dm 35,5 cm, H 12 cm
Zugang Heimatmuseum, 1917

Vor der allgemeinen Verbreitung der Zentralheizung konnten Kamine und Öfen dem Wärmebedürfnis des Menschen nur begrenzt genügen. In den westfälischen Bauernhäusern gab es häufig nur eine einzige Feuerstelle, die gleichzeitig als Herd, Licht- und Wärmequelle diente. Gegen Kältegefühle behalf man sich im städtischen wie auch ländlichen Haushalt mit anderen Möglichkeiten des Wärmens wie Kohlebecken – einfachen Metallschüsseln, in denen man Holzkohle verglühen ließ – oder oben geschlossenen, vier- bis achteckigen Fußwärmern (Stövken) mit glutgefüllten Einsatzbehältern, die auch in die kalten Kirchen mitgenommen und unter die Röcke der Frauen gestellt wurden. Dennoch blieb, vor allem in Zeiten der Holzknappheit und stetigen Bevölkerungszunahme, Wärme ein Privileg.

Die klammen Betten wärmte man, bevor man sich hineinlegte, mit heißen Steinen, Bettflaschen oder Wärmepfannen an, Gefühlssachen allesamt, da sie für Wohlbefinden sorgten. Im Unterschied zu den später gebräuchlichen metallenen Bettflaschen, die mit heißem Wasser gefüllt wurden und im Bett verbleiben konnten, wurden die langstieligen Wärmepfannen nur unter der Bettdecke hin- und hergeschwenkt; die mit Holzkohle- oder Torfglut gefüllten Behälter hätten ansonsten das Bett in Brand gesetzt. Um die für das Verglühen notwendige Luftzufuhr zu gewährleisten, sind die Wandungen und Deckel der Bettwärmer – wie die der Stövchen – mit Durchbrüchen versehen. Ihre kunstvolle Ausgestaltung, meist ein Mittelmotiv mit ornamentaler Umrahmung, sowie die goldglänzende Oberfläche des polierten Messings machten die Bettpfannen gerade in bäuerlichen Haushalten zu repräsentativen Prunkstücken. Sie wurden, wie auf niederländischen Interieurbildern erkennbar, neben der Herdstelle oder direkt am Himmelbett aufgehängt.

Die hier gezeigte, 1917 für das Heimatmuseum erworbene Wärmepfanne mit hohem Kupferanteil – Messing ist eine Legierung aus Kupfer und Zink – besitzt einen in drei profilierte Messingknäufe gegliederten Eisenstiel. Das Deckelmotiv zeigt eine Vase, in der drei Blumen mit Blütenrosetten stehen, sowie eine umlaufende, durchbrochene Ranke aus stilisiertem Weinlaub und Trauben mit kleinen Beeren, die unter Verwendung von Stanzen aus dem Messing getrieben wurden. Die flache Wölbung des Deckels sowie das häufiger vorkommende Motiv der drei aus einem Gefäß erwachsenden Blumen deuten auf eine norddeutsche oder niederländische Herkunft hin.

Im 18. Jahrhundert, der Blütezeit des Messinghandwerks, waren in allen westfälischen Städten zunftmäßig organisierte Buntmetallwerker wie Gelbgießer, Kupferschmiede und Beckenschläger ansässig. Sie stellten, folgt man etwa den Überlieferungen über geforderte Meisterstücke, vor allem die in der Alltagsküche in großer Zahl benötigten Geräte her: Pfannen, Kessel, Kannen, Eimer, Siebe, Leuchter, Lichtscheren, Kuchenformen usw. Daneben waren Gefäße im Umlauf, die als Handelswaren nach Westfalen gelangten und oftmals die heimische Produktion beeinflussten. Da Kupfer- und Messingwaren nur ausnahmsweise, so etwa in Nürnberg oder im Herzogtum Braunschweig, mit Marken versehen wurden, ist die Zuschreibung zu bestimmten Herkunftsorten schwierig. Holland, Friesland und der Niederrhein waren im Norden auf dem Gebiet der Messingtreiberei im 18. Jahrhundert führend.

Vermutlich begann die Herstellung der Bettpfannen im 15. Jahrhundert im Maasgebiet und in Lothringen, wo sich die frühesten schriftlichen Quellen finden. Von hier aus verbreitete sich durch Export ihre Verwendung in Holland und Norddeutschland, England und Skandinavien, bevor dort eigene Produktionen einsetzten. Im frühen 19. Jahrhundert ist ein allgemeiner Niedergang des Beckenschlägerhandwerks zu verzeichnen; in dieser Zeit wird der langstielige Bettwärmer fast überall durch die Bettflasche ersetzt.

REINHILD STEPHAN-MAASER

SIEBEN

UND

NEUNZIG

SACHEN

# KINOTRANSPARENT „DIE HEILIGE LÜGE" 22

wahrscheinlich Köln; um 1955
Ölfarbe auf Leinwand, gespritzt, gemalt, Holz; H 140 cm, B 280,3 cm, T 4,1 cm
mit Aufhängung (Stahlhaken) 7 cm
Zugang Stadtarchiv, ca. 1985

Der unter der Regie von Wolfgang Liebeneiner gedrehte Kinofilm „Die heilige Lüge" mit Karlheinz Böhm und Ulla Jacobsson in den Hauptrollen kam 1955 in den Verleih. Der 102 Minuten lange Schwarzweißfilm war ab 16 Jahren freigegeben. Er handelt von einem liederlichen Millionärssohn, der das Familienerbe bei nächtlichen Gelagen mit Freunden verprasst; als er Geld aus dem Schreibtisch seines Schwagers entwendet und das verliebte Dienstmädchen ihm ein Alibi verschafft, kommt er zur Vernunft und kehrt geläutert zur Familie zurück. „Unglücklicherweise fand dieser grobe Unfug einen Regisseur, der ihn ernstnahm und entsprechend inszenierte", kommentiert das Lexikon des Internationalen Films. Tatsächlich bedient „Die heilige Lüge" alle Rollenklischees des Gefühlskinos, die einen erfolgreichen deutschen Film der fünfziger Jahre ausmachten: Die sozialen Gegensätze zwischen dem Mann von Welt und dem einfachen Dienstmädchen werden nach tragischen Konflikten durch die zwischen ihnen entflammte Liebe überbrückt; die sogar eine Lüge rechtfertigende Treue der Frau – sie sündigt, um Gutes zu tun, mit dem Ziel des häuslich-familiären Glücks – zähmt seine unreife Wildheit.

Wolfgang Liebeneiner hatte, wie die meisten Regisseure dieser Zeit, bereits unter den Nationalsozialisten Filme produziert. 1937 und 1939 realisierte er mit „Der Mustergatte" und „Der Florentiner Hut" zwei Lustspiele, in denen Heinz Rühmann die Hauptrolle spielte. Mit seinen Werken „Bismarck" (1940), einer Darstellung des Reichskanzlers als Hitler-Vorläufer, und „Ich klage an" (1941), einem Film, der eine subtile Rechtfertigung der Euthanasie beinhaltet, handelte sich Liebeneiner später den Ruf eines opportunistischen Gratwanderers ein.

In den 1950er Jahren, der Blütezeit der Kinokultur, feierten die deutschen Lichtspieltheater unzählige Publikumserfolge mit ähnlichen moralisierenden Liebesgeschichten. Der Bedarf an aus heutiger Sicht phantasie- und niveauarmen ‚Schnulzen' war in der Phase des Neubeginns und Wiederaufbaus offenbar immens. Das Kino versprach eine Berauschung an Emotionen, die sich am Ende in Harmonie auflösten und frei waren von den Belastungen der Gegenwart und der Vergangenheit. Sämtliche Besucherrekorde brach 1956 die Familiensaga „Die Trapp-Familie", ebenfalls von Liebeneiner, mit etwa 28 Millionen Zuschauern – etwa dem Fünffachen eines heutigen Kassenschlagers. In Bochum konnten zu dieser Zeit 36 Kinos nebeneinander bestehen (heute sind es insgesamt nur noch sechs); weitere sechs befanden sich im Bau, bevor seit 1958 der Niedergang durch die Konkurrenz des Fernsehens begann.

Das offizielle Filmplakat „Die heilige Lüge" wurde von der „Illustrierten Film-Bühne" unter der Nummer 2739 veröffentlicht. In freier Abwandlung dieses Vorbilds, das von einem Hochformat auf ein langes Querformat umgearbeitet werden musste, gestaltete der Maler das hier gezeigte, aus einer Kölner Sammlung stammende Transparent vermutlich für eine Kinofassade in Köln. Dies gelang ihm durch eine geänderte Raumaufteilung mit einer 45-Grad-Drehung der Porträtköpfe von Karlheinz Böhm und Ulla Jacobsson und die seitliche Platzierung der stark vergrößerten Schriftzüge. Handgemalte Kinotransparente gehörten vor der Zeit des großformatigen Werbedrucks zum Alltagsbild deutscher Großstädte. Allein in Berlin gab es in der Nachkriegszeit zwanzig Kino-Malbetriebe; ein einziger existiert noch heute. Daneben stellte die Transparentmalerei für viele Künstler eine Nebenerwerbsmöglichkeit dar. Mit dem drucktechnischen Fortschritt, dem großen Kinosterben seit den siebziger Jahren mit dem Einzug des Fernsehers in die Wohnstuben sowie dem Aufkommen der großen Multiplex-Kinos sind die Kinotransparente zu seltenen und wertvollen Dokumenten der Kinogeschichte geworden.

REINHILD STEPHAN-MAASER

SIEBEN

UND

NEUNZIG

SACHEN

# WELLENBADSCHAUKEL

23

Moosdorf & Hochhäusler, Berlin; 1898
Stahlblech, verzinkt, Holz, Messing; H 83 cm, L 142 cm, B 62 cm
Zugang Stadtarchiv, 1984/85

Am 29. Oktober 1889 erhielt der Berliner Carl F. L. Dittmann das Deutsche Reichspatent Nr. 51766 für die Erfindung einer multifunktionalen Badewanne. Neben der Nutzung als Voll-, Kinder-, Sitz- oder Dampfbad bot das Produkt die Möglichkeit, das Wasser durch Körperverlagerung in Bewegung zu setzen, sodass der „herrliche Wellenschlag über den Körper" strömte. Während eine 1879 von C. Joos zum Patent angemeldete Badewanne, die wie ein Schaukelpferd auf zwei Kufen stand, wenig Interessenten fand, konnte Dittmann in einer Zeitungs-Annonce aus dem Jahr 1893 auf etwa 7.000 verkaufte Exemplare verweisen.

Ein Jahr später übernahm die Berliner Firma Moosdorf und Hochhäusler das Patent für die Dittmann'sche Wellenbadschaukel. In einem Titelinserat der „Illustrirten Zeitung" vom 20. April 1895 wurde der Vorzug angepriesen, „das angenehmste, erfrischendste aller Bäder, das nervenstärkende Wellenbad inmitten unserer häuslichen Bequemlichkeit zu nehmen".

Der Name des Produkts „Bade zu Hause" war zugleich das Werbemotto, das sich auch in der Vignette mit der Fabrikmarke am Fußende der Badewanne findet. Die Mehrheit der Bevölkerung verfügte im ausgehenden 19. Jahrhundert nicht über eine private Bademöglichkeit. Der fehlende Anschluss an die zentrale Wasserversorgung, die kleinen Wohnungen und die Kosten für die Erwärmung des Badewassers waren Gründe, die in der Vermarktungsstrategie der Wellenbadschaukel aufgegriffen wurden. Etwa 25 Liter Wasser lauer Temperatur galten zur Füllung der Badewanne als ausreichend. Erkältungen seien nicht zu befürchten, denn das Heben und Strecken der Beine zur Erzeugung des Wellenschlags beuge einer Verkühlung vor. Da das Produkt mithilfe eines zugehörigen Holzkeils auch senkrecht aufzustellen war – auf diese Weise diente die Wanne als Sitzbad –, benötigte es für die Aufbewahrung nur eine geringe Stellfläche.

Der Kaufpreis blieb über viele Jahre stabil. Das für eine Körpergröße bis 175 cm empfohlene Modell kostete 1895 genauso viel wie 1912: 42 Mark. Offensichtlich gewährleisteten die steigenden Verkaufszahlen auch ohne Preiserhöhungen einen attraktiven Gewinn. 1912 verzeichnete die Firma Moosdorf & Hochhäusler mehr als 100.000 verkaufte Exemplare. Die 40.000ste Wellenbadschaukel wurde am 9. November 1898 versandt. In Verbindung mit der unter der bereits erwähnten Vignette eingestanzten Zahl 37375 lässt sich das Exemplar in der Sammlung des Bochumer Stadtarchivs somit eindeutig auf das Jahr 1898 datieren.

Der Erfolg der schaukelnden Badewanne veranlasste zahlreiche Zeitgenossen, das Patent zu umgehen und ähnliche Produkte auf den Markt zu bringen. Wesentlich bemerkenswerter ist aber die Tatsache, dass die fast 120 Jahre alte Erfindung von Carl Dittmann in jüngster Zeit im Zuge der Wellness-„Welle" wiederbelebt wird. Mit den Worten „Erleben Sie das neue Badegefühl" wird die Wavy Wellness Wellenschaukel beworben, die in Form und Funktion ihrem historischen Vorbild völlig entspricht.

BEATE OLMER

SIEBEN

UND

NEUNZIG

SACHEN

# NOCKENFLIESEN AUS DEM BOCHUMER STADTBAD

24

Villeroy & Boch; 1950/1953
25 Steinzeugfliesen mit X-förmigen Nocken, glasiert; je H 15 cm, B 15 cm, T 0,9 cm;
Originalkarton, angerissen; B 15,5 cm, T 31 cm, H 20 cm
Zugang Stadtarchiv, 1998

Die hellblauen genockten Fliesen stammen aus dem Restbestand des in den Jahren 1952/53 fertig gestellten Bochumer Stadtbades an der Wittener Straße 5–11 (später umbenannt in Massenbergstraße). Im Jahre 1998 – kurz vor Abriss des Gebäudes – übernahm das Bochumer Stadtarchiv die Keramik vom Sport- und Bäderamt.

Welche Funktion das Steinzeug hatte, ist unklar. Vermutlich wurde es im Schwimmbecken als Wendestreifen verklebt: Um die Schwimmer in Wettkämpfen bei Ausführung der Wende vor dem Abrutschen zu bewahren, wurden in einer Tiefe von 0,90 Metern die Stirnwände mit Nocken – statt mit den herkömmlichen glatten Fliesen ausgekleidet. Diese zur Leistungssteigerung der Schwimmsportler eingesetzte Maßnahme war nur eine von mehreren Neuerungen, die das Bochumer Stadtbad in den 50er Jahren des 20. Jahrhunderts für einige Zeit zu einem der modernsten Hallenbäder Europas avancieren ließen.

Als eine der wichtigsten Bauaufgaben der Bochumer Nachkriegsjahre entstand das Stadtbad in zentraler Lage, im Mittelpunkt des Stadtgebietes. Nachdem das im Jahre 1893 errichtete Hallenbad an der Marienstraße (heutige Maximilian-Kolbe-Straße) im November 1944 infolge der Kriegseinwirkungen völlig zerstört worden war, beschloss das Stadtparlament im August 1950 einstimmig den beschleunigten Neubau einer großen verkehrsgünstig gelegenen Schwimmhalle. Sie sollte sowohl den hygienischen Bedürfnissen der Bewohner Rechnung tragen, als auch der schwer arbeitenden Bevölkerung einen Ausgleich im Bereich Gesundheit und Sport bieten. Wichtig hierbei war die Eignung zur Durchführung größerer Veranstaltungen, von denen man sich einen überregionalen Bekanntheitsgrad und mithin einen wirtschaftlichen Impuls für die Innenstadt erhoffte. Inmitten von Ruinen erfolgte der erste Spatenstich im Dezember 1950. Bereits zwei Jahre später – nach Abschluss des ersten Bauabschnitts – wurde die neue Bade- und Bedürfnisanstalt in Betrieb genommen, und mit Beendigung des dritten Bauabschnitts im Jahre 1953 war der Komplex fertig gestellt.

Das Stadtbad war eine erste Demonstration in Richtung Neuanfang – vor allem die Architektur sollte dies deutlich machen: Bewusst abgegrenzt von der als „Blut-und-Boden-Stil" verrufenen monumentalen, schweren und starren Architektur der NS-Bauten, wagte man einen ästhetischen Neubeginn aus Beton, Stahl und Glas. Die Rasterfassade, das geschwungene Vordach, schlanke Stützen, gekachelte und auch transparente Wände mit großflächigen Verglasungen ließen ein neues Raumgefühl entstehen. Für die keramische Ausgestaltung des Innenraumes wurden – der zeitgenössischen Mode entsprechend – Pastellfarben gewählt: Türkis, Hellblau, Hellgelb, Ocker und Hellgrau. Auf die farbliche Abstimmung wurde großer Wert gelegt, da sie das Erscheinungsbild des Innenraums prägte. Auffällig ist die optische Trennung der Stiefel- und Barfußbereiche: Während die Stiefelgänge mit hellgrauem Steinzeug ausgelegt waren, befanden sich in sämtlichen Barfußgängen hellgelbe „Ostara-Nockenfliesen". Dadurch war nicht nur die Rutschgefahr gemindert, die hellgelbe Farbe ließ überdies ein Gefühl von Sauberkeit und Wärme entstehen, was das Laufen ohne Schuhe sehr angenehm machte. Dies galt ebenso für die Umgänge der Schwimmbecken, die durch die gelbliche Farbwahl in starkem Kontrast zu den türkisfarbenen Wasserbecken standen. Hier war die Absicht einer lebendigen Farbgestaltung unübersehbar.

Im August 1998 begann der Abriss des Gebäudes. Auch ein jahrelanger, von großen Gefühlen geprägter öffentlicher Diskurs konnte das Stadtbad nicht retten. Als Symbol für Wiederaufbau und Neubeginn stand es einst – als Zeichen des Verlustes steht es heute.

SILKE BREIDENBACH

SIEBEN

UND

NEUNZIG

SACHEN

# KRANKENLIEGE AUS DER AUGUSTA-KRANKEN-ANSTALT

25

um 1900
Eisen, lackiert, Eisendraht, Vollgummi, Kunststoff; H 91,5 cm, L 200 cm, B 70 cm
Zugang Stadtarchiv, ca. 1991

Wer einer Liege bedarf, ist entweder schwer krank oder verletzt, kann sich jedenfalls nicht mehr aus eigener Kraft fortbewegen und dürfte Schmerzen, gewiss auch Angst haben. In Anbetracht dieser Emotionen liegt die Assoziation durchaus nahe, ein solches Hilfsmittel wie alle Dinge, die auf menschliche Gebrechen verweisen, in eine als „Gefühlssachen" bezeichnete Gruppe von Gegenständen einzuordnen.

Die Liege besteht aus einer Trage, die auf einem Gestell mit sechs Rädern ruht. Sie fand um 1900 in der Bochumer Augusta-Kranken-Anstalt Verwendung. Das Krankenhaus war im Jahr 1864 auf Betreiben mehrerer evangelischer Bürger der Stadt, darunter des Bochumer Landrates Adolf von Pilgrim, gegründet worden und 1896 in den Besitz der evangelischen Kirchengemeinde übergegangen. Damals, kurz vor der Jahrhundertwende, verfügte die Kranken-Anstalt über 200 Betten. Betreut wurden die Patientinnen und Patienten von Diakonissen, die zunächst aus dem Mutterhaus Kaiserswerth, dann aus Neuvandsburg (Elbingerode im Harz) kamen.

Etwas älter als die Augusta-Kranken-Anstalt ist das katholische Elisabeth-Hospital, das bereits 1848 eröffnet wurde. Es stellte sich aber rasch heraus, dass angesichts steigender Bevölkerungszahlen ein einziges Krankenhaus allein zur Versorgung der Menschen bei weitem nicht mehr ausreichte. Vor der Mitte des 19. Jahrhunderts gab es in Bochum keine entsprechenden Einrichtungen, wenn man von dem bereits im Spätmittelalter existierenden Hospital absieht.

Der Zweck des „hospitails und gemeynen gasthuses" war, wie es in einer Urkunde von 1438 hieß, „dat man [...] dey ellenden, armen und kranken broider [...] spysen und laven sal". Es diente somit – durchaus typisch für mittelalterliche Spitäler – nicht allein, ja nicht einmal vordringlich der Heilung Kranker, sondern generell der Pflege und Betreuung Hilfsbedürftiger, darunter alter Menschen sowie der Unterstützung von Findlingen und Waisen, Pilgern und Reisenden oder Armen. Aussätzige und andere ansteckend Kranke wurden in eigens für sie geschaffenen, abseits gelegenen Einrichtungen untergebracht.

Im Mittelalter und bis weit in die frühe Neuzeit hinein übten die Heilkunst ganz unterschiedlich qualifizierte Frauen und Männer aus. Universitär ausgebildete Ärzte waren selten und verfügten in der Regel kaum über praktische Erfahrungen. Anders verhielt es sich bei den in der Kräutermedizin bewanderten Klerikerärzten und den wundärztlich tätigen Chirurgen, unter denen sich auch mancher Bader befand. Solange allerdings Urinschau und Aderlass zu den wesentlichen diagnostischen bzw. therapeutischen Mitteln zählten, sollte man sich von der Wirksamkeit der mittelalterlichen Heilkunst keine übertriebenen Vorstellungen machen. In hohem Ansehen stand freilich unter Zeitgenossen die jüdische Medizin, besonders im Bereich der Augenheilkunde. Die Geburtshilfe oblag bereits damals vornehmlich Hebammen. Daneben gab es zahlreiche ‚weise' Frauen und Männer, die oftmals umherzogen und frei praktizierten, sowie Quacksalber und Scharlatane, die – zumeist auf Märkten – ihre Wundermittel anpriesen.

Carl Arnold Kortum ließ sich 1770 in Bochum nieder und eröffnete eine Praxis, in der er an sieben Tagen in der Woche Patienten behandelte. Kortums ausgezeichneter Ruf als Mediziner drang weit über die Bochumer Stadtgrenzen hinaus. Seiner „Nachricht vom ehemaligen und jetzigen Zustande der Stadt Bochum" ist zu entnehmen, dass die Versorgung der Einwohnerschaft im Jahr 1722 zwei Apothekern und drei Barbieren oblag; 1789 kümmerten sich immerhin „1 christlicher und 1 jüdischer Doktor der Arzney, 1 Apotheker nebst einem Gesellen, 5 Chirurgien mit 2 Gesellen" sowie zwei Hebammen um die Menschen in der Stadt. Die Eröffnung des ersten (neuzeitlichen) Krankenhauses in Bochum hat Kortum nicht mehr erlebt: Er starb – achtzigjährig – im August 1824.

STEFAN PÄTZOLD

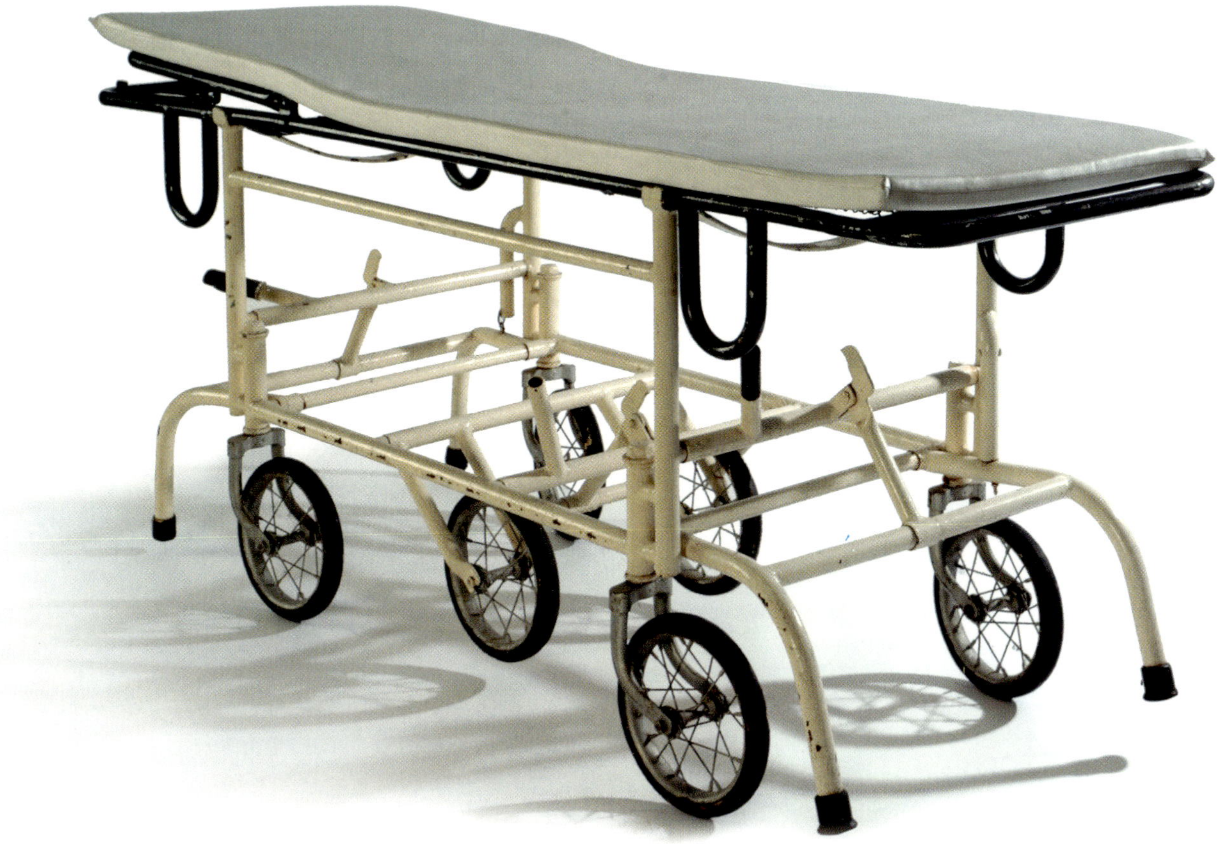

SIEBEN

UND

NEUNZIG

SACHEN

# W E R T

# SACHEN

# GELDWAAGE MIT HOLZLADE UND MÜNZGEWICHTEN

## 26

Tönnies Medtmann, Köln; 1607
Kasten: Lindenholz, punziert, Messingbeschläge; L 25 cm, B 12,5 cm, H 3,3 cm;
36 Gewichte: Messing, von 1,4 x 1,4 cm bis 1,9 x 1,9 cm; 5 Tariergewichte;
Waage: Stahl, Messing, grüne Schnur; L (Waagbalken) 20,9 cm, Dm (runde Schale) 4,8 cm,
Seitenlänge (dreieckige Schale) 7 cm
Zugang Heimatmuseum, 1934

Vor der Einführung der normierten Münzen mit symbolischem Geldwert war der Edelmetallgehalt der Münzen ausschlaggebend für ihren Wert. Um die Echtheit und Vollständigkeit einer Münze zu bestimmen, musste sie „auf die Goldwaage gelegt" werden. Zum Prüfen von Gold- und manchmal auch Silbermünzen wurden bereits in der Antike Geldwaagen benutzt. Vor allem die Unübersichtlichkeit der verschiedenen Goldmünzen in Mitteleuropa ließ die Münzwaage in den folgenden Jahrhunderten zum unerlässlichen und stets mitgeführten Hilfsmittel von Kaufleuten und zu einer Wertsache an sich werden. Sie musste handlich sein und ein schnelles Prüfen der Münzen im laufenden Geschäft gewährleisten. Archäologische Untersuchungen haben ergeben, dass bereits die Geldwaagen aus dem frühen Mittelalter zusammenlegbar waren.

Bei dem hier gezeigten Stück handelt es sich um den gängigen Typ einer gleichschenkligen Balkenwaage, die die zu bestimmende Münze 1:1 mit einem Gewicht aufwiegt. Die im Holzkasten befindlichen Einzelteile waren zum Gebrauch schnell zusammengesetzt: Der Waagbalken mit den anhängenden Waagschalen wurde frei beweglich in einen in der Hand gehaltenen Bügel eingehängt. Zur Unterscheidung nahm die dreieckige Schale die Münze, die runde das Gewicht auf.

Der flache, an drei Scharnieren aufklappbare Holzkasten weist 30 quadratische Vertiefungen für die Gewichte und eine größere Aussparung für die Geldwaage auf. Er enthält 25 originale, rechteckige Gewichte, die – wie bei den frühen Geldwaagen üblich – mit den entsprechenden Kennbildern der Münzen geprägt sind, sowie einige später hinzugefügte Münzgewichte. Oberhalb der Vertiefungen sind handschriftlich die einzelnen Münztypen verzeichnet, die mit den Gewichten geprüft werden konnten. Dabei handelt es sich um Münzen wie „Portugalöser", „Albertiner", spanische „Pistoleten", englische „Schiffsnoble", ungarische und portugiesische Dukaten, französische Luidor sowie italienische Goldgulden. Die vielen unterschiedlichen Münztypen geben eine gute Vorstellung von der Bandbreite der gleichzeitig im Umlauf befindlichen Münzen und der Notwendigkeit der Geldwaage als einem objektiven Messinstrument. Im Innendeckel, der mit punzierten Ornamenten geschmückt ist, befindet sich ein kleines, mit einem Schiebebrettchen verschließbares Fach für die hauchdünnen Tariergewichte, mit denen Abweichungen beim Aufwiegen bemessen werden konnten.

Die Aufschrift im Innendeckel „Wag und gwicht macht Meister Tönis von Medman Zu Cöln im Daahl Anno 1607" verweist auf Köln als Herstellungsort. Neben Nürnberg, wo vor allem Einsatzgewichte hergestellt wurden, war Köln vom 16. bis zum 18. Jahrhundert das Zentrum der deutschen Waagenbauer. Die Produktion für den Export lag monopolartig in den Händen weniger, zünftig organisierter Familien, von denen die von Medtmans bereits früh als „im Daell" ansässige Waagenmachermeister und später als vereidigte Eichmeister der Stadt Köln belegt sind. Allein 25 Münzwaagen zwischen 1605 und 1710 sind von ihnen erhalten. Tönies ist der älteste von fünf nachweisbaren Meistern dieser Familie; seine Marke, drei gekreuzte Pfeile, zieren mit seinen Initialen TM die dreieckige Waagschale.

Da Kölner Geldwaagen trotz ihrer weiten Verbreitung nur in wenigen Exemplaren aus der Zeit um 1600 überliefert sind, stellt die Bochumer Münzwaage auch aus diesem Grunde eine besondere Wertsache dar: Sie gehört zu den ältesten erhaltenen Geldwaagen aus Kölner Produktion. Interessanterweise stammten die ersten nachweisbaren Waagenmacher in Köln nicht aus der Domstadt selbst, sondern wanderten aus Essen und Bochum ein: So ist etwa der Waagenmacher „Arnold von Bochum" in Köln zwischen 1590 und 1618 nachweisbar.

REINHILD STEPHAN-MAASER

SIEBEN

UND

NEUNZIG

SACHEN

# CARE-PAKET

27

„National Container Corp. Long Island City. N.Y.“; 1946/47
brauner Karton, mit schwarzen Schablonenbuchstaben bedruckt; H 29 cm, B 39 cm, T 27 cm
Zugang Stadtarchiv, 1994

Im November 1945 gründeten 22 amerikanische Wohlfahrtsorganisationen die private Hilfsaktion Cooperative for American Remittances to Europe, kurz CARE genannt. Ziel war es, Not leidenden Menschen in Europa zu helfen.

Nach dem Ende des Zweiten Weltkrieges lagen weite Teile Europas in Schutt und Asche. Die Menschen hungerten, waren schlecht gekleidet und häufig obdachlos. Wirtschaft und Verkehr funktionierten nicht mehr. Es sollte Jahre dauern, bis sich die Volkswirtschaft erholen würde. Und Deutschland? Die alliierten Großmächte USA, England und die Sowjetunion waren sich einig: Von Deutschland sollte nie wieder ein Krieg ausgehen. Der Kapitulation folgten die wirtschaftliche und politische Entmachtung und die Aufteilung in Besatzungszonen. Die Ernährungslage war katastrophal: Deutschland war traditionell auf Nahrungsmittelimporte angewiesen, die Lebensmittelreserven waren aufgebraucht. Die landwirtschaftliche Produktion litt an den Kriegs- und Nachkriegsfolgen (Verlust eines Viertels der gesamten Agrarfläche, Arbeitskräfte-, Maschinen-, Saatgut- und Düngemittelmangel). Die Bevölkerungszahl stieg durch den Zuzug von Vertriebenen, Flüchtlingen und Heimkehrern erheblich an. Die Alliierten setzten die Rationierung der Nahrungsmittel fort, die es in Deutschland bereits seit 1939 gab. Selbst die Ausgabe der 1.550 Kalorien-Ration konnte in den ersten Jahren nicht durchgehalten werden.

Im Ruhrgebiet, das zur Britischen Zone gehörte und vor allem durch Kohlelieferungen einen Löwenanteil am europäischen Wiederaufbau leisten sollte, sanken im November 1945 die Rationen auf 800 Kalorien. Zum Vergleich: Ein Erwachsener benötigt bei völliger Ruhe 1.600 Kilokalorien am Tag. Zumindest für die jüngere Generation trat wenige Monate später eine Besserung ein. Ausländische Wohlfahrtsorganisationen sorgten für Schul- und Kinderspeisungen.

Das Gros der Bevölkerung litt weiterhin, besonders in den „Hungerjahren" 1945 bis 1948. Es war die Zeit der langen und kalten Winter und schlechter Ernteerträge. Es kam zu Streiks und Protestmärschen, an denen sich im Frühjahr 1947 und im Winter 1948 auch Tausende Bochumer Berg- und Industriearbeiter beteiligten. Sie forderten vor allem eine ausreichende Ernährung.

Im Ruhrgebiet trafen die ersten, mit Lebensmitteln und Gebrauchsgütern gefüllten Care-Pakete, im Oktober 1946 ein. Finanziert wurden sie von amerikanischen und kanadischen Spendern. Meist waren es verwandtschaftliche oder religiöse Bindungen nach Übersee, die zum Empfang dieser wertvollen Sendungen berechtigten. Ab Februar 1947 erhielt auch der Bergmann an der Ruhr solche Lieferungen, wenn seine Zeche die Förderung deutlich hatte steigern können. Bis 1960 wurden 10 Millionen Care-Pakete verschickt. Deutschland erhielt davon allein in den Jahren 1946 bis 1949 fünf Millionen.

An diese Hilfsgüter, die bei der Post, beim Zollamt oder bei kirchlichen Einrichtungen, wie etwa der sogenannten Paketkirche in Bochum Hamme, abzuholen waren, erinnern sich noch heute viele Bochumer und Bochumerinnen mit sehr gemischten Gefühlen: Dankbar die einen, die es etwa der Tante in Amerika verdankten, dass sie neben rot-weißen Zuckerstangen, Maismehl, Öl, Cornedbeef, Trockenmilch, Kaffee – heiß begehrt, weil er gleich wieder gegen Fleisch eingetauscht wurde – auch noch Kleidung erhielten; verärgert die anderen, weil die Pakete häufig geplündert waren, und ein weiteres Tauschobjekt – amerikanische Zigaretten – fehlten, verbittert diejenigen, die leer ausgingen, weil sie eben nicht über die entsprechenden Kontakte verfügten.

URSULA JENNEMANN-HENKE

SIEBEN

UND

NEUNZIG

SACHEN

# PERLENKETTE MIT GOLDANHÄNGER UND GOLDSCHEIBENFIBEL

28

um 700 n. Chr.
Fundort: Merowingisches Frauengrab 1, Bochum-Langendreer „Westerheide",
Ausgrabung K. Brandt, 1953
11 Perlen: Bernstein, roter und gelber Ton, bunte Tonmischung (blau, grün, rot, orange),
blaues Glas; L 0,3–1,5 cm; Dm 0,6–1,3 cm; Anhänger: Gold; H 2,3 cm, Dm 1,8 cm;
Einzelmünze: Gold; Dm 2 cm, Dicke 0,1 cm; Schnur modern ergänzt
Zugang Kulturamt (Heimatmuseum), 1955

Die modern aufgereihte Kette besteht aus zwei flachzylindrischen, opaken, dunkelblauen Glasperlen mit unregelmäßigen grünen und orange farbenen Flecken, zwei opaken, orangenen Perlen gleicher Form mit leichter Abschrägung, drei roten, opaken Perlen, einer ringförmigen, kleinen, blauen, transluziden Perle, einer unregelmäßigen Bernsteinperle, einer lang-zylindrischen, opaken, weißen Perle mit blauen Enden und roten Punkten sowie einer quaderförmigen opak blauen Perle mit roten Ringaugen. Außer den Perlen muss ein runder Anhänger aus Goldblech von 1,8 cm Durchmesser mit angelöteter 0,5 cm hoher profilierter Öse als zugehörig betrachtet werden. Auf der Vorderseite befindet sich ein Ornament aus drei Doppelspiralen aus aufgelötetem Perldraht, der Rand ist mit zwei ebenfalls aufgelöteten, gegenläufig tordierten Drähten eingefasst. Im Bereich der Öse ist die randliche Einfassung verschoben, sodass davon auszugehen ist, dass zunächst die Öse, dann erst die Verzierung angebracht wurde. Die gleiche Randverzierung findet sich auf einem kleinen, runden, goldenen Pressblech von 2,0 cm Durchmesser, das an den Rändern nach hinten umgebogen ist. Damit liegt hier die Schauseite einer winzigen Scheibenfibel (Brosche) vor, die aus derselben Werkstatt stammt wie der Anhänger. Das Motiv der Fibel ist kaum zu deuten, weist jedoch Ähnlichkeiten zu drei Stücken aus dem fränkischen Raum auf.

Bei diesen Funden handelt es sich um Teile der Ausstattung des Frauengrabes 1 des merowingerzeitlichen Friedhofes an der Kreuzung der Straßen „Im Nordlicht" und „Im Esch" in Bochum-Langendreer. Durch die fortgeschrittene Bebauung konnten hier 1953 leider nur noch vier Gräber archäologisch dokumentiert werden, über die ursprüngliche Größe des Gräberfeldes sind keine Aussagen mehr möglich. Grab 1 erwies sich als ost-west-orientierte Holzkammer von circa 2 m Länge und 1,05 m Breite. Die oben beschriebenen Funde lagen an der westlichen Schmalseite. An der östlichen Schmalseite stand hingegen ein großes Vorratsgefäß rheinischer Produktion und ein kleiner handgeformter Topf mit Leichenbrand. Die für die Zeit recht aufwendige Grablege weist sowohl Merkmale einer ost-west-orientierten Körperbestattung als auch eines Brandgrabes auf. Da der Ausgräber von sehr wenigen kleinen Leichenbrandresten berichtet, steht zu vermuten, dass wir es mit der Doppelbestattung einer Frau (Körpergrab) und eines Kindes (Brandgrab) zu tun haben. Schmuck und Keramik datieren in die Zeit um 700 n. Chr.

Sowohl der Grabbau wie auch die beiden goldenen Schmuckstücke heben das Grab 1 aus der großen Zahl westfälischer Bestattungen dieser Epoche deutlich heraus. Die Hinterbliebenen konnten so demonstrieren, dass sie in der Lage waren, ein entsprechendes Begräbnis auszurüsten. Man dokumentierte so zum einen die Wertschätzung der Verstorbenen, zum anderen, dass man es sich leisten konnte, auch auf wertvolle Dinge zu verzichten. In der gesellschaftlichen Hierarchie der damaligen Zeit wird man die hier bestattete Frau an der Spitze einer ländlichen Siedlungsgemeinschaft suchen dürfen. Die Goldfibel wie auch die Keramik stehen für einen engeren Austausch mit dem fränkischen Rheinland.

WOLFGANG EBEL-ZEPEZAUER

SIEBEN

UND

NEUNZIG

SACHEN

# GLASBECHER MIT LANDSCHAFTSDARSTELLUNG

29

wahrscheinlich Nordböhmen; um 1830
farbloses Glas, modelgeblasen, geschliffen, gelb gebeizt,
transparente Emailmalerei, Schwarzlotmalerei; H 14,2 cm, oberer Dm 9,9 cm
Zugang Heimatmuseum, 1925

Mit der bürgerlichen Wohnkultur des Biedermeiers hielten nicht nur Sofa, Nähtischchen und Klavier Einzug in die ‚gute Stube' – das oft nur für Besuch geöffnete Vorzeigezimmer –, sondern auch ein Möbelstück, das zu nichts anderem diente als dazu, Geschenke und andere Wertobjekte sicher und für alle sichtbar aufzubewahren: die verglaste Vitrine. Vor der oft verspiegelten Rückwand fanden auf mehreren Zwischenböden und in liebevoller, meist symmetrischer Aufstellung reich verzierte und selten oder nie benutzte Glas- und Porzellangefäße sowie persönliche Erinnerungsstücke Platz. Neben den Badegläsern, die als Souvenirs aus den Kurorten mitgebracht wurden, waren es vor allem große Trinkbecher, die durch ihre spezielle Bemalung und ihre Verwendung als Freundschaftsgaben der Erinnerungspflege dienten und mit aufwendigen Schliffdekoren dem Geschmack einer anspruchsvollen Kundschaft entgegenkamen.

Die Transparentmalerei auf Hohlgläsern wurde wegen ihrer zarten Farbigkeit – in Anlehnung an die Porzellan-Feinmalerei – im Biedermeier besonders geschätzt. Obwohl bereits den Römern bekannt und später vor allem im arabischen Raum und in Venedig verwendet, war die Technik der Emailmalerei auf Glas lange in Vergessenheit geraten. Die Wiederentdeckung, Glasgefäße mit transparenten Schmelzfarben aus Metalloxiden und pulverisiertem Glas zu emaillieren, das heißt, diese bei einer Temperatur von etwa 800 Grad aufzuschmelzen, wird dem Leipziger und Dresdener Glasmaler Samuel Mohn (1761–1815) zugeschrieben. Sein Sohn Gottlob Samuel Mohn, der 1811 nach Wien übersiedelte, konnte hier den Porzellanmaler Anton Kothgasser für seine Glasmalwerkstatt gewinnen. In seinem Umkreis wurde der sogenannte „Ranftbecher" entwickelt, bei dem ein kräftiger, mit Kerb- oder Facettenschliff verzierter Wulst den Boden umläuft. Kothgassers Ranftbecher aus der Zeit um 1820 bis 1840 zeigen Allegorien und Landschaftsmotive aus Wien und Umgebung, kombiniert mit Inschriften und Streifen aus gelb gebeiztem Glas.

Der konische Glasbecher mit eingezogener Wandung aus der Bochumer Sammlung ist ähnlich gestaltet. Sein Standringwulst ist mit einem dreireihigen Facettenschliff versehen, der Fuß in zwölf Schliffflächen gegliedert, während die obere runde Wandung der Bemalung vorbehalten bleibt: Über einer Zone aus dekorativer Schwarzlot-Rankenmalerei befindet sich ein Landschaftsstreifen. Er zeigt eine Stadtmauer mit einem darüber hinaus ragenden Haus, einen hohen Turm, eine Flussansicht mit Segelschiffen sowie zwei Hügel mit einer Burg und einem Schloss; ein Planwagen, ein Reiter und eine weibliche Figur beleben den Vordergrund. Oben ist der Becher mit einer gemalten Blumenbordüre und einem blassgoldenen Lippenrand eingefasst. Eine Inschrift fehlt, sodass die Szene, die an Rheinansichten des 19. Jahrhunderts erinnert, nicht lokalisiert werden kann; ebenso wenig finden sich Hinweise auf den Glasmaler oder eine Werkstatt.

Die eleganten, aufwendig bemalten Ranftbecher entstanden nicht in den großen böhmischen Glasmanufakturen, sondern in kleineren Werkstätten, die vor allem Einzelstücke im Auftrag privater Kunden fertigten. Gegenüber den Wiener Bechergläsern Mohns und Kothgassers erscheint das Bochumer Glasgefäß jedoch stärker eingezogen, dickwandiger und insgesamt robuster. Dies spricht für eine Zuschreibung an eine Werkstatt in Falkenau oder Steinschönau in Nordböhmen, wo die Wiener Gläser um 1830/40 in der ursprünglichen Technik gern nachgeahmt wurden. Schon bald darauf trat neben die hochwertige Transparentmalerei das Zeit und Kosten sparende Umdruckverfahren, bei dem aus einer geätzten Stahlplatte die in die Vertiefungen eingestrichene Emailfarbe mit Seidenpapier herausgehoben und auf die Werkstücke übertragen wurde.

REINHILD STEPHAN-MAASER

SIEBEN

UND

NEUNZIG

SACHEN

# EISENPFANNE

30

Deutschland; September 1916
Eisen, gegossen, genietet, getrieben und graviert; L 50,8 cm, H 8 cm, Dm 27,5 cm
Zugang Stadtarchiv, o. J.

Wenige Tage nach Beginn des Ersten Weltkriegs traf das Deutsche Reich Vorkehrungen, um dem absehbaren Rohstoffmangel entgegenzusteuern. Da ein Großteil der Rohstoffe aus Übersee importiert wurde, verschärfte die britische Seeblockade die Versorgungslage empfindlich. Am 9. August 1914 wies der AEG-Vorstandsvorsitzende Walther Rathenau das Kriegsministerium auf die drohende Krise hin. Sein Vorschlag, eine eigene Behörde mit der Beschaffung und Verteilung der Rohstoffe zu betrauen, wurde umgehend durch die Einrichtung der Kriegsrohstoffabteilung (KRA) unter seiner Führung umgesetzt. Die Maßnahmen reichten von der Beschlagnahme industrieller Rohstoffreserven bis zu Aufrufen an die Bevölkerung, Gegenstände aus rüstungsrelevanten Materialien zu Sammelstellen zu bringen.

Sammlungsaufrufe gab es auch von anderer Stelle: Zur Erhöhung der Goldreserven der Reichsbank wurden Goldankaufsstellen eingerichtet, in denen geprägte Münzen, aber auch Ringe, Uhrketten und anderer Goldschmuck gegen (zunehmend an Wert verlierendes) Papiergeld eingetauscht wurde. Als Anerkennung gab es Gedenkblätter, Plaketten oder auch Eisenringe, die die Aufschrift „In Eiserner Zeit“, „Gold gab ich zur Wehr, Eisen nahm ich zur Ehr“ oder „Gold gab ich für Eisen“ trugen. Hiermit griff man eine Tradition der preußischen Befreiungskriege auf: Im März 1813 hatten die preußischen Prinzessinnen einen Aufruf an die Frauen formuliert, in dem sie zur Finanzierung des bewaffneten Widerstandes gegen Napoleon um Geld und „jede entbehrliche wertvolle Kleinigkeit“ wie beispielsweise Trauringe und Schmuckstücke baten. Kurz darauf hatte der Berliner „Unternehmer des Museums“ Rudolph Werkmeister die Anfertigung von Eisenringen mit dem Text „Gold gab ich für Eisen 1813“ angeboten.

Die Bochumer Goldankaufstelle wurde am 11. Mai 1916 im Rathaus eingerichtet; der Landkreis folgte sieben Tage später unter dem Motto „Helft siegen“. Für die Abgabe goldener Uhrketten wurde als Gegenleistung „eine Uhrkette geschützten Musters aus Eisen oder Stahl“ in Aussicht gestellt. Diesen Weg ging auch die Amtskette des Oberbürgermeisters: Im Februar 1917 beschloss der Magistrat die Abgabe bei der Goldankaufstelle; vierzehn Monate später wurde eine eiserne Nachbildung in Auftrag gegeben.

Dass auch für die Abgabe anderer Metallgegenstände Ersatzprodukte mit zugleich ideellem Wert hergestellt wurden, ist weniger bekannt. Die Eisenpfanne aus der Bochumer Sammlung mit ihrer Umschrift „DER DEUTSCHEN HAUSFRAU OPFERSINN – GAB KUPFER FÜR DAS EISEN HIN – IM WELTKRIEG 1916“ ist ein beredtes Zeugnis für diesen Sachverhalt. Unter dem gravierten Datum 23.9.16 erscheint auf dem Stiel ein Relief mit einem Soldaten, der sich bei einer Frau bedankt, die für die Kriegswirtschaft wertvolles Material zur Verfügung stellt.

In den ersten Kriegsmonaten erstreckte sich die von der KRA angeordnete Meldepflicht und Beschlagnahme von Kupfer, Nickel, Zinn etc. noch nicht auf private Gebrauchsgegenstände. Aufgrund der immer brisanter werdenden Rohstofflage wurden die Bestimmungen jedoch sukzessive verschärft. Am 31. Juli 1915 erging eine Bekanntmachung der KRA, derzufolge auch fertige Gegenstände aus Kupfer, Messing und Reinnickel – zum Beispiel Pfannen, Töpfe oder Backformen – abgeliefert werden mussten. Die Übernahmepreise berechneten sich nach Gewicht. Fünf Monate später blieben auch Gegenstände kunstgewerblichen oder kunstgeschichtlichen Wertes nur noch dann von der Beschlagnahme verschont, wenn ein Gutachten eines amtlichen Sachverständigen vorlag. Später standen auch Einrichtungsgegenstände, Bronzeglocken oder Standbilder zur Disposition. In Bochum belief sich das Gewicht des bis Kriegsende abgelieferten Metalls auf etwa 170.000 Kilogramm.

BEATE OLMER

SIEBEN

UND

NEUNZIG

SACHEN

# SILBERNE DECKELDOSE

31

Gerhard Wilhelm Strunck, Bochum; um 1740
Silber, getrieben und gegossen; H 7,5 cm, B 13 cm, Dm 10 cm
Zugang Stadtarchiv, 1996

Die kostbare Silberdose, eine Wertsache in des Wortes eigentlicher Bedeutung, wurde der Signatur „WS" zufolge von dem Bochumer Gold- und Silberschmied Gerhard Wilhelm Strunck gefertigt. Über dessen Leben weiß man nur wenig. So kennt man weder seinen Geburtstag noch den Geburtsort. Dass Strunck in Bochum zur Welt kam, ist allerdings unwahrscheinlich, weil er in der Liste der im Jahr 1728 aufgenommenen Neubürger als Goldschmied aus Dortmund begegnet. Strunck war demnach wohl ein Zugewanderter; verwandtschaftliche Beziehungen zu Bochumern gleichen Familiennamens lassen sich nicht nachweisen.

Um 1750 wohnte er in der Butenbergstraße (der heutigen Bongard- bzw. Massenbergstraße). Dort besaß er ein eigenes Brauhaus. Unklar muss bleiben, ob das Brauen Strunck nur zur Deckung des privaten Bedarfs oder als Nebenerwerb diente. Indizien sprechen dafür, Letzteres anzunehmen, hat es doch den Anschein, als habe Strunck, wenn er auch keineswegs arm gewesen sein dürfte, nicht zu den überdurchschnittlich vermögenden Bürgern der Stadt gezählt. So ist in einer Aufnahme des Grundbesitzes in der städtischen Feldmark aus dem Jahr 1791 ein Mann namens Strunck mit lediglich zweieinhalb Scheffelsaat Landes verzeichnet, was nach heutigen Begriffen etwa einer Fläche von 3.360 $m^2$ entspricht. Das war Besitz von bestenfalls durchschnittlicher Größe. Hinzu kommt, dass die hier beschriebene Silberdeckeldose allem Anschein nach das einzige Produkt Struncks ist, von dessen Existenz man bisher weiß – ein Umstand, der nicht dazu rät, ihn unter den berühmten und überregional bedeutenden Handwerkern seiner Zeit zu vermuten.

Im Jahr 1795 hat der Silberschmied, wenn auch gewiss hoch betagt, noch gelebt. Damals gewährte er nämlich, so ist überliefert, einem französischen Emigranten, der vor dem Terror der Revolution geflohen war, in seinem Haus Unterkunft. Danach verliert sich Struncks Spur; sein Sterbedatum ist unbekannt. Im Jahr 1842 begegnen die ‚Silberarbeiter' F. und A. Strunck in den Reihen der Bürger Bochums; es könnten Gerhard Wilhelms Nachkommen sein.

Meister Strunck war einer von insgesamt nur zwei Gold- bzw. Silberschmieden, die Carl Arnold Kortum in seiner Liste der in Bochum anzutreffenden Professionen zum Jahr 1789 nennt (wobei dieser Zahl noch ein Geselle hinzuzufügen ist); 1722 gab es Kortum zufolge sogar nur einen einzigen Goldschmied in der Stadt. Diese Nachrichten lassen erahnen, dass die Edelmetallbearbeitung kaum zu den wesentlichen Handwerken Bochums zählte. Die Menschen dieser Stadt, deren Gesamtbevölkerung im letzten Drittel des 18. Jahrhunderts durchweg um 1.500 Personen schwankte, verdienten ihren Lebensunterhalt in anderen Gewerbebereichen.

Einen Überblick über Bochums Erwerbsstrukturen in jener Zeit bietet Gustav Seebold, der 1995 schrieb: „Differenziert man die Berufsangaben der Bochumer Bürger nach Wirtschaftssektoren, so korrespondiert der geringe Anteil des primären Sektors mit dem Charakter der Ackerbürgerstadt; Land- und Gartenwirtschaft wurde überwiegend zur Selbstversorgung betrieben. Der gewerblich-produzierende Bereich machte im Jahr 1763 insgesamt 62,3 % aus, während der tertiäre Sektor, Handel, Dienstleistungen und öffentliche Verwaltung, mit 34,9 % der 212 Erwerbstätigen deutlich über dem damaligen statistischen Mittel lag". Für den Haushalt eines wohlhabenden Bochumers, der möglicherweise jenem „tertiären Sektor" zuzurechnen war, mag die silberne Deckeldose einst hergestellt worden sein.

STEFAN PÄTZOLD

SIEBEN

UND

NEUNZIG

SACHEN

# REGISTRIERKASSE DES BOCHUMER SCHLACHTHOFES

32

Nationale Registrierkassengesellschaft mbH Berlin; 1925
Stahlblech, Kunststoff, Holz; H 57,1 cm, B 47 cm, T 42,4 cm
Zugang Stadtarchiv, ca. 1985/86

Eine Registrierkasse dient der Verzeichnung und Aufbewahrung eingenommenen Geldes. Insofern kann man eine gut gefüllte Kasse durchaus als eine Wertsache betrachten. Dass der 1925 hergestellte und mechanisch wie elektrisch zu betreibende Apparat in einem Schlachthof Verwendung fand, legt eine an ihm angebrachte Skala nahe, auf der Großvieh, Kälber, Schweine, Schafe, Ziegen und Pferde verzeichnet sind. So konnten neben den Einnahmen zugleich auch die Warengruppen vermerkt werden.

Einen städtischen Schlachthof gab es in Bochum seit dem Jahr 1877. Zuvor – im Mittelalter und in der frühen Neuzeit – war das Töten und Zerteilen von Tieren (lässt man Hausschlachtungen außer Betracht) Sache der selbstständigen Metzger. Ihre Schlachtplätze lagen zumeist an verkehrsreichen Straßen wie etwa der Brückstraße oder der Eulengasse (heute: Große Beckstraße). Die Abfälle warf man in Gruben am Wegesrand. Der Gestank des verrottenden Fleisches, das Insekten und anderes Ungeziefer anlockte, muss gerade im Sommer unerträglich gewesen sein. Neben einer hygienischen Beseitigung der Reste fehlte auch eine ausreichende Fleischbeschau. Vergiftungen, Trichinenepidemien und Wurmkrankheiten waren die Folgen.

Erst das 1886 erlassene preußische „Gesetz betreffend die Einrichtung öffentlicher, ausschließlich zu benutzender Schlachthäuser" schuf in Bochum die rechtlichen Grundlagen für die Reglementierung des Schlachtwesens. Mit dem städtischen Schlachthof entstand an der Vödestraße (heute: Am Bergbaumuseum) die erste räumlich geschlossene Großschlachtstätte im Ruhrgebiet.

Die gesamte Anlage hatte eine Breite von 54 m und eine Länge von 120 m. Ihren einzigen Eingang bildete ein hohes Tor an der Nordseite. Westlich davon lagen das Verwaltungs- und ein Stallgebäude, letzteres mit Platz für Großvieh und Pferde, eine Pferdeschlachtzelle, eine Talgschmelze, eine Kesselanlage und die Kaldaunenwäsche. An der Ostseite befand sich die Halle für Schweine und Kleinvieh samt den dazugehörigen Stallungen.

In der Mitte der Anlage stand die Schlachthalle für Großvieh. Sie verfügte über einen drei Meter breiten Mittelgang, durch den die Tiere getrieben wurden. An jeder Seite des Ganges befanden sich jeweils 16 Schlachtstätten, in denen die Metzger arbeiteten. Wasseranschlüsse erlaubten die regelmäßige Reinigung der Räume. Innereien und kleinere Fleischstücke konnten an Haken gehängt werden, die sich an den Säulen im Mittelgang befanden. Größere Fleischteile wurden mit Hilfe von Aufzugsvorrichtungen transportiert.

Die personelle Ausstattung des Schlachthofes war, wenn man die auf eigene Rechnung tätigen Metzger nicht mitzählt, gering: 1878 beschäftigte die Stadt einen Verwalter, zwei Arbeiter und einige Fleischbeschauer, deren Zahl wechselte. Der Verwalter fungierte als Tierarzt und Dienststellenleiter zugleich. Er war für die Einnahme der Schlacht-, Stall- und Wiegegelder, die Buchführung und die Einhaltung aller Vorschriften zuständig. Darüber hinaus hatte er das Schlachtvieh und das Fleisch zu prüfen sowie die Fleischbeschauer zu überwachen.

Mit dem rasanten Anwachsen der Einwohnerzahl stieg auch der Fleischbedarf in Bochum. Trotz zahlreicher Erweiterungs- und Umbauten sowie technischer Verbesserungen (etwa durch die Inbetriebnahme eines Kühlhauses) erwies sich der bisherige Schlachthof nach der Jahrhundertwende als unzureichend, obgleich die Gesamtzahl der Schlachtungen von 14.456 (im Jahr 1880) auf 80.430 (1926/27) deutlich zunahm. Ein Neubau wurde unumgänglich. Der Erste Weltkrieg, Inflation und Ruhrbesetzung haben ihn lange verzögert. Schließlich konnte 1929 der neue Schlachthof am Löbkerring (heute: Freudenbergstraße am Ruhrschnellweg) eröffnet werden.

STEFAN PÄTZOLD

SIEBEN

UND

NEUNZIG

SACHEN

# HORIZONTAL-REISESONNENUHR MIT ETUI

Pierre LeMaire, Paris; um 1750
Instrument: Messing, graviert, Glas;
Etui: Fischhaut auf Holzrahmen, Samt, Messing; H 1,8 cm, B 7,7 cm, T 6,2 cm
Zugang Heimatmuseum, 1925

Sonnenuhren sind neben Wasseruhren die ältesten Instrumente zur Zeitbestimmung. So einfach ihr Prinzip auf den ersten Blick erscheint – ein aufrecht stehender Gnomon (Schattenstab) zeigt durch Richtung und Länge seines Schattens die Ortszeit an –, so komplex erweist sich die Gnomonik bei näherer Betrachtung. Da der von der scheinbaren Bewegung der Sonne beeinflusste Schatten auf einer ebenen Fläche nicht gleichmäßig wandert, erfordert die Berechnung der Zifferblattskalen gute mathematische und astronomische Kenntnisse, wenn als Resultat Stunden von gleicher Länge ablesbar sein sollen. Teilt man die Zeit zwischen Sonnenauf- und -untergang lediglich in zwölf Abschnitte ein, wie es im Mittelalter üblich war, führt dies dazu, dass die Tagesstunden im Sommer erheblich länger als die Nachtstunden sind und sich das Verhältnis im Winter umkehrt. Die Erfindung der mechanischen Räderuhr im ausgehenden 13. Jahrhundert machte diese Abweichungen messbar und führte zu einer Korrektur der Sonnenuhr-Zifferblätter. Die sogenannten (ungleichen) Temporalstunden wichen ab dem 14. Jahrhundert der neuen Einteilung von Tag und Nacht in 24 gleich lange Stunden.

Eine weitere entscheidende Verbesserung brachte die in die zweite Hälfte des 15. Jahrhunderts fallende Einführung des parallel zur Erdachse ausgerichteten Polstabes (Polos). Abhängig von der geographischen Breite des jeweiligen Ortes, der Polhöhe, verändert sich sein Winkel im Verhältnis zum Äquator. Je weiter nördlich der Ort liegt, desto senkrechter muss der Polos aufgestellt sein. Damit Sonnenuhren auch auf Reisen eingesetzt werden konnten, waren weitere Hilfsmittel Voraussetzung: ein Kompass, um das Instrument nach Süden auszurichten, ein auf verschiedene Polhöhen verstellbarer Schattenwerfer sowie mehrere Ableseskalen.

Das ausgestellte Exemplar verfügt über all diese Elemente: Als Gnomon dient ein klappbares, reich verziertes Poldreieck, das auf Polhöhen zwischen 40 und 60 Grad verstellbar ist. Der Schnabel eines Vogels zeigt den gewählten Wert an. Auf der oktogonalen Grundplatte mit eingelassenem Kompass sind in vier umlaufenden Bändern abwechselnd in römischen und arabischen Ziffern die Stundenfolgen für die Breitengrade 40, 45, 50 und 55 Grad graviert. So reichte der Einsatzbereich dieser Sonnenuhr beispielsweise von Norddeutschland bis Süditalien. Die Unterseite des Instruments trägt die Namen von 29 europäischen Städten (darunter: London, Brüssel, Paris, Marseilles, Rom, Hamburg, Danzig und Warschau) mit den zugehörigen, auf die zweite Nachkommastelle genau angegebenen Polhöhen. Für Reisende war ein solcher Zeitmesser ein wertvolles Utensil. Da bis ins ausgehende 19. Jahrhundert jeder Ort seine eigene Ortszeit hatte, die sich nach dem höchsten Sonnenstand bemaß, waren Sonnenuhren auch zum Stellen von Taschenuhren auf die gültige Zeit unentbehrlich.

Über den Hersteller gibt die Gravur auf der Oberseite der Deckplatte Aufschluss: „P. Le Maire A Paris". Pierre LeMaire stammte aus einer bekannten französischen Uhrmacherfamilie des 17. und 18. Jahrhunderts. Nachweise seiner Tätigkeit als Konstrukteur wissenschaftlicher Instrumente gibt es für den Zeitraum 1739–1760. Der Typus dieser flachen metallenen Horizontalsonnenuhr mit achteckiger oder ovaler Grundplatte geht vermutlich auf den seit 1678 in Paris ansässigen Engländer Michael Butterfield zurück. Wegen ihrer großen Beliebtheit stellten auch andere Pariser Uhrmacherwerkstätten, darunter die von Nicolas Bion, Claude Langlois und Pierre Sevin, diese Sonnenuhrvariante her.

BEATE OLMER

SIEBEN

UND

NEUNZIG

SACHEN

# NOTGELD DES LANDKREISES BOCHUM

34

F. August Gimmerthal, (Bochum-) Langendreer; 1. November 1921
8 Federzeichnungen auf Pappe, laviert, schwarze, rote und graue Tinte; je H 9,6 cm, B 6,6 cm
Zugang Heimatmuseum, 1922

„Glück auf! Glück auf! Der Steiger kommt!" Das bekannte Bergmannslied ziert sieben Scheine des Bochumer Notgeldes, das von dem Langendreerer Buchhändler August Gimmerthal entworfen und am 1. November 1921 vom Landkreis herausgegeben wurde. Die Liedstrophen sind durch Federzeichnungen mit Szenen aus dem Bergmannsleben illustriert. Der jeweilige Nominalwert von 50 Pfennig, 75 Pfennig und einer Mark ergänzt neben feinen Ziselierungen die Scheine. Auf der Rückseite der Scheine sind die 15 zum Landkreis gehörenden Ämter und Gemeinden aufgezählt und die begrenzte Gültigkeit der Scheine festgelegt. Bildhaft dargestellt sind eine Schachtanlage und ein Bergmannshaus.

Der Kleingeldmangel setzte bereits 1916 in Deutschland ein, da Nickel- und Kupfermünzen eingeschmolzen wurden, um den Metallbedarf der Rüstungsindustrie zu decken. Ersatzmünzen aus Zink und Eisen konnten nicht schnell genug geliefert werden. Aufrufe an die Bevölkerung, Kleingeld nicht zu horten und Spardosen häufiger zu leeren, konnten die Situation nicht verbessern. Städte und Gemeinden begannen eigenes Notgeld herauszugeben, um den Bedarf zu decken. Die Notgeldscheine waren meist aufwendig gestaltet und zeigten regionale Besonderheiten. Schnell war das Interesse der Sammler geweckt, die das Notgeld wie Briefmarken in Alben sammelten. Ein wahres Sammelfieber brach aus und bald gab es die Kleingeldscheine in Serien. Als 1921 der Landkreis Bochum die Notgeldserie mit dem Bergmannslied herausgab, meldete die Amts-Sparkasse zu Bochum, „dass sich für Notgeld kein Bedarf mehr zeigt. Es kämen also nur die Notgeldsammler als Abnehmer in Frage."

Obwohl diese Scheine also kaum in den täglichen Umlauf gelangt sind, sorgte der Schein mit dem Nominalwert von einer Mark und der siebten Strophe des Bergmannsliedes für Unruhe in der Bevölkerung. Die Formulierung „Die Bergleute sind kreuzbrave Leut'! Denn sie tragen ja das Leder vor dem Arsch bei der Nacht und saufen Schnaps", wurde als Verunglimpfung empfunden, weshalb dieser Schein bereits im Dezember 1921 wieder aus dem Verkehr gezogen wurde.

Die Herausgabe von Notgeldscheinen im Pfennigbereich war der Anfang einer Entwicklung, die ihren Höhepunkt im Jahr 1923 fand. Deutschland litt nach dem Ersten Weltkrieg unter der hohen Staatsverschuldung, die durch die Erfüllung der Reparationsforderungen der Alliierten ständig weiter stieg. Die steigende Verschuldung ließ den Kurs der deutschen Währung immer weiter abrutschen und die Notenpressen immer mehr Geld drucken. Die Ruhrbesetzung durch belgische und französische Truppen im Januar 1923 sorgte für eine weitere Beschleunigung der Talfahrt der Mark. Während 1922 der 1.000-Mark-Schein der höchste Wert in der Nominalkette war, druckte die Reichsbank 1923 einen Geldschein über 100 Billionen Mark, der freilich nur scheinbar eine Wertsache darstellte.

Die Versorgungslage der Bevölkerung verschlechterte sich zusehends. Löhne und Gehälter konnten dem Anstieg der Preise für Waren und Dienstleistungen nicht mehr folgen. Die Lohnzahlungen erfolgten oft täglich. Die Frauen standen an den Werkstoren, um die Löhne der Männer entgegenzunehmen und schnellstens in Sachwerte und Lebensmittel umzutauschen.

Güterwaggonweise wurden die Geldscheine von der Reichsbank ausgeliefert, und dennoch reichten sie nicht aus, den ständig wachsenden Geldbedarf zu decken. Die Menge der im Umlauf befindlichen Inflationsscheine nahm stetig zu. Am 1. November 1923 war im „Bochumer Anzeiger" zu lesen: „Allgemach wird die Notgeldplage zur Qual. Das Industriegebiet ist überschwemmt mit hunderterlei Notgeld von Städten, Kreisen, industriellen Werken. Unter hundert Million ist heute doch Schrott".

Schlagartig beendet wurde die Inflation, als am 15. November 1923 eine neue Währungsordnung in Kraft trat und eine Billion Inflationsmark zu einer Rentenmark wurden. Im Sommer 1924 löste die Reichsmark die Rentenmark ab. Damit war das einheitliche Geldsystem wieder hergestellt.

MARGIT SALZMANN

F.A. GIMMERTHAL, LANGENDREER

SIEBEN

UND

NEUNZIG

SACHEN

# GLÜCKS

# SACHEN

# MÜNZSPIELAUTOMAT „MERKUR“

35

adp-automaten (Paul Gauselmann), Espelkamp; 1977
Eisen, lackiert, Glas, Kunststoff; H 83,6 cm, B 57,6 cm, T 27,1 cm
Zugang Stadtarchiv, 1991

Für Paul Gauselmann war der 1977 eingeführte Geldspielautomat „Merkur B“ zweifellos eine Glückssache. Es war der erste selbst entwickelte Automat des Unternehmers, dessen adp-automaten gmbh sieben Jahre später einen Marktanteil von fünfzig Prozent auf sich vereinigte. Noch heute ist die Gauselmann-Gruppe einer der führenden Hersteller von Spielautomaten weltweit. Die lachende Sonne, das Corporate Design der Merkur-Geräte und Spielotheken, ist das bekannteste Glücksspiel-Symbol in Deutschland.

Die Anfänge der Geldspielautomaten liegen im letzten Jahrzehnt des 19. Jahrhunderts. Würfelspielautomaten und Münzschleuderspiele gehörten zu den ersten Geräten in Deutschland, die dem Nutzer einen vom Spielverlauf abhängigen Gewinn boten. Dieser bestand zunächst in einer Warenprämie; häufig waren es Zigaretten. Bereits kurz nach ihrer Markteinführung beschäftigte sich das Reichsgericht mit der Zulässigkeit der Würfelautomaten, bei denen der Zufall und nicht die Geschicklichkeit des Spielers über Gewinn und Verlust entschied. 1896 wurden diese Automaten als Glücksspiel eingestuft und unterlagen damit der ortspolizeilichen Genehmigungspflicht. An der Frage „Glück oder Geschick“ entzündeten sich in der Folgezeit immer wieder Auseinandersetzungen zwischen Betreibern und Aufsichtsbehörden, die häufig vor Gericht ausgetragen wurden. Da nicht immer zweifelsfrei festzustellen war, was für den Spielausgang entscheidend war, fielen die Urteile unterschiedlich aus. Der Hauptanteil dieser nach einem beliebten Kugelspiel benannten „Bajazzo-Prozesse“ fiel in die 1920er Jahre; nach dem Ende des Ersten Weltkrieges hatten sich Spielautomaten stark verbreitet. Die Faszination, die diese Freizeitbeschäftigung besonders auf die männliche Bevölkerung ausübt, und die Verdienstmöglichkeiten für die Betreiber waren und sind so groß, dass die Branche diese Münzautomatengattung trotz mancher wirtschaftlicher Einbrüche immer wieder zu beleben verstand.

Zu Beginn der 1950er Jahre fielen die Beschränkungen für den Betrieb von Spielautomaten, die in den Anfangsjahren der nationalsozialistischen Herrschaft erlassen worden waren. Ab jetzt war es unerheblich, ob Zufall oder Geschicklichkeit zum Erfolg führten. Stattdessen griffen folgende Regelungen: Der Einsatz war auf zehn Pfennige und der Höchstgewinn auf eine D-Mark begrenzt; die Mindestdauer einer Spielzeit betrug fünfzehn Sekunden. Außerdem mussten bei eintausend Spielen mindestens sechzig Prozent des Einsatzes als Gewinn ausbezahlt werden. Ab 1953 war das Geldspiel auch wieder in geschlossenen Räumen gestattet. Dieses Verbot hatte seit 1935 Bestand gehabt.

1968 wurde das 20-Pfennig-Spiel, 1976 – ein Jahr vor der Markteinführung des „Merkur B“ – das 30-Pfennig-Spiel erlaubt; die Höchstgewinne stiegen entsprechend. Die bis dahin üblichen Dreiwalzengeräte zeigten in jedem Sichtfenster eine Zahl oder ein Symbol an. Dagegen erschienen beim „Merkur B“ in den drei unterschiedlich großen Fenstern sechs Gewinnfelder, wodurch sich mehr Kombinationsmöglichkeiten ergaben, was den Reiz des Spiels erhöhte. Die Chance, Sonderspiele zu gewinnen (beim „Merkur B“ waren es bis zu einhundert) und die in den 1980er Jahren aufkommenden Risikospielsysteme führten zu einer signifikanten Zunahme des pathologischen Automatenspiels. Der finanzielle Verlust, die eine der Spielsucht verfallene Person an solchen „Groschengräbern“ erleiden kann, ist beträchtlich, zumal häufig mehrere Geräte gleichzeitig bedient werden. Seit Anfang des Jahres 2006 die Novelle der Spielverordnung in Kraft getreten ist, die den Einsatz auf zwanzig Cent festlegt und die Mindestspielzeit auf fünf Sekunden reduziert, können pro Stunde und Gerät bis zu achtzig Euro verspielt werden.

BEATE OLMER

SIEBEN

UND

NEUNZIG

SACHEN

# REGENBOGENSCHÜSSELCHEN

36

spätkeltisch; 50–20 v. Chr.
aus einem Fund von über 500 gleichartigen Münzen,
Fundort: Bochum, Ehrenfeldstraße, Nähe Alter Hauptbahnhof, Mai 1907
Silberpotin; H 0,4 cm, B 0,9 cm, T 1,2 cm
Zugang Heimatmuseum, ca. 1937

Regenbogenschüsselchen wachsen aus dem Erdboden empor und werden von sogenannten ‚Sonntagskindern' gefunden, heißt es in der Volkstradition des 19. Jahrhunderts. Man würde sie auch nach einem starken Gewitter am Ende des Regenbogens finden, dort, wo das Gold vom Regenbogen in den Erdboden tropfe. Diese und ähnliche Volksweisheiten lassen das Glück erkennen, das wohl mancher Bauer empfand, wenn er nach einem starken Gewitterregen beim Pflügen auf seinem Feld diese typisch gebogenen Münzen fand. Das Volk mag in früheren Zeiten solche Funde auch als „glückbringende Himmelsboten" verstanden haben und sie als ‚Glücksbringer' über viele Generationen aufbewahrt haben. Häufig war damit aber auch direktes materielles Glück verbunden, waren doch derlei Münzen häufig aus Gold und nicht nur für Sammler von erheblichem Wert. So wird es auch dem Finder jener 538 Regenbogenschüsselchen gegangen sein, als dieser sie im Mai 1907 bei Bauarbeiten nahe dem alten Hauptbahnhof an der Bochumer Ehrenfeldstraße gefunden hat. Nach einer im Stadtarchiv Bochum aufbewahrten Korrespondenz dürfte es sich bei dem Finder um einen Herrn Th. Wichmann gehandelt haben, der diesen Münzschatzfund in einem Gefäß etwa einen Meter unter der Oberfläche bergen konnte.

Jedenfalls wurde der Fund sehr schnell verkauft; den Weg der Funde in verschiedene Museen und Sammlungen zu verfolgen, bleibt mühsam: Ein Großteil scheint nach Kassel und Mainz gegangen zu sein. Der bekannte Prähistoriker und Numismatiker Robert Forrer aus Straßburg gibt später in seinem Standardwerk „Keltische Numismatik der Rhein- und Donaulande" an, dass er einen Großteil der Funde in seinem Privatbesitz habe. Wie auch immer, Bochum hat dieser wahrhaft märchenhafte Münzfund nur wenig Glück gebracht: Erst dreißig Jahre später konnte über den Augenarzt Dr. Koch eine erste Münze in öffentlichen Besitz gelangen, eine weitere folgte über die Vermittlung des damaligen Stadtarchäologen Karl Brandt. Zwei von 538 kehrten damit in den Schoß der Stadt zurück.

Aus wissenschaftlicher Sicht nun war dieser Münzfund ein Glücksfall für Bochum, machte er doch einen spätkeltischen Münztyp bekannt, der später als „Bochumer Typ" Eingang in die wissenschaftliche Literatur finden sollte. Schon die ersten Bearbeiter des Typs, der Elsässer Robert Forrer und Heinrich Buchenau, haben den gleichartigen Prägetypus und die mutmaßlich späte zeitliche Einordnung herausgestellt: Typisch ist das auf der gewölbten Vorderseite dargestellte Triquetrum, ein Dreiwirbel, der in einen Lorbeerkranz eingeschrieben ist; die Rückseite dagegen stellt in der Regel vier bis fünf kleine Kreisaugen sowie drei große Kreisaugen dar, die in einen gezackten Kranz rahmenhaft eingeschrieben sind.

So gleichförmig die Münzen zunächst schienen, so unterschiedlich waren dann doch die kleinen Beizeichen, wie Halbkreise, Kreuze und Kreise, die schon Heinrich Buchenau beschreiben konnte. Auch bestand der Fund aus Silber- und Potinmünzen (Potin ist eine Kupferlegierung nach Art unserer Bronze): Viele der Regenbogenschüsselchen werden bereits in der Erstpublikation als Silberpotine beschrieben, also wahrscheinlich mit Kupfer gestreckte Silbermünzen. Das Gewicht wurde bei 70 Stück gewogen und auch der Feinsilbergehalt bei einem Stück untersucht: Mit einem Gewicht von 5,35 g und einem Feinsilbergehalt von 175/1.000 ließ sich die Münze, der damaligen numismatischen Tradition folgend, auf nachcaesarische Zeit, also etwa zwischen 50 und 20 v. Chr., einengen.

Schon Robert Forrer hat die Bochumer Münzen rechtsrheinischen Stämmen zugewiesen, deren Namen er aus jüngeren ethnografischen Beschreibungen, etwa des Tacitus, kannte: den Sugambrern, den Tencterern, Marsern oder Ubiern. Manche dieser Stämme hielten regen Kontakt auch zu Bewohnern oder sogar Angehörigen des Stammes links des Rheines. Hier wie dort waren sie im letzten Jahrhundert vor Christus Teil der spätkeltischen Oppidazivilisation, wenngleich am Nordrand dieser Kulturerscheinung gelegen und darum im manchem eigenständig. Diese Stämme begannen, anders als ihre Verwandten im Süden, relativ spät eigene Münzen zu prägen. Eine Blütezeit ist hier tatsächlich nach der Mitte des 1. Jahrhunderts v. Chr. festzustellen, ein Zeitraum, in dem im Süden Teile der sogenannten Oppidazivilisation nicht mehr bestanden und die Vettern im linksrheinischen Gallien unter römische Herrschaft und Verwaltung gefallen waren. Dennoch oder gerade deswegen entwickelte sich in den an die römische Herrschaft nun angrenzenden Gebieten eine blühende Geldwirtschaft. Man übernahm mittelrheinische und süddeutsche Münzbilder und entwickelte diese weiter: Besonders zu vergleichen sind die Münzbilder der aus Gold oder Elektrum (Legierung aus Gold und Silber) bestehenden „Regenbogelschüsselchen" (Statere) vom Typ Mardorf, benannt nach einem Münzfund, der, gleich unserem, im Hessischen nahe Marburg geborgen wurde.

Die Münzen vom „Bochumer Typ" (sogenannte Triquetrum-Münzen) belegen jedenfalls erstmals die Einführung einer eigenständigen Münzwirtschaft nördlich der Mittelgebirge. Münzen des Bochumer Typs sind in Westfalen, am Niederhein bis in die Niederlande sowie in Hessen weit verbreitet. Der Dreiwirbel, das Triquetrum, wie er unsere Münzen ziert, ist eines der wichtigsten Symbole der keltischen Kunst seit dem 5. Jahrhundert v. Chr.: Es taucht auf vielen Bildträgern auf, Trachtenschmuck ebenso wie Waffen, Wagenbestandteilen oder eben auch Münzen. Wie auch der römisch anmutende Lorbeerkranz dürfte das Symbol Heil bringende, Glück spendende Bedeutung besessen haben: Glück, das jeder Finder hat, wenn er einen solchen Fund gemacht hat; doch mehr als Glück ist es, wenn es gelingt, aus solchen Funden wissenschaftlichen Nutzen ziehen zu können.

THOMAS STÖLLNER

SIEBEN

UND

NEUNZIG

SACHEN

# DECKELPOKAL

37

Böhmen; Mitte 19. Jh.
farbloses Glas, partiell rubinrot lasiert, geschnitten;
Gesamthöhe 34,3 cm, max. Dm 14,8 cm;
Becher: H 23,1 cm, oberer Dm 11,3 cm; Deckel: H 12 cm, Dm 14,8 cm
Zugang Heimatmuseum, 1925

Der große Jagdpokal zeigt auf der gesamten Becherwandung vor einem rubinroten Himmel eine mattweiß geschnittene, idyllische Waldlandschaft mit alten knorrigen Bäumen. Auf einer Lichtung hat sich eine Hirschkuh niedergelassen, über der ein stehender Hirsch wacht. Obwohl keine Menschen dargestellt sind, wird durch die nervöse Wachsamkeit des sich umblickenden Hirsches die Anwesenheit eines Jägers außerhalb des Bildes angedeutet. Somit ist genau der Augenblick festgehalten, der zum Schuss führen und über das Glück des Jägers entscheiden wird.

Die Kehrseite des Jagdglücks – in der Ständegesellschaft jahrhundertelang ein Privileg des Adels – war das Unglück der Landbevölkerung. Erst mit der 1848er-Revolution und der ersten demokratischen Verfassung wurden die feudalen Jagdrechte abgeschafft und das Jagen auf eigenen Grundbesitz eingegrenzt. Bis dahin konnten Landesfürsten und Grundbesitzer zügellos ihre Jagdleidenschaft auf ihrem gesamten Territorium ausleben, wobei die großen Jagdgesellschaften häufig die Ernten vernichteten, indem sie Felder und Äcker zerstörten. Die leibeigenen Bauern mussten vielfach Jagdfrondienste leisten, Hunde und Fuhrwerke sowie Netze stellen oder wurden als Treiber verpflichtet. Das Behindern der Tiere, welche sich – auch durch die Bekämpfung von Bär und Wolf als natürlichen Feinden – unkontrolliert vermehrten und weiteren Feldschaden anrichteten, sowie das Wildern wurden mit aller Härte bestraft. So barg die Jagd des Hochadels politischen Sprengstoff; schon die Bauernkriege im 16. Jahrhundert wurden auch durch sie ausgelöst. Bei der deutschen Nationalversammlung bildete das Jagdrecht einen wichtigen Diskussionspunkt auf dem Weg zur rechtlichen Gleichstellung des Bürgertums.

Obwohl also bis zur Mitte des 19. Jahrhunderts noch kein einfacher Bürger in seiner Freizeit jagen durfte, waren Glasbecher und Pokale mit Tieren und Jagddarstellungen in der Wohnkultur des Biedermeiers sehr beliebt. Hirsche und Wildschweine waren nach wie vor dem Hochadel, das „Niederwild" – Fasane, Rehe und Hasen – dem niederen Adel vorbehalten. Die Pokale aus bürgerlichen Haushalten waren demnach kaum Jagdpreise und Trophäen. Die Beliebtheit der Jagddarstellungen geht vorrangig auf andere Motive zurück wie Prestigegründe, Nachahmung adliger Kultur oder auch eine Sehnsucht nach dem Naturerlebnis: Mitten in der Zeit der Frühindustrialisierung, der Massenarmut und der Revolutionen, in der die alten gesellschaftlichen Ordnungen ins Wanken gerieten, vermittelten sie das Bild eines der Arbeits- und Alltagswelt enthobenen, glücklichen Naturidylls.

Die Pokale wurden fast ausnahmslos in böhmischen Glashütten gefertigt, wo sich vom ausgehenden 17. bis zum frühen 20. Jahrhundert ein Zentrum der europäischen Glasherstellung befand. An einem facettierten, geschnittenen und farbig gefassten Deckelpokal wie dem vorliegenden waren außer dem Glasbläser, der nur die Rohform produzierte, ein Schleifer oder Kugler, der die Facettenschliffe ausführte, und ein Glasschneider oder -graveur für die figürliche Darstellung beteiligt; am Schluss erfolgte die Bemalung bzw. farbliche Ausgestaltung. Um die Mitte des Jahrhunderts waren vor allem die rubinierten Gläser beliebt, die als Exportartikel seriell hergestellt wurden. Auf einer komplizierten Technik der Rotbeize basierend, die um 1830/40 von Friedrich Egermann in Nordböhmen entwickelt wurde, wurde eine Kupfervitriolmasse auf das fertig geschliffene und geschnittene Glas aufgetragen und im Ofen eingebrannt. Erst nach dem dritten Reduktionsbrand erschien die dunkelrote Färbung als in das Glas oberflächlich eingedrungene, dünne glänzende Schicht.

REINHILD STEPHAN-MAASER

SIEBEN

UND

NEUNZIG

SACHEN

# HIMMELBETT

38

wahrscheinlich Westfalen, Grafschaft Ravensberg; 1807
Eichenholz, geschnitzt, bemalt; H 208 cm, L 198 cm, B 156 cm
Zugang Heimatmuseum, 1914

Kein Möbelstück war und ist so eng mit dem Menschen verbunden wie das Bett. In der vorindustriellen bäuerlichen Gesellschaft wurde das ganze Leben von der Eheschließung über die Krankheit bis zum Sterben und Tod im Regelfall von einem einzigen Bett begleitet. An diesem besonderen Ort der Geborgenheit wurde Freude, Glück, Schmerz und Trauer erlebt. Das Bett mitsamt Wäsche und Federdecke war eines der wichtigsten Teile der Aussteuer bzw. des Brautschatzes, der bei der bäuerlichen Oberschicht häufig das Prunkstück des Hochzeitswagens ausmachte. Als Prestigeobjekt trägt es oft reichen Relief- oder Bildschmuck, Sinnsprüche sowie die Namen der Eheleute und das Hochzeitsdatum.

Das romantisch verklärte Himmelbett gilt heute als Inbegriff des Liebesglücks. Wie glücklich sich das Ehe- und Liebesleben im 18. und 19. Jahrhundert tatsächlich gestaltete, sei dahingestellt. Bis ins 20. Jahrhundert hinein konnte jedoch der von Glück sagen, der überhaupt ein eigenes Bett besaß. Im gehobenen bäuerlichen Haushalt war das bewegliche, „mehrschläfrige" Himmelbett – anfangs noch in der Diele, später in der beheizbaren Stube aufgestellt – dem Hausherrn und seiner Frau sowie Gästen vorbehalten, während Kinder und Gesinde in kalten Kammern auf Ofen- und Wandbänken oder aber auf Stroh- und Laubsäcken schliefen. Der Himmel hatte mehrere Funktionen: Er hielt herabrieselnden Kalk sowie sich fallen lassende Wanzen von den Schlafenden fern; außerdem wurden an ihm die Bettvorhänge befestigt, die wenigstens eine gewisse Intimsphäre erlaubten (von diesen aus dem Niederländischen stammenden „gordeijn" leitet sich unser Begriff „Gardine" ab). Viele Himmelbetten besaßen zudem ein schmales Brett am Kopfende, die sogenannte „hohe Kante", auf der Münzen unsichtbar als Notgroschen abgelegt oder in kleinen Kästen verschlossen werden konnten.

Das hier präsentierte Himmelbett wurde von Bernhard Kleff 1914 in Stiepel für das Bochumer Museum angekauft. In der üblichen zerlegbaren Konstruktion mit in die Eckpfosten eingenutetem Kopf- und Fußteil gebaut, war es problemlos auseinanderzunehmen, was sich zur Bekämpfung des Ungeziefers mindestens einmal pro Jahr empfahl; auch konnte es auf diese Weise leicht mit aufs Altenteil der Bauern umziehen. Das Fuß- sowie das hochgezogene Kopfbrett weisen als Schmuck jeweils drei Füllkassetten mit Flachschnitzerei auf, die in kräftigen roten, grünen und gelbweißen Tönen bemalt sind. Darüber befinden sich, ebenfalls farbfreudig gefasst, bogenförmige Aufsätze aus kunstvoll durchbrochenen Rankenornamenten. Am Kopfende sind geschnitzte Wangen befestigt, die ein Herausfallen des Bettzeugs verhindern sollten. Der Boden fehlt; der auf zwei Rundsäulen und den hinteren Eckpfosten aufliegende Himmel ist durch flache Relieffüllungen kassettenartig gegliedert und nach unten von einer geschnitzten Ornamentleiste abgeschlossen, welche am Kopfende ebenfalls in Wangen ausläuft. Während die Gesamtkonstruktion, die kräftige Bemalung und Kassettengliederung – auch der Betthimmel weist Flachschnitzerei mit einer bemalten Mittelkassette auf – an die gut dokumentierten und noch vielfach erhaltenen Ravensberger Bettmöbel erinnert, ist der schwungvolle Rankenaufsatz für Westfalen sehr ungewöhnlich.

Die mittlere Füllung der Kopfwand besteht aus einer fünfzeiligen, erhabenen Inschrift aus mit Punkten abgetrennten Einzelbuchstaben, vermutlich Initialen, Datum und abgekürzten Worten eines nicht mehr aufzulösenden Sinnspruches: „M.R. / A.G.T.R.N.E. / I.A.B.T.H.M.B. / 5.D.N:M.Z.1.8. / O.7:" Der letzte Teil lässt sich evtl. als „5ten März 1807" lesen, als Hochzeitsdatum der mit den Initialen „M.R." angegebenen Frau, die das Bett als Mitgift in die Ehe brachte.

REINHILD STEPHAN-MAASER

SIEBEN

UND

NEUNZIG

SACHEN

# AKTIE DER STEINKOHLEN-BERGBAU-ACTIENGESELLSCHAFT „VOLLMOND" 39

Lithografische Anstalt von Gerhardt & Schreiber, Erfurt; 1859
Lithographie auf Papier, Papiersiegel und handschriftlicher Eintrag des Verwaltungsrats der Zeche Vollmond; H 25,6 cm, B 35,8 cm
Zugang Kulturamt (Heimatmuseum), 1955

1789 wurde in Bochum-Werne die Gewerkschaft Vollmond gegründet. Im Unterschied zum heutigen Sprachgebrauch handelte es sich dabei um eine seit Mitte des 16. Jahrhunderts übliche Gesellschaftsform für Kohlen- und Erzgruben. An diesen Unternehmen konnten Vermögensanteile, sogenannte Kuxe, erworben werden. Eine Gewerkschaft war, anders als eine Aktiengesellschaft, keine juristische Person. Für Investitionen mussten die Anteilseigner persönlich Gelder beschaffen. Warf der Bergbaubetrieb Gewinne ab, wurde an die Kuxinhaber „Ausbeute" gezahlt. Bei Verlusten wurden auch diese auf die Anteilseigner umgelegt und als „Zubuße" eingefordert. Das Spekulieren mit Aktien war und ist eben eine Glückssache.

Die Gewerkschaft Vollmond machte 1801 von sich reden. Sie setzte als erster Bergbaubetrieb im Ruhrgebiet eine Dampfmaschine zur Wasserhaltung ein. Auftraggeber war der Hauptgewerke der Zeche, Freiherr Giesbert Christian Friedrich von Romberg (1773–1859). Die Ausführung übernahm der Zimmermann Franz Dinnendahl. Die Zeche Vollmond war eine kleine Anlage, die auf Grund der Wasserzuflüsse in den ersten Jahrzehnten ihres Bestehens immer wieder hatte stillgelegt werden müssen. Bald setzte sich bei den Gewerken aus wirtschaftlichen Erwägungen die Überzeugung durch, dass die Entwicklung zu einer Tiefbauzeche ernsthaft angegangen werden müsste. Die erforderlichen Investitionen konnten durch die Gewerken allein jedoch nicht geleistet werden. So kam es 1848 zur Gründung der Aktiengesellschaft Vollmond. Das preußische Gesetz über die Errichtung von Aktiengesellschaften vom 9. November 1843 machte dies möglich. Es ließ Gründungen von Aktiengesellschaften in allen Wirtschaftsbereichen zu und bot auch Kleinanlegern die Chance, in zukunftsträchtigen Branchen zu investieren. Die Satzungen der künftigen Aktiengesellschaft mussten von den zuständigen staatlichen Stellen genehmigt werden. Diese reagierten zögerlich, sahen sie bei den anonymen Aktionären doch die Gefahr von Spekulantentum. Und die Unternehmer scheuten den Schritt zur Börse, weil sich insbesondere in investitionsintensiven Bereichen, wie dem Bergbau, der Kapitalbedarf schlecht taxieren ließ. Auch dem Aktionär konnte diese neue Anlageform nicht nur Gewinne, sondern auch hohe Verluste bringen. Bergbauspezifische Risiken, wie etwa Grubenunglücke, spielten hier eine nicht zu unterschätzende Rolle. Auch die Aktiengesellschaft Vollmond blieb davon nicht verschont. In den sogenannten Gründerjahren, die durch eine Hochkonjunktur in der Montanindustrie und eine Verknappung des Kapitals durch zahlreiche Zechenneugründungen gekennzeichnet waren, investierte die Zeche Vollmond vor allem in den Ausbau der Schächte Giesbert und Caroline. Kurz zuvor, im Sommer 1859, sah die finanzielle Situation der Bergbau AG alles andere als rosig aus. Es drohte sogar die Liquidation. Aus dieser turbulenten Zeit stammt auch die vom Verwaltungsrat W.F. v. Berswordt-Wallrabe unterzeichnete Aktie.

Schacht Giesbert nahm 1860 die Förderung auf. Zwei Jahre später ereignete sich hier eine Schlagwetterexplosion. Die Teufarbeiten auf Caroline wurden bei 94 m eingestellt. 1870 erwarb die Harpener Bergbau AG die Zeche Caroline. Am 9. Mai 1873 stürzten die Aktienkurse an der Wiener Börse nach dem „Gründerkrach" ins Bodenlose. Solche Konjunkturschwankungen wirkten sich auch auf die deutsche Wirtschaft aus.

1889 wurde die Zeche Vollmond wieder in eine Gewerkschaft umgewandelt.

Am 1. Juli 1890 ging sie in den Besitz der Harpener Bergbau AG über. Am 28. September 1891 wurde die Gewerkschaft Vollmond aufgelöst und existierte als selbständige Zeche weiter. 1926 erfolgte die Zusammenlegung mit der Zeche Heinrich-Gustav. Die Zeche Vollmond diente nur noch der Wetterführung. Ende der 1950er Jahre wurde die Anlage endgültig stillgelegt.

URSULA JENNEMANN-HENKE

SIEBEN

UND

NEUNZIG

SACHEN

# WANGE EINER KIRCHENBANK

## 40

Haus Weitmar, Bochum; um 1740/50
Lindenholz, schwarz bemalt; H 59,5 cm, B 51,5 cm, T 5 cm
Zugang Heimatmuseum, 1925

Das Lindenholzrelief wurde laut Akteneintrag aus dem ehemaligen Bochumer Rittersitz Haus Weitmar im Jahre 1925 für das Heimatmuseum angekauft. Die Seitenlehne hat die ungewöhnliche Form einer aus einem Eirund entwickelten Volute und trägt eine ebenso individuelle geschnitzte Darstellung. Unter dem von Engeln umschwebten, segnenden Gottvater auf einer Wolke ist eine Erlösungsszene zu sehen: Ein mit gegürteter Tunika, Mantelumhang und Schnürsandalen bekleideter, bärtiger Mann steht mit erhobenen Armen inmitten von Knochen und Menschen in verschiedenen Verwesungsstadien. Hinten liegt ein Gerippe, vorn links kriechen zwei offenbar noch lebende, aber im Übergang zu Skeletten befindliche Menschen; rechts kniet eine üppige, entblößte Frau über einem Mann, der gerade sein Leben aushaucht, und darüber erscheint ein Mann neben einer nackten Frau, welche flehend ihre Arme nach dem antik Bekleideten ausstrecken.

Obwohl die heroische Hauptfigur dem gewohnten Christusbild zu widersprechen scheint, ist die Szene als eine Kombination der Darstellungstypen „Christus in der Vorhölle" und der „Auferstehung" zu sehen. Jesu Gestus und die Anwesenheit Gottes weisen auf die Auferstehung, die Konfrontation Christi mit den Toten und den in der Vorhölle schmachtenden Menschen; das als Adam und Eva zu deutende Paar am Bildrand stammt dagegen aus der sogenannten Anastasis-Bildtraditon – der „Höllenfahrt Christi" als Bild für die Überwindung des Todes. Durch die Kompilation beider Bildtraditionen wird die Auferstehung Jesu in direkte Beziehung zur Auferstehung der Toten und glücklichen Errettung aus der Hölle gesetzt.

Bei der Seitenlehne handelt es sich vermutlich um eine Gestühlswange aus einer Kapelle. Haus Weitmar besaß deren zwei: die mittelalterliche, seit 1572 lutherische Sylvesterkapelle, ein frei stehendes Gebäude im Schlossparkbereich, und die zum Hauskomplex gehörige, 1748 errichtete katholische Hauskapelle der Adelsfamilie Hasenkamp. Aufgrund der barocken Stilelemente und der Ikonographie des Reliefs ist eine Herkunft aus der katholischen Kapelle anzunehmen.

Haus Weitmar war im 18. Jahrhundert eine mit (inzwischen trocken gelegten) Gräften umgebene Wasserburg. Seine noch heute erkennbare Gestalt erhielt der Bau gegen Ende des 16. Jahrhunderts: 1592 entstand der zweigeschossige Adelssitz im Stil der Renaissance. Zuvor befand sich an dessen Stelle ein ‚festes Haus', das 1464 durch Wennemar Hasenkamp, den damaligen Amtmann des märkischen Amtes Bochum, erbaut worden war. Bis zur Errichtung dieses Rittersitzes gab es in Weitmar lediglich einen (unbefestigten) Hof, der zu den Eigengütern der Abtei Werden gehörte. Dabei handelte es sich um den Haupthof einer klösterlichen Grundherrschaft, den die Werdener Äbte (nachweislich seit dem 11. Jahrhundert) immer wieder an Edle der Region als Lehen austaten. Die Bewirtschaftung der Villikation oblag dem jeweiligen Schulten zu Weitmar.

Die Sylvesterkapelle, eine Tochterkirche des heute Propsteikirche genannten Gotteshauses in Bochum, begegnet in den Quellen erstmals zum Jahr 1397. Ihr standen spätestens im 15. Jahrhundert alle Pfarrrechte zu, allerdings mit der (ihrem kirchenrechtlichen Status als Filiale geschuldeten) Ausnahme von Taufe und Beerdigung, die der Bochumer Mutterkirche vorbehalten waren.

Die erhaltenen Umfassungsmauern der Kapelle sind gotischen Stils, ihr Turm ist romanisch. Heute sind beide Bauten ebenso Ruinen wie Haus Weitmar selbst. Es wurde im Mai 1943 bei einem Bombenangriff getroffen und brannte aus. Doch ist der in einem weitläufigen Park gelegene ehemalige Adelssitz samt der nahe gelegenen Kapelle noch immer einen Besuch wert.

REINHILD STEPHAN-MAASER
STEFAN PÄTZOLD

SIEBEN

UND

NEUNZIG

SACHEN

# MEDAILLE MIT EINER ALLEGORIE AUF DAS GLÜCK IM HARZER BERGBAU 41

Münzmeister Heinrich Bonhorst (1643–1711), Clausthal; 1679–1698
Silber; Dm 6,5 cm, Dicke 0,5 cm
Zugang ungeklärt

Die Schaumünze mit dem Nominalwert von drei Talern wurde von dem Clausthaler Münzmeister Heinrich Bonhorst zur Regierungszeit Ernst Augusts von Braunschweig-Lüneburg geschaffen. Sie zeigt auf der Rückseite eine Bergwerksdarstellung aus dem Oberharz: Als Hauptmotiv erscheint ein kegelförmiger Pferdegöpel in einer Landschaft. Auf die Darstellung der Vorderwand wurde verzichtet, um dem Betrachter einen Blick ins Innere zu gewähren, wo ein Mann mit erhobener Peitsche zwei Pferde antreibt. Auch das unterirdische Geschoss ist aufgeschnitten, sodass hier ein Blick in den Schacht möglich ist. Zwei Männer bedienen eine von den Pferden angetriebene Seilwinde; nach links und rechts führen Streckenausbauten ab, in denen ein weiterer Bergarbeiter zu erkennen ist. Im Hintergrund lassen weitere Göpel und kleine Holzhütten auf eine ausgedehnte Schachtanlage schließen.

Die Darstellung wird von zwei großen Fichten eingerahmt, um die sich Füllhörner winden: Das linke schüttet Erze aus, das rechte hingegen Münzen. Zwei Sinnsprüche komplettieren neben dem Münzmeisterzeichen H.B. das Bild. „AUREA HERINIAE STERILITAS" – „Die goldene Unfruchtbarkeit des Harzes" – und „DITESCIT AB IMO" – „Er wurde reich aus der Tiefe". Sie weisen darauf hin, dass der Harz trotz seines agrarisch wertlosen, unfruchtbaren Bodens durch seine Bodenschätze zu Reichtum gelangen konnte. Vor allem die Edelmetallfunde aus Rammelsberg – die erst 1988 stillgelegten Anlagen sind heute Weltkulturerbe – machten diesen Ruhm aus; auf ihnen basierte die blühende frühneuzeitliche Münzprägung in Goslar und Clausthal.

Dass dieser Reichtum im 17. Jahrhundert nicht primär als Verdienst der arbeitenden Menschen betrachtet wurde, macht das Bild der Vorderseite deutlich. Hier erscheint die Göttin des Glücks, Fortuna, in ihrer Sonderform der Occasio, der Gelegenheit. Ein geblähtes Tuch an einer Rahe vor sich haltend, segelt die nackte Göttin, auf einem Speichenrad stehend, über das Meer; der von hinten wehende Wind lässt ihr Haar nach vorn abstehen. Die Inschrift auf dem Segel „FRONTE CAPILLATA EST" nimmt Bezug auf das Haar; er bedeutet „Die Stirn ist langhaarig", womit eindeutig auf Occasio verwiesen ist. Die Göttin der guten Gelegenheit war eine beliebte Personifikation deutscher Humanisten des 16. Jahrhunderts, die damit das Sprichwort „Fronte capillata post est occasio calva" in Catos „Distichen" aufgriffen. Sie zeichnet sich dadurch aus, dass sie aufgrund ihrer Flüchtigkeit von vorn an ihrem Schopf gepackt werden muss, da sie, nachdem sie vorbeigezogen ist, wegen ihres kahlen Hinterkopfes von hinten nicht mehr ergriffen werden kann.

Das unbeständige Glück wurde seit der Antike durch die Göttin Fortuna und ihre Attribute – das sich drehende Rad und das vom Wind abhängige Segel – versinnbildlicht. Gegenüber der reinen Zufälligkeit der Fortuna bringt die Occasio eine neue, weniger willkürlich erscheinende Dimension in die Glücksdarstellung: Wenn der Mensch die sich ihm bietende Gelegenheit nutzt, kann er auch sein eigenes Glück mitbestimmen. So lautet die Gesamtaussage der Medaille: Nutzt der Mensch die Gelegenheit, die zufällig vorhandenen Bodenschätze des Harzes auszubeuten und lässt diese Gelegenheit nicht nutzlos vorüberstreichen, erweist er sich als „seines Glückes eigener Schmied".

Die Medaille wurde auch in anderen Edelmetallvarianten geprägt. Das direkte Vorbild für das Motiv der Occasio stammt vermutlich aus einem Werk von Nicolaus Basse, einem Verleger aus Frankfurt.

REINHILD STEPHAN-MAASER

SIEBEN

UND

NEUNZIG

SACHEN

# SPRENGBOMBE

42

vermutlich britische Luftwaffe; um 1940/45
Stahl, olivgrüner Anstrich, mit roten und hellgrünen Markierungen;
L 92,5 cm, Dm 33 cm, Gewicht: 250 kg
Zugang Stadtarchiv, ca. 1983

Der Schreck muss groß gewesen sein in Hamme, als dort 1980 ein Bautrupp auf den 250 Kilogramm schweren Blindgänger stieß, der, wie sich später herausstellte, mit einem Aufschlagzünder versehen war. Doch alles verlief glimpflich: Nachdem Mitarbeiter des Ordnungsamtes die Fundstelle abgeriegelt hatten, rückte der Kampfmittelräumdienst an und entschärfte den gefährlichen Zündmechanismus. Dass die Bombe weder nach ihrem Abwurf noch bei ihrer Entdeckung explodiert ist, kann mit Fug und Recht als Glückssache bezeichnet werden.

Wohl im Zusammenhang mit der Ausstellung „Hakenkreuz über Bochum. Nationalsozialistische Machtergreifung in einer Revierstadt vor 50 Jahren" kam der Sprengkörper 1983 in das Stadtarchiv. Er stammt vermutlich aus britischen Beständen. Wann er über Bochum-Hamme abgeworfen wurde, ist unbekannt.

Gelegenheiten dazu gab es reichlich: Wie das Ruhrgebiet insgesamt, das man als „Waffenschmiede" des Deutschen Reiches betrachtete, wurde Bochum häufig und heftig bombardiert. Bereits von 1940 bis 1942 war die Stadt mehr als fünfzig Mal das Ziel alliierter Luftangriffe: Der erste, der Menschenleben forderte, traf am 16. Mai 1940 Bochum-Werne, der erste größere am 2. Juni 1942 Dahlhausen. Die Schäden hielten sich in jenen Jahren freilich noch in Grenzen, obgleich auch schon damals Todesopfer zu beklagen waren. Diese frühen Angriffe auf das Ruhrgebiet galten vor allem Verkehrs- und Industrieanlagen.

Das änderte sich jedoch bald mit der als „Battle of the Ruhr" bezeichneten Luftoffensive, die im März 1943 mit einem Großangriff auf Essen einsetzte. Inzwischen ging es den Alliierten nicht mehr in erster Linie darum, kriegswirtschaftlich wichtige Ziele zu treffen: Auch die Moral der Bevölkerung sollte durch massive Angriffe untergraben werden. Das Ruhrgebiet wurde neben Berlin zum Hauptziel der Luftangriffe erklärt, an denen sich seit Mai 1943 auch amerikanische Bomber beteiligten. Bochum erlebte im Mai, Juni und September 1943 mehrere Großangriffe, die Hunderte Todesopfer und noch weit mehr Verletzte forderten. Die Altstadt und Teile der Innenstadt wurden zerstört. Zahlreiche Menschen verloren ihr Heim und lebten fortan in Trümmern. Nach britischen Schätzungen betrafen die Zerstörungen bis Ende 1943 ein Viertel des gesamten Ruhrgebiets.

Gegen Ende des Jahres 1943 ließen die Bombardements der Ruhrgebietsstädte vorübergehend nach, setzten aber im August 1944 nach der Invasion in der Normandie mit bisher nicht gekannter Stärke wieder ein und endeten erst im Frühjahr 1945. Im Herbst 1944 begann die zweite große „Ruhrschlacht", die allein zwischen Oktober und Dezember insgesamt etwa 15.000 Todesopfer forderte.

Der schwerste Angriff auf Bochum erfolgte am Abend des 4. Novembers 1944. Einem amtlichen Kriegsbericht jener Zeit zufolge kamen dabei 1.200 Menschen ums Leben, 300 wurden vermisst, 2.000 verwundet und 70.000 obdachlos. Trotz aller Verluste verfehlte das „moral bombing" sein Ziel: Die Zivilbevölkerung rückte in ihrer Not nur noch enger zusammen. Die nationalsozialistische Kriegspropaganda nutzte das Leid der Menschen für ihre Zwecke.

Eine solche einseitige und tendenziöse Perspektive war und ist freilich bei der Betrachtung des Themas ganz und gar unangebracht. Denn: Wer der deutschen Opfer des Bombenkrieges und der Kriegszerstörungen deutscher Städte gedenkt, darf Guernica und Warschau, London und Coventry, Rotterdam und Leningrad und die vielen anderen von Deutschen angegriffenen Städte nicht aus dem Blick verlieren und die unzähligen Kriegstoten der anderen Nationen nicht vergessen.

STEFAN PÄTZOLD

SIEBEN

UND

NEUNZIG

SACHEN

# ANSICHTS

# SACHEN

# KINEMATOGRAPH UND LATERNA MAGICA MIT ZUBEHÖR

43

a) Kinematograph und Laterna magica
Nürnberger Metall- und Lackierwaarenfabrik vorm. Gebrüder Bing AG, Nürnberg; ca. 1906–1918
Eisenblech, lackiert, Holz, Glas, Messing; H 35 cm, B 21 cm, T 26 cm

b) 4 Laternbilder
Nürnberger Metall- und Lackierwaarenfabrik vorm. Gebrüder Bing AG, Nürnberg; vor 1918
Glas, farbige Abziehbilder, Papier; je Bildstreifen H 5 cm, B 18 cm, T 0,2 cm

c) Filmdose
Nürnberger Metall- und Lackierwaarenfabrik vorm. Gebrüder Bing AG, Nürnberg; ca. 1906–1918
Blech; H 4,2 cm, Dm 5,7 cm

d) Film „Beim Gewehrputzen"
Eiko-Film GmbH (Eiko-Woche – War Edition No. 36/1915), Berlin; 1915
Zelluloid

Zugang Stadtarchiv, 1980

Die genaue Geburtsstunde der Laterna magica ist schwer zu bestimmen und auch die Frage nach der Vaterschaft ist angesichts der zahlreichen Vordenker auf dem Gebiet der Bildprojektion nicht eindeutig zu beantworten. Der niederländische Physiker Christian Huygens arbeitete Mitte des 17. Jahrhunderts ebenso erfolgreich an einer solchen Konstruktion wie der dänische Mathematiker und Physiker Thomas Walgenstein, der 1665 in Lyon eine Zauberlaterne vorstellte. Die Beschreibung und Darstellung in Athanasius Kirchers Werk „Ars magna lucis et umbrae" aus dem Jahr 1671 und Walgensteins Reisen durch Europa vergrößerten den Bekanntheitsgrad des Projektionsgeräts rasch.

Öffentliche Vorführungen fanden auf Jahrmärkten, in Wirtshäusern oder Varietés, aber auch in Schulen, Universitäten und Vereinen statt. Die Bandbreite des Ansichtsmaterials reichte von religiösen Motiven, naturwissenschaftlichen oder geographischen Themen über Werke der Weltliteratur bis zu humoristischen oder gruseligen Bilderfolgen. In der zweiten Hälfte des 19. Jahrhunderts hielt die Laterna magica zunehmend Einzug in den bürgerlichen Privathaushalt; neben das professionelle Gerät für Lichtbildervorträge trat die Spielzeuglaterne, auf die sich die Hersteller etwa seit der Jahrhundertwende konzentrierten. Die Nachfrage nach diesem Artikel war groß: Ernst Plank, einer der bekanntesten Nürnberger Spielzeugfabrikanten – Nürnberg galt als das deutsche Zentrum der Produktion von optischen Spielzeugen –, stellte Ende des 19. Jahrhunderts jährlich 150.000 Exemplare her.

Auch das ausgestellte Objekt stammt aus Nürnberg: Die an der Rückwand angebrachte Fabrikmarke, die etwa zwischen 1906 und 1918 verwendet wurde, verweist auf eine 1866 von Ignaz und Adolf Bing gegründete Firma, die ab 1879 als „Nürnberger Metallwaarenfabrik Gebrüder Bing" Blech- und Metallspielwaren sowie Haushaltsgeräte aus Metall herstellte und bis zur Einstellung der Spielwarenproduktion im Jahr 1932 Laternae magicae in ihrem Sortiment hatte. Bevor Filmvorführgeräte die Zauberlaternen endgültig ablösten, kamen kombinierte Modelle auf den Markt. Durch einen Vorsatz verwandelte sich die Laterna magica in einen Kinematographen, der bewegte Bilder zeigen konnte. Die Möglichkeit, die klassischen Laternbilder zu zeigen, bestand weiterhin. Meist waren dies schmale Bildstreifen mit farbigen Motiven, die entweder in einem aufwendigen Verfahren auf Glas gemalt oder im Zuge der Massenfertigung als Abziehbilder aufgebracht wurden. Als Lichtquelle im Inneren der Geräte dienten in der Anfangszeit Kerzen, später in der Regel kleine Petroleumlampen. Der zur Hitzeableitung erforderliche Kamin an der Oberseite des Gehäuses fehlt bei dem ausgestellten Objekt.

BEATE OLMER

SIEBEN

UND

NEUNZIG

SACHEN

# BÜHNENBILDMODELL FÜR „SCHULE MIT CLOWNS" 44

Achim Römer, Schauspielhaus Bochum; 1980
Holz, Pappe, Leinen, Watte; H 28 cm, B 46,8 cm, T 59,5 cm
Zugang Stadtarchiv, ca. 1986

Naiv gefragt: „Gibt es einen Unterschied zwischen einer Puppenstube und einem Bühnenbildmodell?" Auf den ersten Blick nicht. Beide werden bespielt. Beide können auf eine Jahrhunderte alte Tradition zurückblicken. Trotzdem gibt es einen gravierenden Unterschied. Nur das Bühnenbildmodell kann für sich beanspruchen, die elementare Vorstufe für ein ausgefeiltes visuelles Konzept zu sein, aus dem das Bühnenbild für großes Theater entsteht. Aber kann man von großem Theater sprechen, wenn es sich wie bei dem Stück „Schule mit Clowns" um ein Kindertheaterstück handelt? Verfasst 1975 von Friedrich Karl Waechter (1939–2005), Karikaturist bei diversen Satire-Magazinen wie „Pardon" und „Titanic" und Jugendbuch- und Theaterautor. Ansichtssache!

Ist die Entscheidung für ein Stück gefallen, setzen sich Regisseur, Bühnenbildner und Dramaturg damit inhaltlich auseinander. Nach weiteren Recherchen erstellt der Bühnenbildner Entwürfe, setzt diese in ein maßstabgerechtes Modell um, an dem dann die Raumwirkung, technische Abläufe und szenische Vorgänge überprüft werden. In weiterer Teamarbeit (Werkstatt, Requisite, Beleuchtung etc.) entsteht dann das fertige Bühnenbild, das die vom Regisseur beabsichtigte Wirkung der Inszenierung stützt.

Achim Römer (geboren 1953), der 1980 unter Claus Peymann für das Bühnenbild und die Kostüme zuständig war, und heute auch wieder bei dem Bochumer Intendanten Elmar Goerden unter Vertrag steht, erklärt auf Nachfrage, warum er das Bühnenbild(-modell) so und nicht anders gestaltet hat: „Es ging darum, Circusatmosphäre spürbar zu machen. Unter Verwendung loser Elemente und Materialien wurde jeglicher Eindruck von massiver Architektur vermieden. So entstand ein leichtes Bild, das die Leichtigkeit des Clownspiels unterstützte." Die Bearbeitung des Stücks übernahm damals Gunther Möllmann (geboren 1950). Er war mit Claus Peymann 1979 nach Bochum gekommen, als dieser die Leitung des Schauspielhauses übernahm. Mit „Schule mit Clowns" gab Möllmann sein Regie-Debüt.

Wie schon in seinem bekanntestem Kinderbuch „Anti-Struwwelpeter" von 1970, findet sich auch in diesem Theaterstück Waechters antiautoritäre Grundhaltung wieder. Es geht um den Widerstreit zwischen gesellschaftlichen Zwängen (Strenge, Disziplin, Ordnung) und individueller Freiheit (Ausgelassenheit, Fantasie, Chaos).

Möllmann macht daraus ein modernes Stück, mit skurril verfremdeten Schulszenen, einem geplagten Lehrer, phantasievollen Schülerclowns und jeder Menge Akrobatik.

Was hat Claus Peymann (geboren 1937) dazu bewogen, das Theaterstück gleich zu Beginn seiner Intendanz in das Programm zu nehmen? Er gehörte wie Waechter der 68er-Generation an und engagierte sich wie dieser für eine politische Veränderung der Gesellschaft. Der „junge Wilde", wie Peymann auch genannt wurde, holte junge Autoren wie Peter Handke und Thomas Bernhard auf die Bühne, verzichtete aber auch nicht auf die zeitgemäße Inszenierung von Klassikern wie Kleist, Goethe und Shakespeare. Und er machte sich zum Sprachrohr einer Initiative, die ein freies und eigenständiges Kinder- und Jugendtheater forderte. Mit der jährlichen Organisation des internationalen Kinder- und Jugendtheaterfestivals und auch mit dem Waechterstück warb er für diese Idee – und scheiterte trotz regelmäßig ausverkaufter Aufführungen, Demonstrationen und lebhafter Diskussionen.

„Schule mit Clowns" hatte am 17. September 1980 Premiere im Foyer der Kammerspiele. Die fast 160 Aufführungen wurden von über 18.000 Zuschauern gesehen. Die Auslastung lag bei über 92 Prozent.

URSULA JENNEMANN-HENKE

SIEBEN

UND

NEUNZIG

SACHEN

# FRAGMENTE EINES KERAMIKWANDBILDES

# 45

Staatliche Majolika Manufaktur Karlsruhe; 1953/1955
von der Eingangsfassade des ehemaligen Arbeitsamtes, Massenbergstraße 19–21, Bochum; Ablösung im Mai 1991
Keramik, Zement; zahlreiche Stücke verschiedener Größe und Dicke (max. 5 cm)
Zugang Stadtarchiv, 1991

Eine originalgetreue Ansicht des Mosaiks, so wie es einst rechts des Eingangs am Bochumer Arbeitsamt zu sehen war, ist trotz aller Maßnahmen zur Rettung nicht mehr möglich. Das Wandbild konnte zwar vor der vollständigen Vernichtung durch Abriss, aber bedauerlicherweise nicht vor einer Zerstörung bewahrt werden. Bei der Abnahme im Mai 1991 schlug der Versuch fehl, das Kunstwerk im Ganzen – durch Heraustrennung des gerahmten Mauerstücks – zu demontieren.

Als das Bochumer Arbeitsamt im Jahre 1955 fertig gestellt war, fügte es sich als vierter von fünf Neubauten in die Reihe eines farbig gestalteten Ensembles, das im Zuge des Wiederaufbaus und der Neuordnung der Bochumer Innenstadt eine ‚neue' Architektur repräsentierte. Der Stahlbetonskelettbau mit massiver Ausmauerung und heller weiß-blaugrauer Werksteinverblendung diente in seiner Gliederung und Ausgestaltung der Eckbetonung des neu geplanten Bahnhofsvorplatzes, der darüber hinaus von dem hellgrünen Bürohaus der Stadtwerke (1952/55), dem lederfarbenen Stadtbad (1950/53), der gelblich getönten Berufsschule für Jungen (1953/54) und dem hellgelb-roten Empfangsgebäude des Hauptbahnhofes (1954/57) flankiert wurde.

Die Pastellfarbigkeit war nicht nur zeitgemäßes Ausdrucksmittel für Fassadenverkleidungen. Auch bei aufwendigen „Kunst-am-Bau-Projekten" wurde sie wirkungsvoll eingesetzt. Ein neuer „Kunst-am-Bau-Erlass" aus dem Jahre 1950 sah vor, dass mindestens ein und höchstens zwei Prozent der für öffentliche Gebäude aufgewandten Bausumme für Kunst am Bau eingesetzt werden musste. Der Gedanke, dass der Staat zugleich die Aufgabe des Bauherrn und des Kunstförderers übernimmt, stammt bereits aus der Weimarer Republik und wurde mit einem ersten Erlass im Jahre 1928 fixiert.

Dem Auftrag des Arbeitsamtes entsprechend, schmückte eine Darstellung aus der Arbeitswelt das Gebäude – vier arbeitende Männer, die auf Grund ihrer Werkzeuge, Utensilien und ihrer Kleidung verschiedenen Branchen zuzuordnen sind: ein Bauer (Sense), ein Wissenschaftler (Schiff, Reagenzgläser), ein Handwerker (Hammer, Winkelmesser, Steine) und ein Arbeiter (Presslufthammer). Einen Teil des Hintergrundes beschrieb eine für die 50er Jahre des 20. Jahrhunderts zum Wahrzeichen gewordene, ‚organisch' gerundete Figur: die Niere. Sie verband die Personen miteinander und ließ sie so zu einer Gruppe werden. Die gesamte Installation war von einem Steinrahmen umschlossen, der die Keramikarbeit zu einem Gemälde werden ließ. Das Mosaik setzte sich aus verschiedenfarbigen Kacheln zusammen, die sich sowohl in ihrer Größe als auch Gestaltung voneinander unterschieden. Insbesondere die Köpfe fallen durch eine individuelle Bemalung auf.

Die künstlerische Umsetzung folgte dem Anspruch, das Bauwerk unter Berücksichtigung eines engen inhaltlichen Bezuges aufzulockern und zu beleben. Das Kachelbild war nicht dekoratives ‚Anhängsel', sondern ein Element, das nicht aus dem Kontext seiner Entstehung zu lösen ist.

Trotz dieses eindrucksvollen Kunstwerkes und der Relevanz des Gebäudes im Kontext einer Gruppe fand der Neubau des Arbeitsamtes in der zeitgenössischen Berichterstattung kaum Erwähnung. Über das Mosaik und seinen Schöpfer ist gar nichts zu lesen. Nur durch einen schleichenden Einzug einzelner Abteilungen in das Gebäude und einen nicht offiziellen Bauabschluss ist die schlechte Aktenlage letztlich zu erklären.

Unbedeutend war das Bauwerk mitnichten, unbemerkt seine Vollendung – vielleicht. Doch das bleibt Ansichtssache.

SILKE BREIDENBACH

SIEBEN

UND

NEUNZIG

SACHEN

# PFEIFENKOPF MIT „MEMENTO MORI"-DARSTELLUNG

46

Deutschland; 1. Hälfte 19. Jh.
Porzellan, schwarz bemalt, Hanfschnur; H 10 cm, Dm 2,5–4 cm
Zugang Heimatmuseum, 1918

1918 erwarb Bernhard Kleff den außergewöhnlichen Pfeifenkopf mit einem mahnenden Skelett für die Bochumer Sammlung. Damals gehörte noch ein Silberdeckel hinzu, der heute verloren ist. Aus dem schwarzen Fond ist wie ein umgekehrter Scherenschnitt ein weißes Gerippe mit feinen gemalten Schattierungen herausgearbeitet, das sich, die aufgestellte Sense in der Linken, mit dem rechten Ellbogen lässig auf einen Grabstein lehnt. Dieser trägt in Miniatur-Schreibschrift den Spruch: „Kann deine Lust mein Bild ertragen, so ist sie rein und unschuldsvoll". Mit bissigem Humor spielt diese Botschaft des Todes auf die Gefahren des Rauchens an und nimmt zugleich die stoische Gelassenheit des passionierten Rauchers gegenüber möglichen Ermahnungen vorweg. Der Spruch auf dem Pfeifenkopf wirkt so wie ein früher Vorläufer der drastischen Gesundheitswarnungen auf den heutigen Zigarettenverpackungen. Ob allerdings die subtile Andeutung mehr Wirkung zeitigte als die humorlosen Appelle auf den heutigen Rauchwaren, sei dahingestellt.

Von Anfang an, seit der stärkeren Verbreitung des Rauchens durch den Dreißigjährigen Krieg, war das „Tabaktrinken", „Rauchschlürfen" oder „-fressen", wie man die zunächst unbekannte Sitte in Ermangelung eines passenden Wortes nannte, eine Ansichtssache. Von den einen als Heilmittel gegen ansteckende Krankheiten wie die Pest und später als den Verstand schärfendes und die Konzentration steigerndes Genussmittel gepriesen, zogen die anderen gegen die „trockene Trunckenheit" aus mehreren Gründen zu Felde: Der Vorwurf der Unnatürlichkeit, der Verschwendung, unschicklicher Belästigung und des Gestanks durch den Rauch, der Feuergefahr durch Unachtsamkeit oder gesundheitlicher Schäden wie Nervenschwäche oder „Versaufen von Gehirn, Gedächtnis und aller Sinne" führten immer wieder zu – ebenso oft wieder aufgehobenen – Rauchverboten in der Öffentlichkeit. Von tödlicher Gefahr für den Raucher, wie sie der Bochumer Pfeifenkopf assoziiert, war jedoch kaum die Rede. Medizinische Kenntnisse über Lungenkrankheiten waren unbekannt. Noch Ärzte des 19. Jahrhunderts empfahlen ausdrücklich das Rauchen als Schutzmaßnahme bei Choleraepidemien; verboten wurde es meist aus Gründen des Anstandes und der Sitte. Auch Goethe, der durch seine offenen Anfeindungen als Raucherhasser gelten kann, hatte nicht etwa die Gesundheit, sondern allein die Impertinenz seiner rauchenden Zeitgenossen gegenüber Nichtrauchern im Auge. Wie Alexander von Humboldt hielt er allerdings insgesamt den Tabak für eine Pflanze des Verderbens.

Das anatomisch genaue, an einen Epitaph gelehnte Skelett des Bochumer Pfeifenkopfs hat seine Wurzeln in einem Stich aus dem medizinischen Werk des Andreas Vesalius von 1543. Es folgt der typischen Barockdarstellung des Todes als höchst lebendiger, bleicher Knochengestalt, der nichts Fleischlich-Verwestes mehr anhaftet und die eine eigene Sphäre zwischen Himmel und Hölle beansprucht. Als Memento mori („gedenke des Todes") erscheint sie nicht nur auf Grabmälern, sondern erinnert als überall gegenwärtiges Symbol an die Vergänglichkeit des Lebens. Dies scheint auch der Hauptzweck des hier gezeigten Pfeifenkopfs zu sein. Die aus vier Teilen – Kopf, Wassersack, Holm und Mundstück – zusammengesetzte Porzellanpfeife, die im deutschsprachigen Raum ihre Blütezeit im 19. Jahrhundert erlebte, war nämlich zum Rauchen kaum zu gebrauchen. Die Einzelteile konnten leicht auseinanderfallen, das Porzellan führte zu Verbrennungen an den Händen und hinzu kam ein scharfer Beigeschmack. Als Erinnerungs- und Freundschaftsgeschenke, versehen mit individuellen Wappen, Symbolen, Landschaften, Berufsbildern, Inschriften und Porträts aus zarten Lasurfarben, waren Porzellanpfeifen jedoch sehr beliebt.

REINHILD STEPHAN-MAASER

SIEBEN

UND

NEUNZIG

SACHEN

# STATUETTE DES HL. ANDREAS

47

19. Jh.
französischer Sandstein; H 80 cm, B 30 cm, T 20,5 cm
Zugang Heimatmuseum, 1915

Die Bauskulpturen des Mittelalters waren mit der Architektur ihrer Zeit unlösbar verbunden. Ihnen kam eine inhaltlich-symbolische, flächengliedernde und dekorative Aufgabe innerhalb des sakralen Baus zu, um die Thematik und Funktion der Kirche und einzelner konstruktiver Elemente zu betonen. Ab dem 14. Jahrhundert wurde die Figur allerdings aus der Bindung an das architektonische Gefüge herausgelöst, sie autonomisierte sich innerhalb dessen und bezog sich auf den Freiraum. Eine Skulptur wirkte lebensnah und ihr voller, plastischer Körper, der sich durch das bewegte und in reichen Falten fallende Gewand abzeichnete, wurde von diesem eingehüllt, sodass die Aufmerksamkeit auf den Kopf und die Hände gelenkt wurde. Die Figur zeichnete sich innerhalb des architektonischen Gefüges durch Plastizität und eine artikulative Bewegung aus. Figürliche Plastiken an Kirchen aus der Zeit des Historismus, wie die des Apostels Andreas, schlossen sich epigonenhaft an die Formensprache vorangegangener historischer Stilepochen, zumeist der Gotik, an oder vereinten verschiedene Stile miteinander.

Dargestellt ist der Apostel Andreas, dessen Aussehen und Attribute seit dem Hochmittelalter ikonographisch festgelegt sind. Er trägt ein langes, in Röhrenfalten fallendes Pallium über der Tunika, langes Haar und einen ebensolchen Bart. Die Zehen seines rechten nackten Fußes ragen unter dem Pallium hervor. In der Linken hält er ein aufgeschlagenes Buch als Symbol des von ihm verkündeten Evangeliums und in der Rechten sein individuelles Attribut, das X-förmige Kreuz, welches an dieser Skulptur unterhalb der Gabelung abgebrochen ist.

Andreas, von Beruf Fischer, stammte aus Bethsaida in Galiläa und war zusammen mit seinem Bruder Simon Petrus einer der ersten Jünger, die Jesus folgten. Legenden nach soll er als Missionar in Griechenland das Evangelium verkündet haben, wo er in Patras durch den Statthalter Aegeas verurteilt und mit Seilen an das X-förmige, schräge Kreuz gebunden wurde. Am 30. November 60 n. Chr. starb er den Märtyrertod. Das Gabelkreuz kam als Attribut erst im 10. Jahrhundert auf, setzte sich im 14. Jahrhundert als Andreaskreuz durch und wurde zum Symbol von Ritterorden. Die X-Form könnte darauf hinweisen, dass es sich um den griechischen Anfangsbuchstaben des Namens Christus handelt. Im Mittelalter wurde Andreas als heiliger Krieger verehrt und war Schutzpatron Schottlands und Russlands. Seine Gebeine befinden sich seit 1208 in Amalfi, südlich von Neapel, wo er als einer der ersten Apostel Jesu verehrt wird.

Die Apostel, die die engsten Vertrauten Christi waren, gehören zu den wichtigsten Figuren der christlichen Bildprogramme und sind die ‚Säulen der Kirche'. Als Verkünder des Evangeliums und Schutzpatronen führten sie den Gläubigen das Heilsgeschehen vor Augen. Als Skulpturen wurden sie in und an Kirchen zu Stätten der Heiligenverehrung. Für Gläubige waren sie Ansichtssachen im wörtlichen wie übertragenen Sinn: Anschauungsobjekt und Gegenstände der individuellen, inneren Andacht, Meditation und Versenkung.

Den starken Beschädigungen, den Rostspuren und der Aufhängevorrichtung an der Rückseite der Figur nach zu urteilen, war sie als Außen- bzw. Fassadenfigur auf einer Konsole stehend an einer Kirche angebracht, wo sie Wettereinflüssen ausgesetzt war. Der Werkstoff, französischer Sandstein, musste importiert werden, und da dies mit entsprechenden Kosten verbunden war, ist zu vermuten, dass es sich um eine Auftragsarbeit für eine größere Kirche handelte. Die Herkunft der Skulptur sowie der Bildhauer sind nicht bekannt.

DELIA ALBERS

SIEBEN

UND

NEUNZIG

SACHEN

# TASCHENLATERNE

48

Deutschland; 1733
Messingblech, getrieben und punziert, Messingdraht, Glas;
H 15 cm, B 12,8 cm, T 2,5 cm (geschlossen)
Zugang Heimatmuseum, 1926

Eine Lichtquelle mit sich zu führen, wenn man des Nachts unterwegs war, stellte bis zur Einführung einer öffentlichen Straßenbeleuchtung eine unabdingbare Voraussetzung für eine ausreichende Ansicht der Umgebung dar. Während es in Paris bereits zu Beginn des 18. Jahrhunderts über 5.000 Laternen gab, die an quer gespannten Ketten über der Straße hingen, erhellten in Bochum erst im Jahr 1842 Öllampen die 4.200 Einwohner zählende Stadt. Vierzehn Jahre später hatte sich die ursprüngliche Anzahl von elf Laternen um lediglich vier weitere erhöht. Zu diesem Zeitpunkt erfolgte die Umstellung auf das wirtschaftlichere Gas als Leuchtmittel: Am 13. April 1855 wurde die Bochumer Gasanstalt in unmittelbarer Nachbarschaft des Bochumer Vereins gegründet; noch im gleichen Jahr begann man mit der Installation von 54 Gaslaternen.

Doch nicht nur für die eigene Orientierung war das Mitführen einer Laterne bei Dunkelheit wichtig, auch die Obrigkeit hatte aus sicherheitspolitischen Gründen ein Interesse daran. In London drohte Passanten aufgrund einer Verordnung aus dem Jahr 1467 die Einkerkerung, wenn sie nach neun Uhr abends ohne Licht angetroffen wurden. Auch noch 300 Jahre später machte man sich als ‚lichtscheues Gesindel' auffällig. Ganz im Sinne des Lehrbuchs der „Staats-Polizey-Wissenschaft" von 1788, das empfahl, jeden, der ohne Licht unterwegs war, einer strengen Untersuchung zu unterziehen, schrieb eine Stuttgarter Polizeiverordnung von 1790 vor, nach 22 Uhr Personen ohne Laterne auf die Wache zu führen und anzuzeigen.

Lampen stellten einen Sammlungsschwerpunkt des Leiters des Städtischen Heimatmuseums, Bernhard Kleff, dar. Bei der Durchsicht des noch etwa 120 Lampen umfassenden Bestandes fiel unter den meist aus dem 19. und 20. Jahrhundert stammenden Objekten dieses außergewöhnliche Exemplar ins Auge.

Taschenlaternen erfreuten sich ab dem 18. Jahrhundert besonders bei Ärzten und Apothekern großer Beliebtheit. Es handelt sich häufig um kleine, handliche Laternen mit flach-rechteckigem Grundriss, die an der Vorderseite verglast und an den übrigen Seiten geschlossen sind. Durchbrüche an der Oberseite sorgen für Sauerstoffzufuhr und dienen als Rauchabzug; an der Rückseite befinden sich zwei bewegliche Bügel als Tragegriff. Aufgrund ihrer nur wenige Zentimeter betragenden Tiefe und der klappbaren Bügel konnten solche Laternen problemlos in die Tasche gesteckt werden. Eine Sonderform, zu der das ausgestellte Exemplar gehört, stellen die faltbaren Taschenlaternen dar, die meist aus Messingblech gearbeitet wurden. Die auf dreieckigem Grundriss stehende Laterne hat zusammengelegt die Form eines Buches. An dem ‚Buch'rücken ist der aus Messingdraht gebogene Griff angebracht; an gleicher Stelle findet sich auch die gravierte, auf das Herstellungsjahr verweisende Zahl 1733. Die Höhlung des Rückens bietet im geschlossenen Zustand Platz für die Kerze. Der Dekor von Vorder- und Rückseite beschränkt sich auf ein erhabenes, an den Ecken nach innen gerundetes Rechteck, die Form der Scheibe erinnert an ein Kirchenfenster mit zwei Rundbögen. Die Einfassung ist mit zwei punzierten Blüten in den Ecken und einem einfachen Punktmuster in der Mitte verziert.

Bis auf diesen Dekor entspricht die Bochumer Taschenlaterne einem im Bestand des Deutschen Museums in München befindlichen, sicherlich der gleichen Werkstatt zuzuordnenden Objekt, das aber undatiert ist. Eine andere interessante Variante einer Taschenlaterne in Buchform kommt aus London. Die auf rechteckigem Grundriss stehende „Improved Pocket Lantern" stammt aus dem letzten Jahrzehnt des 18. Jahrhunderts, hatte ein Fach für Ersatzkerzen und wurde ihrem Erfinder, dem Apotheker und Drogisten Watts, sogar patentiert.

BEATE OLMER

SIEBEN

UND

NEUNZIG

SACHEN

# STADTMODELL „BOCHUM UM 1800“

49

Bernhard Kleff; 1923/24
Grundplatte: Holzbohlen, mehrere Lagen bemalter Pappe;
Modell: eingefärbter Meeresschwamm, Karton, Sperrholz, Tinte; Sockel: Holz; Haube: Glas
Modell: H 39 cm, B 158,3 cm, T 156 cm;
Sockel: H 51,5 cm, B 169,7 cm, T 169,7 cm
Zugang Heimatmuseum, ca. 1924

Die Entstehung des Stadtmodells ist dem Leiter des Bochumer Heimatmuseums Bernhard Kleff zu verdanken, der es selbst in zweijähriger Arbeit anfertigte. Die Anlage des Modells mit seinen rund vierhundert Gebäuden beruht im Wesentlichen auf einem „Grundriss der Stadt Bochum“, den Carl Arnold Kortum 1790 eigenhändig zeichnete, auf Katasterplänen aus der Zeit um 1800 sowie auf Fotografien aus späterer Zeit. Kleff verfolgte mit seinem Modell die Absicht, eine, wie er 1926 selbst schrieb, „plastische Darstellung“ des Ackerbürgerstädtchens gegen Ende des 18. Jahrhunderts zu schaffen.

Dass Bochum damals tatsächlich so aussah, wie Bernhard Kleff den Ort dargestellt hat, ist indes nicht zu vermuten. Vielmehr ist das Modell als eine Konstruktion (nicht: Re-Konstruktion!) einer inzwischen vergangenen baulichen Realität zu betrachten, die sich heute in manchem dem Betrachter entzieht. So erweist es sich in doppelter Hinsicht als eine Ansichtssache, als etwas nämlich, das zum Ansehen einlädt, und gleichzeitig als ein vielgestaltiger Gegenstand, dessen detailreiche Ausformung von der Auffassung seines Verfertigers und damit von seiner Ansicht abhängt.

Wie die Nachbildung, so war auch Bochum selbst um 1800 von überschaubarer Größe: Es erstreckte sich lediglich über den Kern der heutigen Innenstadt, also etwa über den Raum zwischen der Propstei- und der Pauluskirche sowie der Kortum- und der Massenbergstraße. Nur wenige Häuser befanden sich außerhalb dieses Bereiches: Sie lagen an den Ausfallstraßen oder im Bereich des allmählich verfallenden Walles. Um die Stadt herum lagen ringförmig der zumeist als Garten- oder Ackerland genutzte private Grund und Boden der Bürger sowie die gemeinsam überwiegend als Weide dienende und Vöde genannte Bochumer Allmende.

„Die Stadt selbst“, so schrieb Kortum in seiner 1790 veröffentlichten „Nachricht vom ehemaligen und jetzigen Zustande der Stadt Bochum“, „ist sehr unregelmäßig gebaut; jedoch sind die Straßen für eine kleine Stadt breit genug, und überall, den Marktplatz und die kleinen Gassen ausgenommen, mit großen Steinen gepflastert. Im Jahre 1722 wurden, nebst den vor den Thoren liegenden Häusern, 350 Häuser gezählt, wovon 135 mit Stroh gedeckt waren. Es waren damals noch 48 besondere Scheunen, 9 derselben mit Stroh gedeckt, vorhanden. Jetzt sind alle Häuser bis auf etwa ein Dutzend kleiner Hütten mit Ziegel gedeckt. Auch zählet man nunmehr 402 Häuser, worunter jedoch 47 Packhäuser und Scheunen gerechnet sind. Dreyhundert und fünf und dreyßig Häuser sind gegenwärtig bewohnt […]. Auch sind noch 31 Brauhäuser und 22 Brandtweinbrennerhäuser da. Ob gleich seit dem Jahre 1763 bis 1788 54 Häuser wiederhergestellt sind, so befinden sich doch jetzt noch daselbst 14 wüste Stellen“.

Die Strohdächer, die unbebauten Areale und die hohe Zahl der zeitweise baufälligen Häuser lassen ahnen: Bochum war im 18. Jahrhundert keine wohlhabende Stadt. Das Wirtschaftswachstum war gering und die Bevölkerungsentwicklung stagnierte. Im letzten Viertel jenes Jahrhunderts schwankte die Einwohnerzahl um 1.500 Menschen. Im Jahr 1784 lebten in Bochum 1.038 Personen, die älter waren als neun Jahre; 304 (oder knapp 30 Prozent) von ihnen betrachtete die Stadtverwaltung als arm. Davon galten 114 Betroffene als Bettler und 190 Menschen als Almosenempfänger. Als Gründe für ihre Notlage nannte man Alter, Invalidität oder Arbeitslosigkeit. Tatsächlich sahen sich damals immer wieder junge Bochumerinnen und Bochumer gezwungen, ihre Heimatstadt zu verlassen, um andernorts eine Anstellung zu finden.

So verwundert es nicht, dass Bochum wegen seiner geringen Größe und Wirtschaftskraft innerhalb der zu Preußen gehörigen Grafschaft Mark – etwa neben Hattingen, Breckerfeld oder Neuenrade – lediglich zu den sogenannten „kleinen Städten“ der Region zählte.

STEFAN PÄTZOLD

SIEBEN

UND

NEUNZIG

SACHEN

# HINWEISSCHILD „VOLKSZÄHLUNG ZAHLUNGSDIENSTSTELLE" 50

Herzberg GmbH Schilderwerk Dortmund; 1987
Stahlblech, bedruckt, Aluminium; H 33,5 cm, B 150 cm, T 8 cm
Zugang Stadtarchiv, 1987

Ursprünglich war die 1987 durchgeführte bundesdeutsche Volkszählung bereits für 1981 geplant. Die letzte Zählung lag über zehn Jahre zurück, und als Handlungsgrundlage für Politik und Verwaltung sollten die veränderten sozialen Gegebenheiten umfassend erhoben werden. Da auch statistisches Material aus den Berufs-, Wohn- und Arbeitsverhältnissen gewonnen werden sollte, bildete sich jedoch eine Protestbewegung, die aus Gründen des Datenschutzes und des Persönlichkeitsrechtes mit Gerichtsklagen gegen den Bund vorging und zum Boykott der Befragung aufrief. Die zunächst auf 1983 verschobene Volkszählung wurde durch ein Veto im Bundesverfassungsgericht nochmals ausgesetzt. Vier Jahre später aber wurde sie, trotz der Boykottaufrufe von rund 1.000 Initiativen, darunter auch die „taz" und die neue Partei „Die Grünen", erfolgreich durchgeführt. Weil jeder Einzelne betroffen war und zwischen Verpflichtung und persönlichen Bedenken entscheiden musste, stellte sich der Zensus wie kaum ein anderes innerpolitisches Ereignis als Ansichtssache dar.

Viele Bürger, die zuerst die Befragung hatten verweigern wollen, änderten – unter anderem aufgrund der Androhung von Bußgeldern – ihre Einstellung. Vor der Zählung von 1987 beurteilten fast 70 Prozent der Teilnehmer einer Panelstichprobe die Fragen als problematisch und befürchteten den Missbrauch der Daten; nach der erfolgten, ca. eine Milliarde D-Mark teuren Zählung waren es nur noch 20 Prozent. Weckten die Warnungen im Vorfeld, sichtbar etwa an den kämpferischen Titeln einiger Beratungsbücher, Ängste vor der Totalvernetzung und dem überwachten „gläsernen Bürger", so traf die Zählung selbst – beworben mit dem Slogan „Zehn Minuten, die allen helfen" – auf eine für die Datenverwertung ausreichende Kooperationsbereitschaft. Die aus Haushaltsmantelbogen, einem Gebäude-, Wohnungs- und Arbeitsstättenblatt bestehenden Unterlagen wurden von ca. 500.000 Zählern in die Haushalte gebracht und ausgefüllt in verschlossenen Umschlägen bei den 6.000 eigens eingerichteten, mit großen Hinweisschildern versehenen Erhebungsstellen abgegeben, die sie wiederum an die Landesämter weiterleiteten. Über Verfälschungseffekte aufgrund des Boykotts verlautete nichts; ein Jahr nach der Zählung lag der Rücklauf der Bögen bei 97 Prozent. Das nebenstehende Schild verwies auf die Zählungsdienststelle im Stadtarchiv, Kronenstraße 47–49. Obwohl die Stadt Bochum eine ausführliche Dokumentation der Ergebnisse der Volkszählung veröffentlichte, liegen über das Teilnahmeverhalten der Bevölkerung keine Zahlen vor.

Die lange Tradition der Volkszählungen ist zuerst in babylonischen Tonscherbenfragmenten des 4. Jahrtausends v. Chr. fassbar. Auch Ägypten, Persien und Griechenland führten in der Antike Zählungen durch, meist um die Zahl der waffenfähigen Männer zu ermitteln. Die Weihnachtsgeschichte spiegelt den Zensus des Römischen Reiches, der bereits Vermögens- und Steuerformulare für alle Einwohner vorsah. Im europäischen Mittelalter erhoben nur einige Städte Zählungen ihrer Bürger; unsystematisch wurden in Kirchenbüchern Seelen, in ländlichen Gebieten Herdstellen gezählt. Preußen begann 1686 mit der Erfassung seiner Einwohnerzahlen. Nach 1800 wurde die Volkszählung in Europa allgemein üblich; der Deutsche Zollverein führte sie ab 1834 alle drei bzw. fünf Jahre durch. Beim Statistischen Kongress 1872 in Sankt Petersburg wurden viele der noch heute üblichen Befragungsparameter aufgestellt. Zudem empfahl man hier den Zehnjahresabstand, wie er – aus Kostengründen allerdings meist in der Form einer Repräsentativbefragung von einem Prozent der Bevölkerung (Mikrozensus) – in vielen europäischen Ländern bis heute beibehalten wird. Für 2010/2011 ist eine EU-weite, registergestützte, das heißt vor allem auf den Daten der Kommunen und Arbeitsämter beruhende Zensusrunde geplant.

REINHILD STEPHAN-MAASER

SIEBEN

UND

NEUNZIG

SACHEN

# SCHULWANDBILD „STEINKOHLENBERGWERK" 51

aus der Katholischen Schule Bochum, Wiemelhauser Straße
Technologische Tafeln Nr. 2, Verlag Dr. te Neues & Co. GmbH, Kempen/Niederrhein; um 1951
Papier auf Leinen, Holz, Stahl; H 87 cm, B 124 cm
Zugang Stadtarchiv, o. J.

Die technologische Tafel mit dem Titel „Steinkohlenbergbau" entstand in der Zeit des Wirtschaftswunders, an dem die Kohle einen beachtlichen Anteil hatte. Bochum galt damals als die Bergbaustadt schlechthin. Der größte Teil der Bochumer Bevölkerung, ca. 38 Prozent, arbeitete im Bergbau. Fast jeder Stadtteil war durch Zechenansiedlungen geprägt. So auch Wiemelhausen: Hier wuchsen die künftigen Bergleute heran, die mit einer Tafel zum Steinkohlenbergbau viel anzufangen wussten. In unmittelbarer Nachbarschaft zur katholischen Schule, wo etwa um diese Zeit das Wandbild aus dem Verlag Dr. te Neues gehangen haben dürfte, befand sich die Zeche Julius Philipp.

Schulwandbilder – zweifellos Ansichtssachen – gab es bereits seit der ersten Hälfte des 19. Jahrhunderts. Bald setzten sie sich in allen Schulformen und in allen Fächern durch. Grund dafür war ihr problemloser Einsatz. Außerdem ließen sie sich didaktisch-methodisch gut in den Unterricht integrieren und steigerten als verbal-visuelles Medium die Merkfähigkeit der Schüler und Schülerinnen. Darüber hinaus fanden sie als Gebrauchskunst in so manchem Klassenzimmer Verwendung.

Die großformatigen, meist farbigen Unterrichtsmedien dienten dazu, komplexe Inhalte allgemeinverständlich darzustellen. Aber es ging nie um Informations- und Wissensvermittlung allein. Auch die gesellschaftlich dominierenden Haltungen, Vorbilder und Ideologien wurden vermittelt. Das trifft auch auf die nebenstehende Tafel zu. Es handelt sich dabei um eine Mischung aus schematischer und realistischer Darstellung. Die großflächige Abbildung links zeigt im oberen Teil vor allem die über Tage liegenden Produktionsanlagen und eine Ebene darunter die Struktur des Betriebs unter Tage. Zu erkennen sind Förder- und Wetterschacht, davon abgehende Hauptstrecken, Flöze in unterschiedlicher Mächtigkeit, die abgebaut werden oder schon wieder verfüllt wurden und die sich entsprechend der geologischen Bedingungen in flacher bis steiler Lage befinden. Ganz unten in diesem Teilbild ist die Wasserhaltung zu sehen. Das Bild daneben stellt in einem größeren Maßstab den Förderschacht mit weiteren Details zum Schachtausbau dar. Unten links befinden sich zwei kleinere Ansichten; sie stellen die Arbeit des Bergmanns in einem vollautomatisierten bzw. in einem teilmechanisierten Abbaubetrieb dar.

Das Wandbild vermittelt eine positive Sicht auf die Bergbauindustrie, der volkswirtschaftlich eine große Bedeutung beigemessen wird. Und was Reinhard Stach 1984 zum Thema Schulwandbild schrieb, findet hier Bestätigung: „Die pastellfarbene Darstellung mit dem Versuch, das ästhetische Moment zu betonen, kreiert einen eigenwilligen Wandbildtyp. Alle Bilder des Verlages von Dr. te Neues tragen dieses Gepräge. Sie wollen über die Informationsvermittlung hinaus künstlerisch ansprechend sein." Kritische Ansätze – etwa in Hinblick auf die Frage nach den Risiken einer monostrukturierten Wirtschaft oder den Folgen eines aufgelassenen Bergbaus – bietet die Darstellung nicht. Auch der Strukturwandel findet keine Berücksichtigung, obwohl sich die heimische Kohle bereits zu dieser Zeit den westdeutschen Energiemarkt mit Kohle und Heizöl aus dem Ausland teilen musste.

Ende der 50er/Anfang der 60er Jahre des 20. Jahrhunderts begann das Zechensterben im Ruhrgebiet. Die billigen Energiequellen aus dem Ausland setzten sich durch. Einem ähnlichen Verdrängungseffekt waren die Wandbilder ausgesetzt. Als die audio-visuellen Medien in den 1960er Jahren Einzug in das Klassenzimmer hielten, verschwanden die Tafeln in Abstellkammern oder in Archiven, bis sie in den 1980er Jahren von der Forschung als bis dato zu Unrecht vernachlässigte Quellen beziehungsweise als Exponate für Ausstellungen wieder entdeckt wurden.

URSULA JENNEMANN-HENKE

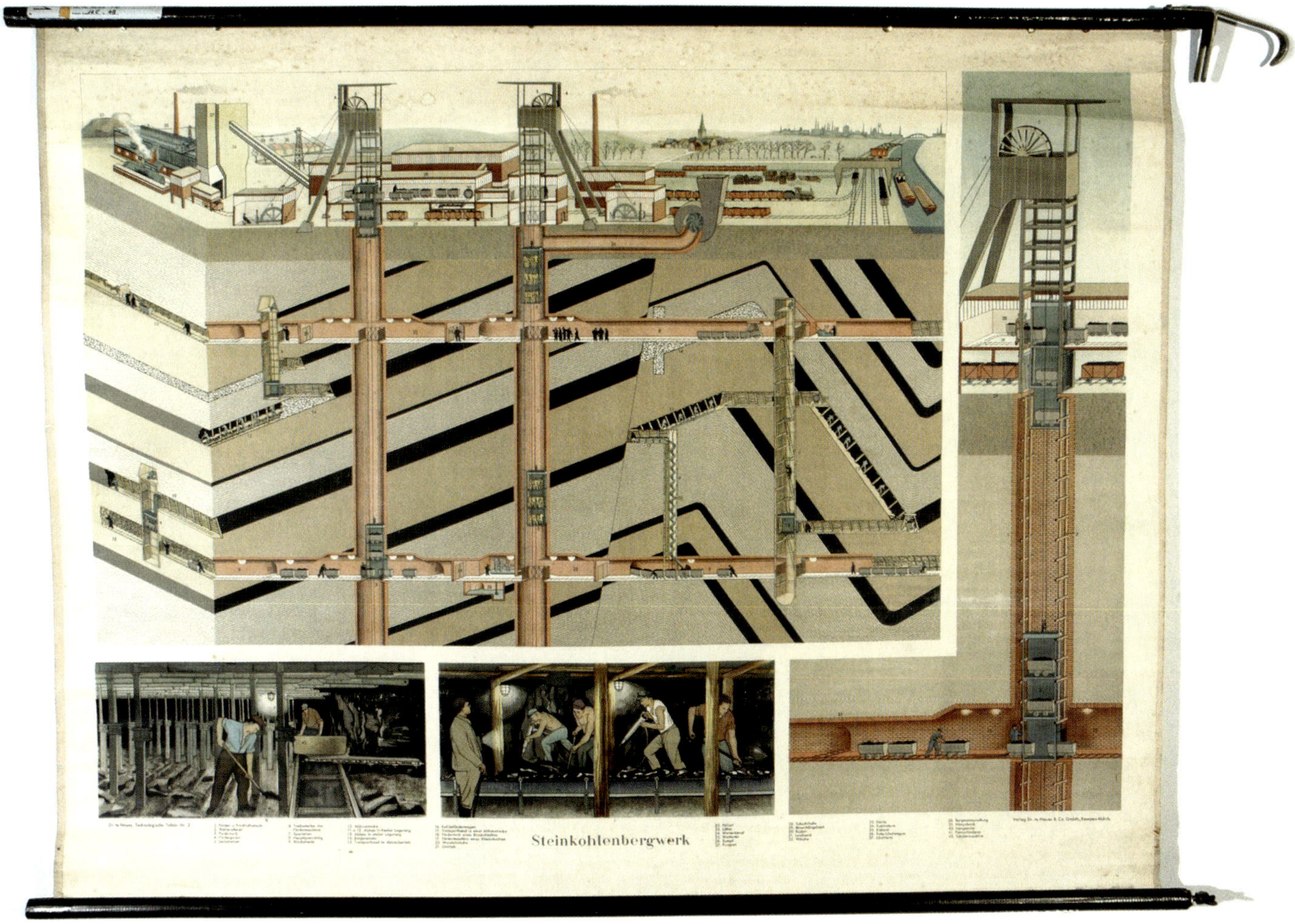


SIEBEN

UND

NEUNZIG

SACHEN

# F O R M

# SACHEN

# DREI KLEINE TIEGEL ZUM SCHMELZEN VON EDELMETALLEN

52

späte römische Kaiserzeit; 200–400 n. Chr.
Fundort: Bochum-Harpen, Grundstück der Firma Boco, Grabung K. Brandt 1964

a) kegelstumpfförmiger Tiegel mit gerundetem Boden, außen und am Rand innen verschlackt, Rand zweimal ausgebrochen, blasig sekundär gebrannter, grauer Ton, leicht grünlich verglast; an der Innenwand größere Menge kleiner Goldreguli unregelmäßig verstreut; H 3,8 cm, Dm 2,7–3 cm

b) kegelstumpfförmiger Tiegel mit gerundetem Boden, außen und am Rand innen glasig verschlackt, Rand ausgebrochen, blasig sekundär gebrannter, grauer Ton, leicht grünlich verglast; an der Innenwand wenige kleine Goldreguli unregelmäßig verstreut; H 3,7 cm, Dm 2,8–2,9 cm; Wandstärke: 0,2–0,9 cm

c) Bodenteil eines kegelstumpfförmigen Tiegels mit gerundetem Boden, außen stark glasig verschlackt, blasig sekundär gebrannter, grauer Ton; an der Innenwand kleine Goldreguli unregelmäßig verstreut; H 3,1 cm, Dm 3–3,5 cm

Zugang Städtische Kunstgalerie, o. J.

Metall lässt sich formen. Es lässt sich zu Sachen verarbeiten, immer wieder einschmelzen und erneut formen. Es erlaubt die Kombination verschiedener Werkstoffe, wie unterschiedlicher Metalle, Schmucksteine und Glas oder organischer Materialien. Besonders Edelmetall ermöglichte die Herstellung kunstvoll verzierter Gegenstände, die zu besonderen Anlässen getragen, dargestellt oder verschenkt, verhandelt oder den transzendentalen Mächten dargeboten wurden. Und Metall verlangte den Spezialisten, der die Tücken und Möglichkeiten des Werkstoffes kannte.

Mit der zunehmenden Spezialisierung im Metallhandwerk nahm auch die Vielfältigkeit technologischer Prozesse zu; dies für das Metallhandwerk zu untersuchen, ist Aufgabe der Archäometallurgie, die das mit Hilfe naturwissenschaftlicher Methoden tut. Ausgangspunkt sind häufig die kleinen und unscheinbaren Reste des Metallhandwerks, die Schlacken, die Metallreste oder eben auch die Tiegel, in denen das Metall für geformte Sachen geschmolzen wurde.

Solche Tiegel stammen aus der großen Kirchharpener Siedlung der römischen Kaiserzeit. Im Jahr 1964 wurden aus den Gruben 14 und 16 mehrere Tiegel – laut der Angaben der Ausgräber nahe beieinander liegend – aufgefunden. Nahe der Gruben wurde 1967 das Fragment eines weiteren Tiegels entdeckt.

Es handelt sich um kleine kegelstumpfförmige Tiegel mit gerundetem Boden, die außen und am Rand innen verschlackt sind. Sie bestehen aus sekundär gebranntem, grauem Ton, der durch die Hitzeeinwirkung leicht grünlich verglast ist. Dies lässt erkennen, dass die Tiegel in einem Holzkohlebett gestanden haben und von oben mit einem kleinen Blasrohr erhitzt wurden; dabei hat man im Inneren offensichtlich Gold geschmolzen. Alle drei, vor allem aber Tiegel weisen deutliche, mit dem bloßen Auge erkennbare Goldkügelchen auf, die sogenannten Goldreguli: Der Regulus ist in der Metallurgie das gewünschte, metallische Ergebnis eines Schmelzvorganges, in dessen Verlauf winzige Metallflitterchen zu kleinen Metallkügelchen oder sogar regelrechten Metallfladen zusammensintern.

Man kann prinzipiell drei große, funktional unterschiedliche Gruppen von Tiegeln definieren: Schmelz- und Gusstiegel, Zementationstiegel sowie Kupellen und Probiertiegel. Bei unseren Tiegeln handelt es sich wahrscheinlich um Schmelztiegel, in denen bereits gewonnenes Gold eingeschmolzen und für eine weitere Verwendung vorbereitet wurde. Gerade der edle Charakter des Goldes erlaubt es, diese Metalle auch unter oxidierenden Verhältnissen zu schmelzen. So ein Vorgang kann auch zu einer sogenannten Raffination führen, indem unedlere Bestandteile oxidiert und dadurch vom Gold getrennt wurden. Ob eine solche Metallreinigung vorliegt, kann aber nur durch entsprechende Metallanalysen geklärt werden.

Wo nun wurden die Tiegel wirklich eingesetzt? In den beiden Gruben 14 und 16 wurden sie ja offensichtlich nur entsorgt. Direkt daneben wurde allerdings die flache, rechteckige Grube 15 entdeckt, die deutliche Spuren von Brandeinwirkung und, wie Karl Brandt beschreibt, Reste einer Lehminstallation aufwies; der Boden war 5 cm hoch mit Rotlehm und Holzkohle durchsetzt. Waren dies die Reste einer ehemaligen Metallhandwerkerstätte? Die Abfallreste sind heute verloren, wir können diese Frage nicht mehr untersuchen. Doch hat es viel Wahrscheinlichkeit, dass hier schöne Formsachen nach germanischem Geschmack hergestellt wurden.

Die ausgedehnte Harpener Kaiserzeit-Siedlung jedenfalls muss, wie viele zeitgleiche Befunde der Hellwegzone, eine besondere Rolle innerhalb überörtlicher Metallproduktion und -verarbeitung gespielt haben. Hier im mittleren Hellwegraum tummelten sich also nicht nur germanische Siedler sowie Kaufleute mit Waren aus den römischen Provinzen von jenseits des Rheins, sondern auch Handwerker, die mit den weit entwickelten Metalltechniken der römischen Spätantike bestens vertraut gewesen sind.

THOMAS STÖLLNER

SIEBEN

UND

NEUNZIG

SACHEN

# SITZENDER KNABE

53

Erich Schmidtbochum, Wolfenbüttel; 1961/1962
Gipsmodell; Metall, Gips; H 66 cm, B 58 cm, T 33 cm
Zugang Stadtarchiv, ca. 2001

Im Stadtarchiv befindet sich der Ateliernachlass von Gipsmodellen des Bochumer Künstlers Erich Schmidtbochum. Es sind frei über Haltegerüsten modellierte Figuren in der Originalgröße der nach ihnen gegossenen Bronzeplastiken, also keine Entwürfe, sondern Formkerne des komplizierten Gussverfahrens. Dieses lag nicht in der Hand der Künstler, sondern in der Zuständigkeit von Spezialgießereien: In einem zweiteiligen Formsandkasten wurde über jeweils einer Hälfte des Modells die äußere Gussform aus Sandmasse aufgetragen – bei komplizierten Figuren in mehreren abnehmbaren und einzeln zu gießenden Teilen. Nach Herausnahme des Gipsmodells wurde in die Negativformen ein neuer Sandkern gefüllt, von dem eine Schicht in der Stärke der späteren Gusshaut abgenommen wurde. Durch Gusskanäle füllte man nun das flüssige Metall in den Zwischenraum. Die Gussteile wurden miteinander verschweißt, Überstände, Nähte und Gusskanäle abgesägt und geglättet.

Mit dem „Sitzenden Knaben" ist ein Formkern erhalten, mit dem Anfang der 1960er Jahre eine Bronzefigur für die Kreisberufsschule in Wolfenbüttel gegossen wurde. Die aufrechte, gesammelte Figur mit ihren harten, eckigen Körperformen ist ein typisches Beispiel für Schmidtbochums Arbeiten, die bei der Natur ansetzen und diese in eine kubisch klare, alles Momenthafte vermeidende, überindividuelle Formensprache umsetzen. Dieser Zug ließ seine Werke vor allem für die Bauplastik und die Aufstellung in Außenbereichen geeignet erscheinen.

Erst einige Jahre vor der Entstehung der Plastik hatte der 1913 als Erich Schmidt in Bochum geborene Künstler „nach Unstimmigkeiten mit der Stadt" seinen Wohnsitz nach Wolfenbüttel verlegt. Dabei schien sein Wirken für Bochum zunächst sehr erfolgreich. 1937 wurde er mit einer großen Bronzebüste des Grafen Ostermann für das Rathaus beauftragt. Die Arbeit verhalf ihm zum Durchbruch, und auf Anregung der Stadt setzte er den Zusatz „-bochum" hinter seinen Namen. Weitere Aufträge auch privater Kunden folgten. Bernhard Kleff (dessen Büste er noch 1958 schuf) erwarb Holzschnitzarbeiten für das Heimatmuseum, die heute verschollen sind. Fronteinsatz und Kriegsgefangenschaft unterbrachen das Schaffen des Bildhauers. Nach der Rückkehr erhielt er Aufträge für monumentale Bronzewerke, den „Betenden Bergmann" für die Familien-Grabstätte des Industriellen Alfred Eickhoff (1949) sowie 1950 zwei weitere, mehr als dreieinhalb Meter hohe Bergmänner für den Vorplatz der Bochumer Ruhrknappschaft.

Waren es diese Kolossalstatuen – muskulöse und streng frontal ausgerichtete, an nationalsozialistische Werke erinnernde Gestalten –, die zur „Unstimmigkeit" mit der Stadt führten? In der Zeit des Wiederaufbaus, als das kulturelle Leben mit neuen Inhalten und Formen einen überraschend schnellen Aufschwung erlebte, wollte der Bochumer Rat dem in den dreißiger Jahren protegierten Schmidtbochum offenbar keine öffentlichen Aufträge erteilen. Vielen Künstlern seiner Zeit wie etwa Georg Kolbe, dessen Arbeiten aus den zwanziger Jahren schon ähnliche Stilelemente aufweisen, wurde später vorgeworfen, systemkonforme Kunst produziert zu haben. Angesichts dessen ist es überraschend, dass Schmidtbochum – eher unpolitisch und immer auf der Suche nach der „guten Form" – noch in der Nachkriegszeit an die Formensprache der dreißiger Jahre anknüpfte. Mit seinem Umzug nach Niedersachsen war ein Neuanfang mit kleineren Genre- und Brunnenfiguren wie dem „Sitzenden Knaben" verbunden. Später hier entstandene, überlebensgroße Werke sind das Denkmal eines Bergmannes für die Erzgrube in Lengede – ein Jahr vor dem Bergwerksunglück von 1963 – sowie die drei Meter hohe Bronzeplastik „Nathan der Weise" vor dem Lessinghaus in Wolfenbüttel.

REINHILD STEPHAN-MAASER

SIEBEN

UND

NEUNZIG

SACHEN

# GEBÄCK- UND MARZIPANMODEL

54

wahrscheinlich Mittelrhein; 17. Jh.
gelbroter Ton, unglasiert; Dm 33,8 cm, H 3,5 cm
Zugang Heimatmuseum, 1929

Seit Jahrtausenden werden Gebäcke mithilfe von Negativformen zu figürlichen oder ornamentalen Gebilden geprägt. Die ältesten Backmodel aus Stein oder Ton mit religiösen Symbolen stammen aus dem Industal (2500 v. Chr.). Auch in Ägypten, bei den Griechen und Römern sowie im Frühchristentum wurden Model benutzt, um Brot in sinnfälliger symbolischer Weise und serieller Produktion zu formen. Bei den „Gebildbroten" und Lebkuchen des europäischen Mittelalters und der Frühen Neuzeit, die häufig aus Klosterbäckereien stammten, blieb die religiöse Komponente bestehen; daneben gewann das Modelbackwerk eine zunehmende Bedeutung für die profane Festtafel.

Der Rundmodel aus der Stadthistorischen Sammlung weist sich durch seine repräsentative Größe als Prägeform für Gebäcke aus, die für eine vornehme Prunktafel bestimmt waren. In Frage kommen vor allem bunt bemalte Marzipankuchen, die in Renaissance und Barock bei höfischen Gastmahlen aufgetischt wurden. Echtes Marzipan war bereits im Mittelalter bekannt und bestand aus teuren, weil importierten Zutaten; seine weiche, modellierbare Konsistenz war für die Modelabformung besonders geeignet. Im 17. Jahrhundert kamen billigere Surrogate auf, die „Eier-" oder „Wassermarzipan" genannt wurden und auch in bürgerlichen Haushalten Eingang fanden.

Ein rundes Feld mit einer Weihnachtsszene bildet den Mittelpunkt des Models: Maria, Josef und das in einem Korb liegende Jesuskind sind vor der prächtigen Bogenarchitektur des ‚Stalles' dargestellt, in dessen Hintergrund eine Futterraufe, die Köpfe von Ochse und Esel sowie der Bethlehemstern zu erkennen sind. Von links nähern sich zwei der drei Weisen mit Gaben in den Händen. Die Szene wird durch einen gebündelten Blattstab, ein ausgesprochenes Renaissance-Ornament, das auch den Randabschluss des Models bildet, von der äußeren Schmuckzone getrennt. Zwischen sechs verschiedenen Blumen mit jeweils drei Blüten erscheinen, scheinbar ohne symbolischen Bezug zum Mittelbild, sechs runde, ebenfalls mit Blattkränzen eingefasste Medaillons mit je einem Pferd, Hund, Widder, Hirsch, Stier und Fuchs.

Um exakte Abformungen zu liefern, mussten die Model sorgfältig geschnitten sein. Fast immer verwendeten die Formschneider Weichhölzer wie etwa Birnbaum; die oft nach bekannten Kupferstichen gestalteten Motive wurden für ein leichtes Ablösen des Teiges schräg in den Model gestochen. Model aus Ton sind demgegenüber sehr selten. Am Mittelrhein stellte man seit etwa 1400 mit Metallpatrizen weiße Tonformen mit biblischen Motiven her – allerdings in weit geringerer Größe von etwa zehn Zentimetern Durchmesser. Diese Matrizen waren universell verwendbar für Gebäcke, Marzipan und Fruchtpasteten; es wurden aber auch Tonreliefs für die Verzierung von Töpfen, Wachsabdrucke und Papierreliefs von ihnen abgeformt.

Marzipantortenmodel in der Größe und dem ornamentalen Aufbau des ungewöhnlichen Bochumer Stückes aus Ton sind fast ausschließlich als Holzmodel erhalten. Rundbilder der Geburt Christi kommen an Modeln in Österreich, der Schweiz und in Süddeutschland – hier befanden sich die Zentren der Modelstecherkunst – häufig vor. Als 16. Gang eines Schauessens zur Beisetzung Herzog Alberts IV. von Bayern wird schon um 1508 eine Marzipantorte mit der Menschwerdung Christi genannt. In Westfalen waren neben den einfachen Eiserkuchen, die von den Männern an Festtagen in Zangeneisen über dem offenen Herdfeuer gebacken wurden, solche Luxusgebäcke und Lebkuchen auch noch im 18. Jahrhundert weitgehend unbekannt. Es ist denkbar, dass der Tonmodel auf einer steinernen Positivform nach süddeutscher Vorlage, einem sogenannten Kuchelstein, am Mittelrhein abgeformt und als Multiplikationsform für Luxusgebäcke in den Handel kam.

REINHILD STEPHAN-MAASER

SIEBEN

UND

NEUNZIG

SACHEN

# BRONZEGLOCKE VOM BOCHUMER RATHAUS

55

Heinrich Kurtz, Stuttgart; 1930
Bronze, gegossen; H 30 cm, Dm unten 32 cm, Dm oben 17 cm
Zugang Kulturamt (Heimatmuseum), 1953

Es war doch ein wenig frech: 1851 wurden im „Bochumer Verein für Bergbau und Gussstahlfabrikation A.G." die weltweit ersten Glocken aus Gussstahl gegossen. Das Stahlwerk machte Bochum in der Folge groß und berühmt. Und dann hängen 1931 auf dem Dach des neuen Rathauses ausgerechnet Glocken aus Stuttgarter Bronze!

Die Bronzeglocken wurden in der berühmten Gießerei Heinrich Kurtz in Stuttgart gegossen und hingen in einem elektrisch betriebenen Glockenspiel aus der Ulmer Turmuhrenfabrik Philipp Hörz. Das Glockenspiel umfasste 28 Glocken mit einem Gesamtgewicht von 2.300 kg. Die größte Glocke wog 375 kg, die kleinste 4 kg. Die hier ausgestellte Glocke gehört mit 15 kg Gewicht zu den kleineren Exemplaren. Die Glocken waren in Halbtönen abgestuft, umfassten in mittlerer Tonhöhe also rund zwei Oktaven. Damit wurden über Walzen und Magnethämmer 30 Volkslieder, Choräle und Weihnachtslieder in angeblich höchster Reinheit zum Klingen gebracht.

1931 war die Stadtverwaltung Bochums nach umfangreichen Eingemeindungen in diesem neuen Rathaus zentralisiert worden. Architekt Karl Roth schuf dazu ein durchrationalisiertes, konstruktiv hochmodernes Bürogebäude. Als Baustil wählte der Architekt den Stil und Schmuck der Renaissance, die wie das Industriezeitalter als Zeit des starken Bürgertums, der Erfindungen und Entdeckungen galt. Das Rathaus besaß dem Stil entsprechend kunstvolle Bronzegitter, reichhaltige Skulpturen aus Bronze sowie meisterhafte Steinmetzarbeiten. Passend dazu war dann auch das Glockenspiel in Bronze gewählt worden. Der angeblich übertriebene Prunk am Rathaus bot den Nationalsozialisten die Möglichkeit, den damaligen Oberbürgermeister Dr. Otto Ruer (1879–1933), der jüdischer Abstammung war, anzugreifen und in den Selbstmord zu treiben.

Wie eine Kapelle stand und steht seit 1951 wieder der Ratssaal mit seinem Glockenturm als zentraler Ort der Demokratie im geschützten Innenhof. Er wurde im Zweiten Weltkrieg nahezu vollständig zerstört. Vom ursprünglichen Glockenspiel blieb einzig die hier ausgestellte Glocke erhalten. Mit dem Bochumer Wappen und der Inschrift „Mich goss A.D. 1930 Heinrich Kurtz aus Stuttgart" (A.D. = Anno Domini = im Jahr des Herrn) ist die Herkunft des Stückes eindeutig belegt.

Mit dem Wiederaufbau schlug dann im Rathaus endlich auch die Stunde des „Bochumer Vereins". Nun goss man die Glocken in dem 1851 in Bochum von Jacob Mayer erfundenen Verfahren aus Stahl. Das neue Glockenspiel wurde in Art und Umfang an den zerstörten Glocken ausgerichtet. Die hier ausgestellte Glocke von 1930 wurde dem „Bochumer Verein" wohl als Vorbild für den neuen Guss zur Verfügung gestellt. Von dort gelangte sie jedenfalls in die städtische Sammlung. Das neue Glockenspiel wurde der Stadt Bochum allerdings verkauft und nicht, wie viele glauben, geschenkt – vielleicht eine kleine Vergeltung für die unhöfliche Materialwahl von 1931.

Jacob Mayer entdeckte und entwickelte bis 1851 ein sehr hitzebeständiges Material „für einen Formkasten zum Gießen von Gegenständen aus Gussstahl", wie sein Patent lautete. Die Formen mussten die ungeheure Temperatur des flüssigen Stahls von 1.500 Grad Celsius aushalten können. Bronze ist bereits bei 1.000 Grad Celsius gießfähig.

Bochumer Glocken fanden in der Folge in der Region und weltweit Verbreitung wegen ihres guten Klanges und ihres im Vergleich zur bronzenen Konkurrenz geringen Preises. Als älteste erhaltene Bochumer Glocken gelten ein Exemplar von 1854 bei der Firma KruppThyssen und eine Glocke von 1853 im Deutschen Werkzeugmuseum in Remscheid. Im Bochumer Straßenbild kann man unter anderem vor dem Rathaus die große Glocke von 1867, an der Ecke Essener Straße/Stahlhauser Straße ein blau-weißes Glockenspiel und an der Zufahrt von der Essener Straße zum KruppThyssen-Werk ein Gestell mit zahlreichen Glocken entdecken.

100 Jahre nach der bahnbrechenden Erfindung des Stahlformgusses erklang zu Weihnachten 1951 vom Bochumer Rathaus über den Nordwestdeutschen Rundfunk das erste Gussstahl-Glockenspiel der Welt übers Land.

Das Bochumer Glockenspiel reiht sich damit ein in die prominenten Glocken aus Bochum: Zu den weniger rühmenswerten gehört die zerstörte Berliner Olympiaglocke von 1936. Den Friedenswillen der Nachkriegszeit verkünden bis heute die Rathausglocke in Berlin, diejenige der Paulskirche in Frankfurt und der Weltfriedenskirche in Hiroshima.

Das Bronzeläutwerk von 1931 im Jahr 1951 besser und in Gussstahl neu zu schaffen, war für den „Bochumer Verein" reine Formsache.

HANS H. HANKE

SIEBEN

UND

NEUNZIG

SACHEN

# BÜGELEISEN (BOLZEN- ODER KASTENEISEN)

56

Deutschland; Ende 19. Jh.
Messingguss, Holz, gedrechselt; H 17,5 cm, L 20,5 cm, B 9,8 cm
Zugang Heimatmuseum, 1928

Das Bedürfnis, Stoffe zu glätten oder ihnen eine bestimmte Form zu geben, hat eine Vielzahl von Verfahren und Bügelgeräten hervorgebracht. Während in China bereits vor zwei Jahrtausenden mit Kohle gefüllte bronzene Pfanneneisen über die gespannten Seidenstoffe geführt wurden, ist in Europa die Verwendung von Glättknochen und Glättsteinen seit dem frühen Mittelalter durch Ausgrabungen nachgewiesen. Andere Hilfsmittel waren Wäschepressen und aus einem flachen Holzbrett und einer hölzernen Rolle bestehende Handmangeln. Als Beispiele für die zahlreichen Spezialeisen, die benötigt wurden, um die Kleidung der jeweiligen Mode entsprechend in Form zu bringen, seien hier nur die Rüschen- oder Tolleisen für die besonders im 16. Jahrhundert beliebten Halskrausen, die Kappeneisen zum Bügeln der Hauben sowie die Perücken- und Hutmacher-Bügeleisen erwähnt.

Schon die Formenvielfalt des ‚normalen' Bügeleisens ist beeindruckend. Dies gilt zum einen für die seit dem 17. Jahrhundert entwickelten Methoden zur Beheizung des Haushaltsgeräts, zum anderen für die Gestaltung, mit denen die Hersteller ihren Produkten Individualität verliehen. Neben schlichten, rein funktionalen Geräten wurden für die Haushalte der gehobenen Stände mit reichhaltigem Dekor versehene Eisen gefertigt. Die Möglichkeiten, ein Bügeleisen auf die erforderliche Temperatur zu erwärmen, reichen von dem Erhitzen eines massiven Eisens auf der Herdplatte, dem Einsetzen eines im Feuer erwärmten Bolzens oder dem Einfüllen von glühender Kohle bis zur Verwendung von Spiritus, Gas und Elektrizität.

Bei dem ausgestellten Objekt aus Messing handelt es sich um den Typus des Bolzen- oder Kasteneisens, der vom 17. bis zum beginnenden 20. Jahrhundert verbreitet war. Als Wärmequelle diente ein heißer Bolzen aus Eisen oder Stahl, der den Hohlraum des Gehäuses möglichst gut ausfüllen sollte, damit er beim Bügeln nicht hin- und herrutschte. Um kontinuierlich bügeln zu können, musste man „mehrere Eisen im Feuer haben". Da die Bolzen durch das wiederholte Erhitzen einem schnellen Verschleiß unterlagen, ist es nicht ungewöhnlich, dass sie bei diesem Modell nicht erhalten sind. Neben den Kosten, die der Erwerb neuer Bolzen verursachte, war ein weiterer Nachteil dieses Bügeleisentyps, dass das Einsetzen des glühenden Bolzens umständlich und nicht ganz ungefährlich war. Zudem gab es keine Möglichkeit, die Temperatur über eine längere Zeitspanne konstant zu halten. Dieses Problem bestand jedoch auch bei anderen Bügelgeräten. Die Temperaturregelung stellte noch bei den ersten elektrischen Bügeleisen ein Problem dar; erst der sogenannte Birkaregler, der 1925 erfunden wurde und die Geräte automatisch abschaltete, verhinderte, dass sich die Elektroeisen im Leerlauf immer weiter aufheizten.

Verschlossen wird das flache, unverzierte Gehäuse des Ausstellungsstücks durch einen durchbrochenen Schieber in Form einer Henkelvase, der in einer Führung verläuft. Die Stützen für den schlichten gedrechselten Holzgriff bestehen im unteren Teil aus zwei Delfinen. Delfine gehörten zu den beliebtesten Motiven für die Gestaltung der Griffstützen, aber auch andere Tierkörper oder balusterförmige Halterungen finden sich häufig. Ungewöhnlich ist, dass der Griff nicht direkt an den Delfinschwänzen befestigt ist, sondern sich hierüber noch ein kleiner Aufbau erhebt, der das Objekt im Vergleich mit anderen Bügeleisen dieses Typs etwas sperrig aussehen lässt. Das insgesamt recht sachlich wirkende Exemplar, das keine Herstellermarke aufweist, lässt eine Entstehungszeit im späten 19. Jahrhundert vermuten.

BEATE OLMER

SIEBEN

UND

NEUNZIG

SACHEN

# OFENPLATTE MIT DER BELAGERUNG VON BETHULIA

57

wahrscheinlich nach Philipp Soldan; Ende 16. Jh.
Eisenguss; H 59,9 cm, B 109,7 cm, T 2,3 cm
Zugang Heimatmuseum, 1912

Die nordeuropäischen, mit Reliefbildern geschmückten Ofen- und Kaminplatten sind nicht nur kulturgeschichtlich interessante Objekte, sondern spiegeln auch die technische Entwicklung der Roheisengewinnung und des Eisengusses der frühen Neuzeit wider. Die Eisenplatten wurden in waldreichen Gegenden wie dem Siegerland, der Eifel und dem hessischen Waldeck, wo sich im 16. Jahrhundert die Produktionszentren befanden, im offenen Herdgussverfahren hergestellt. Hierzu wurden Holzmodel von Formschneidern aus Birnbaum- oder Eichenholz geschnitten, mit dem Relief nach unten in ein ebenes Lehm- oder Sandbett gepresst, das die eigentliche Gussform bildete und in das man anschließend die Schmelzmasse leitete. Mit zunehmender Plattengröße war höchste Sorgfalt gefordert, die etwa einen Zentimeter starken Platten gleichmäßig zu gießen, ohne dass sie sprangen. Da die Model teilweise in verschiedenen Gießerhütten kursierten, finden sich zuweilen in unterschiedlichen Gegenden Abgüsse derselben Formen.

Bis zum Beginn des 16. Jahrhunderts waren Öfen selbst auf Adelssitzen noch eine Seltenheit. Geheizt wurde üblicherweise im offenen, oft einzigen, Kamin, der gleichzeitig die Kochstelle des Hauses war. Die frühesten, zunächst kaum verzierten Eisenplatten (Takenplatten aus dem 15. Jahrhundert) wurden hinter dem Kamin in die Wand eingemauert und dienten dazu, auch den dahinter liegenden Raum mitzuheizen. Von diesen Kaminplatten sind die Ofenplatten zu unterscheiden, die seit der Renaissance zu frei stehenden Eisenöfen zusammengesetzt wurden und meist qualitätvolle, nach Kupferstichen gefertigte Darstellungen aus dem biblischen und mythologischen Themenkreis tragen.

Die hier gezeigte Platte weist sich durch ihre Kombination mit einer allegorischen Frauenfigur – einer Vanitas mit Stundenglas und Totenkopf – als Teil eines größeren Zusammenhangs eines solchen Renaissanceofens aus. Es sind sogar zwei komplette Öfen auf der Burg Altena und aus dem Rathaus von Grebenstein (jetzt im Marburger Stadtmuseum) erhalten, die jeweils eine fast identische Platte aus dem 16. Jahrhundert zeigen. Es handelt sich um die biblische Geschichte der von den Assyrern belagerten Stadt Bethulia, die von der Hebräerin Judith gerettet wurde, indem sie sich in das feindliche Lager einschlich und den von ihrer Schönheit verblendeten Befehlshaber Holofernes im Schlaf enthauptete. Im Hintergrund der Eisenplatte erscheinen die prächtigen Häuser von Bethulia mit den eingeschlossenen Israeliten; der rechte Vordergrund wird von dicht an dicht aufgestellten und auf die belagerte Stadt gerichteten Kanonen sowie Munitionsvorräten eingenommen. Im Vordergrund links vor einem Zelt der Belagerer ist Judith zu sehen, die den abgeschlagenen Kopf des Holofernes in einen von ihrer Dienerin aufgehaltenen Sack legt.

Die Komposition, die mehrere Kapitel der Judithgeschichte in sich vereinigt, geht auf einen Kupferstich des niederrheinischen Künstlers Israhel van Meckenem aus dem späten 15. Jahrhundert zurück. Die Vorlage wurde zuerst von dem hessischen Stein- und Holzbildhauer Philipp Soldan, der kunstvoll geschnitzte Holzmodel an hessische Eisenhütten für überreich mit Bildern geschmückte Renaissanceöfen lieferte, in leicht abgeänderter Komposition für eine Ofenplatte verwendet. Später wurde sie von seinem Schüler Heinrich Bunsen aufgegriffen und durch eine andere graphische Vorlage, einen Holzschnitt Jost Ammans aus der Frankfurter Bibel von 1564, nochmals variiert. Die Bochumer Platte weist noch das ältere Standmotiv der Judith auf, dürfte also ein Guss von einem Nachschnitt nach Soldan sein.

REINHILD STEPHAN-MAASER

SIEBEN

UND

NEUNZIG

SACHEN

# BÜGELSCHERE

58

3./4. Jh. n. Chr.
Fundort: Bochum-Kirchharpen, „Auf dem großen Felde"; Ausgrabung K. Brandt, 1961
Eisen, stark korrodiert; L 7,7 cm, B 4,5 cm, H 1,5 cm
Zugang Städtische Kunstgalerie, o. J.

Beim Ausbau der B 1 (heute A 40) wurden 1961 zwischen dem Ruhrpark-Center und der Wäscherei BOCO Reste einer germanischen Siedlung der späten römischen Kaiserzeit zerstört. Auf Initiative und unter Leitung des Heimatpflegers Karl Brandt fanden im Baustellenareal mehrere kleine Rettungsgrabungen statt, in denen ein Randbereich der Siedlung mit vornehmlich handwerklichen Einrichtungen dokumentiert werden konnte. Die Wohnbereiche waren zuvor offensichtlich durch die großflächigen Bauarbeiten weitgehend zerstört worden.

Die stark korrodierte und fragmentierte Bügelschere von noch 7,7 cm Länge und 4,5 cm Breite fand sich in Grube 21 zusammen mit einer Wurfaxt und einer Speerspitze sowie weiteren Eisenteilen. Die sehr zierliche Schere dürfte ursprünglich im Bereich der Körperpflege verwendet worden sein, wohl zum Formschnitt des Bartes oder der Frisur. Von den Schneiden ist jedoch jeweils nur etwa ein Drittel erhalten, sodass die Schere kaum noch zu verwenden war. Es handelt sich dabei nicht um Korrosionsverluste aufgrund der Lagerung im Boden, sondern das Stück gelangte bereits in diesem Zustand in die Grube. Ebenso wie bei einigen weiteren Eisenfragmenten liegt hier reparaturbedürftiges Material bzw. Schrott zur weiteren Verwertung vor. Das Recycling von Altmetall und die Umformung von Eisengegenständen für neue Verwendungszwecke spielte bei den Germanen eine sehr große Rolle, da die Gewinnung des Eisens im Rennfeuerverfahren sehr aufwendig und wenig effektiv war.

Die Grube 21 enthielt zwei Schmiedeessen, die zusammen mit den von Brandt entdeckten Schlacken auf den intensiven längeren Betrieb einer Schmiede hinweisen – die bisher älteste auf Bochumer Boden. Reststücke von Buntmetall in der unmittelbaren Umgebung weisen darauf hin, dass hier keineswegs nur Eisen verarbeitet wurde.

Als erstaunlich ist die große Zahl römischer Importgefäße zu bezeichnen, die offensichtlich im Zusammenhang mit der Schmiede stehen. Es handelt sich zwar vorwiegend um Gebrauchskeramik der Zeit nach 300, einzelne Stücke sind aber durchaus dem gehobenen Tafelgeschirr zuzuordnen. Eine Erklärung als Beutegut, wie sie sonst gern bei spätantiken römischen Bronzen in Erwägung gezogen wird, kommt hier kaum in Betracht. Vielmehr legt der Umfang der römischen Keramik den Verdacht nahe, dass man es in Bochum-Harpen – ähnlich wie in Kamen-Westick – mit einer der wenigen bedeutenden Stationen am spätantiken Hellweg zu tun hat. Wir kennen dabei nur die Seite des Imports nach Westfalen, der Export bestand möglicherweise aus archäologisch weniger gut dokumentierten Dingen wie Lebensmitteln, Leder oder auch Sklaven. Der umfangreiche Güteraustausch mit dem römischen Rheinland hat offensichtlich unbeschadet aller politischen und militärischen Verwicklungen bis in die Zeit um 400 angehalten. Dies kann nach Ausweis der Funde auch als Enddatum der germanischen Siedlung von Bochum-Harpen angenommen werden.

WOLFGANG EBEL-ZEPEZAUER

SIEBEN

UND

NEUNZIG

SACHEN

# TRAININGS-FAHRRAD VON WALTER LOHMANN

59

Fa. Bismarck, Radevormwald; um 1946; Umbau 1959/60 (Lenker, Sattel, Schutzblech)
Stahl, Gummi, Leder, Kunststoff; H 94,7 cm, B 47,7 cm, L 171,3 cm
Zugang Stadtarchiv, 2005

Ist es das Sportgerät eines Weltmeisters? Seine Siege auf der Radrennbahn fuhr Walter Lohmann mit Rädern ein, die speziell auf ihn ‚zugeschnitten' waren. Sein Freund Alfred Salomon erzählt, dass sie als Einzelanfertigungen bei Köthke in Köln gebaut wurden. Das um 1946 hergestellte und 1959/60 umgebaute Straßenrad von Bismarck stammt aus Lohmanns Besitz. Es diente ihm vermutlich als Trainingsrad, denn auch zwischen den Rennen musste der Profi seine Form halten. Seine Geschäftsbeziehungen zu den Bismarck Werken, die in Radevormwald-Bergerhof Fahrräder und Krafträder produzierten, entstanden nach dem Zweiten Weltkrieg (vorher fuhr er für Dürkopp). Die Plakette am Steuerkopf des Exponats (1896/1946) verweist stolz auf das 50-jährige Jubiläum der Firma Bismarck. Elf Jahre später stellte sie die Produktion ein.

1928, als 17-Jähriger, trat Walter Lohmann dem Radsportverein „Sturmvogel 04 Bochum" bei. Er fuhr zunächst Straßenrennen und war dabei so erfolgreich, dass der Bund Deutscher Radfahrer ihn 1932 zur Weltmeisterschaft der Amateure nach Rom entsandte. Hier konnten die italienischen Fahrer den technischen Vorteil nutzen, die die soeben in Italien erfundene Renn-Kettenschaltung (Vittoria-Margherita) ihnen bot. Lohmann hatte keine Chance und landete trotzdem einen spektakulären Erfolg: Er wurde Sechster hinter fünf Italienern. Im selben Jahr löste er die Profilizenz, konzentrierte sich jetzt auf die Bahn und fuhr Sechstagerennen, bis diese 1934 von den Nationalsozialisten als „amerikanisch-jüdisches Spektakel" verboten wurden. Amerika hätte ein Ausweg sein können, brachte Walter Lohmann aber kein Glück. Bei seinem ersten Start im Madison Square Garden in Manhattan im Dezember 1934 stürzte er vom Rad und brach sich das Schlüsselbein. Während zum Beispiel der Dortmunder „Sechstagekaiser" Gustav Kilian und sein Partner Heinz Vopel in den USA blieben, kehrte Lohmann nach Bochum zurück. Von hier aus startete er seine große Karriere als Steher. 1937 wurde er in Kopenhagen Weltmeister in dieser Disziplin und zwischen 1938 und 1952 zehnmal Deutscher Meister. Während seiner gesamten Laufbahn gewann Walter Lohmann mehr als 600 Rennen. 1956 beendete er seine Laufbahn im Alter von 45 Jahren. Er war fast 30 Jahre lang auf höchstem Niveau Radrennen gefahren. Für Lohmann-Fans gilt, dass er der bedeutendste Sportler war, den Bochum je hatte. Aufgrund eines schweren Skiunfalls, der ihn an den Rollstuhl fesselte, konnte er seinen Lebensabend nicht genießen. Er starb 1993.

Seine größten Erfolge errang Walter Lohmann während der NS-Zeit. Er begegnete der drohenden Vereinnahmung, indem er sich unpolitisch gab und begründete so auch seine Weigerung, der NSDAP beizutreten. Lohmann war gut bekannt mit Albert (Teddy) Richter, dem Kölner Radprofi, der die Aufrechterhaltung seiner Beziehung zu seinem jüdischen Trainer Ernst Berliner und seinen Protest gegen das Regime mit dem Leben bezahlte. Lohmann wusste, was Richter riskierte. Auch er hielt den Kontakt zu jüdischen Bekannten, wenn auch im Verborgenen. Dazu gehörte, dass er seinen jüdischen Leibschneider Walter Kaminski weiter für sich arbeiten ließ. Ihr Mann sei eben eitel gewesen, erzählte Irma Lohmann, und kein anderer habe so gut geschneidert wie Kaminski. Außerdem gab es da noch einen Koffer voller Stoffe. Lohmann hatte ihn 1934 aus den USA mitgebracht. Er übergab die Stoffe Kaminski, der „schicke Anzüge" daraus nähen sollte.

Alfred Salomon kannte Lohmann aus der Radsportszene. Auch er war Radsportler, fuhr aber für den anderen Bochumer Radsportverein, den „RV Westfalia 1895". Trotz des „Arierparagraphen" von 1933 konnte Salomon, gedeckt von seinen Sportkameraden und unter falschem Namen, noch bis 1935 bei Rennen starten. Nach der Pogromnacht 1938 tauchte er in Berlin unter. Von hier aus wurde er 1943 in das Konzentrations- und Vernichtungslager Auschwitz deportiert. Er überlebte als Sklavenarbeiter im Buna-Werk der IG Farben in Auschwitz-Monowitz. Alfred Salomon ist davon überzeugt, dass die gute körperliche Form, die er als ehemaliger Radsportler hatte aufbauen können, ihm durchzuhalten half. Er überstand auch den von der SS kurz vor der Befreiung von Auschwitz befohlenen „Todesmarsch" der Häftlinge. Mitte 1945 kam er nach Bochum zurück. Die Ermutigung Walter Lohmanns war wichtig für seinen Entschluss, den Wiederaufbau der im Krieg zerstörten Bochumer Radrennbahn in Angriff zu nehmen. Bei den von Salomon organisierten Radrennen startete auch Lohmann häufig. Als Salomons Sohn Axel 1959/60 auf das Goethe-Gymnasium wechselte, brauchte er ein Fahrrad für den Schulweg. Alfred Salomon wusste, wen er fragen musste: Erich Köster, Lohmanns früheren Mechaniker und Masseur. Als Teil seiner Gage hatte Köster immer die von Lohmann ausrangierten Räder bekommen, sie umgebaut und verkauft. Tatsächlich hatte er noch ein Bismarck-Fahrrad, das früher Walter Lohmann gehört hatte und überließ es den Salomons. Es präsentiert sich nun in der Form, in der der Schüler Axel Salomon es nutzte: mit anderem Lenker, weichem Sattel und Schutzblech.

INGRID WÖLK

SIEBEN

UND

NEUNZIG

SACHEN

# D R U C K

# SACHEN

# „ATLAS VON HUNDERT CARTEN"

60

„Atlas mapparum geographicarium generalium & specialium centum foliis"
Homann Erben, Nürnberg; um 1790, mit älteren Karten
Ledereinband, Papier, Druck, koloriert; H 53,5 cm, B 34,5 cm, Dicke 8 cm
Zugang Heimatmuseum, 1925

Die frühesten Landkartendrucke wurden im 15. Jahrhundert als Holzschnitte im Hochdruckverfahren hergestellt. Für einen Papierabzug von der eingefärbten Holzplatte genügte eine einfache Presse. Dagegen benötigte man für den Abzug eines in Metall gravierten Kupferstiches eine Tiefdruckpresse, bei der das Papier mit großem Druck auf die Metallplatte gepresst wurde. Für die Kartenproduktion, bei der es wesentlich auf Detailgenauigkeit ankommt, wurde der großformatige Stich bereits im 16. Jahrhundert maßgeblich.

Johann Baptist Homann (1663–1725) war der erste deutsche Kartograph, der nach Gerhard Mercator wieder vollständige Atlanten herausgab. Durch ihn erlebte die deutsche Kartenpublikation im frühen 18. Jahrhundert einen deutlichen Aufschwung. Der wirtschaftliche Erfolg seines Verlags, der nach seinem Tode von seinen Erben in Nürnberg bis 1813 fortgeführt wurde, beruhte auf einer effizienten Organisation: Durch das systematische Nachstechen holländischer und französischer Karten, die bis dahin den Markt beherrscht hatten, sowie durch Eigenproduktionen sammelte sich ein großer Bestand von Druckplatten an, der es dem Verlag erlaubte, seine Erzeugnisse preiswerter anzubieten als die ausländischen Konkurrenten. Alle Karten sind genordet und wurden in demselben Format gestochen, um in variablen Kombinationen zusammengebunden werden zu können.

Der Bochumer Atlas wurde – trotz seines um 1762 datierten Titelkupfers – nach der Entstehungszeit der letzten Karte erst nach 1789 zusammengestellt. Er enthält jedoch in der Mehrzahl sehr viel ältere, meist in den 1730er Jahren entstandene Karten. Sein Aufbau folgt, nach einem Textteil von 38 Seiten, einem schlüssigen, vom Makro- zum Mikrokosmos fortschreitenden Prinzip. Auf zwei Himmels- bzw. Planetenkarten folgen eine Welt- und eine Europakarte; sodann beginnt der Hauptteil mit zahlreichen Länderkarten, denen teilweise – so bei Frankreich, Deutschland, Italien und den Niederlanden – detaillierte Provinzkarten mit der Darstellung von befestigten Städten und Straßen beigegeben sind. Die letzten zwanzig, diese Systematik durchbrechenden Karten stellen einige außereuropäische Kontinente bzw. Länder vor; hinten finden sich noch drei Tabellen.

Alle Karten sind sorgfältig handkoloriert. Unter den besonders ausgeschmückten befindet sich als Nummer 79 die aufgeschlagene Karte „Ingermanland seu Ingriae novissima Tabula", die das nach der schwedischen Königstochter Ingegärd benannte Gebiet um St. Petersburg (Ingrien) sowie die Hauptstadt des Zarenreiches selbst darstellt. Sie wurde, wie die Erläuterung oben rechts angibt, nach dem russischen Geodäten Alexio (Aleksej Ivanovic) Rostovcev gestochen und enthält neben der Titelkartusche mit Meergöttern und Nereiden eine große Hafenansicht der Festung St. Petersburg mit zahlreichen Kriegsschiffen.

Zur angegebenen Entstehungszeit, 1734, bestand St. Petersburg gerade einmal dreißig Jahre. Der Grundriss lässt die Planmäßigkeit erkennen, mit der Peter der Große seit 1703 durch den rücksichtslosen Einsatz von über 40.000 Leibeigenen die Stadt im Sumpfland erbauen ließ. Bereits 1714 standen 50.000 Häuser, die unter anderem von aus Moskau zwangsumgesiedelten Adligen bewohnt wurden. Unter den Bewohnern befand sich auch der gebürtige Bochumer Heinrich Ostermann, Sohn des Pfarrers Ostermann an der Pauluskirche, der wegen eines Totschlags als Student in Jena nach Russland flüchtete und, seit 1705 in St. Petersburg nachweisbar und 1721 mit dem Grafentitel versehen, eine steile Karriere als Vertrauter, Erzieher und Diplomat am Zarenhof durchlief. Zur Entstehungszeit der Karte war er als Premierminister Russlands auf dem Höhepunkt seiner Macht.

REINHILD STEPHAN-MAASER

SIEBEN

UND

NEUNZIG

SACHEN

# DUSCHE AUS DEM BOCHUMER STADTBAD

61

Deutschland; 1952/53
Stahl; H 225,2 cm, B 84,5 cm, T 89,3 cm
Zugang Stadtarchiv, 1998

Die Dusche, wie sie heute als Element der täglichen Körperhygiene selbstverständlich ist, bedarf des Anschlusses an eine Warmwasserleitung. Ein ausreichender Wasserdruck sorgt dafür, dass die Kraft des aus den Düsen austretenden Wassers bis zur Stärke eines harten Massagestrahls reguliert werden kann.

Geduscht wurde allerdings auch schon vor der Einführung der modernen zentralen Wasserversorgung. Schon in der Antike war diese Form der Körperreinigung bekannt und zu Beginn des 16. Jahrhunderts kamen in deutschen Mineralbädern medizinische Duschanwendungen zum Einsatz.

Im 19. Jahrhundert waren Duschvorrichtungen auch in bürgerlichen Haushalten zu finden. Aufgrund des fehlenden Wasseranschlusses handelte es sich um transportable Modelle, die in ihrer einfachsten Form aus einem eimerartigen Behälter bestanden, der mit Wasser gefüllt an die Decke gezogen und mit einer Zugvorrichtung geöffnet wurde. Eine aufwendigere Variante, die in Meißners „Abhandlung über die Bäder" von 1832 abgebildet ist, verfügte über die Kombination von Kopfbrause und halbkreisförmig angeordneten Sprühringen, wie sie auch der Dusche aus dem Bochumer Stadtbad eigen ist. Siegfried Giedion zitiert die zugehörige Beschreibung: „Bei dieser zusammenlegbaren deutschen ‚Regenbrause' fällt das in einem kleinen Tank unter Druck stehende Wasser nicht nur von oben herunter, sondern spritzt auch aus feingelöcherten, waagerechten Rohren." Der Übergang zur fest installierten Dusche vollzog sich gegen Ende des Jahrhunderts. Hierzu trugen in erster Linie die Einführung und Verbreitung der öffentlichen Wasserversorgung bei. Eine weitere wichtige Voraussetzung war das Aufkommen von Gasbadeöfen, durch die der Duschvorgang wesentlich komfortabler wurde. Dem ausgestellten Objekt vergleichbare Kapellenbrausen, aus denen das Wasser wahlweise von der Seite, von oben und teilweise – als das Bidet vorwegnehmende Unterleibsbrause – auch von unten auf den Körper traf, waren um die Jahrhundertwende die bevorzugte Form der Dusche in wohlhabenden Kreisen.

Die Hygienebewegung, die den Zusammenhang zwischen Reinlichkeit und (körperlicher und moralischer) Gesundheit betonte, hatte seit der Mitte des 19. Jahrhunderts an Einfluss gewonnen. Da die Mehrheit der Bevölkerung keine private Bademöglichkeit hatte, richteten die Kommunen öffentliche Reinigungsbäder ein, in denen ein Wannenbad genommen werden konnte. Der Berliner Mediziner Oskar Lassar hielt eine effektivere und preiswertere Badeform vonnöten, um möglichst viele Personen zu erreichen. 1883 stellte der Dermatologe auf der Hygiene-Ausstellung in Berlin eine mit Duschen ausgestattete Volksbadeanstalt vor. Als Vorbild dienten entsprechende Einrichtungen der preußischen Armee, die seit den 1850er Jahren mit einfachen Mannschaftsbrausen experimentierte. 1879 wurde in Berlin das erste reguläre Kasernenbrausebad in Betrieb genommen und noch im gleichen Jahr die Verpflichtung festgeschrieben, solche Anlagen bei Kasernenneubauten einzuplanen. Duschen wurden in der Folgezeit auch in Schulen, Gefängnissen sowie auf Zechen eingeführt.

Auch im 1953 fertig gestellten Stadtbad in Bochum konnten Wannen- und Duschbäder genommen werden. Die Abteilung war bewusst klein gehalten, da Reinigungsbäder an möglichst vielen Stellen im Stadtgebiet angeboten werden sollten. Bei der aus dem 1998 abgerissenen Bad stammenden Dusche, deren Duschkopf und Ventilknöpfe fehlen, konnte die Wasserzufuhr der verschiedenen Austrittsstellen individuell reguliert werden. Da die Kopfbrause ebenso wie jeder der mit 76 Löchern versehenen vier Ringe zu- oder aufgedreht werden konnte, veränderte sich je nach Einstellung auch der Druck, mit dem das Wasser aus den geöffneten Düsen auf den Körper traf.

BEATE OLMER

SIEBEN

UND

NEUNZIG

SACHEN

# KLOTZMAUSEFALLE

62

Deutschland; 19. Jh.
Holz, Eisen, Leder, Hanf; H 23,5 cm, B 16,8 cm, T 19 cm
Zugang Städtische Kunstgalerie, 1967

Die zu den Schwerkraftfallen gehörende Klotzfalle aus der Bochumer Sammlung tötet die Maus durch den Druck, die der herabfallende Holzklotz auf den Körper des Nagers ausübt. Die an der Oberseite des Klotzes befestigte und an ein kleines Hölzchen gebundene Schnur wird über den waagerechten Griff der Falle geführt und das Stäbchen in eine Kerbe des Klotzes und eine weitere Einkerbung in dem schmalen, aus der Falle herausstehenden Holzstück geklemmt. Bei genau bemessener Länge der Schnur wird so das untere bewegliche Holzstück, das am gegenüberliegenden Ende an eine kleine Lederlasche genagelt ist, angehoben. Läuft nun die Maus, um den im Inneren angebrachten Köder zu erreichen, auf diesen Steg und drückt ihn hinunter, genügt dies, um das unter Spannung stehende Stützhölzchen aus der Halterung springen und den Klotz herunterfallen zu lassen.

Mausefallen dieses Typs sind in Europa seit dem Mittelalter belegt. So findet sich die Darstellung einer solchen Klotzfalle auf dem von Robert Campin in der ersten Hälfte des 15. Jahrhunderts geschaffenen Mérode-Altar, der heute zum Bestand des Metropolitan Museums of Art in New York gehört. Der rechte Flügel des Altarbildes zeigt den heiligen Josef in seiner Werkstatt als Mausefallenhersteller. Im Hintergrund ist auf dem nach außen geklappten Fensterladen eine Klotzfalle zu erkennen, auf dem Tisch steht eine weitere Fallenvariante. Es ist durchaus kein Zufall, dass Jesu Nährvater hier als Produzent von Gegenständen zur Mäusebekämpfung erscheint: Schließlich galt die Maus im Hoch- und Spätmittelalter aufgrund ihrer zerstörenden Wirkung als dämonisches Wesen und Begleitfigur von Teufeln und Häretikern.

Die Schäden, die Mäuse anrichten können, sind enorm. Dies liegt zum einen an ihrer Gefräßigkeit, zum anderen an ihrer rasanten Vermehrung. Eine Hausmaus kann vier- bis achtmal pro Jahr zwischen vier und neun Junge werfen, die ihrerseits bereits nach sechs bis sieben Wochen geschlechtsreif sind, sodass sich die gesamte Nachkommenschaft eines einzelnen Paares auf eine vierstellige Zahl in einem Jahr summiert. Allerdings gehören aus dieser Fruchtbarkeit resultierende Mäuseplagen, die zur Vernichtung von Ernten und Nahrungsmittelreserven führen, in Europa der Vergangenheit an: Die moderne Bewirtschaftungsform der Landwirtschaft zerstört die Baue und Nester der Feldmäuse, und auch in Kellern finden Mäuse aufgrund der stark eingeschränkten Vorratshaltung und der verbesserten Verpackungen nur noch selten Nahrung. Weltweit gilt diese Feststellung jedoch keineswegs: Der Verbrauch von Mäuse- und Rattengiften steigt.

Die Methoden, die der Mensch – abgesehen vom Einsatz von Giften – seit der Antike angewendet hat, um die Schäden durch Mäusefraß zu begrenzen, sind vielfältig. Die Phönizier betrieben einen lukrativen Handel mit Katzen, die in den Vorratskammern römischer Villen eingesetzt wurden. Ein zeit- und personalaufwendiges Verfahren war das Totschlagen der aus ihren Löchern gescheuchten Tiere auf brachliegenden Feldern durch Hacken, Schaufeln und andere Geräte. Fallen wurden nicht nur im Bereich von Haus und Scheune, sondern auch auf landwirtschaftlichen Nutzflächen aufgestellt. Hierfür gab es bis ins 20. Jahrhundert hinein professionelle Mäusefänger (Mauser). Bis heute sind mehr als 6.000 Patente für Tot- und Lebendfallen vergeben worden. Die mit 800 Millionen Stück pro Jahr absatzstärkste Fallenform, die Schlagbügelfalle, geht auf ein Patent aus dem Jahr 1894 zurück. Nachdem lange Zeit Holz das vorherrschende Material war, hat sich seit der Mitte des 19. Jahrhunderts die Drahtfalle durchgesetzt. In dem Eifelort Neroth entwickelte sich die Drahtfallenproduktion sogar zu einem Hauptgewerbe.

BEATE OLMER

SIEBEN

UND

NEUNZIG

SACHEN

# KARTEN-KONTROLLAPPARAT

63

Württembergische Uhrenfabrik Bürk & Söhne, Schwenningen; 1. Viertel 20. Jh.
Holz, Glas, Messing, Eisen; H 131 cm, B 43 cm, T 35 cm
Zugang Stadtarchiv, ca. 1984

Die Stech- oder Stempeluhr – so die landläufige Bezeichnung für Arbeitszeit-Kontrollapparate – gilt neben dem Fließband als das Symbol der industriellen Arbeitswelt, insbesondere der Fabrikarbeit. Mit der Herausbildung von Großbetrieben mit mehreren hundert oder gar tausend Beschäftigten stieß die Kontrolle von Anwesenheitszeiten am Arbeitsplatz durch einen Meister oder Vorgesetzten an ihre Grenzen. Um die Abläufe der stark arbeitsteiligen Industrieproduktion synchronisieren zu können, waren zudem neue Tugenden gefordert, zu denen neben Ordnung und Fleiß Disziplin und Pünktlichkeit gehörten. Dem durch den Takt der Maschinen vorgegebenen Rhythmus der Fabrik hatte sich der Mensch anzupassen. (Zeit-)Druck am Arbeitsplatz erzeugten nicht nur Akkordsysteme, sondern auch die minutengenaue Registrierung von Arbeitsbeginn und -ende sowie Pausenzeiten. Abweichungen von den vorgeschriebenen Regelungen wurden von der Buchhaltung mit Lohnabzug bestraft.

In Deutschland war die Entwicklung von Arbeitszeit-Kontrollapparaten vor allem mit dem Namen Bürk verbunden. Johannes Bürk gründete 1855 die Württembergische Uhrenfabrik in Schwenningen, in der die von ihm erfundene tragbare Wächterkontrolluhr hergestellt wurde. Ihr Träger drehte die an den Kontrollstellen liegenden Schlüssel in der Uhr und erzeugte so Markierungen auf einem Papierstreifen, die Aufschluss über Zeitpunkt und Reihenfolge des Kontrollgangs gaben. Bürks Sohn Richard, der die Firma 1872 übernahm, entdeckte einen anderen zukunftsträchtigen Absatzmarkt für die Kontrolluhrenindustrie: Fabriken. 1879 erhielt er ein erstes Patent für einen „Arbeiter-Kontrollapparat", dem weitere folgten. Sein 1897 patentiertes Modell „Billeteur" druckte die Uhrzeit auf eine Karte und bediente sich damit eines Verfahrens, das erstmals 1894 von Daniel M. Cooper in den USA vorgestellt worden war.

Da die Konkurrenz aus Übersee auch auf den deutschen und europäischen Markt drängte, ging Bürk im Jahr 1900 eine Lizenzvereinbarung mit dem amerikanischen Hersteller Bundy ein. Die in Schwenningen produzierten Kontrollapparate trugen nun bis zum Ablaufen der amerikanischen Patente und dem damit verbundenen Ende des Lizenzabkommens (1924) den Namen Bürk-Bundy. Aus dieser Phase stammt das Exemplar der Ausstellung. Es handelt sich um einen Karten-Kontrollapparat, dessen Funktionsprinzip sich gegenüber anderen, hier nicht näher erläuterten Typen der mechanischen Zeiterfassung (Radial- oder Hebelapparat, Schlüsselapparat, Einschreibeapparat oder Autograph) als besonders vorteilhaft erwies.

Zu jedem Apparat gehörten zwei Kartenbretter (für An- und für Abwesende), in denen die Stempelkarten, die ihren Besitzern eindeutig zuzuordnen waren, steckten. Durch das Herunterdrücken des Hebels wurde auf die zuvor in den Trichter eingeführte Karte die Uhrzeit gedruckt und gleichzeitig die Aufzugsfeder der Uhr gespannt. Eine automatische Höhenverstellung der Karte sowie die Seitenverschiebung des Trichters verhinderten, dass Zeiten übereinander gedruckt wurden. Je nach Ausführung des Apparats konnten so die Arbeitszeiten für eine wöchentliche, zweiwöchentliche oder auch monatliche Lohnabrechnung festgehalten werden. Gleichzeitig konnte der Arbeiter den Aufdruck sofort auf seine Richtigkeit prüfen; die Werbung für den „Bürk-Bundy-Karten-Kontroll-Apparat" betonte daher auch, dass er eine „unbestritten richtige schriftliche Urkunde" herstelle. Eine Annonce, die etwa 1916 erschienen sein muss, zeigt das ausgestellte Modell und verweist darauf, dass die Firma Krupp hiervon fast 600 Stück in Gebrauch habe. Insgesamt hatte die Württembergische Uhrenfabrik Bürk Söhne, die bis 1984 produzierte, bis zum Ende des Jahres 1915 bereits mehr als 40.000 Kontrolleinrichtungen unterschiedlicher Funktionsweise abgesetzt.

BEATE OLMER

SIEBEN

UND

NEUNZIG

SACHEN

# WÄSCHESTAMPFER „HUSCH-HUSCH“

64

Deutschland; ca. 2. Viertel 20. Jh.
Messingblech, Holz; H 96,5 cm, Dm unten 20 cm
Zugang Stadtarchiv, ca. 1990

Es gibt wohl keinen anderen Bereich der Hausarbeit, der sich durch infrastrukturelle und technische Innovationen in den letzten einhundert Jahren so stark gewandelt hat wie das Wäschewaschen. Vollautomatische Waschmaschinen gehören heute zur Ausstattung fast jedes deutschen Haushalts und auch der Absatz von Wäschetrocknern steigt beständig.

Dennoch ist die These, dass sich die für die Wäschepflege aufgewendete Zeit durch die moderne Technik keineswegs in dem Maße verringert hat, wie dies gemeinhin geglaubt wird, nicht ohne Weiteres von der Hand zu weisen. Hierzu tragen vor allem veränderte Reinlichkeitsstandards bei: Das tägliche Wechseln der Unterwäsche sowie vieler Oberbekleidungsartikel ist die Regel, Handtücher und Bettwäsche werden häufig ersetzt, Teile mit kleinen Flecken nicht nur aus-, sondern komplett gewaschen etc. Auch wenn der eigentliche Waschvorgang ‚nebenbei' passiert, muss die Wäsche sortiert, die Maschine gefüllt und geleert und die Wäsche getrocknet, häufig auch gebügelt, dann gefaltet und weggelegt werden.

Völlig außer Frage aber steht, dass die körperliche Belastung beim Waschen früher um ein Vielfaches höher war als heute. Einer Ende der 1960er Jahre veröffentlichten Untersuchung des Max-Planck-Instituts für Arbeitsphysiologie zufolge verbrauchte eine mit der Hand waschende Hausfrau ebenso viele Kalorien wie ein Untertagearbeiter. Besonders für Bergarbeiterfrauen, die neben der normalen Koch- und Buntwäsche auch die mit Kohlenstaub getränkte Arbeitskleidung ihrer Männer waschen mussten, stellte der Waschtag eine nicht enden wollende Abfolge langwieriger und anstrengender Tätigkeiten dar, von denen hier nur die wichtigsten erwähnt werden: Schon am Vortag wurde die stark verschmutzte Wäsche eingeweicht. Existierte kein Anschluss an die zentrale Wasserversorgung, musste das Wasser eimerweise in die Wohnung gebracht werden. Der eigentliche Waschtag begann mit dem Aufkochen der Seifenlauge, in der die Wäsche unter ständigem Rühren gewendet wurde. Danach wurde jedes Wäschestück auf dem Waschbrett gerieben, schließlich in klarem Wasser ausgespült und ausgewrungen.

Hilfsmittel, die das Wäschewaschen erleichterten, waren begehrt, für den Großteil der Bevölkerung aber unerschwinglich. An erster Stelle ist die bereits im 19. Jahrhundert entwickelte Rührflügel-Waschmaschine zu nennen, in der die Wäsche durch eine außerhalb des Bottichs angebrachte Stange bewegt werden konnte. Aber auch die über eine Handkurbel angetriebene Wringe brachte bereits eine deutliche Arbeitsentlastung. Gleiches gilt für den mechanischen Wäschestampfer, der bis in die 1960er Jahre ein häufig verwendetes, preiswertes Waschgerät war, das wie folgt funktioniert: An einem langen Holzstab ist ein glockenförmiger Behälter angebracht, der durch eine Feder mit einem umgedrehten Siebbecher verbunden ist. Indem man das Gerät nach unten drückt, schieben sich die beiden Teile zusammen, beim anschließenden Hochheben werden sie durch die Feder wieder auseinander gedrückt. Der Schmutz wird durch den Druck aus der Wäsche herausgepresst; gleichzeitig wird die Lauge bei der Auf- und Abbewegung eingesogen und durch das Gewebe gespült. Gegenüber dem Reiben auf dem Waschbrett bot dies gleich mehrere Vorteile: Man konnte aufrecht stehen, die Hände waren nicht ständig mit dem Laugenwasser in Kontakt, man scheuerte sich die Knöchel nicht wund und zudem konnte der Stampfer bereits im heißen Wasser benutzt werden, wodurch sich die Reinigungskraft erhöhte und der Zeitaufwand verringerte. Auf letzteres verweisen die Namen zweier Wäschestampfer, die beide das Deutsche Reichspatent erhalten hatten: Neben dem ausgestellten Wäschestampfer Original „Husch-Husch“ gab es beispielsweise auch das Modell „Waschrasch“.

BEATE OLMER

SIEBEN

UND

NEUNZIG

SACHEN

# DOPPELSITZBANK AUS EINER STRASSENBAHN DER BOGESTRA

65

Waggonfabrik Gastell, Mainz; 1927
Hartholz, lackiert, Gusseisen, Aluminium; H 89,5 cm, B 92,2 cm, T 89,5 cm
Zugang Stadtarchiv, ca. 1998

Gepolsterte Straßenbahnsitze, heute bei den meisten Verkehrsbetrieben eine Selbstverständlichkeit, waren zu Beginn des Straßenbahnzeitalters eine Seltenheit. Denn wer Straßenbahn fuhr, nutzte die dritte Klasse, und diese war mit Druck auf die Gesäß- und Rückenpartie der Fahrgäste ausübenden Holzsitzen ausgestattet. Polstersitze gab es nur in der ersten und zweiten Klasse, die nur die Staatseisenbahn und einige Überlandbahnen führten.

Seit 1894 verkehren Straßenbahnen in Bochum. Die erste Strecke führte von Bochum nach Herne. Im Laufe der Jahre kamen zahlreiche Straßenbahnstrecken hinzu. 1896 wurde die Bochum-Gelsenkirchener Straßenbahnen A.G. (BOGESTRA) gegründet. Weitere Strecken wurden von konkurrierenden Straßenbahngesellschaften gebaut und betrieben.

In den 1920er Jahren führte die „Westfälische Straßenbahn" aus Gerthe bei ihren neu beschafften Straßenbahnen gepolsterte Ledersitze ein. Nach dem Konkurs der Firma gingen die Straßenbahnen 1938 an die BOGESTRA. Für ihre eigenen Neubauten beschaffte die BOGESTRA im Kriegsjahr 1942 erstmals gepolsterte Ledersitze. Nach dem Zweiten Weltkrieg legte man notgedrungen auf den Komfort zunächst keinen Wert: Die Sitze neuer Straßenbahnen wurden wieder aus Holzlatten geformt. Der Holzlattensitz ist zwar nicht weich, aber nicht einmal unbequem, denn die Sitze sind ergonomisch richtig geformt und unterstützen das Rückgrat beim Sitzen. Der aus der Materialnot geborene Straßenbahnwagen erhielt die Bezeichnung „Kriegsstraßenbahnwagen".

Ab 1951 erhielten die Straßenbahnen Schalensitze aus Durofol, einer Mischung aus Kunststoff und Sperrholz. Diese Sitze waren pflegeleichter als die Holzlattensitze, da Lehne und Sitzfläche aus jeweils einem Stück gefertigt und deshalb leicht zu reinigen waren. Ab 1976 baute die BOGESTRA in die noch heute verkehrenden Straßenbahnwagen vom Typ M gepolsterte Kunstledersitze ein, die im Laufe der Jahre durch gepolsterte Stoffsitze ersetzt wurden. Seit Inbetriebnahme der Stadtbahnwagen B für die Strecke der U35 zwischen Bochum und Herne erhalten die neuen Straßenbahnen Kunststoffsitze mit einer Auflage aus textilem Polster.

Das Sitzgefühl der Holzlattensitze kann man auch heute noch ‚erfahren': Der Museumswagen Tw 96, Baujahr 1948, ist ein Kriegsstraßenbahnwagen, der Ende der 1990er Jahre restauriert wurde. Mit stilechten Holzlattensitzen wird das Fahrzeug regelmäßig von der Verkehrshistorischen Arbeitsgemeinschaft BOGESTRA e.V. für Sonderfahrten im BOGESTRA-Schienennetz eingesetzt.

ANDREAS HALWER

SIEBEN

UND

NEUNZIG

SACHEN

# ABDRÜCKE „LEBENDIGER KRÄUTER“

66

Carl Arnold Kortum, „Herbarium Vivum“, Zweite Sammlung; 1795
Pappe, Leder, Papier, aquarellierte Federzeichnungen und Pflanzenabdrücke, 160 Seiten;
H 32,1 cm, B 20,8 cm, Dicke 2,7 cm
Zugang Heimatmuseum, o. J.

„Sie liebt mich, sie liebt mich nicht, sie liebt mich … .“ Gut, dass sich Carl Arnold Kortum, Sprössling einer Apothekerfamilie und früh gefördertes Talent in Sachen Botanik und Pharmazie, nicht allein auf diese volkstümlich romantische Weise mit der Pflanzenwelt beschäftigt hat. Sonst gäbe es seine umfangreiche Sammlung von Herbarien vermutlich nicht.

Bereits als Schüler unternahm Kortum in seiner Freizeit botanische Studien. Diese setzte er während seiner akademischen Ausbildung in Duisburg (1763–1766) fort. In dieser Zeit sammelte er im medizinischen Garten der Universität oder in der freien Natur allerlei Blumen, Kräuter und Gräser. Das Ergebnis: Carl Arnold Kortums „Herbarium vivum“ oder zu deutsch „Lebendiges Kräuterbuch“.

In der Enzyklopädie des Brockhaus, 2001, heißt es zum Herbarium unter anderem: „ […] urspr. ein bebildertes Kräuterbuch […] Seit dem 16. Jh. eine wiss. Sammlung getrockneter Pflanzen, meist auf Papierbogen befestigt, geordnet nach systemat. oder pflanzensoziolog. Gesichtspunkten; wichtig für systemat. und florist. Arbeiten, da die im H. sachgemäß aufbewahrten Pflanzen ihre anatomisch-morpholog. Merkmale beibehalten.“ Die Verengung des Begriffs „Herbarium“ auf rein wissenschaftliche Sammlungen setzte sich nicht durch.

Das 16. Jahrhundert kannte auch weniger aufwendige Formen der Pflanzendokumentation – zum Beispiel die Abdrücke lebendiger Kräuter. Es gab verschiedene Herstellungsverfahren. Kortum etwa bestrich dazu einen Papierbogen mit Ruß und Leinöl, legte die abzubildende Pflanze auf, deckte diese mit Makulaturpapier ab und strich mit der Hand vorsichtig darüber. Dadurch nahm die Pflanze Farbe auf, die sie bei erneutem Druck – diesmal auf einem weißen Papierbogen – als Andruck hinterließ. Diese Drucksachen konnten später koloriert werden. Im Nachlass von Kortum befindet sich eine dreibändige Serie solcher Abdrücke (1794–1796), aus der das in der Ausstellung gezeigte Exponat stammt. Als in Bochum 1995 anlässlich des 250. Geburtstags von Kortum in zahlreichen Veranstaltungen seiner gedacht wurde, waren es vor allem die Herbarien, die sehr unterschiedliche Reaktionen auslösten. Denn nicht selten kombinierte Kortum seine Pflanzen mit winzigen bildlichen Zusätzen, als Anspielungen auf den Pflanzennamen. So ergänzte er die Pflanze mit dem lateinischen Namen Geranium, Storchschnabel, durch einen Storch. Standortangaben fehlen. Die Medizinhistorikerin Ingrid Müller kommentierte: „Wie so oft in Kortums Beiträgen, überlagert auch hier sein Sinn für das Skurrile das wissenschaftliche Interesse.“

In den Herbarien, die Kortum stellvertretend für seinen 1807 verstorbenen Sohn Johann Carl Arnold (geboren 1772) vollendete, ist fast jede Wurzel mit einer kleinen Vedute, einer naturgetreuen Landschaftsdarstellung, Vasen oder ähnlichen Motiven verziert. Dazu schrieben die Ruhr Nachrichten am 22. April 1995: „Der unvorstellbare Aufwand, mit dem Kortum diese Sammlung als ‚Denkmal für einen früh Verstorbenen‘ anlegte und schmückte, zeugt nicht nur von seiner Trauer um den Sohn, sondern auch von seinem Weltverständnis, in dem Kunst und Wissenschaft noch eng verbunden waren.“

Kortum war ein typischer Vertreter des aufgeklärten Bildungsbürgertums, strebte nach umfassender Gelehrsamkeit auch zum Nutzen der Gesellschaft. Wohl dosiert setzte er seine botanischen Kenntnisse ein: exakt und wissenschaftlich dort, wo es um die medizinische Indikation ging; lehrreich und anschaulich, wenn es der Erziehung des Nachwuchses diente. So unterrichtete er seinen Sohn auch in Kräuterkunde, als dieser sich auf sein Medizinstudium vorbereitete; spielerisch und kreativ, in den wenigen Mußestunden, die ihm neben seinem Beruf und seinen sonstigen vielfältigen Interessen blieben.

URSULA JENNEMANN-HENKE

SIEBEN

UND

NEUNZIG

SACHEN

# P R I V A T

# SACHEN

# WEIHWASSERGEFÄSS

67

wahrscheinlich Süddeutschland; 18. Jh.
Zinn, gegossen; H 19,5 cm, B 9,5 cm, T 7 cm
Zugang Städtische Kunstgalerie, 1964

Grundlegend für die Bedeutung des Weihwassers ist seine reinigende Kraft. Das kreuzförmige Benetzen des Gesichts und der Brust mit dem vom Priester geweihten Wasser dient der spirituellen Säuberung, der Tilgung der Sünden vor einer sakralen Handlung oder vor dem Betreten eines sakralen Raumes. Die Reinigungskraft des Wassers erinnert dabei an das Sakrament der Taufe. Jede katholische Kirche besaß und besitzt in der Nähe des Eingangs aufgestellte bzw. -gehängte große, meist steinerne Weihwasserbecken.

Als Ergänzung der öffentlich zugänglichen dienten über Jahrhunderte kleine, handliche Weihwasserbehälter dem privaten Gebrauch zu Hause. In der katholischen Landbevölkerung waren sie fester Bestandteil des religiösen Alltagslebens. „Über dem Tisch in der Ecke der Herrgott und das Weihbrunnkesselchen an der Tür", beschreibt etwa Ludwig Ganghofer in seinem Schauspiel „Der Herrgottschnitzer von Ammergau" von 1880 die typische religiöse Ausstattung einer einfachen Bauernstube. Wie heute noch an manchen Orten, konnte man vor allem in ländlichen Regionen an ausgewählten Tagen geweihtes (wie zum Beispiel das Osterwasser) oder heilkräftiges Wasser von bestimmten Wallfahrtsorten für den häuslichen Bedarf aus den Kirchen mitnehmen. Aus solchen Reservoirs füllte man die meist neben der Haustür aufgehängten kleinen Behälter. Beim Ankommen, vor allem aber beim Weggehen machte man mit dem Weihwasser das Kreuzzeichen, um zum Beispiel den Segen Gottes für eine gesunde Rückkehr zu erbitten. Außerdem benutzte man das Wasser zum Besprengen von Haus, Vieh und Menschen, um Unglück und Krankheiten fernzuhalten. Zuweilen wurden auch Heiligenbildchen oder Reliquien in das Wasser gehalten, um seine Wirkkraft zu erhöhen.

Das hier gezeigte Weihwassergefäß aus Zinn wurde 1964 im Kunsthandel erworben. Es besteht aus einem runden kleinen Napf auf gedrungenem Fuß mit dreipassig geformtem und mit einer Zinnschleife bekröntem Wandschild und konnte aufgehängt oder auch aufgestellt werden. Die Rückwand trägt das Relief einer Verkündigungsszene: Der vom Lesen an ihrem Betpult aufgeschreckten Maria nähert sich von rechts der Verkündigungsengel mit einem Lilienzepter in der Hand. Über der Szene schwebt eine Taube. Das Motiv findet sich nicht von ungefähr auf mehreren erhaltenen „Weihbrunnkesselchen": Sowohl der Bedeutung des Weihwassers als auch der Verkündigung der jungfräulichen Geburt liegt das Prinzip der göttlichen Reinheit wie auch die Verbindung des Himmels mit der Erde zugrunde. Wie der Engel Maria in ihrem häuslichen Bereich begegnet und die göttliche Botschaft überbringt, so stellt das geweihte Wasser eine Verbindung zwischen profaner und sakraler Sphäre her. Zeichen dafür ist die fliegende Taube, das Symbol der Wirkmacht des heiligen Geistes.

Die Formgebung von Zinngefäßen folgt im Allgemeinen der von Silberwaren. So ahmen die privaten, preiswerten Weihwasserbehälter oft edlere Vorbilder aus Klöstern nach. Zinnartikel waren jedoch wesentlich teurer als keramische oder hölzerne Erzeugnisse und zeugen somit auch vom Wohlstand ihrer Besitzer. Als „Silber des kleinen Mannes" wurde Zinngeschirr – meist eine Legierung aus Rohzinn, Kupfer und Blei – regelmäßig poliert, um die silbrige Oberfläche zu bewahren. Wegen des niedrigen Schmelzpunktes und der weichen Beschaffenheit wurden die Gefäße allerdings häufig beschädigt und beim Zinngießer gegen Neuwaren wieder eingeschmolzen, sodass sich zwar viele Stücke aus Prunkgeschirren, jedoch nur wenige der vor 1800 alltäglichen Gebrauchsgegenstände bis heute erhalten haben.

REINHILD STEPHAN-MAASER

SIEBEN

UND

NEUNZIG

SACHEN

# TRUHE

68

Westfalen; 1728
Eiche, geschnitzt, Eisen, geschmiedet; H 99,7 cm, B 172,6 cm, T 74,5 cm
Zugang Städtische Kunstgalerie, 1969

1715 wurde in Leipzig ein „Nutzbares, galantes und curiöses Frauenzimmerlexicon" herausgegeben. In ihm heißt es über die Truhe: „ist ein hölzernes nicht allzuhohes zusammen gefügtes und holes Behältniß, mit Schloß und Bändern versehen, worinnen das Weibesvolck ihr Geräthe und andere Sachen zu verwahren pfleget." Tatsächlich war die verschließbare Truhe Jahrhunderte lang der einzige offizielle Ort im Haus, an dem private Dinge geschützt und vor den Augen anderer verborgen werden konnten. Vor allem im ländlichen Raum, wo bis zum frühen 19. Jahrhundert das Wohnen im Flettdielenhaus kaum eine Rückzugsmöglichkeit zuließ, wo sich Essen und Schlafen, Körperpflege und Sexualität weitgehend im öffentlichen Raum abspielten, besaß die Truhe die Bedeutung eines persönlichen Refugiums. Neben der Kleidung nahm sie häufig in einem separaten Fach an der linken Seite, der Beilade, private Dinge wie Briefe und Erspartes auf. Ihre Funktion als Rückzugsort wird an den Heiligenbildern und Gebetszetteln deutlich, mit denen man häufig die Innendeckel beklebte.

So wie in der jüngeren Vergangenheit die sogenannten „Fluchtkoffer", in denen die persönlichsten Dinge aus der Heimat gerettet wurden, eine besondere emotionale Aufladung erfuhren, hatten Truhen oft eine individuelle Bedeutung für ihre Besitzer. Knechte und Mägde nahmen beim Wechsel ihrer Stellung ihre kleine Gesindetruhe mit den Habseligkeiten jeweils an den neuen Arbeitsplatz mit. Die großen, reich verzierten Truhen, die in großer Zahl und Vielfalt aus dem 17. bis 19. Jahrhundert überliefert sind, kamen meist als Hochzeitsmöbel in den bäuerlichen Hausstand. Sie waren fester Bestandteil des bei der Verlobung ausgehandelten Brautschatzes und wurden für diesen Zweck vom Tischler in den unterschiedlichsten Varianten angefertigt. Die meisten dieser Truhen tragen das Datum der Eheschließung sowie die Namen der Braut bzw. der Eheleute.

Die 1969 im Kunsthandel erworbene, hier gezeigte Truhe ist eines der wenigen Hochzeitsmöbel, die nur den Namen eines Mannes aufweisen und daher entweder als Geschenk des Mannes an seine Braut oder – wahrscheinlicher – als Truhe für die Besitztümer des Mannes, zu der ehemals ein ‚weibliches' Pendant gehörte, aufzufassen sind. Da die Truhe auf dem Land bis etwa um 1800 das einzige Aufbewahrungsmöbel blieb, während sie in den Städten bereits im 17. Jahrhundert von den moderneren Schränken abgelöst wurde, war es durchaus üblich, dass wohlhabende Bauern mehrere davon besaßen. „CLAUS CORS ANNO 1728" lautet die geschnitzte Inschrift, die sich über die vier Arkadenbögen der Schauseite zieht.

Es handelt sich um eine Kufentruhe mit abgeflachtem Satteldach, deren Front, eine Rahmenkonstruktion mit Füllungen, mit feinsten Schnitzereien überzogen ist. Obwohl zur Zeit des Barocks entstanden, weist der neben der Arkadenarchitektur aus diamantierten Facetten, Kerbschnitt und Schuppen sowie archaisch wirkenden Punktkreisen bestehende Dekor ausschließlich Formen der westfälischen Renaissance-Ornamentik auf. Diese erwies sich in agrarischen Gebieten Westfalens als besonders langlebig, während die Barockformen eher in den Städten und in der Volkskunst erst im fortgeschrittenen 18. Jahrhundert aufgegriffen wurden. Gegenüber der Stollentruhe, deren hochbeinige Konstruktion noch den feuchten gestampften Lehm- oder den Steinböden in der Flettküche geschuldet war, ist die Kufentruhe mit ihrem niedrigeren, bodennahen Kasten auf den trockenen Untergrund eines Holzbodens angewiesen. Wegen ihres wertvollen Inhalts wurde sie meist in der Schlafkammer der Hofbesitzer untergebracht. Erst um die Mitte des 19. Jahrhunderts ersetzen auch hier Schränke das älteste und wegen seiner unübersichtlichen Tiefe eigentlich unpraktische Aufbewahrungsmöbel.

REINHILD STEPHAN-MAASER

SIEBEN

UND

NEUNZIG

SACHEN

# FOTOALBUM DER JÜDISCHEN FAMILIE SALOMONS AUS BOCHUM

69

1. Drittel 20. Jh.
Leder, Pappe, 35 Blätter; H 22,5 cm, B 32,7 cm, Dicke 3,5 cm
Zugang Stadtarchiv/Bochumer Zentrum für Stadtgeschichte, 2007

Familienalben gehören zu dem Wertvollsten, was wir besitzen. Denn sie bebildern die Stationen unseres Lebens, verdeutlichen die Verbundenheit mit den Generationen und erzählen vergessene Geschichten aus dem Alltag. Hatten sie zunächst rein privaten Charakter, so hat die Geschichtswissenschaft in den letzten Jahrzehnten den allgemeinen Aussagewert privater Fotografien erkannt.

Das vorliegende Album wurde von Leon Salomons, geboren 1887 in Krefeld, und seiner 1890 in Brackwede geborenen Ehefrau Martha, geborene Schoeneberg, für den Sohn Bodo angelegt. Die jüdische Familie lebte seit 1936 in Bochum: zunächst in der Bergstraße 59, dann in der Blücherstraße 44 und 1940 schließlich im „Judenhaus" in der Goethestraße 9. Das Ehepaar Salomons wurde im April 1942 nach Zamosz deportiert und 1952 auf Antrag einer entfernten Verwandten offiziell für tot erklärt.

1939 kam Sohn Bodo mit einem Kindertransport nach Holland. Dort verlieren sich seine Spuren. Überlebende der Kindertransporte erinnern sich zwar an ihn, wissen aber nicht, was aus ihm geworden ist. Die Eltern wähnten ihn jedoch 1939 in Sicherheit, übergaben vor ihrer Deportation 1942 das für ihn bestimmte Familienalbum an die befreundeten christlichen Nachbarn Ludwig Schmidt und Ehefrau Elise, geborene Glänzer. Nach deren Tod ging das Album in den Besitz der Tochter Erna Wilhelmy über, die es aufbewahrt hat, immer hoffend, Bodo Salomons werde eines Tages kommen, um es abzuholen. Frau Wilhelmy, heute über 90 Jahre alt, hat diese Hoffnung inzwischen aufgegeben, das Album aber nicht vernichtet, sondern 2005 dem Verein „Erinnern für die Zukunft e.V." übergeben, der es wiederum dem Stadtarchiv Bochum zur Verfügung stellte.

Fotoalben wie das vorliegende finden sich in jeder Familie: Dokumentiert ist das Leben einer großen Familie über mehrere Generationen. Alltagsszenen wechseln sich ab mit dokumentarischen Aufnahmen von Familienfesten aller Art. Beschriftet sind die Fotos nur in Ausnahmefällen. So lässt sich aus einer handschriftlichen Notiz auf der Rückseite einer Aufnahme von Bodo erschließen, dass dieser im Januar/Februar 1927 geboren ist.

Das Album der Familie Salomons hat zunächst rein privaten Charakter. Es ist gezielt für den Sohn Bodo zusammengestellt, zur Erinnerung an seine Familie.

Darüber hinaus verweist es, zusammen mit seiner Überlieferungsgeschichte, auf größere Zusammenhänge: Die Aufnahmen zeigen den Alltag mit seinen familiären Höhepunkten einer kleinbürgerlichen deutschen Familie im ersten Drittel des 20. Jahrhunderts. Dass es sich dabei um eine jüdische Familie handelt, wird nicht deutlich. Im Gegenteil: Die hier zu sehenden Fotos mit dem kleinen Bodo vor dem geschmückten Tannenbaum, das Ehepaar Salomons mit dem kleinen Bodo im Kinderwagen beim Spaziergang, zeigen, dass die Familie fest in die deutsche Gesellschaft integriert war. Die eingeklebten Postkarten, die Leon Salomons offensichtlich von einer militärischen Reserveübung vor dem Ersten Weltkrieg an seine Frau geschickt hat, weisen ihn als einen kaisertreuen, national gesinnten Mann aus. Einer der vorgedruckten Texte lautet: „Es lebe der Kaiser / sein Haus und sein Heer / ein Ruf und die Reserve / steht unter Gewehr."

Darüber hinaus dokumentiert die Überlieferungsgeschichte des Albums, dass es bis zuletzt gute Beziehungen zwischen einer jüdischen Familie und befreundeten christlichen Nachbarn geben konnte. Das scheint aber nicht zeittypisch, sondern – angesichts der bestehenden Quellenlage – eher die Ausnahme zu sein.

Das Familienalbum und seine Überlieferungsgeschichte verweisen in exemplarischer Weise auf das Leben jüdischer Menschen in Deutschland im allgemeinen und im nationalsozialistischen Deutschland im speziellen, erhellen somit ein Stück Alltagsgeschichte in der Stadt Bochum im ersten Drittel des 20. Jahrhunderts.

HUBERT SCHNEIDER

SIEBEN

UND

NEUNZIG

SACHEN

# ARAL-ZAPFSÄULE EINER GEWERBLICHEN TANKSTELLE

70

Deutsche Gerätebau-Gesellschaft m.b.H. Salzkotten; 1950er/1960er Jahre;
Stahlblech, Gummi, Glas, Aluminium; H 138 cm, B 63 cm, T 43 cm
Gebrauchsanweisung innen anhängend
Zugang Stadtarchiv, ca. 1991

Die Zapfsäule aus den 1950er/1960er Jahren ist ohne die wissenschaftlich-technischen Errungenschaften jener Zeit und eine zunehmende Mobilität der Menschen in der Hochphase der Industrialisierung nicht denkbar.

Noch bis in das 20. Jahrhundert hinein gab es keine Alternative zu den traditionellen, privat genutzten Fortbewegungsmöglichkeiten, also zumeist Pferd, Kutsche, Fahrrad. Wer schneller ans Ziel kommen wollte oder weite Strecken zurücklegen musste, war auf öffentliche Verkehrsmittel wie Straßen- und Eisenbahnen angewiesen und hatte sich nach Fahrplänen und Streckenfestlegungen zu richten.

Das änderte sich allmählich, nachdem Karl Benz 1886 das erste Einzylinderauto zum Patent angemeldet hatte. Der benötigte Kraftstoff, vorwiegend Benzin, wurde bis um 1900 in der Apotheke, später an Kannen- und Kanister-Depots angeboten. Autofahren bestimmte zunehmend das Privatleben. 1906 fuhren auf Deutschlands Straßen 21.000 Autos, oder anders formuliert: Auf je 1.000 Einwohner entfielen 0,3 Autos. In Bochum lebten zu dieser Zeit 119.799 Menschen.

Die ersten Tankstationen entstanden an Autorennstrecken, zum Beispiel 1907 in Frankreich. Motorkraftstoffe fanden zunehmend Absatz. In Deutschland machten zunächst nur internationale Mineralölunternehmen das Geschäft. Der Benzol-Verband (B. V., später Aral AG, heute BP AG), der 1898 von 13 Bergwerks- und Kokereigesellschaften in Bochum als Westdeutsche Benzol-Verkaufsvereinigung GmbH gegründet worden war, um das bei Kokserzeugnissen anfallende Benzol zu vermarkten, kam erst 1924 zum Zuge. Aus einem Gemisch von Benzin und Benzol wurde der Treibstoff „Aral" entwickelt und die geeignete Motoreneinstellung gefunden. Nun konnte mit dem Ausbau eines Tankstellennetzes begonnen werden. Um 1926 gab es 300.000 Autofahrer in Deutschland. Der Benzol-Verband betrieb 200 Zapfstellen. Um 1930 waren es schon 5.700.

Bei den Zapfsäulen handelte es sich überwiegend um handbetriebene Pumpstationen, die häufig auf den Bürgersteigen oder in Hinterhöfen aufgestellt wurden. Welche Auflagen die Betreiber zu erfüllen hatten und wie diese Anlagen aussahen, lässt sich in einer Akte des Stadtbauamtes nachlesen. Dort sind die 1926 und 1927 eingereichten Baugesuche vom Benzol-Verband und seinem Konkurrenten Rhenania Osseg (Shell) abgelegt. Das Bochumer Adressbuch von 1928/29 weist bereits 37 öffentliche Tankstellen aus.

In den Jahren der Nazidiktatur wurde auch der deutsche Treibstoffmarkt gleichgeschaltet, wurden Kraftstoffe rationiert, als Einheitstreibstoff verkauft und die ausbleibenden Benzinimporte durch Benzinerzeugung auf der Basis von Kohle ersetzt. Erst 1952, nach der Entflechtung und der Dekartellierung deutscher Großkonzerne durch die alliierten Siegermächte, tauchte der Name Aral, nun auch als Firmenname „B.V.-Aral AG", wieder auf. Die Treibstoffbasis war Erdöl.

In den Jahren des „Wirtschaftswunders" stieg die Zahl der Araltankstellen in Deutschland von 5.000 auf 10.350. Ab Anfang der 1970er Jahre setzten Ölkrisen (1973/74, 1978/79) und Freie Tankstellen mit Dumpingpreisen den Markentankstellen zu. Allein Aral zog zwischen 1969 und 1984 deutschlandweit 6.000 Tankstellen aus dem Verkehr und stellte ab 1969/1970 auf Selbstbedienung um. Die aufgegebenen Tankstellen wurden kurzerhand umfunktioniert und zum Teil als Autowerkstätten oder Imbissstände fortgeführt. Andere fielen der Abrissbirne zum Opfer, wie der sogenannte „Benzin-Pilz", Ecke Wittener-/Ferdinandstraße, Ende der 1980er Jahre. Das Ausstellungsstück, eine gewerblich genutzte Zapfsäule, hat die zum Teil stürmischen Entwicklungen auf dem Treibstoffmarkt relativ gut überstanden. Es befindet sich heute an historischer Stätte, nämlich dort, wo vor fast 110 Jahren der Benzol-Verband gegründet wurde.

URSULA JENNEMANN-HENKE

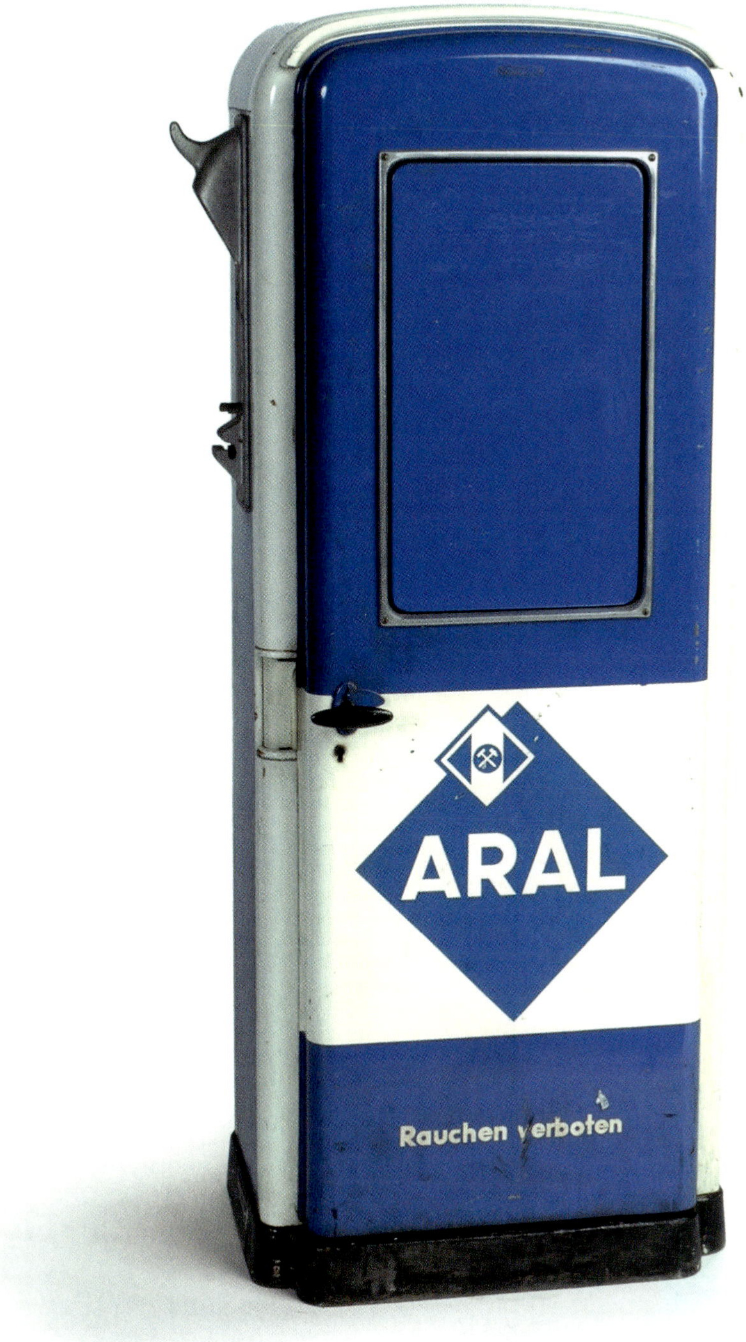


SIEBEN

UND

NEUNZIG

SACHEN

# BRIEFMARKEN DER BOCHUMER PRIVATPOST CHRISTIAN MENNE

71

Entwurf: Josefine Menne, Bochum, Druck: Gebrüder Senf, Elberfeld; 1887–1891
Papierbogen mit Druckvorlage und sechs rautenförmigen, aufgeklebten Briefmarken;
Marken: von H 2,4 cm, B 2 cm bis H 4,5 cm, B 3,5 cm;
Bogen: H 15,8 cm, B 24,9 cm, am linken Rand gelocht (eines von insgesamt 12 Blättern)
Zugang Kulturamt (Heimatmuseum), 1950

Die Post als Privatsache? Lange Zeit undenkbar. Das Postmonopol verhinderte es. Doch dass heute Briefe und Pakete von privaten Unternehmen zugestellt werden können, ist keine Erfindung unserer Zeit.

In preußischer Zeit wurde per Gesetz nur die Zustellung des Briefverkehrs von einer Ortschaft mit Postanstalt zu einer anderen mit Postanstalt geregelt. Die Beförderung innerhalb eines Ortes konnte erwerbsmäßig auch durch Privatpersonen oder -firmen erfolgen. Am 1. Januar 1887 gründete Christian Menne einen Privat-Brief-Verkehr in Bochum in seinem Hause an der Malteserstraße 10, was er durch Anzeigen in den Bochumer Tageszeitungen verkünden ließ. Menne hatte sich bereits einen guten Ruf als Transport- und Fuhrunternehmer erworben. Im Mai 1886 rief er einen Express-Paket-Verkehr ins Leben. Zudem betrieb er einen Großhandel mit Kolonialwaren, unterhielt Werg- und Seegraslager für Polstereien und Sattlereien und vieles mehr, sodass ihm die Bedeutung eines gut funktionierenden Verkehrs- und Nachrichtenwesens wohl bewusst war. Zu seinem Unternehmen gehörte eine stattliche Zahl an Mietpferden und -kutschenwagen. Seine Kundschaft war breit gefächert, von der Bochumer Ärzteschaft bis hin zum städtischen Fuhrpark. Menne besorgte zu jeder Gelegenheit den passenden Wagen.

Den großen wirtschaftlichen Durchbruch scheint er dennoch nicht erlebt zu haben. Diesen erhoffte er sich durch seine lokale Privatpost. Sein neues Unternehmen fand schnell großen Anklang, zumal seine ‚Post' immer etwas billiger war als die staatliche, meist ein bis zwei Pfennige. Seine grün lackierten Briefkästen, an strategisch wichtigen Plätzen aufgestellt, wurden dreimal am Tag geleert. Ihre Anzahl vergrößerte sich ständig. Sein Geschäft florierte. Natürlich gab er auch eigene Briefmarken heraus. Die Motive dafür entwarf seine Ehefrau Josefine. Gedruckt wurden sie durch die Briefmarkenhändler und Druckereibesitzer Gebrüder Senf in Elberfeld. Diese Geschäftsverbindung stand unter keinem guten Stern. Die Druckereibesitzer hofften selber auf den großen Geldsegen, animierten zu immer größeren Auflagen. Die Marken erhielten nur eine sehr begrenzte Gültigkeit, danach standen sie der Druckerei für den Handel mit Sammlern zur Verfügung. Dafür fertigten sie die Briefmarken für die Privatpostanstalt Menne auch umsonst. So wurden unverhältnismäßig viele verschiedene Briefmarken in den Umlauf gebracht, wenn sie überhaupt in den Postverkehr gelangten. Durch das unseriöse Handeln seiner Geschäftspartner büßte Menne schließlich seinen guten Ruf ein.

Christian Menne betrieb seine Geschäfte in Bochum bis 1891. Er verkaufte sein Grundstück an der Malteserstraße 10 an seinen Nachbarn, Posthalter Friedrich Gummert. In Neheim-Hüsten verbrachte er seinen Ruhestand. Die nach Menne gegründete private Postanstalt Mercur brachte seinem Inhaber auch nicht den gewünschten Wohlstand. Nach etwas mehr als einem Monat verschwand er und hinterließ eine nicht unbeträchtliche Summe von Schulden. Justitias Arm erreichte ihn dennoch. Die Branche zog immer mehr unseriöse Geschäftemacher an. Letztendlich veranlasste das Gebaren so mancher Privatpostler die Behörden dazu, dem ein Ende zu setzen. Am 1. April 1900 trat das für lange Zeit gültige Postmonopol in Kraft, damit wurde das Betreiben der sogenannten Privatpostanstalten untersagt. Die bestehenden Betriebe erhielten eine Entschädigung, teilweise wurden die Zusteller von der Reichspost übernommen.

Die abgebildeten Marken sind Bestandteil der Stadthistorischen Sammlung, deren Ursprung auf das von Rektor Bernhard Kleff auf dem alten Adelssitz Haus Rechen betreute Heimatmuseum zurückgeht. Einen weiteren Satz der Briefmarken der Privatpost Christian Menne erhielt das Stadtarchiv im Jahre 2003 als Geschenk von einem privaten Sammler.

MONIKA WIBORNI

BOCHUM
BOCHUM
PRIVAT-STADT
POST
Chr. Menne

# TISCHUHR

72

Josua Wegelin, Augsburg; 2. Hälfte 17. Jh.
Bronze, Messing, feuervergoldet, Eisen, Glas (ein Fuß ersetzt, ein Glas fehlend);
H 8,5 cm, B 11 cm, T 11 cm
Zugang Heimatmuseum, 1925

Öffentliche mechanische Uhren, meist an Kirchtürmen angebracht, gehörten im ausgehenden Mittelalter zum städtischen Erscheinungsbild. Stunden- oder Halbstundenschläge gaben im gesamten Stadtgebiet ein regelmäßiges Zeitraster vor, das Verabredungen und Termine exakter planbar machte. Obwohl diese zentrale Zeitangabe für die Koordinierung des städtischen Lebens durchaus genügte, wuchs in der zweiten Hälfte des 15. Jahrhunderts bei Adel und gehobenem Bürgertum das Bedürfnis, eine persönliche Uhr zu besitzen. Der private Zeitmesser sollte zwei Bedingungen erfüllen: Er sollte klein und transportabel und vor allem repräsentativ sein. Um der Funktion als Statussymbol gerecht zu werden, mussten die Uhren für andere Personen deutlich sichtbar sein. Halsuhren eigneten sich besonders gut, aber auch Tischuhren, die bei privaten oder geschäftlichen Zusammenkünften an geeigneter Stelle platziert werden konnten, erfüllten diesen Zweck.

Technische Voraussetzung für die Herstellung einer transportablen Uhr war die in die erste Hälfte des 15. Jahrhunderts fallende Erfindung des Federantriebs, denn der bis dahin übliche Gewichtsantrieb benötigte einen festen Standort. Außerdem konnten die Radachsen des Uhrwerks bei einer federgetriebenen Uhr auch vertikal stehen und das Zifferblatt somit waagerecht positioniert werden. Vor allem im süddeutschen Raum war der Typ der zierlichen Tischuhr in Form runder, quadratischer oder polygonaler Dosen mit horizontalem Zifferblatt bis in das 18. Jahrhundert hinein verbreitet. Ein bedeutendes Zentrum des deutschen Uhrmacherhandwerks war Augsburg. 1558 erhielten die dortigen Groß- und Kleinuhrmacher innerhalb der Schmiedezunft eine eigene Ordnung, in der unter anderem die Anforderungen an die Meisterstücke festgelegt waren.

Auch das ausgestellte Objekt stammt aus einer Augsburger Werkstatt. Klappt man das mit zwei Scharnieren mit der Bodenplatte verbundene Gehäuse ab, zeigt sich auf der Unterseite des mit floralem Dekor versehenen Uhrwerks aus Messing eine teilweise verdeckte Herstellersignatur. Laut Eintrag im Augsburger Schmiedezunftbuch erwarb der als Kleinuhrmacher geführte Josua Wegelin am 1. September 1658 die Schmiedegerechtigkeit durch Kauf. Sein Sohn Johann Georg, der dasselbe Handwerk ausübte, erbte die Gerechtigkeit im Jahr 1701. (Eine dritte Möglichkeit, in die Zunft aufgenommen zu werden, bestand darin, die Witwe oder Tochter eines Zunftmitglieds zu heiraten.)

Die quadratische, auf vier Balusterfüßen stehende Tischuhr war vermutlich nur mit einem (inzwischen abgebrochenen) Zeiger ausgestattet. Bis zum Ende des 17. Jahrhunderts war es durchaus üblich, sich mit einem Stundenzeiger zu begnügen, an dessen Position zwischen den Ziffern eine genauere Zeitangabe ablesbar war. Auf der ziselierten Oberseite umschließt ein breiter Reif mit römischen Ziffern eine drehbare Stellscheibe für den Wecker, dessen Eisenglocke unterhalb des Werks angebracht ist. Vier ovale verglaste Schaufenster an den ansonsten unverzierten Gehäuseseiten gestatten einen Einblick in die Mechanik, die ab der Mitte des 16. Jahrhunderts statt aus Eisen zunehmend aus Messing gefertigt wurde. Die nur im aufgeklappten Zustand sichtbare Unterseite des Gehäuses und des Werks ist mit Gravuren und Durchbrucharbeiten der am aufwendigsten gestaltete Teil der Uhr.

BEATE OLMER

SIEBEN

UND

NEUNZIG

SACHEN

# WARENAUTOMAT FÜR VERHÜTUNGSMITTEL

73

Automatenbau Hans Ebner, Hirschzell; 1970er Jahre
Stahlblech, bedruckt; H 64,7 cm, B 12,4 cm, T 16,5 cm
Zugang Stadtarchiv, 1991

Die Angst vor einer ungewollten Schwangerschaft begleitet das Ausleben der weiblichen Sexualität seit jeher. Empfängnisverhütende Methoden waren bereits in der antiken Gesellschaft bekannt, und auch Schwangerschaftsabbrüche wurden durchgeführt. Unter dem in Mittelalter und Früher Neuzeit dominierenden Einfluss der katholischen Kirche, die Sexualität nur unter dem Gesichtspunkt der Zeugung von Kindern in der Ehe als zulässig ansieht, wurden Abtreibung und Verhütung in die Illegalität gedrängt und Verstöße mit drastischen Strafen geahndet.

Obwohl Sexualität und Empfängnisverhütung nach wie vor sehr ‚private' Themen sind, ist die freie Zugänglichkeit von Verhütungsmitteln heute eine Selbstverständlichkeit. Nicht verschreibungspflichtige Präparate wie Präservative oder Schaumovula kauft Mann/Frau in Super- oder Drogeriemärkten, ohne dadurch besondere Aufmerksamkeit zu erregen. Zu dieser unverkrampften Haltung haben nicht zuletzt die groß angelegten Werbekampagnen für die Benutzung von Kondomen zur Vermeidung einer Infektion mit dem HIV-Virus beigetragen. Parallel zu dieser Entwicklung sank der Absatz von Kondomen über Warenautomaten. Da die Latexprodukte in den Automaten bei längerer Lagerung durch Kälte oder Hitze brüchig werden können, ziehen viele Nutzer inzwischen andere Bezugsquellen vor.

Bei dem Automaten für die „Anti-Baby Tablette contra-it" handelt es sich eindeutig nicht um einen sogenannten Kondomaten. Die Aufschrift „Sie schützt sich damit modern, sicher und unabhängig" lässt keinen Zweifel daran, dass es sich bei dem Inhalt um ein Verhütungsmittel für die Frau handelte. Die Recherchen zu diesem Objekt gestalteten sich schwierig: Weder die einschlägigen Museen noch Fachwissenschaftlerinnen, die sich intensiv mit der Kulturgeschichte der Verhütung beschäftigt haben, hatten Kenntnis von einem derartigen Präparat. Auch das Deutsche Historische Museum in Berlin, in dessen Sammlung es ein Vergleichsobjekt (hier für das Produkt „Anti es") gibt, verfügt nicht über Informationen zur Geschichte der „Anti-Baby Tablette". Übereinstimmung herrschte dahingehend, dass es sich um ein chemisches Verhütungsmittel, vermutlich Schaumzäpfchen, gehandelt haben muss.

Das Gespräch mit dem Automatenaufsteller, auf den ein fragmentarisch erhaltenes Etikett auf dem Automaten verweist, ergänzte das Puzzle um einige Teile. Der noch heute in Bochum ansässige Automatengroßhandel Moormann wurde im Januar 1963 gegründet. Das Etikett nennt neben der Geschäfts- auch die bis 1978 gültige Privatadresse in Herne, sodass der Automat vor diesem Zeitpunkt entstanden sein muss. Gestaltung und Typografie legen die 1970er Jahre als Entstehungszeit nahe. Trotz des großen zeitlichen Abstands konnte sich das Ehepaar Moormann an einige Details erinnern. Inhalt der Automatenpackung sei ein Stäbchen zum Einführen in die Scheide gewesen, was die These eines Spermien abtötenden bzw. in ihrer Beweglichkeit hemmenden Präparats stützt. Aufgestellt hätten sie eine kleine Anzahl dieser Automaten in den Damentoiletten von Gaststätten in Bochum und Herne. Das Bochumer Gesundheitsamt habe jedoch hygienische Einwände gegen das Produkt erhoben, sodass die Firma Moormann die Automaten nach kurzer Zeit wieder entfernte. Dies deckt sich mit der Aussage des Essener Mediziners Stefan Steinmetz, der zufolge es den Versuch gegeben habe, auch ein Verhütungsmittel für die Frau in Automaten zugänglich zu machen. Aufgrund der unzureichenden Wirksamkeit des Produkts, das zudem Reizungen am Penis hervorrufen konnte, sei es nach einiger Zeit vom Markt genommen worden. All dies erklärt den geringen Bekanntheitsgrad dieses Warenautomaten. Es ist davon auszugehen, dass das Stadtarchiv Bochum eines der seltenen erhaltenen Exemplare in seinem Bestand hat.

BEATE OLMER

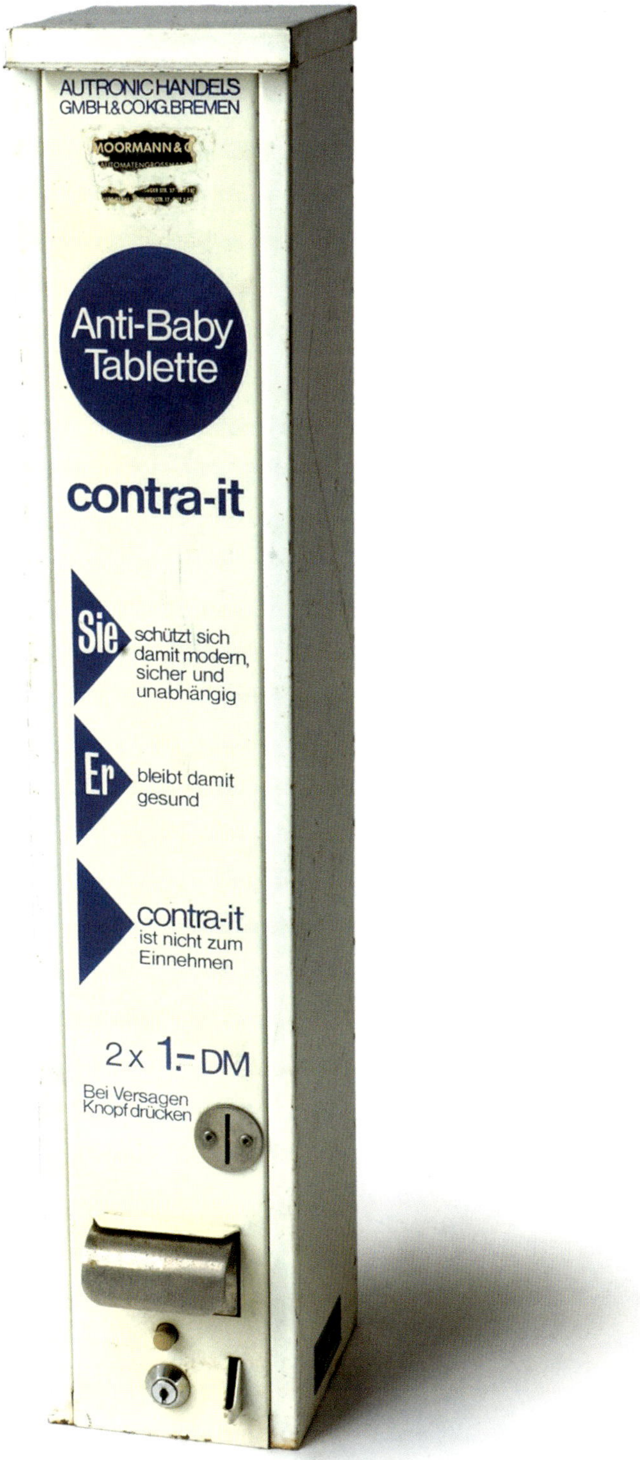


SIEBEN

UND

NEUNZIG

SACHEN

# HAUPT

# SACHEN

# TAUFSTEIN AUS DER EVANGELISCHEN KIRCHE STIEPEL

74

Bildhauer Schmidt, Schwelm, gestiftet von Johann Heinrich Withen (Withenius); 1698
Birnbaumholz, farbig gefasst, Zinn; Säule: H 105 cm, B 54 cm, Dm 49 cm; Deckel: H 68 cm, Dm 49 cm
Zugang Heimatmuseum, 1922

Die christliche Taufe ist das erste der sieben Sakramente. Sie hat ihren Ursprung im Neuen Testament und bezeichnet die Aufnahme des Täuflings in die christliche Gemeinschaft sowie die Teilnahme an der Passion und der Auferstehung Christi. Durch das (Unter)Tauchen des Taufkindes oder das Begießen und Beträufeln des Hauptes mit Wasser sowie der anschließenden Salbung mit Öl wird diese Aufnahme vollzogen. Der Ort dieses Rituals ist das Taufbecken bzw. der Taufstein, der zusammen mit der Taufzeremonie zu einer Hauptsache des Taufens wird.

Der Stiepeler Taufstein aus Birnbaumholz wurde 1698 von dem Pfarrer der Gemeinde, Johann Heinrich Withen (Withenius) (1663–1744) gestiftet und ersetzte das gotische Taufbecken aus Stein. Ursprünglich trug der Deckel des neuen Beckens die Inschrift des Stifters „1698 ope et industria Joh(annis) Henr(ici) Withenii past(oris)" und ein Kleeblattwappen. Beide Elemente sind nicht mehr vorhanden. Hergestellt wurde das barocke Taufbecken von dem Bildhauer Schmidt aus Schwelm und, wie Pfarrer H. Ostheide in seinem Buch „Die Geschichte der Kirchengemeinde Stiepel" aus dem Jahre 1872 schreibt, „für 20 ½ Thlr. am 6. Octbr. 1698" abgeliefert.

Der Taufstein ist reich an Schnitzdekor und Zierrat und steht auf einem sechsseitigen Fuß, der mit Akanthusblättern dekorativ gestaltet ist. Die Ikonographie des ornamentalen Schmucks und der figürlichen Symbolik – zum Teil unvollständig oder ersetzt – ist auf das Sakrament der Taufe ausgerichtet. Die Spiralsäule mit drei Windungen wird von Weinranken und Trauben verziert, die Attribute Christi und seiner Passion darstellen. Ein rundes, in Muschelrelief ausgeführtes Becken, welches mit Blumen besetzt ist und von einem Eichenblattkranz am oberen Rand umwunden wird, bekrönt die Säule. Die Tulpen, Nelken, Rosen und Kornblumen sind Symbole Christi, die Eichenblätter stehen für Glaubensstärke. Der Einsatz des Beckens ist eine Zinnschale, die in neuerer Zeit eingesetzt wurde. Der Deckel des Taufsteins ist mit Relieffiguren umwunden: Christus als „Salvator mundi", als Erlöser der Welt, in einem roten Gewand und blauen Pallium, die Weltkugel in der rechten Hand haltend, den Segensgestus mit der linken Hand zeigend. Zu seiner Rechten sieht man die Taube, Symbol für den Heiligen Geist, der bei der Taufe Christi wie eine Taube von Gottvater zu Christus herabschwebt (Dreifaltigkeit). Begleitet werden diese Figuren von drei Putten, den Boten Gottes und Begleitern Christi in menschlicher Gestalt, die, als Zeichen des Sieges über den Tod, Palmenzweige in der Hand halten. Für Barockdarstellungen typisch sind sie ungeflügelt und nackt dargestellt, nur eine Putte trägt ein blaues Pallium und sitzt auf einer Kugel. Bekrönt wird der Deckel von einem Pelikan mit ausgebreiteten Flügeln, der sich mit dem Schnabel die Brust aufzureißen scheint, um seine Jungen zu ernähren. Diese angebliche Eigenschaft des Pelikans ließ ihn zum Symbol des Opfertodes Christi, des Erbarmens und der Nächstenliebe werden.

Pfarrer Withen, der Stifter des Taufbeckens, war übrigens Geistlicher an einer der ältesten Kirchen des Bochumer Raumes. Denn die Anfänge des Gotteshauses in Stiepel sind dem archäologischen Befund zufolge im frühen 11. Jahrhundert zu suchen. Damals errichtete man eine kleine Saalkirche. Sie wurde zwischen 1130 und 1170 durch eine Basilika samt Wehrturm ersetzt. Vermutlich im letzten Viertel des 15. Jahrhunderts baute man die Basilika zu einer Hallenkirche gotischen Stils um. Die besondere kunsthistorische Bedeutung des Gotteshauses beruht auf ihren Wand- und Gewölbemalereien aus der Zeit vom 12. bis 16. Jahrhundert. Sie sind inzwischen aufwendig restauriert worden. Die Dorfkirche ist somit eine der ganz wenigen Kirchen Westfalens, die ihren Besuchern eine Vorstellung von ihrer ursprünglichen Ausmalung vermittelt.

DELIA ALBERS

SIEBEN

UND

NEUNZIG

SACHEN

# RASIERBECKEN

75

wahrscheinlich Deutschland; 1795
Zinn, graviert; Dm 24,5 cm, H 4,8 cm
Zugang Heimatmuseum, 1938

Ob ein Bart das Haupt des Mannes ziert oder ein glatt rasiertes Gesicht als Schönheitsideal gilt – diese Auffassung hat sich in der Vergangenheit mehrfach gewandelt. Funde von bronzezeitlichen Rasiermessern belegen nachweislich, dass die Rasur eine weit zurückreichende Tradition hat. Dagegen ist die Geschichte der Selbstrasur, die heute zur täglichen Körperpflege des (bartlosen) Mannes gehört, nur etwa hundert Jahre alt. Solange lediglich Rasiermesser als Hilfsmittel zur Verfügung standen, zogen es die meisten Männer wegen des hohen Risikos von Schnittverletzungen vor, einen Barbier aufzusuchen. Mit der Erfindung des Nassrasierapparates änderte sich dieses Verhalten. In Amerika hatte King Camp Gillette 1895 einen Apparat erfunden, der mit auswechselbaren Rasierklingen arbeitete und ab 1906 auf dem deutschen Markt beworben wurde. Etwa zeitgleich wurde auch in Deutschland erfolgreich an dem Prinzip eines Rasierapparates mit zweischneidigen, dünnen Rasierklingen gearbeitet, die nach ihrer Abnutzung ersetzt wurden. Da bei einem solchen Sicherheits-Rasierapparat die Klinge auf einer Grundplatte aufliegt, werden tiefe Schnittverletzungen verhindert.

Das durch die Gravur auf das Jahr 1795 datierte Rasierbecken stammt aus einer Zeit, in der die Entfernung der Gesichtshaare in der Regel in professionellen Händen lag. Ob zu diesem Zweck eine Barbierstube aufgesucht oder der Kunde zu Hause bedient wurde, richtete sich nach den finanziellen Möglichkeiten und der sozialen Stellung. Die Frisur- und Bartmode des 17. und 18. Jahrhunderts war durch den französischen Hof geprägt: Mit langem Haupthaar und Allongeperücken harmonierten Bärte schlecht und galten daher gesellschaftlich als unpassend. In Deutschland änderte sich die Einstellung zu Bärten im 19. Jahrhundert: Zur Zeit des Vormärzes und im Anschluss an die Revolution von 1848 signalisierten Bärte eine demokratische Gesinnung, im Kaiserreich brachte der „Kaiser-Wilhelm-Bart" als beliebteste Form des Gesichtsschmucks die Loyalität zur Monarchie zum Ausdruck.

Bei Rasier- oder Barbierbecken handelt es sich um tiefe Teller oder Schalen mit einem halbrunden Halsausschnitt, die sich der Kunde während der Rasur unter das Gesicht hielt. Typische Materialien solcher Gebrauchsartikel, die auch in ovaler Form hergestellt wurden, waren Metalle wie Zinn und Messing oder auch keramische Werkstoffe. Die Marke auf der Unterseite des in der Ausstellung gezeigten Objekts, die Aufschluss über den Zinngießer und den Herstellungsort geben kann, ist nicht eindeutig zu identifizieren: Erkennbar sind ein Stern und/oder eine Blume sowie eine nach rechts gewandte Gestalt. Die im Verhältnis zum Spiegeldurchmesser breite, am Rand profilierte Fahne des Beckens trägt neben der Datierung die von zwei Zweigen eingerahmten Initialen „M B", die auf den Besitzer verweisen. Auf der Rückseite ist ein länglicher Ring angebracht, an der die Schale aufgehängt werden kann. Die Aussparung gegenüber der Gravur ist nicht sehr sorgfältig gearbeitet: Der Ausschnitt ist ungleichförmig ausgebildet, der hochgebogene Rand an einigen Stellen scharfkantig. Möglicherweise handelt es sich um einen nachträglich ‚in Eigenarbeit' zu einem Rasierbecken umfunktionierten Teller. Sollte diese Vermutung zutreffen, wäre auch die Aufhängung erst im Rahmen der Umarbeitung hinzugefügt worden.

BEATE OLMER

SIEBEN

UND

NEUNZIG

SACHEN

# ANATOMISCHER ATLAS

76

Carl Arnold Kortum, „Imagines partium corporis humani, depictae vivis coloribus ex praecipuorum anatomicorum libris, a C. A. Kortum med. doctori et consillario aulico regis Borussorum"; um 1817/18
Leder, Pappe, Federzeichnungen auf Papier, aquarelliert; H 37,8 cm, B 23,7 cm, Dicke 2,5 cm
Zugang Stadtarchiv, 1992

„Ärzte ohne Anatomie sind wie Maulwürfe, sie tappen im Dunkeln und ihrer Hände Arbeit sind Erdhügel" (Friedrich Tiedemann , Heidelberger Anatom, 1781–1861). Zu dieser Spezies Mediziner gehörte Carl Arnold Kortum, Bochums prominenter Arzt, Forscher und Literat, sicherlich nicht. Die exakte Darstellung des Kopfes (oder Hauptes), mit der Vorder- und Hinteransicht und den lateinischen Bezeichnungen für großflächige Muskeln wie den „Frontals", Stirnmuskel, oder dem kleinen Muskel „depressor labii inferioris", Mundwinkelsenker, verrät, dass Kortum mit seinem anatomischen Fachwissen ganz auf der Höhe der Zeit war. Dem Kopf als schützendem Gefäß für die wichtigsten Organe – Gehirn und Sinnesorgane – ist eine kleine, wenn auch wesentliche Detailstudie des menschlichen Körpers, neben zahlreichen anderen Abbildungen in Kortums Anatomieatlas gewidmet. Vermutlich diente sie Kortum dazu, seinen Enkel auf das Medizinstudium vorzubereiten.

Den ersten Anatomieatlas schuf 1543 Andreas Vesalius (1514–1564): „De humani corporis fabrica libri septem". Obwohl die Anatomie die älteste naturwissenschaftliche Disziplin der Medizin ist – schon im 3. Jahrhundert wurden wissenschaftliche Humansektionen durchgeführt –, gelang erst im 16. Jahrhundert die Überwindung tradierter, aber irriger Lehrmeinungen. Vesalius führte eine Sektionspraxis ein, die sich auf das Zerlegen des Körpers und das Wahrnehmen der menschlichen Formen und Teile durch das bloße Auge stützte.

Carl Arnold Kortum wurde am 5. Juli 1745 in Mülheim an der Ruhr geboren und starb am 15. August 1842 in Bochum. Aufgewachsen war er in Mülheim und Dortmund. Sein Medizinstudium absolvierte er in den Jahren 1763 bis 1766 in Duisburg. Im Anschluss daran nahm Kortum an einen Anatomiekurs im Königlich-Anatomischen Theater in Berlin teil. Diese zusätzliche Ausbildung berechtigte ihn, sich auch in Preußen als Arzt niederzulassen. In Berlin erwarb er nützliche Kenntnisse in Geburtshilfe, Wundbehandlung und Chirurgie. Und er nahm Leichensektionen vor.

Ab 1767 praktizierte Kortum als Allgemeinmediziner in Mülheim. 1770 zog er mit seiner Familie nach Bochum und eröffnete dort erneut eine Praxis. Bochum hatte damals gerade mal 1.500 Einwohner. Kortum behandelte jährlich weit über 1.000 Patienten und arbeitete an sieben Tagen in der Woche. Die Patienten kamen aus der näheren und weiteren Umgebung Bochums. Kortum wurde 1792 zum ersten Bergdoktor nördlich der Ruhr ernannt. Das hing mit der Einführung des preußischen Direktionsprinzips zusammen. Es regelte den staatlichen Anspruch auf die technische, organisatorische und wirtschaftliche Leitung im Bergbau und auch die Zuständigkeit für die medizinische Betreuung der Bergleute. Kortum überwachte die Arbeit der Knappschaftsärzte und stand dem Oberbergamt für medizinische Fragen zur Verfügung.

Doch auch außerhalb der Praxis und abgesehen von der Verpflichtung als Bergarzt war Kortum um das gesundheitliche Wohlergehen der Bevölkerung besorgt. Das belegen eindrucksvoll auch seine zahlreichen populärmedizinischen Schriften. Darin kamen unter anderem krankmachende Modetorheiten wie das Tragen von zu engen Korsetts und krankheitsvorbeugende Ernährungstipps zur Sprache. Bis 1823 arbeitete Kortum noch in seiner Praxis.

Im Nachlass Kortums, der für Forscher unterschiedlichster Disziplinen wertvolle Quellen enthält, befindet sich auch ein in lateinischer Schrift verfasstes Patiententagebuch. Es gibt Auskunft darüber, mit welcher Klientel es Kortum zu tun hatte, welche Krankheiten auftraten und welche Therapiemaßnahmen er gegen diese ergriff.

URSULA JENNEMANN-HENKE

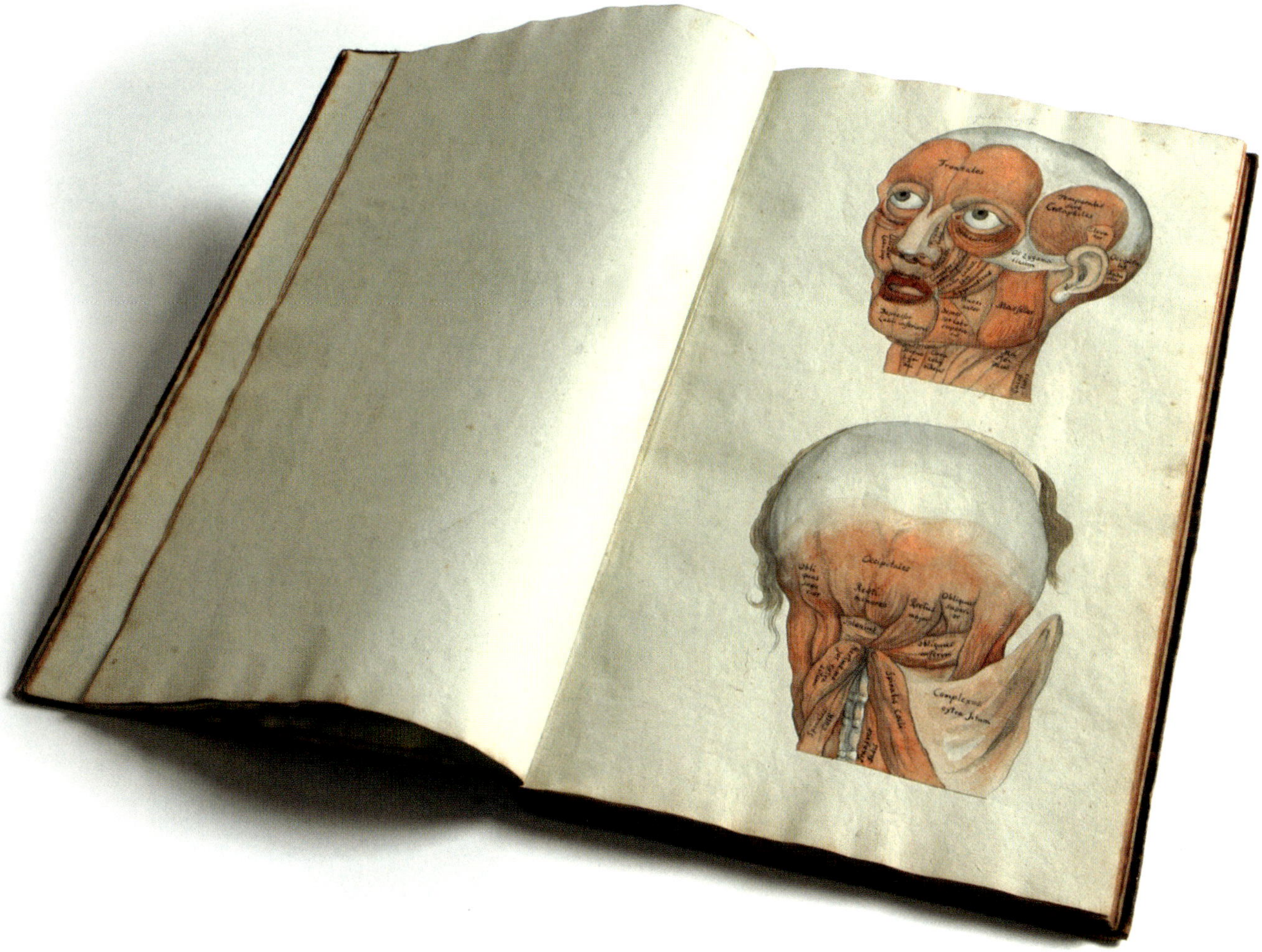

SIEBEN

UND

NEUNZIG

SACHEN

# HAARPFEIL

77

spätes 4./ frühes 5. Jh. n. Chr.
Fundort: Bochum-Kirchharpen, Grundstück der Firma Boco; Ausgrabung K. Brandt, 1964
Bronze, gegossen, graviert, gefeilt; L 21,5 cm, Dm. oben 0,9 cm
Zugang Städtische Kunstgalerie, o. J.

Der aus Buntmetall – wahrscheinlich Messing – gefertigte Haarpfeil ist vollständig und unbeschädigt erhalten. Seine Länge beträgt 21,5 cm, der Kopfdurchmesser kann mit 0,9 cm angegeben werden. Das Stück wurde gegossen und dann sorgfältig nachgearbeitet und verziert. Unter dem pilzförmigen Haupt, wie er für die Nadeln des Typs Wijster charakteristisch ist, sitzen je vier Gruppen von jeweils fünf Scheiben, die durch drei polyedrische, astragalierte Glieder getrennt werden. Am Übergang zum glatten Teil des Schaftes finden sich an vier Seiten vier übereinander angebrachte Kreisaugenpunzen.

Trotz der schönen Patina unterscheidet sich der aktuelle Zustand der Nadel sehr deutlich von dem ihrer Herstellungszeit, in der sie wohl als goldglänzendes (Messing-)Schmuckstück die Blicke auf sich zog. Obwohl im Bereich der Fundstelle der Arbeitsplatz eines germanischen Goldschmiedes vermutet werden kann, dürfte die qualitativ hochwertige Nadel eher aus einer spätantiken Werkstatt im heutigen Nordfrankreich bzw. aus Belgien stammen.

Haarnadeln, die in der Fachliteratur auch als Haarpfeile bezeichnet werden, sind aus Frauengräbern des späten 4. und frühen 5. Jahrhunderts vor allem im Umfeld der spätantiken Militärgarnisonen in Gallien und Germanien bekannt. Diese Hauptsachen finden sich oft am Schädel der Bestatteten und könnten Bestandteil der Frisur gewesen sein. Ebenfalls in Betracht zu ziehen sind weitere zugehörige Teile eines Kopfputzes etwa in Form von Schleiern, Hauben oder Bändern. Neben Exemplaren aus Buntmetall liegen vereinzelt auch solche aus Silber vor. Die Trägerinnen gehörten dem besser situierten Teil der sogenannten Foederaten an, das heißt, den mit dem Imperium vertraglich verbundenen germanischen Stammeskriegern, die vom römischen Militär vor allem in der Grenzverteidigung eingesetzt wurden. Ihre Familien siedelten sich im Umland der Kastelle an, was sowohl die Versorgungssituation verbesserte wie auch die Bindung der Germanen an das zu verteidigende Land förderte.

Die Verbreitung der Nadeln außerhalb des Imperiums kann zum einen mit einer Rückwanderung einzelner Personen in ihre Ursprungsgebiete erklärt werden, zum anderen war solcher Schmuck auch Teil des Handels und Kulturaustauschs zwischen den römischen Provinzen und der Germania Magna. Der besondere Wert dieses Stückes als Teil der Ausstattung einer besser gestellten Frau dürfte so auch in der spätantiken Hellwegzone bekannt gewesen sein.

Die Fundumstände des Bochumer Stückes weisen allerdings in eine ganz andere Richtung. Nach den Unterlagen von Karl Brandt wurde diese Nadel nicht in irgendeiner Siedlungsgrube entdeckt, sondern steckte senkrecht etwa 60 cm tief im Schwemmkegel einer Erosionsrinne. Man darf davon ausgehen, dass dies nicht zufällig geschah, sondern von der letzten Besitzerin so beabsichtigt war. Es handelt sich damit um eine Deponierung eines wertvollen Gegenstandes, eine Praxis, die zu dieser Zeit vor allem mit magischen bzw. religiösen Beweggründen zu verbinden ist. Leider sind wir über die Opferbräuche gerade auf germanischem Gebiet nicht so gut informiert, dass sicher zu entscheiden wäre, wofür hier vor 1.600 Jahren ein Wertstück weggegeben wurde.

Mit einer Datierung in die Zeit um 400 n. Chr. markiert das Fundstück zugleich das Ende des frühen Hellwegs als Handelsroute. Fast alle Siedlungen brechen zu dieser Zeit ab, und erst 200 Jahre später setzt zögerlich ein neuer Ost-West-Austausch in dieser verkehrsgeografisch günstig gelegenen Region ein.

WOLFGANG EBEL-ZEPEZAUER

SIEBEN

UND

NEUNZIG

SACHEN

# WASSERROHR

78

Deutschland; 18. Jh.
Ton, salzglasiert; L 62 cm, Dm 6,8–11,5 cm
Zugang Städtische Kunstgalerie, 1964

Wasser ist der Stoff, aus dem und in dem das Leben entstanden ist. Da Wasser für die Stoffwechselprozesse in den Zellen unentbehrlich ist, stellt es die Hauptvoraussetzung für die Existenz von Organismen dar. Dass ausreichend Wasser zur Verfügung steht und dies bequem und in unbedenklicher Qualität aus dem Hahn läuft, gehört in westlichen Industriestaaten zu den Selbstverständlichkeiten des täglichen Lebens.

Bereits in der Antike wurden Wasserleitungen angelegt, wenn die lokalen Wasserressourcen zur Deckung des Bedarfs nicht ausreichten oder deren Qualität als ungenügend galt. Archäologische Funde belegen dies für den vorderasiatischen Raum schon für das vierte, für die mykenische und kretische Kultur für das zweite vorchristliche Jahrtausend. Ton war das bevorzugte Material, aus dem die von den Quellgebieten in die Städte verlegten Rohrleitungen hergestellt wurden. Mit der Ausdehnung des Römischen Reiches gelangte die dort hoch entwickelte Technik der Wasserversorgung im ersten nachchristlichen Jahrhundert auch in das römische Germanien. Während die Fernleitungen meist aus „opus caementicium“, dem sogenannten Römischen Beton, bestanden, wurden Rohre für geringere Durchflussmengen aus Ton, Blei oder Holz gefertigt.

Auch wenn der Hauptteil des Wasserbedarfs vom Mittelalter bis zur Einführung der zentralen Wasserversorgung durch Brunnen gedeckt wurde, kam der Leitungsbau in dieser Zeit nicht vollständig zum Erliegen. Nun wurde Holz zum wichtigsten Baustoff: Bis zu fünf Meter lange Stämme wurden aufgebohrt und meist mit Eisenmuffen miteinander verbunden. Daneben kamen Blei-, Ton- und seit dem 14. Jahrhundert auch Gusseisenrohre zum Einsatz. Die Qualität von Tonleitungen hatte sich gegenüber der Antike verbessert. Dazu trugen zum einen höhere und gleichmäßigere Brenntemperaturen, zum anderen die im ausgehenden Mittelalter eingeführte säurebeständige Salzglasur bei.

Auch das ausgestellte Wasserrohr ist, nachdem es auf der Scheibe gedreht wurde – die deutlich hervortretenden Rillen an der Außenseite stammen von den Fingern des Töpfers –, mit einer Salzglasur versehen worden. Diese Art der Wasserleitung wurde seit der Antike als Stecksystem gefertigt und an den Anschlüssen mit Lehm oder Mörtel abgedichtet. Während sich die Muffe trichterförmig erweitert, weist das andere Ende hinter einem kleinen Flansch ein gleichmäßig geformtes Profil auf, das eine Entstehungszeit nicht vor dem 18. Jahrhundert annehmen lässt. Wegen ihrer geringen Innendruckfestigkeit empfahlen sich Tonrohre nicht für Druckwasserleitungen. Dafür, dass es sich auch hier um ein Segment einer Leitung handelt, in der das Wasser langsam im freien Gefälle floss, spricht die Kalksinterablagerung, die sich fast ausschließlich am unteren Teil der Innenwandung findet.

Für die zentralen Wasserversorgungen des ausgehenden 19. Jahrhunderts wurden Rohre aus keramischen Werkstoffen zunehmend bedeutungslos. Während das unterirdische Rohrnetz vorrangig aus Gusseisen oder Stahl bestand, wurden Hausleitungen noch in der zweiten Hälfte des 20. Jahrhunderts aus Blei hergestellt (obwohl Vitruv schon im ersten vorchristlichen Jahrhundert eine gesundheitsschädliche Wirkung dieses Materials vermutet hatte). Auch das 1871 in Betrieb genommene Bochumer Wasserwerk verlegte für Zuleitungen kleinerer Dimensionen Bleirohre. Gewonnen wurde das in das Rohrnetz eingespeiste Wasser aus den Kiesschichten entlang der Ruhr. Eine Leitung aus perforierten Tonrohren führte einem dreißig Meter vom Fluss entfernten Sammelbrunnen das natürlich filtrierte Wasser zu, von wo aus es in ein Hochbassin gepumpt wurde und dann durch Fallrohre in das Verteilernetz gelangte. Betrug die Rohrlänge im Jahr 1872 etwa 28 Kilometer, hatte sich diese Zahl 1893 bereits verfünffacht.

BEATE OLMER

SIEBEN

UND

NEUNZIG

SACHEN

# HÖHENSONNE

79

Quarzlampen Gesellschaft m.b.H., Hanau; 1950er Jahre
Stahlblech, Aluminium, Kunststoff, Glas;
H 125 bis ca. 200 cm (Höhenverstellung von 75 cm), T ca. 110 cm, B 70 cm
Zugang Stadtarchiv, 1999

„Hallo, wie geht's? Gesund? Hauptsache!" Diese Gesprächseröffnung ist im Ruhrgebiet wohl täglich zu hören. Trotz der floskelhaften Verwendung spiegelt sich in diesen Begrüßungsworten die Bedeutung wider, die einer guten Gesundheit als Voraussetzung für ein glückliches Leben zugemessen wird.

Der positive Einfluss von Sonnenlicht auf den Organismus rückte zu einem Zeitpunkt in das Bewusstsein, zu dem der regelmäßige Aufenthalt in einer unbelasteten Natur für große Teile der Bevölkerung keine Selbstverständlichkeit mehr war. Die Industrialisierung brachte eine massive Luftverschmutzung mit sich, Arbeiterfamilien wohnten in Mietskasernen mit geringem Lichteinfall, und Untertagearbeiter sahen die Sonne häufig über einen längeren Zeitraum überhaupt nicht.

Die Möglichkeit, die UV-Strahlung der Sonne künstlich zu erzeugen und therapeutisch einzusetzen, geht auf eine Erfindung des Jahres 1904 zurück. Richard Küch, Physiker der Hanauer Firma W.C. Heraeus, entwickelte mit der Quecksilberhochdrucklampe aus Quarzglas zunächst eine sehr effektive und wirtschaftliche Lichtquelle. Zur besseren Vermarktung der Erfindung gründete die Firma zusammen mit der in Berlin ansässigen AEG zwei Jahre später die Quarzlampen Gesellschaft m.b.H., Hanau. Der Einsatz als Straßen- und Werkshallenbeleuchtung endete jedoch Mitte der 1910er Jahre aufgrund der Konkurrenz der Metalldrahtlampe.

Nun trat der zweite Effekt der Küch'schen Lampe in den Vordergrund: die ultraviolette Strahlung. 1913 kam die erste künstliche Höhensonne „Original Hanau" auf den Markt. Der „Höhensonnenmann" – die Silhouette eines die Arme empor streckenden, auf einem Berggipfel stehenden Mannes, hinter dem die Sonne ihren Strahlenkranz ausbreitet – wurde das Markenzeichen des Herstellers. Ikonographisches Vorbild ist das „Lichtgebet", das Hugo Reinhold Karl Johann Höppener, genannt Fidus, zwischen 1890 und 1938 in mehreren Fassungen schuf, und das, vielfach variiert, zum Schlüsselmotiv der Lebensreformbewegung wurde.

Die „Künstliche Höhensonne", an deren Weiterentwicklung die zum Marktführer avancierte Quarzlampengesellschaft kontinuierlich arbeitete, hielt in den folgenden Jahrzehnten Einzug in Krankenhäuser und Arztpraxen, später als Tischversion in Privathaushalte. Die Anwendungsgebiete der Lichttherapie reichten von Tuberkulose, Rachitis und Hautkrankheiten bis zur allgemeinen Stärkung des Immunsystems. Auf Zechen wurden die Auswirkungen der Anheliose (Lichtmangelkrankheit) der Untertagearbeiter durch Höhensonnenbestrahlungen behandelt.

Das ausgestellte Modell „Q 400 T Stativ" wurde den Aussagen der Herstellerfirma zufolge in den 1950er Jahren produziert. Es handelt sich um ein kombiniertes Gerät, bei dem die ultraviolette Strahlung durch Infrarot-Wärmestrahlung ergänzt wird. „Regelmäßige Bestrahlungen mit der ‚Höhensonne' erhöhen die Abwehrkräfte des Körpers gegen Infektionen, verleihen der Haut ein gesundes, blühendes Aussehen und sind deshalb zur regelmäßigen Gesundheits- und Schönheitspflege unentbehrlich." Dieses Zitat aus der Bedienungsanleitung verweist bereits auf einen weiteren Anwendungsbereich, der seit den 1950er Jahren immer stärker an Bedeutung gewann und bis in die Sonnenstudios unserer Tage führt: den Bräunungseffekt des UV-Lichtes.

BEATE OLMER

SIEBEN

UND

NEUNZIG

SACHEN

# FINGERRING MIT SIEBEN KÖPFEN

80

römisch; 3./4. Jh. n. Chr.
Messing, sieben Kameen (rote Koralle, Feldspat, verschiedene Kalksteine); Dm 2,7 cm, H 1 cm
Zugang Heimatmuseum, 1921

Bei der Sichtung der musealen Bestände des Bochumer Stadtarchivs fiel dieser Fingerring durch seine außergewöhnliche und antik anmutende Gestaltung besonders auf. Weder Entstehungszeit noch Herkunft sind bekannt; in den Akten fand sich lediglich der Hinweis, dass Bernhard Kleff ihn 1921 für 100 Mark für die Sammlung ankaufte. Der Ring besteht aus sieben im Innern glatt miteinander verbundenen, ovalen Medaillons aus Messing, die rundum verschiedenfarbige Schmucksteine mit kleinen, erhaben geschnittenen Köpfen (oder Häuptern) tragen. Der rote Stein zeigt ein Frauenporträt, der schwarze eine Theatermaske und der hellbraune die Büste eines bärtigen Alten; die übrigen Steine in Weiß, Braun, Grau und Beige geben unterschiedliche Jünglingsköpfe wieder. Die dem Betrachter frontal zugewandten, teilweise stark abgeriebenen Gesichter lassen sich nach stilistischen Gesichtspunkten in die spätrömische Zeit datieren. Auch die Form aus polygonal aneinandergereihten, ovalen Steinfassungen kommt bei Fingerringen des 3./4. Jahrhunderts vor. Ähnlich erscheint vor allem ein Bronzering aus acht Siegelplatten mit der Darstellung symbolischer Tiere (Chadour, Nr. 431). Ein unmittelbares Vergleichsstück mit derart vielen Kameen ließ sich aber nicht ermitteln. Frontale Kopfdarstellungen sind an römischen Ringen eher einzeln, vor allem als Medusenhaupt, zu finden.

Ungewöhnlich sind auch die Materialien des Ringes. Eine Röntgenspektographie im Bergbaumuseum Bochum ergab, dass es sich mit Ausnahme des schwarzen Steins, einem Feldspat, um biogenes Material handelt, also um Mineralien, die durch anorganische Reste abgestorbener Organismen wie Muscheln und Korallen entstanden sind. Derartige Kalziumkarbonate sind nicht besonders hart und eignen sich gut zur Bearbeitung mit dem Bohrer, nutzen sich allerdings auch stärker ab; durch Politur erhalten sie einen an Edelsteine erinnernden Glanz. Ähnlich wie diese Edelsteinimitationen stellt das Material Messing gegenüber dem sonst bei repräsentativen Ringen verwendeten Gold eine weniger edle und kostspielige Lösung dar. Messing als Goldersatz war bei den Römern, vor allem bei der Herstellung von Münzen, allgemein im Gebrauch. Das für die Legierung erforderliche Kupfererz importierte man vornehmlich aus Zypern, Zink wurde als Galmei (Zinkspat) unter anderem aus dem Rhein-Maas-Gebiet und Britannien eingeführt. Für Ringe und als Werkstoff für Schmuck überhaupt wurde Messing von den Römern allerdings nur selten verwendet. Die unedlen Materialien sprechen eher für eine provinzialrömische Herkunft.

Ringe der Antike und des Mittelalters werden häufig als „Schmuckringe" bezeichnet. Im Allgemeinen ging ihre Bedeutung jedoch über die bloße dekorative Funktion hinaus. Der Dekadenring des Mittelalters, bei dem zehn Segmente miteinander verbunden sind, wurde etwa wie eine Paternosterkette als Gebetsring benutzt. Die sieben verschiedenen Farben und Formen der Büsten legen bei dem Bochumer Ring eine Verwendung als Amulettring nahe. Jedem Stein – und hier war vor allem die Farbe entscheidend – wurden in der römischen Antike bestimmte, teilweise von Plinius und Galen überlieferte Kräfte zugeschrieben, die den Träger des Ringes schützen sollten: Granat etwa wurde vor allem auf Reisen getragen, Malachit sollte eine gesunde Schwangerschaft garantieren und Opal dazu befähigen, Unglück vorherzusehen. Bei Grabbeigaben sollten Karneol und Koralle dem Verstorbenen den sicheren Weg ins Jenseits weisen. Die rundum nach außen gewandten Köpfe des Ringes sprechen zudem für eine allgemeine, Unglück abwehrende Funktion, wie sie für die Medusenhäupter auf römischen Gemmenringen bezeugt ist und die den Ring für seinen Träger besonders wertvoll machte.

REINHILD STEPHAN-MAASER

SIEBEN

UND

NEUNZIG

SACHEN

# POLIZEI-TSCHAKO

81

Deutschland; 1950–55
Vulkanfiber, Leder, Aluminium, Textil; H 18,8 cm, B 20,5 cm, T 26,9 cm
Zugang Stadtarchiv, 1987

Historische Objekte, die zweifelsfrei mit einem konkreten Ereignis oder einer bestimmten Person in Verbindung gebracht werden können, sind für museale Sammlungen von besonderem Wert, denn Authentizität und auratische Wirkung des „dinghaften Zeitzeugen" (Gottfried Korff) werden hierdurch verstärkt. Im Falle des Tschakos aus dem Bestand des Stadtarchivs ist bekannt, wessen Haupt er einst schützte.

Erste Hinweise auf den Besitzer geben ein kleiner Aufkleber mit dem Namen „Ruthof" sowie die Initialen „P.R." auf der Innenseite der Kappe. Ein Blick in Adressbücher ergab, dass es sich bei dieser Person um einen Bochumer handelte. Gespräche mit Ruthofs Tochter und dem Bochumer Polizeipräsidium vervollständigten das Bild: Der 1915 in Bochum-Linden geborene und im Jahr 2003 verstorbene Paul Ruthof hatte bei der Wehrmacht eine Ausbildung als berittener Artillerist absolviert und wurde 1937 bei der Bochumer Polizei eingestellt. Auch hier versah er seinen Dienst zu Pferde. 1975 schied Ruthof, der inzwischen die Reiterstaffel leitete, im Rang eines Polizei-Hauptmeisters aus dem Dienst aus. Sechs Jahre zuvor waren Tschakos endgültig aus dem Straßenbild verschwunden: 1969 wurde dieser Kopfschutz in Nordrhein-Westfalen eingezogen und vernichtet. Den Beamten stand frei, ihren Tschako als Erinnerungsstück zu behalten.

Der Tschako, dessen Bezeichnung auf das ungarische Wort „csákó" (Husarenhelm) zurückgeht, findet sich seit dem frühen 19. Jahrhundert in vielen Armeen. Auch Preußen führte 1807 – zunächst beim Militär, kurz darauf bei der Polizei – diese zunächst aus Filz und Leder bestehende Kopfbedeckung ein. Obwohl seit 1842 die sogenannte Pickelhaube zum Symbol für das preußische Militär- und Polizeiwesen wurde, trugen bestimmte Truppenteile weiterhin den Tschako. Beim Militär übernahm dann ab 1916 der neu entwickelte Stahlhelm die Schutzfunktion für den Kopf. Die in die Arsenale gewanderten Tschakos wurden nach dem Ersten Weltkrieg von der Polizei weiter verwendet und wurden nun zu deren Markenzeichen. Der zwölfstrahlige (beim Tschako unten abgeflachte) Stern mit dem Landeswappen in der Mitte, der in dieser Form bis heute als Polizeistern erhalten ist, stammt aus der Zeit der Weimarer Republik. Zwar veränderten sich Farbgebung, Hoheitszeichen, Zierrat und andere Details, doch blieb der Tschako im Nationalsozialismus, während der Besatzungszeit und in den Anfangsjahren der Bundesrepublik die übliche dienstliche Kopfbedeckung des deutschen Polizisten.

Tschakos in der Form des ausgestellten Exemplars wurden in Nordrhein-Westfalen um 1950 eingeführt. Seit 1927 verwendete man für die Herstellung nicht mehr Leder, sondern das leichtere, gleichzeitig aber sehr stabile Material Vulkanfiber. Für einen sicheren Sitz sorgte ein verstellbares Innenfutter aus Leder. Der über dem Vorderschirm zusammengeschobene Sturmriemen wurde nur bei besonderen Einsätzen als zusätzliche Sicherung unter das Kinn geschnallt. Eine Ausnahme bildete die berittene Polizei: Beamte zu Pferde wie Paul Ruthof legten den Sturmriemen immer an.

Die Vorderseite des schwarzglänzenden Tschakos ziert der große, silberfarbene Polizeistern mit dem Landeswappen. Das hinter dem Stern befestigte, den Deckel der Kopfbedeckung überragende sogenannte Nationale – ein Abzeichen in den Landesfarben, das in Preußen 1808 unter dem Namen Tschakorose eingeführt worden war – wurde 1951 in den Farben Schwarz, Rot, Gold in allen Bundesländern vorgeschrieben. 1955 ersetzte die weiße Dienstmütze den Tschako, der allerdings bis zur Einführung des Schutzhelmes im Jahr 1969 bei Einsätzen, bei denen ein besonderer Schutz des Polizistenhauptes geboten schien, noch Verwendung fand.

BEATE OLMER

SIEBEN

UND

NEUNZIG

SACHEN

# ANSICHT DER GUSSSTAHLFABRIK „BOCHUMER VEREIN“

82

Ewald Jorzig; 1942
Öl auf Leinwand; H 133,5 cm, B 158,5 cm, T 9,2 cm (m.R.)
Zugang ungeklärt (Heimatmuseum oder Städtische Kunstgalerie, o. J.)

Der 1905 in Lütgendortmund geborene Ewald Jorzig, der ein Studium an der Kunstgewerbeschule in Essen und an der Düsseldorfer Akademie absolviert hatte, zählte mit seinen Landschafts, Industrie und Porträtbildern zu den Stars unter den Bochumer Künstlern in den Ausstellungen des Leiters der Bochumer Gemäldegalerie Dr. Richart Reiche in den 30er Jahren. Sein 1942 entstandenes, großes Industriebild zeigt in impressionistisch aufgelockerter Malweise die positiv gestimmte Ansicht einer pulsierenden und vor Kraft strotzenden Industrieszenerie. Rauchende Schlote und die Glut der Hochöfen verschmelzen auch im Angesicht des sich zuspitzenden Krieges zu einer harmonischen, fortschritts- und technikgläubigen malerischen Synthese. Mit seinen Industrielandschaften beteiligte sich Jorzig im Jahr 1943 erfolgreich an der Ausstellung „Düsseldorfer Künstler im Haus der Deutschen Kunst“ in München und an der Ausstellung „Junge Kunst im Deutschen Reich“ in Wien.

Das Gemälde stellt – mit der Hochofenanlage im Hintergrund und dem Martinstahlwerk (Kolosseum-Front) am rechten Bildrand – offensichtlich den westlichen Teil des Geländes der Gussstahlfabrik des Bochumer Vereins (BV) dar, der erst im Zuge der Ausbauten der 1860er und 1870er Jahre industriell erschlossen wurde. Die Ansicht gibt einen Eindruck von einem silhouettenbeherrschenden, gewucherten Industriekonglomerat. Der angedeutete ‚Wald‘ von Schloten vermag eine Vorstellung von der besonderen Großstadtluft, die die benachbarten Arbeiterwohnviertel durchzog, zu vermitteln.

Die Mitte der 1840er Jahre von Jacob Mayer und Eduard Kühne westlich von Bochum in Betrieb genommene Gussstahlfabrik war ursprünglich ein reines Stahlwerk, in dem wie bei Krupp in Essen hochwertiger Tiegelstahl erzeugt wurde. Mit Jacob Mayers Erfindung des Stahlformgusses eröffneten sich nach 1850 neue Möglichkeiten der Weiterverarbeitung des Werkstoffes, sodass in der Hauptsache die Produktion von Eisenbahnmaterial betrieben werden konnte. Das seit 1854 als Kapitalgesellschaft unter der Bezeichnung Bochumer Verein firmierende Werk folgte als einer der wichtigen deutschen Qualitätsstahlhersteller aus Konkurrenzgründen der branchentypischen Entwicklung hin zum integrierten Hüttenwerk, wodurch auch die Gewinnung der für die Stahlerzeugung notwendigen Rohstoffe in eigener Regie betrieben und die Weiterverarbeitung ausgedehnt wurde: Um 1900 besaß das Unternehmen im Bochumer Raum zu diesem Zweck zeitweise bis zu vier Steinkohlenzechen. Seit 1876 wurden in eigenen Hochöfen auf der Gussstahlfabrik, deren Anzahl sich bis 1917 auf fünf erhöhte, Erze zu Roheisen verhüttet. Den Kernbereich bildeten hingegen weiterhin die Stahlwerke, in denen in der zweiten Hälfte des 19. Jahrhunderts parallel nach verschiedenen Herstellungsverfahren gearbeitet wurde. Für die Weiterverarbeitung der ständig wachsenden Stahlproduktion waren seit den 1860er Jahren die Hammer- und Walzwerke umfangreich ausgebaut sowie Fertigungsbetriebe für Eisenbahnbedarf und Rüstungszwecke angelegt worden.

Diese Entwicklung bedingte auch aufgrund hüttentechnischer Innovationen ständige, nur begrenzt planbare Aus-, Um- und Neubauten, die Ausdehnung des Geländes und letztlich eine interne bauliche Konfusion des Werkes, die durch zwei Bahnanschlüsse und zahlreiche Werksbahnlinien komplettiert wurde.

Bereits seit Mitte des 19. Jahrhunderts war Bochums größtes Werk der Hauptarbeitgeber in der Stadt gewesen. Zur Entstehungszeit des Gemäldes zählte das Unternehmen etwa 20.000 Beschäftigte, darunter bereits ein beträchtlicher Anteil an Zwangsarbeitern: Während des unrühmlichsten Kapitels seiner Geschichte gehörte der BV, seit 1937 NS-Musterbetrieb, zu den Hauptwaffenschmieden des „Dritten Reiches“.

MARCO RUDZINSKI
SEPP HIEKISCH-PICARD

SIEBEN

UND

NEUNZIG

SACHEN

# N E B E N

# SACHEN

# FAHNE DES MÄNNERGESANGSVEREINS „GLÜCK AUF HÖNTROP“

83

Deutschland; 1902
Seide, Baumwolle, Samt, Metallfäden; ca. H 105 cm, B 105 cm; Messingringe, Dm 7 cm
Zugang Stadtarchiv, 1983

„Sind wir von der Arbeit müde – ist noch Kraft zu einem Liede“, lautet der kunstvoll gestickte und rankenverzierte Spruch auf der Rückseite der Fahne, die zum 30-jährigen Jubiläum des Männergesangsvereins „Glück auf Höntrop“ im Jahre 1902 entstand. Der Schriftzug umrahmt ein ovales Bildfeld mit zwei spiegelbildlich angeordneten Schwänen, die auf einem Seerosenteich schwimmen und mit ihren Schnäbeln eine Leier zwischen sich halten. Die häufiger auf Musikvereinsfahnen des 19. Jahrhunderts auftretenden Symbole erinnern an den mythischen Sänger und Lyraspieler Orpheus, der wegen seiner Menschen und wilde Tiere bezaubernden Musik als Schwan in den Olymp aufgenommen wurde (noch heute sind Schwan und Lyra als Sternbilder am Himmel zu sehen). Der Spruch wertet das Singen zwar als der Arbeit untergeordnete Nebensache; er beinhaltet aber auch das Bedürfnis, aus dem Alltag in erhabenere Sphären zu entfliehen und aus dem Musikerlebnis Kraft zu schöpfen.

Der heute noch aktive „MGV Glück Auf Höntrop“ wurde als ältester Wattenscheider Männergesangsverein 1872 – noch vor dem Kirchenchor von Sankt Gertrudis – überwiegend von Bergleuten der seit 1868 zum Bochumer Verein gehörenden Zeche „Vereinigte Maria Anna und Steinbank“ (Zeche Marianne) gegründet. Zwei neben dem Bergbausymbol und unter einer großen Kaiserkrone stehende Knappen zieren die ebenfalls im Bochumer Stadtarchiv befindliche Gründungsfahne. Die Vorderseite der Jubiläumsfahne von 1902 trägt auf beigefarbenem Grund, von Weinranken, -trauben und Eichenlaub umwunden, den Namen des Vereins sowie Gründungs- und aktuelles Datum. Die von einer Kaiserkrone bekrönten Wappen im Mittelfeld veranschaulichen mit Schlägel und Eisen, steigendem Westfalenross (aus dem Wappen der preußischen Provinz Westfalen) und einer Leier das Selbstverständnis des Vereins: Bergbau, Heimat und Musik sind unter dem Schutz des Kaiserreichs miteinander verbunden.

Die Anfänge des organisierten Männergesangs finden sich einerseits in den „Liedertafeln“, die als exklusive künstlerische Vereinigungen im frühen 19. Jahrhundert entstanden, zum anderen in der Bewegung des „Liederkranzes“, die mit dem Anspruch standesübergreifender demokratischer Gesinnung und bürgerlicher Opposition auftrat. Demgegenüber ist bei den Gesangsvereinen seit der Jahrhundertmitte und vor allem der wilhelminischen Zeit durchweg eine vaterländisch-nationale Ausrichtung zu verzeichnen. Bis auf eine kleine, sozialistisch gesinnte Minderheit waren die Männergesangsvereine Westfalens typische Repräsentanten eines patriotischen Gemeinsinns, der häufig sogar den eigentlichen Bezugsrahmen der Sänger bildete. Die Musik wurde zur Überhöhung des Kaiserreichs eingesetzt, und das gemeinschaftliche Singen ermöglichte eine emotionale Verknüpfung von Geselligkeit und Vaterlandsliebe.

Trotz der Anbindung an das Bergbaumilieu handelte es sich beim „MGV Glück Auf Höntrop“ nicht um einen der Arbeitersängervereine, wie sie sich seit 1864, verstärkt seit dem Fall des Sozialistengesetzes 1890, mit bezeichnenden Namen wie „Eintracht“, „Vorwärts“ oder „Liberté“ gründeten. Mit seinen patriotischen Liedern, Fahnenweihen und -umzügen und vor allem mit den mit anderen Chören der regionalen Sängerbünde ausgetragenen ‚Wettstreiten‘ – die Höntroper Sänger errangen 1912 in Herne den Kaiserpreis –, wies er alle Elemente der bürgerlichen Gesangsvereine auf. Die Chorleiter waren oft Lehrer, das Liedgut stammte aus der üblichen bürgerlichen Männerchorliteratur. Da im Ruhrgebiet das städtische Kulturleben mit Oper- und Theateraufführungen erst um etwa 1900 einsetzte, waren hier die Gesangsvereine – 27 gab es 1898 allein in Bochum – und die Kirchenchöre jahrzehntelang die einzigen Kulturträger überhaupt.

REINHILD STEPHAN-MAASER

SIEBEN

UND

NEUNZIG

SACHEN

# TEFIFON MIT SCHALLBÄNDERN

84

a) Schallbandspieler Tefifon KC 1/Ra
Tefi-Radio, Köln; 1956
Stahlblech, Kunststoff; H 14,3 cm, B 29 cm, T 18 cm

b) 10 Schallbänder (1 Normalkassette und 9 Kleinkassetten)
Tefi-Apparatebau Dr. Daniel K.G., Porz bei Köln und Tefi-Werke, Porz bei Köln; 1954–1962
Kunststoff, PVC, Pappe; H 15,6 cm, B 13,6 cm, Dicke 4,7 cm (Normalkassette) und
H 11 cm, B 9,5 cm, Dicke 4,7 cm (Kleinkassette)

Zugang Stadtarchiv, ca. 1983/84

Bis zu vier Stunden ununterbrochenen Musikgenuss, Start und Stopp über eine per Kabel mit dem Gerät verbundene Fernbedienung sowie die Möglichkeit, den Tonträger an verschiedenen Stellen zu starten – all dies bot der 1956 auf den Markt gekommene Schallbandspieler der Firma Tefi. Angesichts der Speicherkapazität und des Bedienkomforts moderner MP-3-Player mögen diese Merkmale wenig bemerkenswert erscheinen; in den 1950er Jahren aber stellte das von Karl Daniel perfektionierte Verfahren, Schallbänder zur Tonaufzeichnung zu verwenden, durchaus eine Alternative zu dem üblicheren Schallplattenspieler dar.

Zwanzig Jahre vor der Markteinführung des KC 1 hatte Daniel auf der Rundfunkausstellung die ersten Schallbandgeräte (Tefifon und Tefícord) vorgestellt, die 1938 in Serie gingen. Da Geräte mit langer Aufzeichnungsdauer – das Tefifon eignete sich für Sprachaufnahmen von 24 Stunden Dauer – für Abhördienste von Interesse waren, arbeitete die Firma auch während des Zweiten Weltkriegs an der Weiterentwicklung der Technik.

Das Sortiment des Herstellers war umfangreich und umfasste neben Schallband- und Rundfunkgeräten auch Fernseher sowie diverse Geräte-Kombinationen. Mit dem KC 1 wurde 1956 ein kleiner, kostengünstiger Schallbandspieler vorgestellt, der unter anderem als Koffergerät, in dem auch Verstärker und Lautsprecher integriert sein konnten, zu verwenden war. Ansonsten wurde das Tefifon an die Tonabnehmer-Buchsen eines Radios angeschlossen.

Durch die Umstellung der Laufgeschwindigkeit auf 19 cm pro Sekunde konnten mit der Normalkassette vier Stunden Musik gehört werden. Das im Mai 1954 erschienene Schallband „Die große Tefi-Revue" war das erste Band mit dieser Spieldauer; 74 Musikstücke aus den Sparten Operette, Unterhaltung sowie „Tanz und gute Laune" waren darauf enthalten. Die 1955 eingeführte Kleinkassette hatte eine Spieldauer von einer Stunde.

Die Möglichkeit, lange Musikstücke wie Symphonien ohne Unterbrechung präsentieren zu können, war zu Beginn der 1950er Jahre ein wichtiger Vorteil des Schallbandspielers gegenüber dem Plattenspieler. Schallplatten mit einer Drehzahl von 78 Umdrehungen in der Minute liefen pro Seite nicht einmal fünf Minuten. Die ab 1952 in Deutschland erhältliche Langspielplatte mit 33 1/3 Umdrehungen kam auf ca. 22 Minuten. Letztlich verkehrte sich der Vorteil der langen Spieldauer für das Tefifon aber geradezu ins Gegenteil und trug dazu bei, dass es nur als Nebenerscheinung in die Geschichte der Tonträger einging: Für die Produktion eines Tefi-Stunden-Bandes benötigte man etwa 20 Musikstücke, sodass aktuelle Schlager nicht schnell genug auf den Markt gebracht werden konnten. Zudem musste der Kunde für Stücke bezahlen, die er möglicherweise gar nicht hören wollte. Der Versuch der Firma Tefi, diesen Nachteil durch ein Kurzband mit dreiminütiger Spieldauer wettzumachen, scheiterte. Da außerdem die von der AEG entwickelten Magnettongeräte immer mehr Marktanteile gewannen, wurde die Produktion der Schallbandspieler 1962 eingestellt.

BEATE OLMER

SIEBEN

UND

NEUNZIG

SACHEN

# ESSZIMMERSTUHL AUS DER WOHNUNG DER FAMILIE BAER

85

Gebr. Eppinghausen, Dortmund; vor 1925
Holz, Stoffbezug neu (Mitte 1970er Jahre); H 108,5 cm, B 59 cm, T 50,5 cm
Zugang Stadtarchiv, 2006

Die Bochumer Firma Isaac Baer OHG erlebte in den 1920er Jahren Höhen und Tiefen. Nach der Inflation erholte sie sich und stand am Ende des Jahrzehnts in „voller Blüte". Leo Baer, einer der beiden Firmeninhaber, hatte die Mittel, seine Privatwohnung seiner gesellschaftlichen Position entsprechend auszustatten. Er lebte mit Ehefrau Else und zwei Kindern in der Wrangelstraße 28. Die Esszimmer-Einrichtung, zu der der Stuhl gehört, wurde 1925 bei der Firma Gebrüder Eppinghausen in Dortmund gekauft, einem Etablissement für Wohnungseinrichtungen am Westenhellweg mit angeschlossener Möbelfabrik. Sie kostete 6.900 Reichsmark und bestand aus einem Ausziehtisch mit sechs gepolsterten Stühlen, zwei Armsesseln, Buffet, Vitrine und Kredenz.

Der Familie ging es gut. Sie hatte Haushaltshilfen, auch einen Koch und einen Chauffeur. Die Tochter Karla (geboren 1920) besuchte nach der jüdischen Grundschule das Lyzeum, der Sohn Werner (geboren 1922) die Goetheschule. Der Sommerurlaub wurde in der Regel im Schwarzwald, an der Nordsee oder in Bad Schwalbach verbracht.

Die Baers waren seit 1881 in Bochum ansässig. Der Firmengründer Isaac Baer war von Allner im Siegkreis nach Bochum gezogen und hatte im Mai 1881 ein Trödler-Geschäft bei der Stadt Bochum angemeldet. Als er 1908 starb, hinterließ er seinen Erben einen florierenden Betrieb mit ca. 60 Beschäftigten, der nicht allein mit Lumpen und altem Eisen, sondern mit Rohprodukten aller Art handelte und die Rechtsform einer offenen Handelsgesellschaft angenommen hatte. Nach dem Ersten Weltkrieg, den er als Unteroffizier und Flugzeugwaffenmeister an der Front mitgemacht hatte, übernahm Leo Baer zusammen mit seinem Schwager Hugo Hirschberg den elterlichen Betrieb. Er hatte gute Geschäftsverbindungen und galt als kompetent in seinem Metier. Seit 1921 fungierte er als öffentlich beeideter Sachverständiger für den Handel mit Schrott und als Schlichter bei außergerichtlichen Streitigkeiten. Wie alle jüdischen Betriebe geriet die Firma Isaac Baer OHG während der NS-Zeit zuerst unter Druck und dann in große wirtschaftliche Not. Nach der Pogromnacht 1938 wurde sie von den Nationalsozialisten beschlagnahmt, ausgeplündert und schließlich liquidiert. Die Familie Baer hatte schon 1935 mit ihrem wertvollen Mobiliar von der Wrangelstraße an die Gerberstraße umziehen müssen, wo die Firma ihren Sitz hatte. Nach der Pogromnacht wurde Leo Baer verhaftet und ins Konzentrationslager Oranienburg-Sachsenhausen verschleppt. Er kam nach einigen Wochen wieder frei, nachdem er sich verpflichtet hatte, Deutschland auf dem schnellsten Weg zu verlassen. Hatte Baer bis zum Novemberpogrom geglaubt, ihm als ehemaligem Frontsoldaten werde nichts geschehen, und sich den Ausreise-Plänen seiner Familie verweigert, so wurden diese nun mit Hochdruck vorangetrieben.

Else und Leo Baer versuchten, die Wohnung aufzulösen und das Mobiliar zu verkaufen. Das gelang nur im Fall des Esszimmers, das der Radrennfahrer Walter Lohmann erwarb. Er kannte die Familie und hatte seine Hilfe angeboten. Der Rest der Möbel sowie Hausrat, Bücher, Gemälde, Teppiche, Antiquitäten, Schmuck, Geräte, Sammlungen, Musikinstrumente usw. mussten aufgegeben werden. Vieles wurde ‚verschenkt', anderes überhastet verkauft. Für das eichene Doppelschlafzimmer zum Beispiel, dessen Wert Leo Baer später mit 1.200 Reichsmark angab, zahlte eine Nachbarin 100 Reichsmark. Für das Herrenzimmer im Wert von 8.200 Reichsmark, mit Bücherschrank und Bibliothek, Polsterstühlen, Tisch, Schreibtisch, Sofa, Sessel, Clubsessel, Rauchtisch, Leuchten und Kunstwerken gab es keinen Abnehmer. Es wurde nach der Abreise der Familie Baer vom Finanzamt gepfändet und zwangsversteigert.

Die mit Sorgfalt und Liebe zusammengestellte Wohnungseinrichtung war für die Baers zur Nebensache geworden. Es galt, das nackte Leben zu retten. Die vierköpfige Familie überlebte im Exil in Frankreich. Leo Baer kehrte nach dem Zweiten Weltkrieg nach Bochum zurück und strengte ein Wiedergutmachungsverfahren an. Er konnte akribisch auflisten, was der Familie gestohlen worden war. Nicht nur der nationalsozialistische Staat hatte sich bereichert, sondern auch Konkurrenten, Nachbarn, ‚Freunde', Bekannte und Unbekannte. Die Gunst der Stunde nutzend und die Notlage der Emigranten ausnutzend, hatten sie wertvolles jüdisches Eigentum an sich gebracht. Gegen den Rennfahrer Walter Lohmann erhob Leo Baer während des Wiedergutmachungsverfahrens ausdrücklich keine Ansprüche. Er habe sich fair verhalten und das Erworbene bezahlt.

INGRID WÖLK

SIEBEN

UND

NEUNZIG

SACHEN

# PANORAMA VON BOCHUM, VOM STADTPARK AUS GESEHEN

86

Friedrich Gottlieb Müller; um 1890
Farblithographie, auf Strohpappe aufgezogen; H 59,3 cm, B 80,0 cm
Zugang Heimatmuseum, o. J.

Vierzehn Detailansichten umrahmen das aus einer Darstellung des Stadtparks und der Stadtsilhouette bestehende Mittelbild. Im Zentrum breitet sich der Stadtpark aus. Mit seinen klar gezeichneten Grünflächen und Wegen, dem Parkhaus samt Terrasse und südländischen Kübelpflanzen, Gärtnern und Spaziergängern im Sonntagsstaat mutet er idyllisch an und bildet einen deutlichen Kontrast zur entfernt scheinenden Silhouette der Stadt. Diese wird strukturiert durch Industrie- und Kirchtürme, wobei die Fabrikschornsteine gegenüber den Sakralbauten keineswegs dominant wirken. Die Prägung des Stadtbildes durch die weit fortgeschrittene Industrialisierung ist trotzdem offenkundig. Friedrich Gottlieb Müller, Zeichner, Lithograph und Verleger, schuf eine ganze Reihe sogenannter Sammelbilder westfälischer Städte im ausgehenden 19. Jahrhundert. Sein Bochum-Panorama entstand um 1890. Das Erscheinungsbild der Stadt hatte keine Ähnlichkeit mehr mit dem im Stadtmodell von Bernhard Kleff festgehaltenen Zustand Bochums um 1800. Dabei lagen zwischen beiden Ansichten nicht mehr als 90 Jahre. Bochum war längst über seinen alten Kern hinausgewachsen, hatte sich zuerst nach Süden ausgedehnt, wo um den Wilhelmsplatz herum die „Neustadt" entstand und dann, ab etwa 1850, nach Westen, wo der „Bochumer Verein" seinen Standort hatte. Die Bevölkerungszahl war während des 19. Jahrhunderts sprunghaft angestiegen: von ca. 1.600 (1800) über 3.899 (1843) auf 40.767 (1885). Ein Ende des Wachstums war nicht abzusehen. Politik und Verwaltung waren laufend bemüht, die städtische Infrastruktur den veränderten Bedingungen anzupassen. Neben Straßen, Plätzen, Kanalisationsanlagen und unzähligen privaten Bauten entstanden Kirchen, Schulen und andere öffentliche Gebäude. Für einen repräsentativen Rathausbau war die Zeit aber wohl noch nicht reif. Um den gestiegenen Raumbedarf zu decken, erwarb die Stadtverwaltung 1886 das ehemalige Hotel „Kaiserlicher Hof" an der Alleestraße und nutzte es als Rathaus.

Die das Mittelbild umgebenden Detailansichten zeugen vom Wandel der Stadt. Die meisten der abgebildeten Bauwerke entstanden in der zweiten Hälfte des 19. Jahrhunderts. Von links oben nach rechts unten sind zu sehen: Marktplatz, Wilhelmsplatz, Synagoge, Marienkirche, Städtisches Gymnasium, Bergisch-Märkischer Bahnhof, Kost- und Logishaus des „Bochumer Vereins", Evangelisches Krankenhaus/ Augusta-Krankenanstalten, Peter- und Paul-Kirche (seit 1888 „Propsteikirche"), Postgebäude, Christuskirche, Bergschule, Rathaus/Hotel „Kaiserlicher Hof", Rheinischer Bahnhof.

Ganz im Gegensatz zur Lage im Bochum-Panorama war der Stadtpark für Politik und Stadtverwaltung keine zentrale Angelegenheit. Die Stadt Bochum war aber bereit, sich diese Nebensache zu leisten. Der Beschluss zum Bau des Parks – und zwar allein mit städtischen Mitteln – fiel im Herbst 1869. Die von der Stadtverordnetenversammlung mit der Planung beauftragte Parkkommission machte Vorschläge und legte einen Finanzierungsplan vor. Die Kommunalpolitiker waren zunächst einverstanden, zogen ihre Zustimmung im März 1873 aber wieder zurück. Andere Projekte hatten Vorrang, vor allem der durch das schnelle Wachstum der Stadt notwendige Ausbau der Gasanstalt und des Wasserwerks. Die für den Stadtpark im Januar 1872 bereits bewilligten Mittel flossen nun diesen beiden Einrichtungen zu; die Pläne wurden zu den Akten gelegt. Sie lebten wieder auf, als die Stadt sich 1874 zur Aufnahme einer Anleihe von 500.000 Talern gezwungen sah. Der weitere Ausbau der Infrastruktur erforderte diese Mittel. Erstaunlicherweise hieß es nun nicht mehr: entweder – oder, sondern sowohl - als auch. In der Liste der geplanten Investitionsmaßnahmen war auch der Stadtpark enthalten. Er sollte auf der „Vöde" entstehen, dem städtischen Weideland, das die Bürger bis dahin unentgeltlich hatten nutzen können. Nun entstand ein neues Hindernis: Ein Bochumer Wirt prozessierte gegen die Stadt und forderte die „Gewährung einer Weide für seine Kuh" auf städtischem Grundbesitz. Die Stadt gewann den Prozess, der Stadtpark wurde gebaut und 1877 in Betrieb genommen. Zu diesem Zeitpunkt lag er nicht in, sondern neben der Stadt. Die Fläche dazwischen war frei, die Entfernung zum Zentrum betrug einen knappen Kilometer. Als willkommener Nebeneffekt des Parkbaus wurde seine Umgebung als Bauland attraktiv. Hier zu wohnen, konnten sich diejenigen, denen der Park den größten Nutzen bringen sollte, nicht leisten. Die Parkkommission hatte in ihrer Werbung für den Stadtpark damit argumentiert, er solle der öffentlichen Gesundheitspflege dienen und vor allem Fabrikarbeitern „nach des Tages Lasten und Mühe Schutz gegen Staub und Hitze und Erholung gewähren". Erst als der Park durch den Aufbau des Straßenbahnnetzes (ab 1894) näher an die Stadt ‚heranrückte' und für alle erreichbar war, konnte dieses Versprechen eingelöst werden.

INGRID WÖLK

SIEBEN

UND

NEUNZIG

SACHEN

# SCHNUPFTABAKDOSE

87

wahrscheinlich 19. Jh.
Holz mit imitiertem Schildpattdekor; L 10,8 cm, B 5,1 cm, H 2,7 cm
Zugang Heimatmuseum, 1910

War es ein Karnevalsscherz, als sich im Februar 1886 in Bochum ein „Nasenclub" gründete? Die Initiatoren zeigten der Polizeibehörde vorschriftsmäßig an, dass man sich einmal wöchentlich im Lokal der Witwe Wiesmann, an der Schützenbahn, treffen und den Mitgliedern „eine gute Prise" sichern wolle. Laut Statut konnte jeder dem Club beitreten, der „die Nase mitten im Gesicht" hatte. Der Mitgliedsbeitrag sollte nach dem „inneren Raum der Nase" bemessen sein und für Schnupftabak und Schnupfutensilien verwandt werden, ein etwaiger Überschuss Karnevalszwecken zufließen. Die Behörde vermutete, dass sie es mit Scherzbolden zu tun habe und legte den Vorgang „ad acta". Dabei war es im ausgehenden 19. Jahrhundert durchaus kein Scherz, wenn gesellige Aktivitäten der Obrigkeit gemeldet wurden. Diese musste ja wissen, was das Volk so tat, aus Furcht vor politischen ‚Umtrieben', besonders sozialdemokratischen. Bei der Polizeibehörde Bochum meldeten sich zahlreiche Vereine an, deren Zweck von der gegenseitigen Unterstützung über die Bündelung beruflicher und wirtschaftlicher Interessen bis zur gemeinsamen Freizeitgestaltung reichte. Zwischen 1885 und 1887 gründeten sich in Bochum außer dem „Nasenclub" noch zwei weitere Männerrunden, die als Vereinsziel den gemeinsamen Tabakkonsum angaben: die „Gesellschaft Qualm", die sich im Lokal Schäfer, an der Voedestraße, zur gemütlichen Zusammenkunft und Unterhaltung traf, und der „Rauch-Club", dessen Vereinslokal die Wirtschaft Nolte an der Hammerstraße war. Die Einsender beteuerten, weder politische Reden halten noch „politische oder confessionelle Zwecke" verfolgen zu wollen. Rauch-Vereine waren nichts Ungewöhnliches, Clubs zur Pflege des Schnupfens vielleicht schon eher.

Der Schnupftabak hatte schon glanzvollere Zeiten erlebt und eine beeindruckende Karriere an den Höfen Europas hinter sich. Seinen kulturellen Höhepunkt hatte er in der französischen höfischen Gesellschaft des 18. Jahrhunderts erreicht. Zur Kultur des Schnupfens gehörten Tabatieren. Häufig mit Juwelen besetzt, hatten sie hohen materiellen Wert und wurden sogar als Staatsgeschenke ausgetauscht. Im industriellen Zeitalter war das vorbei. Der Schnupftabak war in den ‚Niederungen' angekommen. In geselliger, oft alberner Runde kitzelte er bürgerliche Nasen und diente sogar dem Proletariat, besonders dann, wenn es im Bergbau beschäftigt war. Aufgrund der Brandgefahr war Rauchen unter Tage streng verboten, und Schnupftabak lieferte das willkommene Nikotin auch ohne Rauch.

Die Schnupftabakdose ist das erste greifbare Objekt der von Bernhard Kleff begründeten Sammlung. Sie kam aus Bochum und wurde am 8. März 1910 für eine Mark für das Heimatmuseum erworben. Kleff dokumentierte den Zugang nachträglich, denn erst ab Oktober 1910 stand ihm der Raum in der Weilenbrinkschule zur Verfügung, den er als Lager für seine zunächst schulische Sammlung nutzte. 1913 übernahm die Stadt die Sammlung, und erst 1919 wurde das Heimatmuseum eröffnet. Ob Kleff die Tabatiere zunächst aus rein privaten Gründen erwarb oder ob er ihr Potential als ‚Museumsding' und Grundstock einer künftigen Stadthistorischen Sammlung sofort erkannte, bleibt ebenso im Dunkeln wie ihre Herkunft und ursprüngliche Funktion. Mit den Schmuckstücken des Rokoko kann sie sich nicht messen. Aber in geselliger bürgerlicher Runde kann man sie sich vorstellen. Vielleicht hätte sie auch einem Mitglied des „Nasenclubs" gut zu Gesicht gestanden?

Das Exponat bietet den Anlass zum Sinnieren über höfisches Leben, bürgerliche Geselligkeit, die Hintergründe von Vereinsgründungen und die besondere Situation von Nikotinabhängigen unter Tage. Vielleicht kann es ja sogar zum Nachdenken über das Schnupfen als Alternative zum Rauchen in der Öffentlichkeit verführen. Negative Folgen des Passiv-Schnupfens sind bisher jedenfalls nicht bekannt geworden. Es leistet seinen Beitrag in dem von Gottfried Korff so genannten „Kognitionseinleitungsprozess" durch die Inszenierung des Historischen. Seine ungeklärte Vergangenheit mag vor diesem Hintergrund ebenso zur Nebensache geraten wie das Schnupfen von Tabak selbst eine war und ist. Kleff aber wusste mehr. Als er 1930 die Sammlung neu klassifizierte, sortierte er die Schnupftabakdose in die Gruppe Schmuck und Luxus ein. Unter Tage war sie also nicht.

INGRID WÖLK

SIEBEN

UND

NEUNZIG

SACHEN

# FUSSBALL DES VFL BOCHUM

88

DERBYSTAR Sportartikelfabrik GmbH, Goch, Produktion Pakistan;
PU/PVC-Mischung; Umfang 68–70 cm, Gewicht 410–450 g
Zugang Stadtarchiv, 2006

Auch ein scheinbar profanes Trittinstrument wie ein Fußball hat sich in unseren Tagen zu einem waren High-Tech-Gerät entwickelt. Dieses Exemplar der Marke Derbystar kam im ersten Heimspiel des „Vereins für Leibesübungen" (VfL) nach der Rückkehr in die 1. Bundesliga, einer 1:2-Niederlage gegen Bayern München, im August 2006 zum Einsatz. Es besteht aus einer aufwendigen Poliuretan-PVC-Mischung, die seit einigen Jahren den klassischen Lederball abgelöst hat. Für ein solches Exemplar, von denen der VfL gut ein Dutzend pro Spiel benötigt, muss ein Hobbykicker inzwischen 100 Euro über die Ladentheke reichen.

Dies sind Investitionen, die keinen Vergleich mehr zu den Anfängen des Sports zulassen, als noch eine simple aufgeblasene Schweinsblase reichte, um Kickerbeine in Bewegung zu bringen. Ganz ähnlich wird auch in Bochum vor gut 100 Jahren der Fußball ins Rollen gekommen sein; wann genau jedoch die erste Schweinsblase durch die Gassen der Stadt getreten wurde, lässt sich heute nur noch schwer ermitteln.

Die Entstehung des Bochumer Fußballs stellt ein bislang wenig beschriebenes Blatt der Stadtgeschichte dar. Außer kaum verifizierbaren Gründungsmythen ohne Quellenbasis lassen sich heute nur noch wenige Fakten rekonstruieren. Als sicher kann mittlerweile gelten, dass Bochums erster Fußballplatz um 1905 von einer Schülermannschaft an der Bergstraße eingerichtet wurde. Und auch wenn uns nichts über das erste Spielgerät überliefert ist, so findet sich in einem Bericht des Bochumer Anzeigers doch immerhin eine Anekdote über Bochums erste Fußballtore: Sie mussten auf den Schultern der Pennäler von Hattingen aus bis in die Stadt getragen werden, da sich hier damals das einzige Torgeschäft der Umgebung befand. Nur wenige Jahre später fand Bochums Fußball dann seine feste Heimat an der Castroper Straße: Am 8. Oktober 1911, dieses Datum lässt sich dank einer Zeitungsmeldung exakt bestimmen, kickten die Vorläufervereine des VfL ihre ‚Pille' erstmals über eine Wiese des Bauern Dieckmann, auf der zuvor der „Circus Sarrasani" sein Zelt aufgeschlagen hatte.

Seitdem pilgern Bochums Fußballfans wie rituell „anne Castroper", mittlerweile im 96. Jahr. Der VfL verfügt damit heute über eine der traditionsreichsten Wettkampfstätten im deutschen Fußball. Denn während seine Nachbarn schon vor Jahrzehnten neue Arenen weit draußen auf der grünen Wiese bauten, spielt der VfL noch immer in seinem ‚Kiez' – mittlerweile recht eingeengt zwischen den Wohnhäusern des Stadtteils Grumme.

Beim VfL legt man viel Wert auf seinen lokalen Bezug. Denn auch wenn der Klub in bis dato 31 Jahren Bundesliga als erster Botschafter Bochums fungierte und den Namen der Stadt in der ganzen Republik bekannt machte, ist der Verein selbst in erster Linie ein Stadtklub geblieben. Gut zwei Drittel der Fanklubs stammen aus Bochum und auch die meisten Stadionbesucher können immer noch mit der Straßenbahn zur Castroper Straße fahren.

Nichtsdestotrotz erweitern sich auch die Perspektiven beim VfL Bochum ständig: Der Spagat zwischen Tradition und Moderne wird für den Verein schwieriger in Zeiten, in denen rund die Hälfte seiner Spieler nicht mehr aus Deutschland stammt und das Ruhrstadion seinen Namen zugunsten eines Sponsors aufgegeben hat.

Solche Schauplätze werden erst dann zur Randkulisse, wenn samstags ab 15.30 Uhr wieder alleine der Ball im Mittelpunkt steht. Dann ist die Begeisterung an der Castroper Straße immer noch genauso so groß wie zu den Zeiten, als man hier noch einer Schweinsblase hinterherjagte. Und dann wird klar, welche Aufgabe der VfL in dieser Stadt seit rund einhundert Jahren mit immer neuem Leben erfüllt: Aus Bochum, für Bochum die schönste Nebensache der Welt zu sein.

HENRY WAHLIG

SIEBEN

UND

NEUNZIG

SACHEN

# NÄHTISCHCHEN

89

norddeutsch; um 1820/1830
Kirschholz, teilweise schwarz lackiert, Messing, Samt, Eisen;
H 80 cm, Dm Tischplatte 46,7–48 cm
Zugang Heimatmuseum, ca. 1925/26

Der Nähtisch war im bürgerlichen Haushalt der Biedermeierzeit, die vom Rückzug ins Private und der Pflege innerer Werte geprägt war, neben Sofa, Tisch, Stühlen und Vitrinenschrank ein fester Bestandteil der ‚guten Stube'. Mit ihren schlichten geometrischen Grundformen stellten die Möbel dieser Zeit moderne, bürgerliche Gegenentwürfe zu den vorangegangenen, feudalen Möbelstilen dar. Der um 1900 wieder sehr beliebte Stil schien als Vorbild auch geeignet, die protzigen Gründerzeitausstattungen zu überwinden, und wurde als „Biedermeierzimmer" in nahezu jedem deutschen Heimatmuseum ausgestellt. So hat sich auch im Bochumer Stadtarchiv ein Kirschbaum-Ensemble aus dem Haus Rechen erhalten. Dass das ausgestellte Nähtischchen zur ursprünglichen Möbelgruppe gehörte, belegt eine alte Fotografie im Stadtarchiv, die das Biedermeierzimmer des Hauses Rechen mit Sofa, Vitrinenschrank und Kommode, Esstisch mit Stühlen, einem gusseisernen Ofen sowie zwei Nähtischen unter den Fenstern zeigt.

Mit seiner Halbkugelform und den drei nach innen geschwungenen Beinen auf einem dreiseitigen, gebogten Sockel stellt der Bochumer Nähtisch eine einfachere Variante des um 1806 in Wien entwickelten Globustisches dar, bei dem auch der Deckel halbkugelförmig ausgebildet und als zwei ineinander zu schiebende Schalen zu öffnen ist. Das Innere unter dem Klappdeckel bietet eine zweckmäßige, durch Herausheben erweiterbare Aufteilung in einzelne kleine Fächer für die Nähutensilien; ein Nähkissen aus grünem Samt lässt sich an einem Scharnier nach außen klappen. Die schwarze, Ebenholz imitierende Bemalung des Sockels und des halbkugeligen Bodens bietet einen reizvollen Kontrast zum rötlichen Kirschholz.

Nicht nur das Nähtischchen selbst wurde durch seine Aufstellung am Fenster, die aus lichttechnischen Gründen geboten war, zur Nebensache des biedermeierlichen Wohnzimmers. Als unmittelbarer Ausdruck des häuslichen Fleißes wies es auch der Frau den gebotenen Ort zu. Während die gesellschaftliche Rollenverteilung für den Mann politische Ämter und militärische Würden, aktive Betätigung ‚im Großen' vorsah, wurde die weibliche Bestimmung – geboren aus der „natürlichen Schwäche" der Frau – darin gesehen, sich um das Kleine im Hause zu kümmern. Im gehobenen Haushalt, in dem Gesinde und Dienstboten die meisten Alltagsarbeiten erledigten, reduzierte sich die Handarbeit der Hausfrau erheblich; ihre praktischen Verrichtungen und deren Bewertung konzentrierten sich daher auf die Geschicklichkeit beim Stricken, Sticken und Nähen.

Zur Vermeidung der Müßigkeit, die als aller Laster Anfang gesehen wurde, sollten die Hände der Frau stets beschäftigt sein. Kaum eine Interieurszene dieser Zeit zeigt Frauen gehobenen Standes ohne Beschäftigung am Strickstrumpf, Stickrahmen, Nähtischchen oder aber Klavier. Letztendlich ging es dabei auch darum, der angeblich angeborenen Fleischeslust der Frau Einhalt zu gebieten. Joachim Heinrich Campe, deutscher Pädagoge, Schulreformer und Erzieher der Humboldtbrüder, gibt in seiner „Höchstnötigen Belehrung und Warnung für junge Mädchen zur frühen Bewahrung ihrer Unschuld" (Wolfenbüttel 1787) den Rat: „Sitzt nicht beim Nehen oder bei euren sonstigen Handarbeiten mit übergeschlagenen Beinen und Schenkeln". Damit ein „Berühren oder Drücken der Schaamteile" verhindert wird, empfiehlt er eine aufrechte Haltung beim Nähen sowie ein „Nehküssen, das an den Tisch befestigt wird". Mit diesem Ausstattungsdetail garantiert auch das hier gezeigte Nähtischchen das offen einsehbare, sittsame Arbeiten der Frau, deren Haltung mit tätigen Händen, nebeneinander gestellten Füßen, gesenktem Kopf und innerer Sammlung dem männlichen Idealbild weiblicher, untergeordneter Tugend in hohem Maße entsprach und das von den Frauen als naturgegebene Bestimmung meist bereitwillig angenommen wurde.

REINHILD STEPHAN-MAASER

SIEBEN

UND

NEUNZIG

SACHEN

# E H R E N

# SACHEN

# RELIEF DES „LÖWEN VON JUDA“

90

von der Gedenktafel für die Bochumer jüdischen Gefallenen
des Ersten Weltkriegs in der ehemaligen Synagoge an der Wilhelmstraße
Nachbildung; Original: Julius Thelen, Essen; 1921; Nachbildung: Toronto; 2000
Bronze, gegossen; H 29,2 cm, B 19,4 cm, T 1,8 cm
Zugang Stadtarchiv, 2001

„Wie sind die Helden gefallen. Schneller als Adler waren sie, stärker als Löwen.“ Die Totenklage Davids galt König Saul und dessen Söhnen, die nach biblischer Schilderung in der dramatischen Schlacht des von Saul angeführten Heeres der Israeliten gegen die Philister auf dem Berg Gilboa gefallen waren. Das Zitat bildete den Kern einer 1921 von Rabbiner Dr. Moritz David gehaltenen Gedenkrede für 30 im Ersten Weltkrieg gefallene jüdische Soldaten aus Bochum. Für insgesamt etwa 100.000 jüdische Soldaten war es Ehrensache gewesen, für Kaiser und Vaterland in den Krieg zu ziehen. Viele von ihnen waren für ihre Tapferkeit mit dem Eisernen Kreuz ausgezeichnet worden, ca.12.000 gefallen.

Die Bochumer jüdische Gemeinde ehrte ihre Gefallenen mit einer Gedenktafel im Eingangsbereich der Synagoge. Drei in eine rote Marmorplatte mit schwarzem Rahmen eingelassene Bronzetafeln trugen die Namen der Toten. Oberhalb der Tafel stand in goldener Schrift: „Mit seinem Fittiche bedeckt er Dich und unter seinen Flügeln bist Du geborgen. Schild und Schwert ist seine Treue (Psalm 91,4).“ Links neben der Tafel war ein Bronzerelief mit einem Adler angebracht, rechts ein ‚Bronze-Löwe‘. Das Arrangement hatte hohen Symbolwert. Der Löwe war das Wappentier des Stammes Juda. Adler und Löwe erinnerten an die jüdischen Helden aus dem Alten Testament. Rabbiner Moritz David verknüpfte in seiner Ansprache ihre Geschichte mit der Erinnerung an die jüdischen Gefallenen des Ersten Weltkrieges. Deren Namen „sollten sprechen von unentwegter Treue zum deutschen Vaterland, so eindringlich und gewinnend, wie nur Blutzeugen der Treue sprechen können“.

Die mit ihren Opfern im Weltkrieg verbundenen Hoffnungen der deutschen Juden erfüllten sich nicht. Statt Anerkennung und Gleichberechtigung ernteten sie Diffamierungen. Besonders übel war die Hetzkampagne der NSDAP. Am 30. Januar 1933 gelangte sie an die Macht und setzte einen beispiellosen Prozess der Entrechtung und Verfolgung der jüdischen Bevölkerung in Gang, der mit dem Mord an ca. sechs Millionen Juden endete. Bisher sind die Namen von fast 600 jüdischen Menschen aus Bochum und Wattenscheid bekannt, die in den Vernichtungslagern getötet wurden, darunter zahlreiche ehemalige Soldaten. Ihr Status als Veteranen des Ersten Weltkriegs hatte ihnen keinen Schutz geboten. Der Novemberpogrom 1938 markierte einen ersten ‚Höhepunkt‘ der Verfolgungsmaßnahmen. In der Nacht vom 9. auf den 10. November wurde die prachtvolle Synagoge der Bochumer jüdischen Gemeinde geschändet und niedergebrannt. Ein an der Zerstörung Beteiligter nahm das in der Synagoge rechts neben der Gedenktafel platzierte Bronzerelief mit dem „Löwen von Juda“ an sich und gab es am Tag darauf bei der Familie des bekannten jüdischen Geschäftsmanns Leo Baer ab. Im Februar 1939 gelang den Baers die Flucht nach Frankreich. Nach dem Einmarsch deutscher Truppen in Paris waren sie äußerst gefährdet. Sie überlebten im Untergrund in südfranzösischen Dörfern. Die Tochter der Familie, Karla Baer, beteiligte sich an Aktionen der „Résistance“. Den ‚Löwen‘ aus der Bochumer Synagoge hatte sie, in ihrem Akkordeonkoffer versteckt, fast immer bei sich.

Heute lebt sie mit ihrem Ehemann David Goldberg in Toronto. Der ‚Löwe‘ ist noch immer in ihrem Besitz. Er ist das einzige Stück aus der Synagoge, das den Nazi-Terror überstand. Im Mai 2000 besuchte Karla Baer-Goldberg mit einem Teil ihrer Familie auf Einladung von Altoberbürgermeister Stüber die Stadt Bochum. Sie kündigte an, eine Nachbildung des ‚Bronze-Löwen‘ anfertigen zu lassen und der Stadt zu schenken. Die Nachbildung erreichte Bochum im Januar 2001 und befindet sich seitdem in der Obhut der Stadt. Wenn Ende 2007 die neue Synagoge der jüdischen Gemeinde Bochum-Herne-Hattingen eröffnet wird, wird sie dort ihren Platz finden.

INGRID WÖLK

SIEBEN

UND

NEUNZIG

SACHEN

# KÜRASS

91

Deutschland; Ende 19. Jh.
Eisen, Leinwand, Messing, Leder; Bruststück: H 43 cm, B 34,5 cm, T 21 cm,
Rückenstück: H 39 cm, B 36 cm, T 20 cm; Riemen: L 33 cm;
Zugang Kulturamt (Heimatmuseum), 1955

Der aus Brust- und Rückenstück bestehende Kürass ist mit Leinwand gefüttert. Während im Brustteil nur noch Fragmente erhalten sind, ist das Rückenfutter noch weitgehend intakt. Zudem weist es einen Einnäher auf, der auf den Träger des Körperpanzers verweist. Es handelt sich um den Gefreiten Meissner, der in der 4. Eskadron des Königlich Preußischen Kürassierregiments von Seydlitz (Magdeburgisches) No. 7 Dienst tat. Das 1815 errichtete, auch unter der Bezeichnung „Halberstädter Kürassiere" bekannte Regiment führte diesen Namen seit Beginn des Jahres 1889. Kaiser Wilhelm II. verlieh zu diesem Zeitpunkt zahlreichen Regimentern die Namen berühmter Feldherren. Dass er für das Regiment Meissners den Namen eines im Siebenjährigen Krieg zu hohen Ehren gekommenen Offiziers auswählte, wurde von den Regimentsangehörigen als besondere Auszeichnung verstanden. Friedrich Wilhelm von Seydlitz (1721–1773) war 1757 von König Friedrich dem Großen zum Oberbefehlshaber der gesamten preußischen Kavallerie ernannt worden und galt als einer der besten Führer der Reiterei.

In der Regimentsgeschichte findet sich der Name Meissner (bzw. Meißner) im Zusammenhang mit der Beschreibung eines Einsatzes des Kürassierregiments in Litauen während des Ersten Weltkrieges. Danach erlitt der Kürassier Kurt Meißner am 14. Juni 1915 eine schwere Verwundung, als ihn bei einem überstürzten Rückzug die Lanze eines Regimentskameraden in den Unterleib traf. Ob es sich bei dem zu diesem Zeitpunkt der 5. Eskadron zugeordneten Soldaten um den Besitzer des Kürasses handelt, ist nicht mit letzter Sicherheit zu sagen, aber nicht unwahrscheinlich.

Sicher ist dagegen, dass der ausgestellte Kürass von dem Gefreiten Meißner nicht im Felde getragen wurde. Seit 1888 gehörten Kürasse nicht mehr zur Feldausrüstung, sondern waren nur noch zum Paradeanzug zu Pferde vorgesehen. 1897 wurde diese Bestimmung insofern erweitert, als Kürasse bei Anwesenheit des Kaisers als Ehrenbekundung auch bei Paraden zu Fuß angelegt werden konnten.

Schon seit dem 17. Jahrhundert gehörten Kürasse nicht ständig zur Ausstattung der schweren Reiterei, denn angesichts immer durchschlagskräftigerer Geschosse verlor dieser Körperschutz zunehmend an Wirkung. Um dies auszugleichen, mussten die Eisenplatten stärker gefertigt werden, was die Bewegungsfreiheit der Reiter einschränkte und die Kosten erhöhte, sodass teilweise auf den Kürass verzichtet wurde. 1715 ordnete der preußische König an, dass Kürasse – häufig wurden nur Bruststücke getragen, die mit kreuzförmig über den Rücken gelegten Lederriemen gehalten wurden – wieder Bestandteil der allgemeinen Ausrüstung der Reiterregimenter sein sollten. 1787 wurde diese Bestimmung rückgängig gemacht, um 1814 wieder in Kraft gesetzt zu werden.

Zur Ausstattung der Offiziere und Mannschaften des „Halberstädter Kürassierregiments" gehörte seit 1815 ein aus Brust- und Rückenstück bestehender Kürass. Die beiden mit Leinwand gefütterten Teile wurden unten mit einem schwarzen Riemen mit Messingschnalle miteinander verbunden. Dieser beidseitig am unteren Rand des Rückenstücks angenietete Lederriemen ist am ausgestellten Objekt nur noch fragmentarisch erhalten. Zwei an den Schulterstücken des Rückens befestigte Schuppenriemen wurden an der Brust in Messingknöpfe eingehakt. Der Unterschied zwischen Offiziers- und Mannschaftskürassen bestand lediglich im geringeren Gewicht der Offiziersausstattung. Ein Mannschaftskürass wog je nach Größe zwischen 13 und 29 Pfund.

BEATE OLMER

SIEBEN

UND

NEUNZIG

SACHEN

# WANDTEPPICH (GOBELIN) MIT DEM WINDMÜHLENKAMPF DES DON QUICHOTTE

92

vermutlich Tournai; 1725
Kettfäden: Baumwolle, Schuss: Wolle und Seide; H 305 cm, B 180 cm
Zugang Museum Bochum, 1973

Die Herstellung von Tapisserien reicht zurück bis ins 12. Jahrhundert. Damals schmückten die textilen Wandbehänge ausschließlich die kalten Gemäuer der Gotteshäuser und sollten dort durch ihre Bildsprache christliche Werte vermitteln. Mit dem Beginn der Renaissance fanden die Wandteppiche dann ihren Weg in die Privathäuser wohlhabender Menschen und verzierten deren Wohnräume als Ausdruck von Reichtum. Neben Werken der Malerei zählten Bildteppiche zu den wertvollsten Gütern und konnten obendrein als „tragbarer, leicht zu transportierender Schatz" auf fürstlichen Reisen mitgeführt werden. Verbunden mit dieser neuen reinen Schmuckfunktion der Wandteppiche veränderten sich auch allmählich die Motive. Der Gebrauch von christlichen Themen geriet zunehmend in den Hintergrund und Abbildungen von Figuren und Helden aus dem profanen Bereich traten an ihre Stelle.

Im Jahre 1605 schrieb der Spanier Miguel de Cervantes während eines Gefängnisaufenthaltes den Roman „Der sinnreiche Junker Don Quijote von der Mancha". Dieser zeitkritische, den spanischen Idealismus in Frage stellende Roman sorgte für Aufsehen in der ganzen Welt und wurde über die Literatur hinaus zu einem beliebten Thema in der Malerei und der Bildwirkerei.

Zum ersten Mal wurden Cervantes Geschichten von Don Quichotte und seinem treuen Gefährten Sancho Pansa in Paris im Jahre 1714 für einen Bildteppich entdeckt. Der Franzose Claude Audran III. sorgte zwischen 1717 und 1794 mit seinen Entwürfen für einen regelrechten Boom an Wandbehängen mit diesem Thema. Neben Frankreich waren die südlichen Niederlande, das heutige Belgien, textiler Hauptlieferant für alle Fürstenhöfe und Schlösser. Auch dort eignete man sich das neue Figurenrepertoire aus Cervantes Buch schnell an.

Auf dem vorliegenden flämischen Bildteppich aus dem Jahre 1725 ist die wohl berühmteste Station der Abenteuerreise von Don Quichotte dargestellt. Es handelt sich um das Feld, auf dem der Ritter mit den Windmühlen kämpft, genannt „campo di criptana". Ungeachtet der Warnungen seines Knappen Sancho Pansa zieht Don Quichotte in den Kampf, weil er die Mühlen für sich aufbäumende Riesen hält. Auf dem Bildteppich ist er mit erhobenem Schwert in glänzender Rüstung dargestellt. Vom Idealismus getrieben, ist Don Quichotte bereit, für die ritterliche Ehre zu kämpfen.

Im Hintergrund des gewirkten Bildes erstreckt sich eine weite Landschaft, die typische Elemente der Spielorte Don Quichottes beherbergt. Auf der linken Seite ist eine romanische Burg zu erkennen und auf der rechten eine Windmühle. Die mit Wasser durchzogenen Ebenen hinter Don Quichotte sollen vermutlich die „lagunas di Ruidera" abbilden, die durch den Roman berühmt geworden sind. Der flämische Gestalter des Teppichs hat sich erlaubt, der abgebildeten Windmühle ein typisch niederländisches Aussehen zu geben. Sie erscheint anders als die zehn Mühlen, die bis heute auf dem „campo di criptana" als Touristenattraktion zu bewundern sind.

Aus welcher Manufaktur der vorliegende Bildteppich stammt, ist heute schwer nachzuweisen, da keine Initialen eines Teppichwirkers oder einer Werkstatt vorhanden sind. Möglicherweise sind diese bei Reparaturen verloren gegangen. Die Bordüre, die die Szene mit stilisierten Akanthusblättern umrahmt und auch die feine Ausführung des Bildes, die wie eine Imitation von Malerei wirkt, lassen auf eine flämische Herkunft schließen.

Das vorliegende textile Prunkstück ist Teil eines Zyklus von vier Bildteppichen, die jeweils Stationen von Don Quichottes Reise darstellen. Alle vier Wandteppiche schmückten bis vor kurzem den Rittersaal in der Wasserburg Kemnade, um dort den Eindruck eines höfischen Interieurs zu unterstreichen.

SILVIA LEHMANN

SIEBEN

UND

NEUNZIG

SACHEN

# KRONE DER BOCHUMER SCHÜTZENKÖNIGIN DES JAHRES 1888

93

1888
Silber getrieben, graviert; H 9,5 cm, B 16,5 cm, T 19,5 cm
Zugang Heimatmuseum, o. J.

Im Jahr 1888 feierte der Bochumer Bürgerschützenverein zum 500. Mal das Maiabendfest. Er verlieh damit der damals weit verbreiteten Überzeugung sichtbaren Ausdruck, dass das Fest 1388 durch Graf Engelbert III. von der Mark zum Dank für die ihm in seinem Kampf gegen die Stadt Dortmund gewährte Unterstützung der Bürgersöhne Bochums gestiftet worden sei. Ihnen soll Engelbert das Privileg verliehen haben, alljährlich am Vorabend des 1. Mai im Harpener Bockholt einen Eichbaum zu fällen, ihn nach Bochum zu bringen und von dessen Verkauf ein Fest – das Maiabendfest eben – zu feiern. Diese zunächst mündlich überlieferte Tradition hat sich gegenüber anderen Vermutungen über den Ursprung des Maiabendfestes (etwa der Verknüpfung mit heidnischem Frühlingsbrauchtum) durchgesetzt. Sie bleibt freilich umstritten, weil sich keine Quelle aus dem Mittelalter erhalten hat, die den Anfang des Festbrauches zu erhellen geeignet wäre.

Sicher ist immerhin, dass sich das Maiabendfest aus einer Feier der Bochumer „Junggesellencompagnie" entwickelte, die Teil einer seit 1540 nachweisbaren Schützengilde war. Im 19. Jahrhundert wurde es zu einem Fest für alle Bewohnerinnen und Bewohner der Stadt. Heute wird der Festbrauch – einer der ältesten Westfalens, wenn nicht gar ganz Deutschlands – von der „Bochumer Maiabendgesellschaft 1388 e.V." gepflegt.

Die Bochumer Junggesellenkompanie veranstaltete Scheiben- wie Vogelschießen und nahm an den Begehungen der städtischen Grenzen teil, zählte aber nicht zur offiziellen Bürgerwehr der Stadt. Schützengilden waren vielmehr freiwillige Vereinigungen der Bürgerschaft, die sich als Körperschaften des Privatrechts allgemeinen Schießübungen widmeten und so im Ernstfall dennoch durch ihre Schießfertigkeit zur Verteidigung der Stadt beitragen konnten.

Ein Schützenfest war demnach auch ein wesentlicher Bestandteil des Maiabendfestes 1888. Hinzu kam noch eine Sedansfeier zum Gedenken an den Sieg der deutschen über die französischen Truppen am 2. September 1870. Zu den Festlichkeiten, die wegen des Todes Kaiser Wilhelms I. und der schweren Erkrankung seines Nachfolgers Friedrichs III. nicht wie geplant Ende April bzw. Anfang Mai 1888 stattfinden konnten, sondern auf die Zeit vom 31. August bis zum 2. September verschoben werden mussten, hieß es im „Märkischen Sprecher" vom 31. August: „Heute beginnt für Bochum ein dreitägiges Fest, wie es die Stadt wohl seit ihrem Bestehen noch nicht gefeiert hat. Die Bedeutung des Festes liegt einmal darin, daß sich die gesamte Bürgerschaft einmüthig daran beteiligt und zum anderen darin, daß drei einzelne Festlichkeiten hier auf hübsche Weise miteinander verschmolzen sind. Es war ein glücklicher Gedanke des hiesigen Schützenvereins, sein Jubelfest an das Schützenfest anzulehnen und zugleich die 500jährige Jubelfeier des Maiabendfestes damit zu verbinden".

Der Königsschuss gelang damals Gustav Wilhelm Becker. Dass „ungeheurer Jubel entstand", als der Schuss gefallen war, berichtete der „Märkische Sprecher" mit Begeisterung. Durchaus lapidar vermerkt er hingegen, dass Becker eine „Frau Mettegang" zu seiner Schützenkönigin wählte. Nicht einmal ihren Vornamen hielt man für erwähnenswert. Er wird auch in der Überlieferung der Schützen nicht genannt. Nur dass er mit „W" begann, ist noch bekannt. Dabei war Frau Mettegang aller Wahrscheinlichkeit nach die Gattin des Hoteliers Friedrich Mettegang und somit eine angesehene Bürgerin Bochums. Wie dem auch sei: Sie wird die Wahl zur Schützenkönigin gewiss als Ehre und die ihr angetragene Krone mithin als Ehrensache empfunden haben.

STEFAN PÄTZOLD

SIEBEN

UND

NEUNZIG

SACHEN

# HALSGEIGE

94

spätes 18. / frühes 19. Jh.; Überarbeitung 20 Jh.
Eichenholz, handgeschmiedetes Eisen; L 71 cm, B 25 cm, T 3,5 cm
Zugang Städtische Kunstgalerie, 1968

Eine Halsgeige, auch Schandgeige genannt, ist eine zumeist hölzerne Fessel, die in Europa während des Mittelalters und der frühen Neuzeit Anwendung fand. Sie umschloss sowohl den Hals als auch die Handgelenke derjenigen, die dazu verurteilt wurden, sie zu tragen. Man fertigte die Geige in der Regel aus zwei symmetrisch angeordneten Holzteilen, die hinten durch ein Scharnier und vorne durch einen Verschluss verbunden waren. Zur Fesselung wurde sie aufgeklappt, um Hals und Hände der Delinquentin – sehr selten eines Mannes – gelegt und wieder geschlossen. An dem Strafinstrument waren üblicherweise eine Kette oder ein Seil befestigt, sodass die gefesselte Person daran geführt werden konnte.

Die Halsgeige diente dem Vollzug von Ehren- bzw. Schandstrafen. Sie wurde nur bei leichteren Vergehen wie sexuellen Ausschweifungen, Zänkereien oder einfachem Diebstahl und dann zumeist bei Frauen angewendet. Der Büttel führte die Übeltäterin durch die Stadt und gab sie auf diese Weise dem Gespött und der Verachtung ihrer Mitmenschen preis. Bisweilen endete ein solcher Gang am Pranger.

Die Bedeutung von Ehrenstrafen in der vormodernen Gesellschaft ist nicht zu unterschätzen: Eine öffentliche Diffamierung konnte – je nach der gesellschaftlichen Stellung des oder der Betroffenen – den politischen, wirtschaftlichen und sozialen Ausschluss aus der Gemeinschaft, etwa den Verlust des Bürgerrechts, der Zunftmitgliedschaft oder den Stadtverweis zur Folge haben. Ehrlose durften nicht als Zeugen auftreten oder Paten werden. Zumeist war die ganze Familie des Delinquenten vom Ehrverlust betroffen.

Schandstrafen durch Halsgeige oder Stock hatten allerdings keine gleichermaßen gravierenden Folgen. Sie dienten in erster Linie der Sichtbarmachung der Untat und galten lediglich als ehrschädigend, ohne dass die Betroffenen dauerhaft stigmatisiert wurden. Die Übeltäter durften nach der Verbüßung ihrer Strafe (zumindest der Theorie nach) nicht mehr verspottet oder geschmäht werden. Eine gewisse Rufschädigung war indes wohl unvermeidlich.

Der zentrale Schauplatz von Ehrenstrafen war in den Städten des Alten Reiches der Pranger, ein Schandpfahl, der vor dem Rathaus, bei einer Kirche oder auf dem Marktplatz stehen konnte, also immer da zu finden war, wo sich viele Menschen versammelten. Dort demonstrierte man die Sträflichkeit und Unehrenhaftigkeit eines Vergehens vor aller Augen. Als Strafinstrument war der Pranger im Mittelalter in Gebrauch gekommen, wurde alsbald neben dem Galgen zu einem wesentlichen Zeichen städtischer Gerichtsbarkeit und erreichte besonders im 15. und 16. Jahrhundert große Verbreitung. Pranger waren über das Zeitalter der Aufklärung hinaus bis weit in das 19. Jahrhundert hinein in Gebrauch.

Auch in Bochum gab es verschiedene Instrumente zur Vollziehung von Ehrenstrafen. Zumindest für die frühe Neuzeit sind sie nachweisbar. Einem (wohl aus dem 16. Jahrhundert stammenden) Artikel des städtischen „Policey-Rechts" zufolge waren leichtere Diebstähle mit einer Geldstrafe in Höhe von zwei Mark zu ahnden. Im Wiederholungsfalle sollten, wie Darpe schreibt, Täterin oder Täter „mit Gefängniß, Pranger und Halseisen drei Stunden lang gekasteyet" werden. Noch im Jahr 1790 gab es auf dem Marktplatz, wie Kortum vermerkt, für Diebe sowohl einen steinernen Pranger als auch einen hölzernen Schandpfahl.

Von einer Halsgeige berichten die zur Verfügung stehenden Quellen zwar nichts; da sich aber während des 16. Jahrhunderts ein Stock im Ratsgefängnis befand, ist auch die Verwendung einer Schandgeige im frühneuzeitlichen Bochum durchaus denkbar.

STEFAN PÄTZOLD

SIEBEN

UND

NEUNZIG

SACHEN

# TASCHENUHR MIT WIDMUNG DES BOCHUMER VEREINS

95

1906
Rotgold, Kupfer (?), Messing, Glas; H 7 cm, Dm 5 cm, T 1,2 cm, L der Kette: 27,5 cm
Zugang Museum Bochum, 1975

Die Jubiläumsuhr, seit dem 19. Jahrhundert zigtausendfach an die Arbeitsjubilare des Bergbaus und der Schwerindustrie im Revier verschenkt, dürfte sich noch in vielen Familien der Region als Erinnerungsstück erhalten haben. Sie stellte für den damit Geehrten nicht nur einen Wertgegenstand, sondern auch eine stete Erinnerung an die Industriedisziplin dar.

Der „Bochumer Verein für Bergbau und Gussstahlfabrikation" (BV) war das erste unter den großen schwerindustriellen Unternehmen des Ruhrgebiets, das seit 1894 die Überreichung von Geschenken an diejenigen seiner Beamten, Meister und Arbeiter, die länger als 25 Jahre in den Stahl- und Hüttenwerken der Firma beschäftigt waren, im Rahmen einer ritualisierten Feier mit patriotischem Charakter inszenierte. Die Intention der Veranstaltung reichte von Anfang an über die bloße unternehmerische Ehrung der treuen Dienste der Beschäftigten hinaus. Die Feier von Treue, Fleiß und patriotischen Werten wurde zur Festigung einer Front gegen Sozialdemokratie und Gewerkschaften unter den Jubilaren instrumentalisiert, die als Treue der Getreuen von Seiten des Unternehmens zu Mitgliedern einer Werksfamilie stilisiert wurden. Auf diese Weise wurde den Jubilaren durch das Unternehmen eine Vorbildfunktion für jene jungen und mobilen Arbeiter zugewiesen, die besonders zu der starken Fluktuation der Belegschaft der Hüttenwerke beitrugen.

Die wertmäßige Staffelung der Geschenke für die Arbeiter und Beamten/Meister spiegelte die Verhältnisse in der Betriebshierarchie wider. Anfangs konnten die Jubilare zwischen einer Uhr und einem entsprechenden Bargeschenk als Belohnung wählen. Seit dem frühen 20. Jahrhundert erhielten sie sowohl einen Geldbetrag als auch eine Uhr: So wurde der Werkmeister Friedrich Knapp im Rahmen der Feier am 7. Oktober 1906 gemeinsam mit 128 anderen BV-Jubilaren für seine treuen Dienste geehrt, indem er die hier abgebildete goldene Sprungdeckeluhr, die eine persönliche Widmung ziert, im Wert von etwa 120 Mark sowie ein Sparbuch über 100 Mark empfing. Der sich daraus ergebende Gesamtwert des Jubiläumsgeschenks entsprach ca. 15 Prozent des zu dieser Zeit beim BV verdienten Jahresdurchschnittslohns.

Im Jahre 1850 geboren, war Friedrich Knapp 1881 beim BV eingetreten und bereits kurz darauf vom Vorarbeiter zum Meister avanciert – eine Aufstiegsmöglichkeit, die in der Schwerindustrie gegeben war. Knapp gehörte zu der Stammbelegschaft, die in besonderem Maße von der betrieblichen Sozialpolitik des BV profitierte: Schon bald nach seinem Eintritt hatte er eine Lebensversicherung abgeschlossen, zu deren Prämien der BV einen erheblichen Zuschuss leistete. Diese Form der Absicherung der Angehörigen seiner Angestellten subventionierte das Unternehmen allerdings nur bei Meistern und Beamten, für die 1895 schließlich eine Pensionskasse eingerichtet wurde. Eine Maßnahme, die hingegen auch die Stammarbeiter begünstigte, bestand in dem unternehmenseigenen Wohnungsbau, wofür die seit den 1860er Jahren über Jahrzehnte hinweg vor den Werkstoren gewachsene Kolonie Stahlhausen das prominenteste Beispiel für den BV bildet. Auch der Werkmeister Knapp bewohnte zum Zeitpunkt seiner Ehrung als Dienstjubilar eine werkseigene Wohnung in dem ersten, 1873/74 eigens für Beamte und Meister errichteten, von der Kolonie separierten Häuserkomplex an der Königstraße, der heutigen Annastraße.

Der vom BV beabsichtigte Vorbildcharakter von Jubilaren und Werksfamilie fruchtete bereits in der Familie Knapp. Mindestens ein Sohn des Werkmeisters, der am Ende über 35 Jahre für das Unternehmen tätig bleiben sollte, trat offensichtlich ebenfalls als Beamter in die Dienste des Bochumer Vereins.

MARCO RUDZINSKI

SIEBEN

UND

NEUNZIG

SACHEN

# GRAFENBRIEF DES HEINRICH JOHANN FRIEDRICH OSTERMANN

96

vermutlich St. Petersburg; 1790
Einband: Pappe, Seide, Goldfäden;
Grafenbrief: 6 Pergamentblätter, Siegelkapsel: Messing, Seidenkordel, Wachs;
H 54,3 cm, B 43,2 cm, Dicke 1,4 cm, Dm der Siegelkapsel: 16,4 cm, H 3,7 cm, Dm Siegel: 15,7 cm
Zugang Stadtarchiv, 1941

Sachen gibt's: Da hatte es der in Wiemelhausen bei Bochum geborene Heinrich Johann Friedrich Ostermann (1687–1747) am russischen Zarenhof so weit gebracht, dass ihn Zarin Anna Ioannowna 1730 in den erblichen Grafenstand erhob – und dann versäumte man, darüber eine Urkunde auszustellen. Sechzig Jahre lang schien das niemanden zu stören. Erst 1790 ließ Katharina II. – wohl auf Bitten der beiden Söhne des inzwischen verstorbenen Ostermann – das bis dahin fehlende Schriftstück ausfertigen. Darin wurde Heinrich Ostermann und seinen Nachkommen (in männlicher wie weiblicher Linie) das Recht verbrieft, den Grafentitel und ein Adelswappen zu führen.

Dieses Diplom kaufte die Stadt Bochum 1941 einem in Frankreich lebenden und verarmten Nachkommen Ostermanns für 3.500 Reichsmark ab. Der Zwischenhändler, Hauptmann Dr. Sante, Leiter des Archivwesens im Dienste des Militärbefehlshabers für Belgien und Nordfrankreich in Brüssel, der das Diplom persönlich nach Bochum brachte, schrieb damals: „Sie erhalten mit dem Adelsbrief ein wahres Prachtstück, nicht nur eine schöne und wichtige Urkunde, sondern auch ein Kunstwerk".

Ein Prachtstück ist der Grafenbrief tatsächlich. Denn der Einband ist mit weißer Seide überzogen, mit Goldfäden bestickt sowie mit farbiger Seide, Flitter und Pailletten verziert. Auf der Vorderseite findet sich unter der russischen Zarenkrone ein Oval mit den Initialen der Kaiserin Katharina II., auf der Rückseite ist das russische Staatswappen angebracht. Sechs, jeweils durch grüne Seide getrennte Pergamentblätter sind doppelseitig in russischer Sprache beschrieben. Das Titelblatt ist mit aufwendiger Malerei, darunter einem Porträt Katharinas II., ausgestaltet; jede weitere Seite trägt einen Zierrahmen. Auf der vorletzten Seite begegnen die Unterschrift der Kaiserin und auf der letzten ein Kanzleivermerk mit dem Datum 18. Oktober 1790. Die Siegelkapsel aus Messing ist mit einer schwarzgoldenen Seidenkordel befestigt. Die Kapsel enthält ein rotes Wachssiegel, dessen Bild das russische Staatswappen zeigt; die Umschrift nennt den Namen und den Titel der Zarin.

Hätte Heinrich Ostermann diese aufwendig gestaltete Urkunde in Händen halten können, wäre er gewiss stolz darauf gewesen, hätte es als Ehre empfunden und den Grafenbrief als Ehrensache betrachtet. Es war ihm nicht vergönnt.

Wie konnte dem Deutschen, so fragt man sich, überhaupt die Ehre einer Erhebung in den Grafenstand zuteil werden? Nun, der Weg dorthin war weit: Alles begann damit, dass der fünfzehnjährige Ostermann von seinem Vater zum Studium 1702 nach Jena geschickt worden war. Nachdem er dort im Mai 1703 unter Alkoholeinfluss einen Fremden erstochen hatte, musste er, um der Strafe zu entgehen, ins Ausland fliehen. Im Gefolge eines in russischen Diensten stehenden Vizeadmirals, der Matrosen für die Flotte Peters des Großen anwarb, kam er nach St. Petersburg. Dort fielen Ostermanns Sprachbegabung und diplomatisches Geschick dem Zaren auf, der ihn alsbald mit Gesandtschaftsreisen betraute. Ostermann war erfolgreich, wurde 1721 zunächst zum Baron erhoben und erlangte hohe Ämter. Nachdem er 1730 den Herrschaftsanspruch von Peters Nichte Anna unterstützt hatte, machte sie ihn aus Dank zum Grafen. Unter ihrer Herrschaft brachte er es 1734 sogar zum Premierminister. Im Jahr 1741 wurde Heinrich Graf Ostermann gestürzt. Er sollte hingerichtet werden, wurde aber im letzten Augeblick ‚begnadigt' und nach Sibirien verbannt. Dort starb er 1747.

STEFAN PÄTZOLD

SIEBEN

UND

NEUNZIG

SACHEN

# SPITZNACKIGES JADEITBEIL

97

spätes 5. / 4. Jt. v. Chr.
Fundort: Ziegelei Bochum Harpen, Grabung Pastor Leich
Jadeit, geschliffen; L 6,9 cm; B an Schneide: 3,8 cm, max. T 1,6 cm
Zugang ungeklärt

Das Tragen von Ehrensachen spielte schon in den frühen Ackerbaukulturen der Menschheit eine wichtige Rolle: Es verlieh Prestige. Für Prestige nahm man schon in der jüngeren Steinzeit manche Mühsal auf sich, sei es, dass man im 5. Jahrtausend v. Chr. begann, immer aufwendigere Erdwerke zu erbauen, Gräber mit größeren Beigabengruppen anlegte oder in Westeuropa die ersten Großsteingräber und Bauten der sogenannten Megalithik schuf. Prestige verlieh auch fremdes unbekanntes Material, sei es, dass es durch Farbe und Oberflächenbeschaffenheit außergewöhnlich war, sei es, dass das Material Eigenschaften hatte, die es von anderen zeitgenössischen Werkstoffen unterschieden. So ein Material waren auch feine, grüne Steine, die im Verlauf des 5. Jahrtausends vor allem aus den Alpen nach Mittel- und Nordeuropa vordrangen. Doch war zu diesem Zeitpunkt der Handel mit Ehrensachen schon nicht mehr ganz neu: Schon hunderte Jahre früher wurden etwa Spondylusmuscheln donauaufwärts nach Mitteleuropa verhandelt und bevorzugt einzelnen Mitgliedern der bäuerlichen Gemeinschaften in die Gräber gegeben. Wie solch ein Handel ablief, lässt sich auf Basis ethnoarchäologischer Untersuchungen gut rekonstruieren, so in Neuguinea (Irian Jaya): Gewisse Stämme, etwa die Ormu, die Suntamun, Koropun oder Yeleme, bauen auf solchen Prestigegütern ein weit gespanntes Tauschhandelsnetz auf; es ist Teil eines vielfältig sozial eingebetteten, intertribalen Kommunikationsnetzes. Dabei ist der Weg von der Steinquelle hin zur Herstellung und zum weiteren Handel ein vielfältiger. Tauschhandelsgut ist unter anderem Salz, das mit anderen Stämmen auf diese Weise getauscht wird.

Auch für die im Bochumer Raum siedelnden jungsteinzeitlichen bäuerlichen Gruppen der späten Rössener wie auch der Bischheimer und Michelsberger Kultur spielten Prestigegüter eine Rolle: Ein 18 cm langes spitznackiges Beil wurde am Harpener Ringofen geborgen; ein noch vorhandenes Fragment konnte auf ein alpines Grüngestein, den Eklogit, bestimmt werden. Ein weiteres grünliches Beil stammt wahrscheinlich ebenfalls aus diesem Areal: Es ist kleiner, nur knapp 7 cm lang, aber noch vollständig erhalten. Es weist nur am Nacken sowie auf der Oberfläche kleinere Unregelmäßigkeiten im Stein auf. Damit ist schon ein wichtiges Kriterium des Stückes angesprochen: Es ist, wie vor allem auch die Schneide zeigt, weitgehend unbenutzt und wohl als Einzelstück auf uns gekommen. Leider ist über den Fundort nichts bekannt, doch gibt es aus Grabungen von Pastor Karl Leich in Bochum-Harpen Hinweise auf jungneolithische Siedlungsstellen des späten 5. und frühen 4. Jahrtausend, die einen Rahmen für unser Stück abgeben könnten.

Eine Forschergruppe unter Leitung des französischen Forschers P. Pétrequin hat sich unlängst daran gemacht, sich mit den europäischen Grüngesteinbeilen ausführlicher zu beschäftigen und der Herkunft des Gesteins nachzugehen. Bei dem feinen und dichten Gestein handelt es sich demnach um Jadeit, einen grünlichen Halbedelstein, wie er in Europa nur sehr selten vorkommt. Einer französisch-italienisch geführten Forschergruppe ist es schließlich auch gelungen, die einzigen Lokalitäten für diesen Gesteinstyp in Europa in den Südalpen am Monviso, im Wallis und bei Beigua im ligurischen Apennin zu entdecken. Abbauspuren lassen tatsächlich auf kleine steinbruchartige Abbaustellen in Seehöhen von über 2.300 m denken; diese wurden wahrscheinlich saisonal von bestimmten Gruppen aufgesucht und ausgebeutet; darin ähnelt wohl diese Rohstoffgewinnung jenen Beispielen, die wir aus Neuguinea (Irian Jaya) kennengelernt haben.

Die Forschungen lassen heute ein ausgedehntes Tauschhandelsnetz mit Beilen aus Jadeit bis nach Nordeuropa und Skandinavien erkennen. Es war Ehrensache für die nordeuropäischen Sippenältesten der frühen Trichterbecherkultur wie auch für die Bochumer des zeitgleichen Jungneolithikums, ein solches Beil zu besitzen. Es bezeugt, dass solche Jadeitbeile international anerkannte und begehrte Prestigegüter waren, gleich manch einem begehrten Produkt heutiger Tage.

THOMAS STÖLLNER

SIEBEN

UND

NEUNZIG

SACHEN

# QUELLEN UND LITERATUR


### 1 | Porträt des Bochumer Rektors Bernhard Kleff

Allgemeines Lexikon der bildenden Künstler von der Antike bis zur Gegenwart, Bd. 26, hg. von Hans Vollmer, München 1992

Wilhelm Brepohl: Kunst und Industrie, in: Der Hellweg. Westdeutsche Wochenschrift für deutsche Kunst 1 (1921), S. 97

Der Hellweg 2 (1922), Heft 41 und 42

Michael Klaus: Otto Wohlgemuth und der Ruhrlandkreis. Eine regionale Autorengruppe der Weimarer Republik in kritischer Sicht (Hausarbeit der Ersten Staatsprüfung für das Lehramt an Gymnasien), Bochum 1978

Bernhard Kleff: Für die Heimat, in: Bochum. Heimatbuch, hg. im Auftrage der Vereinigung für Heimatkunde von Bernhard Kleff, Bochum 1925, S. 120 f.

Ingrid Wölk: Der Sache(n) wegen. Bochumer Sammlungen und Museen 1910–2007, in diesem Band

### 2 | Schädelfragment eines Urs (Auerochse)

Karl Brandt: Aus der Vor- und Frühgeschichte der Stadt Bochum, hg. von Volker Pingel (Archäologie und Geologie in Rheinland und Westfalen 5), Gelsenkirchen 1997

Wighart von Koenigswald: Lebendige Eiszeit. Klima und Tierwelt in Wandel, Stuttgart 2002

Gerd-Christian Weniger (Hg.): Archäologie und Biologie des Auerochsen (Wissenschaftliche Schriften des Neanderthal-Museums 1), Mettmann 1999

### 3 | Amphibolitaxt (Pflugschar)

Karl Brandt: Die ersten Ackerbauern im Veste Recklinghausen, in: Vestisches Jahrbuch 54 (1952), S. 5–16

Ders.: Neolithische Siedlungsplätze im Stadtgebiet von Bochum (Quellenschriften zur westdeutschen Vor- und Frühgeschichte 8), Bonn 1967

Ders.: Studien über steinerne Äxte und Beile der jüngeren Steinzeit und der Stein-Kupferzeit Nordwestdeutschlands, Hildesheim 1967

Ders.: Aus der Vor- und Frühgeschichte der Stadt Bochum, hg. von Volker Pingel (Archäologie und Geologie in Rheinland und Westfalen 5), Gelsenkirchen 1997

Werner Ernst Stöckli, Absolute und relative Chronologie des Früh- und Mittelneolithikums in Westdeutschland (Rheinland und Rhein-Main-Gebiet) (Basler Hefte zur Archäologie 1), Basel 2002

Milan Zápotocký: Streitäxte des mitteleuropäischen Äneolithikums (Quellen und Forschungen zur prähistorischen und provinzialrömischen Archäologie 6), Weinheim 1992

### 4 | Straßenschild „Adolf-Hitler-Platz"

Stadtarchiv Bochum Bo 17 N / 3

Erwin Dickhoff: Die Entnazifizierung und Entmilitarisierung der Straßennamen. Ein Beitrag zur Geschichte der Straßenbenennung in Essen, in: Essener Beiträge 101 (1986/87), S. 78–104

Aloys Molter: Die Benennung der Straßen, Plätze und Brücken in der Stadt Frankfurt am Main, hg. von der Stadt Frankfurt am Main, Dezernat Planung und Sicherheit, Stadtplanungsamt, Frankfurt a.M. 2001

### 5 | Teleskop der Volkssternwarte Schillerschule

Blick in das Weltall, hg. vom Kulturamt der Stadt Bochum, Bochum 1964

Blickpunkt Erde. Broschüre des Instituts für Umwelt und Zukunftsforschung, Bochum 1984

### 6 | Zwei Kupferstiche mit Kampfszenen

Clemens Kreuzer: Zu unrecht vergessen: Die Städtische Gemäldegalerie. Ein Beitrag zur Geschichte der Bildenden Kunst in Bochum, in: Bochumer Zeitpunkte online. Beiträge zur Stadtgeschichte, Heimatkunde und Denkmalpflege (2000), Heft 8, www.bochum.de/zeitpunkte

Kurt Löcher: Barthel Beham. Ein Maler aus dem Dürerkreis, München 1999

Gustav Pauli: Hans Sebald Beham – Ein kritisches Verzeichnis seiner Kupferstiche, Radierungen und Holzschnitte. Mit Nachtrag sowie Ergänzungen und Berichtigungen von Heinrich Röttinger, Baden-Baden 1974

Adolf Rosenberg: Sebald und Barthel Beham. Zwei Maler der deutschen Renaissance, Leipzig 1875

Herbert Zschelletzschky: Die „drei gottlosen Maler" von Nürnberg. Sebald Beham, Barthel Beham und Georg Pencz, Leipzig 1975

### 7 | Steinschlosspistole

Der neue Støckel. Internationales Lexikon der Büchsenmacher, Feuerwaffenfabrikanten und Armbrustmacher von 1400–1900, Bd. 1 (A–L), Schwäbisch-Hall 1978, Bd. 2 (M–Z), Schwäbisch-Hall 1979

John Forrest Hayward: The Art of the Gunmaker. Volume Two: Europe and America 1660–1830, London 1963

Torsten Lenk: Steinschloß-Feuerwaffen. Ursprung und Entwicklung (Text- und Bildband), Hamburg/Berlin 1973

Heinrich Müller: Das Heerwesen in Brandenburg und Preußen von 1640 bis 1806. Die Bewaffnung, 2. Aufl., Berlin 2001

Frederick Wilkinson: Steinschloß-Flinten, -Pistolen und -Gewehre vom 17. bis 19. Jahrhundert, Stuttgart 1981

Rolf Wirtgen: Die Sammlungen des Wehrgeschichtlichen Museums im Schloß Rastatt. 2: Handfeuerwaffen, Teil I: Die historisch-technische Entwicklung, 2. erg. Aufl., Koblenz 1980

**8 | „Bochumer Totentanz"**

Josef Albert Benkert 1900–1960. Zeichnungen. Ausstellungskatalog, Neue Residenz Bamberg, Bamberg 1977

Josef Albert Benkert. Künstler und Freimaurer. Ausstellungskatalog, Logenhaus Bamberg, Bamberg 2001

Clemens Kreuzer: Zu unrecht vergessen: Die Städtische Gemäldegalerie. Ein Beitrag zur Geschichte der Bildenden Kunst in Bochum, in: Bochumer Zeitpunkte online. Beiträge zur Stadtgeschichte, Heimatkunde und Denkmalpflege (2000), Heft 8, www.bochum.de/zeitpunkte

Uli Wunderlich: Der Tanz in den Tod. Totentänze vom Mittelalter bis zur Gegenwart, Freiburg i.Br. 2001

**9 | Bodenstanduhr**

Jan Carstensen/Ulrich Reinke (Hg.): Die Zeit vor Augen. Standuhren in Westfalen, Münster 1998

Franz Darpe: Geschichte der Stadt Bochum, Bochum 1894 (Nachdruck 1991)

**10 | Alchemistische Schrift**

Bernd Faulenbach: Zwischen vorrevolutionärer und moderner Welt. Zur deutschen Geistesgeschichte des 18. und frühen 19. Jahrhunderts, in: Carl Arnold Kortum 1745–1824. Arzt, Forscher, Literat. Einem Revierbürger zum 250. Geburtstag, hg. von der Kortum-Gesellschaft Bochum e.V. im Auftrag des Arbeitskreises Kortum-Jahr in Zusammenarbeit mit dem Stadtarchiv Bochum, Bottrop/Essen 1995, S. 18–23

Irmgard Müller: Kortum als Arzt, Alchemist und Volksaufklärer, in: ebd., S. 92–103

Klaus Schaller: Die Sache endlich auf's Reine bringen. Carl Arnold Kortum in den Zeitschriften seiner Zeit. Eine Dokumentation, Essen 1996

**11 | Salzhaus**

Jean-Francois Bergier: Die Geschichte vom Salz, Frankfurt a.M./New York 1989

Walter Borchers: Volkskunst in Westfalen (Der Raum Westfalen IV, 4), Münster 1970

Manfred Treml/Rainhard Riepertinger/Evamaria Brockhoff (Hg.): Salz macht Geschichte. Ausstellungskatalog, Haus der Bayerischen Geschichte Augsburg, Augsburg 1995

Rudolf Uebe: Deutsche Volkskunst. Westfalen, Frankfurt a.M. 1941 (unveränd. Neudruck 1982)

**12 | Gummischuhe (Galoschen) mit Originalverpackung**

Michael Andritzky (Hg.): Z. B. Schuhe. Vom bloßen Fuß zum Stöckelschuh. Eine Kulturgeschichte der Fußbekleidung, 3. Aufl., Gießen 1995

Marie-Josèphe Bossan: Die Kunst der Schuhe, New York 2004

Alma Helfrich-Dörner: Alte Liebe zu schönen Schuhen. Zur Kulturgeschichte von Schuh und Stiefel, Hamburg 1961

Es begann 1856 mit Gummischuhen, in: Hamburger Abendblatt vom 23. September 2003

150 Jahre Phoenix. Tradition mit Kautschuk, Zukunft mit neuer Kraft, in: www.budelmann.net/downloads/px150jahre

**13 | Großer Kugeltopf**

Karl Brandt: Aus der Vor- und Frühgeschichte der Stadt Bochum, hg. von Volker Pingel (Archäologie und Geologie in Rheinland und Westfalen 5), Gelsenkirchen 1997

Ralph Röber: Hoch- und spätmittelalterliche Keramik aus der Klosteranlage tom Roden (Denkmalpflege und Forschung in Westfalen 21), Bonn 1990

Rainer Schreg: Keramik aus Südwestdeutschland. Eine Hilfe zur Beschreibung, Bestimmung und Datierung archäologischer Funde vom Neolithikum bis zur Neuzeit (Lehr- und Arbeitsmaterialien zur Archäologie des Mittelalters und der Neuzeit), 2. verbess. Aufl., Tübingen 1999

**14 | Römischer Becher**

Dietwulf Baatz: Reibschale und Romanisierung, in: Rei Cretariae Romanae Fautorum Acta 17/18 (1977), S. 147–158

Karl Brandt: Aus der Vor- und Frühgeschichte der Stadt Bochum, hg. von Volker Pingel (Archäologie und Geologie in Rheinland und Westfalen 5), Gelsenkirchen 1997

Gudrun Gerlach: Zu Tisch bei den alten Römern. Eine Kulturgeschichte des Essens und Trinkens, Stuttgart 2001

**15 | Kesselhaken (Sägehahl)**

Walter Borchers: Volkskunst in Westfalen (Der Raum Westfalen IV, 4), Münster 1970

Hermann Kaiser: Herdfeuer und Herdgerät im Rauchhaus. Wohnen damals, Cloppenburg 1980

Gerhard Langemeyer (Hg.): Museumshandbuch Teil 1: Von Funden der Steinzeit bis zu Gemälden des 19. Jahrhunderts, Museum für Kunst und Kulturgeschichte der Stadt Dortmund, Dortmund 1983

Dietmar Sauermann/Gerda Schmitz: Alltag auf dem Lande. Bilder und Berichte aus dem Archiv für westfälische Volkskunde, Münster 1986

**16 | Deckeltasse mit Untertasse**

Hugo Morley-Fletcher: Porzellan aus Meißen, Wiesbaden 1971

Gustav Edmund Pazaurek: Meißner Porzellanmalerei des 18. Jahrhunderts, Stuttgart 1929

Hans Sonntag: Schauhalle Staatliche Porzellanmanufaktur Meissen (Reihe museum), Braunschweig 1991

Günther Sterba: Meissener Tafelgeschirr. Geschichte, Herstellung, Dekor des berühmten Gebrauchsporzellans, Stuttgart 1989

**17 | Fragmente von Tonpfeifen**

Joachim Acker: Die Tonpfeifen. Eine kleine Betrachtung über einen zerbrechlichen Gegenstand, in: www.pfeife-tabak.de

Egon Caesar Conte Corti: Die trockene Trunkenheit. Ursprung, Kampf und Triumph des Rauchens, Leipzig 1930

D. H. Duco: Merken en merkenrecht van de pijpenmakers in Gouda, Amsterdam 2003

Wolfgang Schivelbusch: „Die trockene Trunkenheit des Tabaks", in: Ders.: Das Paradies, der Geschmack und die Vernunft. Eine Geschichte der Genussmittel, München/Wien 1980, S. 108–158

**18 | Schmerzhafte Mutter (Pietà, Vesperbild, Marienklage)**

Horst Appuhn: Einführung in die Ikonographie der mittelalterlichen Kunst in Deutschland: Die Kunstwissenschaft. Einführungen in Gegenstand, Methoden und Ergebnisse ihrer Teildisziplinen und Hilfswissenschaften, Darmstadt 1985

Johannes Kessels: Der Marienwallfahrtsort Bochum-Stiepel in Vergangenheit und Gegenwart, Bochum 1949

Leonhard Küppers (Hg.): Die Gottesmutter. Marienbild in Rheinland und in Westfalen, 2 Bde., Recklinghausen 1974

Michael J. Liebmann: Die deutsche Plastik 1350–1550, Gütersloh 1984

**19 | Wiege**

Walter Borchers: Volkskunst in Westfalen (Der Raum Westfalen IV, 4), Münster 1970

Kurt Dröge: Das ländliche Bett. Zur Geschichte des Schlafmöbels in Westfalen, Detmold 1999

Günter Höfken: Die Geschichte des Hauses Rechen, in: Jahrbuch der Vereinigung für Heimatkunde Bochum 5 (1951), S. 53–70

Enno Neumann: Friedrich von Schell und sein Denkmal in Bochum, Bochum 1993

Friedrich von Zglinicki: Die Wiege. Volkskundlich – kulturgeschichtlich – kunstwissenschaftlich – medizinhistorisch. Eine Wiegentypologie, Regensburg 1979

**20 | Hatzband**

Artikel Jagd-Hund, in: Johann Georg Krünitz: Ökonomisch-technologische Enzyklopädie, Band 28 (1. Aufl.1783, 2. Aufl. 1791), S. 403–433 (elektronische Ausgabe der Universitätsbibliothek Trier http://www.kruenitz.uni-trier.de/)

Artikel Schweinsjagd, Schweinshatz, in: ebd., Band 151 (1. Aufl. 1830), S. 109 ff.

Bernd E. Ergert: Die Jagd im Wandel der Zeit, in: Kurt G. Blüchel (Hg.): Die Jagd, Königswinter 2004, S. 64–161

Ilse Haseder/Gerhard Stinglwagner: Knaurs Großes Jagdlexikon, München 1984

Werner Rösener: Die Geschichte der Jagd. Kultur, Gesellschaft und Jagdwesen im Wandel der Zeit, Düsseldorf/Zürich 2004

Erhard Ueckermann: Kulturgut Jagd. Ein Führer durch die Jagdgeschichte Nordrhein-Westfalens und zu jagdhistorischen Stätten, Münster-Hiltrup 1994

Karl Walch: Der Hund als Jagdgefährte, in: Kurt G. Blüchel (Hg.): Die Jagd, Königswinter 2004, S. 386–417

**21 | Bettwärmer**

Walter Borchers: Volkskunst in Westfalen (Der Raum Westfalen IV, 4), Münster 1970

Nina Hennig/Heinrich Mehl (Hg.): Bettgeschichte(n). Zur Kulturgeschichte des Bettes und des Schlafens, Schleswig-Holsteinisches Landesmuseum, Schleswig, Boyens Heide i. Holstein 1997

Hans Wentzel: „Bettwärmer", in: Otto Schmitt (Hg.): Reallexikon zur deutschen Kunstgeschichte, Bd. 2, Stuttgart 1948, Sp. 448–452

Mechthild Wiswe: Hausrat aus Kupfer und Messing, München 1979

**22 | Kinotransparent „Die heilige Lüge"**

Thomas Bertram (Hg.): Der rote Korsar: Traumwelt Kino der fünfziger und sechziger Jahre, Essen 1998

Ursula Bessen: Trümmer und Träume. Nachkriegszeit und fünfziger Jahre auf Zelluloid. Deutsche Spielfilme als Zeugnisse ihrer Zeit. Eine Dokumentation (Veröffentlichungen des Stadtarchivs Bochum), Bochum 1989

Thomas Kramer/Martin Prucha: Film im Lauf der Zeit. 100 Jahre Kino in Deutschland, Österreich und der Schweiz, Wien 1994

Lexikon des Internationalen Films, hg. v. Katholischen Institut für Medieninformation und der Katholischen Filmkommission für Deutschland, vollst. überarb. und erw. Neuausgabe, Reinbek bei Hamburg 1995, Bd. G-H, S. 2313 f.

Martin Osterland: Gesellschaftsbilder in Filmen. Eine soziologische Untersuchung des Filmangebots der Jahre 1949 bis 1964, Stuttgart 1970

Georg Seeßlen: Kino der Gefühle. Geschichte und Mythologie des Film-Melodrams, Reinbek bei Hamburg 1980

Claudius Seidel: Der deutsche Film der Fünfziger Jahre, München 1987

### 23 | Wellenbadschaukel

Gernot von Hahn/Hans-Kaspar von Schönfels: Wunderbares Wasser. Von der heilsamen Kraft der Brunnen und Bäder, Aarau 1980

Klaus Kramer: Das private Hausbad 1850-1950 und die Entwicklung des Sanitärhandwerks (Texte und Materialien zur Ausstellung im Hansgrohe Museum Wasser – Bad – Design, Schiltach/Schwarzwald), Schramberg 1997

Ute Protte: Die Wellenbadschaukel. Ein Verkaufsschlager um 1900. Eine kleine Dokumentation, Lüneburg 1995

Wavy Aquarius GmbH: Wavy Wellness Wellenschaukel (Produktbroschüre), Schloss Holte-Stukenbrock [2006]

### 24 | Nockenfliesen aus dem Bochumer Stadtbad

Stadtarchiv Bochum Bo OStD 1136

Stadtarchiv Bochum ZGS VII B 1

Werner Durth/Niels Gutschow: Architektur und Städtebau der fünfziger Jahre (Schriftenreihe des Deutschen Nationalkomitees für Denkmalschutz 33), Bonn 1987

Lutz Engelskirchen: Stadtbads Grabgang als Sperrmüllsammelbecken. Die Geschichte des Bochumer Stadtbads, in: Forum Industriedenkmalpflege und Geschichtskultur (1999), Heft 1, S. 25–32

Friedrich Habbe: Bochums Badewesen – einst und jetzt, in: Bochum baut. Sonderheftreihe der „Bochumer Woche", Heft 1: Stadtbad. Erster Bauabschnitt, Bochum 1952, S. 23–25

Hans H. Hanke: Die Sache mit dem Denkmal: Stadtbad – Arbeitsamt – Berufsschulen?, in: Bochumer Zeitpunkte. Beiträge zur Stadtgeschichte, Heimatkunde und Denkmalpflege 1 (1991), S. 9–12

Clemens Massenberg: Bau- und maschinentechnische Einrichtung. Zur Eröffnung des 1. Bauabschnittes des neuen Hallenschwimmbades am 17. Dezember 1952, in: Bochum baut. Sonderheftreihe der „Bochumer Woche", Heft 1: Stadtbad. Erster Bauabschnitt, Bochum 1952, S. 5–21

Wilhelm Schäfer: Das Bochumer Stadtbad, in: Sanitäre Technik. Monatsschrift für technische Hygiene in Haus, Betrieb und öffentlichen Einrichtungen, Sonderdruck, Düsseldorf-Stuttgart 1953, S. 239–271

### 25 | Krankenliege aus der Augusta-Kranken-Anstalt

Augusta-Kranken-Anstalt Bochum (Hg.): 100 Jahre Augusta-Kranken-Anstalt Bochum. Evangelisches Krankenhaus 1864–1964, Bochum 1964

Franz Darpe: Geschichte der Stadt Bochum, Bochum 1894 (Nachdruck 1991)

Eberhard Isenmann: Die deutsche Stadt im Spätmittelalter (1250–1500), Stuttgart 1988

Karl Arnold Kortum. Nachricht vom ehemaligen und jetzigen Zustande der Stadt Bochum, Jubiläumsnachdruck zum 200jährigen Erscheinen der Erstausgabe, hg. von Volker Johannes Wagner, Bochum 1990

### 26 | Geldwaage mit Holzlade und Münzgewichten

Geldgeschichtliche Sammlung der Kreissparkasse Köln (Hg.): Geldgeschichtliches Museum in der Kreissparkasse Köln, Köln o. J.

Bruno Kisch: Gewichte- und Waagenmacher im alten Köln (16.–19. Jahrhundert) (Veröffentlichungen des Kölnischen Geschichtsvereins 23), Köln 1960

Kölner Münzwaagen, in: Kölnisches Stadtmuseum, Auswahlkatalog, Köln 1984, S. 366–373

### 27 | Care-Paket

Stadtarchiv Bochum ZA I A 6

Stadt Bochum (Hg.): Verwaltungsbericht der Stadt Bochum, 1938–1948, S. 44–62

Günter J. Trittel: Die Ernährungskrise in der Bizone (1945-1949), Frankfurt a.M./New York 1990

Johannes Volker Wagner (Hg.): Vom Trümmerfeld ins Wirtschaftswunderland. Bochum 1945–1955. Eine Dokumentation, Bochum 1989

### 28 | Perlenkette mit Goldanhänger und Goldscheibenfibel

Karl Brandt: Aus der Vor- und Frühgeschichte der Stadt Bochum, hg. von Volker Pingel (Archäologie und Geologie in Rheinland und Westfalen 5), Gelsenkirchen 1997

Margarete Klein-Pfeuffer: Merowingerzeitliche Fibeln und Anhänger aus Preßblech (Marburger Studien zur Vor- und Frühgeschichte 14), Marburg 1993

Ulrike Müssemeier: Chronologie der merowingerzeitlichen Grabfunde vom linken Niederrhein bis zur nördlichen Eifel. (Materialien zur Bodendenkmalpflege im Rheinland 15), Bonn 2003

**29 | Glasbecher mit Landschaftsdarstellung**

Elizabeth Drury: Das große Antiquitäten-Handbuch. Materialien, Stile, Techniken, London/ München 1986

Gustav Edmund Pazaurek: Gläser der Empire- und Biedermeierzeit (Überarbeitung der 1. Auflage, Leipzig 1923, von Eugen von Philippovich), 2. Aufl., Braunschweig 1976

Günter Schade: Deutsches Glas von den Anfängen bis zum Biedermeier, Leipzig 1968

Walter Spiegl: Böhmische Gläser, München 1976

**30 | Eisenpfanne**

Stadtarchiv Bochum B 116

Stadtarchiv Bochum B 189

Stadtarchiv Bochum B 456/2

Stadtarchiv Bochum A G 185/1-2

Stadtarchiv Bochum A W 139

Jens-Rainer Berg: Walther Rathenau. Kommandeur der Heimatfront, in: GeoEpoche. Das Magazin für Geschichte 14 (2004): Der Erste Weltkrieg, S. 40 f.

Mathilde Jamin: „Gold gab ich für Eisen" (Eisenschmuck), in: Dies./Frank Kerner (Hg.): Die Gegenwart der Dinge. 100 Jahre Ruhrlandmuseum. Ausstellungskatalog, Ruhrlandmuseum Essen, Essen/Bottrop 2004, S. 148 f., S. 257 f.

Paul Küppers: Die Kriegsarbeit der Stadt Bochum 1914–1918, Bochum 1926

Ernst Müsebeck: Gold gab ich für Eisen. Deutschlands Schmach und Erhebung in zeitgenössischen Dokumenten, Briefen, Tagebüchern aus den Jahren 1806–1815, Berlin 1913

**31 | Silberne Deckeldose**

Franz Darpe: Geschichte der Stadt Bochum, Bochum 1894 (Nachdruck 1991)

Gustav Seebold: „... und der Trieb zum bürgerlichen Gewerbe und Ackerwesen bei den Eingeseßenen den Vorzug hat". Aspekte der Wirtschafts- und Sozialgeschichte Bochums zur Zeit Carl Arnold Kortums, in: Carl Arnold Kortum 1745–1824. Arzt, Forscher, Literat. Einem Revierbürger zum 250. Geburtstag, hg. von der Kortum-Gesellschaft Bochum e. V. im Auftrag des Arbeitskreises Kortum-Jahr in Zusammenarbeit mit dem Stadtarchiv Bochum, Bottrop/Essen 1995, S. 46–57

**32 | Registrierkasse des Bochumer Schlachthofes**

Stadtverwaltung Bochum (Hg.): Festgabe zur Betriebseröffnung des neuen Schlacht- und Viehhofes in Bochum am 24. Juli 1929, Bochum 1929

H. W. Woite: Geschichte des Schlachthofes Bochum (Mschr.), Bochum 1977

**33 | Horizontal-Reisesonnenuhr mit Etui**

Maurice Daumas: Scientific Instruments of the Seventeenth and Eighteenth Centuries and their Makers (Übersetzung der französischen Originalausgabe), London 1989

Hans-Günther Körber: Zur Geschichte der Konstruktion von Sonnenuhren und Kompassen des 16. bis 18. Jahrhunderts (Veröffentlichungen des Staatlichen Mathematisch-Physikalischen Salons, Forschungsstelle, Dresden – Zwinger 3), (Ost)Berlin 1965

Werner Stephan: Sonnenuhren. Ein Beitrag zur Konstruktion und Geschichte. Ausstellungskatalog, Hessische Landes- und Hochschulbibliothek Darmstadt, Darmstadt 1980

Dirk Syndram (Bearb.): Wissenschaftliche Instrumente und Sonnenuhren. Kunstgewerbesammlung der Stadt Bielefeld/Stiftung Huelsmann, München 1989

Arnold Zenkert: Faszination Sonnenuhr, 4. überarb. u. erw. Aufl., Frankfurt a.M. 2002

Ernst Zinner: Deutsche und niederländische astronomische Instrumente des 11.–18. Jahrhunderts (Nachdruck der 2. erg. Aufl. 1967), München 1979

**34 | Notgeld des Landkreises Bochum**

Stadtarchiv Bochum KrA 555

Claus-Dieter Krohn: Die große Inflation in Deutschland 1918–1923, Köln 1977

Thomas Lautz: Millionen, Milliarden, Billionen ... Vor 75 Jahren: Die große Inflation in Deutschland, hg. vom Geldgeschichtlichen Museum der Kreissparkasse Köln, Köln 1998

Winfried Zacharias: Fundstücke zum Notgeld des Landkreises Bochum, Regenstauf o. J.

**35 | Münzspielautomat „Merkur"**

Bekanntmachung der Neuordnung der Spielverordnung vom 26. Januar 2006, in: Bundesgesetzblatt (2006), Teil I Nr.6, S. 280–286

Isa von Bismarck-Osten: Paul Gauselmann. Einer gewinnt immer, in: www.manager-magazin.de, 27. Oktober 2004

Christian Brandt: Sucht und Automatenspiel, Freiburg i.Br. 1993

Friederike Haberbosch/Brigitte Degener-Böning: Alles begann mit dem Bajazzo. Gerätevielfalt im Deutschen Reich und der Weimarer Republik, in: Cornelia Kemp/Ulrike Gierlinger (Hg.): Wenn der Groschen fällt ... Münzautomaten – gestern und heute. Ausstellungskatalog, Deutsches Museum München, München 1988, S. 41–49, S. 129 f.

Nils Jockel: Die Geschichte der Münzautomaten, in: Wilhelm Hornbostel/Nils Jockel (Hg.): Automatenwelten. FreiZeitzeugen des Jahrhunderts. Ausstellungskatalog, Museum für Kunst und Gewerbe Hamburg, München/New York 1998

Cornelia Kemp: Vom Schokoladenverkäufer zum Bajazzo – Die Anfänge der Münzautomaten-Herstellung in Deutschland, in: Dies./Ulrike Gierlinger (Hg.): Wenn der Groschen fällt – Münzautomaten – gestern und heute. Ausstellungskatalog, Deutsches Museum München, München 1988, S. 10–24, S. 124–128

Heinz Kummer: Zur Entwicklung des gewerblichen Spielrechts, in: ebd., S. 50–55, S. 130

**36 | Regenbogenschüsselchen**

Karl Brandt: Aus der Vor- und Frühgeschichte der Stadt Bochum, hg. von Volker Pingel (Archäologie und Geologie in Rheinland und Westfalen 5), Gelsenkirchen 1997

Heinrich Buchenau: Fund von Regenbogenschüsselchen in Bochum, in: Blätter für Münzfreunde 43 (1908), Nr. 6, S. 3936, Taf. 175

Robert Forrer: Keltische Numismatik der Rhein- und Donaulande, Straßburg 1908

Ders.: Keltische Numismatik der Rhein- und Donaulande (erg. Nachdruck der Ausgabe von 1908), Graz 1969

Ders.: Die keltogermanischen Triquetrumgepräge der Marser, Sugambrer, Tenkterer und Ubier, in: Jahrbuch der Gesellschaft für lothringische Geschichte und Altertumskunde 40 (1938), S. 192–200

Nico Roymans: The lower Rhine triquetrum coinages and the ethnogenesis of the Batavi, in: Thomas Grünewald (Hg.): Germania inferior. Besiedlung, Gesellschaft und Wirtschaft an der Grenze der römisch-germanischen Welt (Reallexikon der germanischen Altertumskunde, Ergänzungsband 28), Berlin/New York 2001, S. 93–135

Jens Schulze-Forster: Wechselnde Fernkontakte im Spiegel der Münzen vom Dünsberg-Oppidum, in: Amei Lang/Vladimir Salač (Hg.): Fernkontakte in der Eisenzeit (Konferenz Liblice 2000), Prag 2002, S. 330–339

**37 | Deckelpokal**

Dagmar Hnikowa: Böhmisches Glas, Bern 1974

Stefan Nies: Adelsprunk und Bauernlast. Zur Geschichte der Jagd, in: Stefan Nies/Bernward Selter/Wilfried Stichmann: Wald und Mensch. Ausstellungskatalog, Westfälisches Freilichtmuseum Hagen, Hagen 2005, S. 45–48

Kurt Pittrof: Böhmisches Glas im Panorama der Jahrhunderte. Eine Kultur- und Wirtschaftsgeschichte, München 1989

Werner Rösener: Die Geschichte der Jagd. Kultur, Gesellschaft und Jagdwesen im Wandel der Zeit, Düsseldorf/Zürich 2004

**38 | Himmelbett**

Walter Borchers: Volkskunst in Westfalen (Der Raum Westfalen IV, 4), Münster 1970

Kurt Dröge: Das ländliche Bett. Zur Geschichte des Schlafmöbels in Westfalen, Detmold 1999

Irene Lange: Bauern- und Landhausmöbel. Ländliche Wohnkultur wiederentdeckt, München 2001

Rudolf Uebe: Deutsche Volkskunst. Westfalen, Frankfurt a.M. 1941 (unveränd. Neudruck 1982)

**39 | Aktie der Steinkohlen-Bergbau-Actiengesellschaft „Vollmond"**

Stadtarchiv Bochum LA 1524

Karl Heinz Bader: Zweihundertfünfzig Jahre märkischer Steinkohlenbergbau. Ein Beitrag zur Geschichte des Bergbaus, der Bergverwaltung und der Stadt Bochum, Bochum 1987

Gerhard Gebhardt: Ruhrbergbau. Geschichte, Aufbau und Verflechtung seiner Gesellschaften und Organisationen, Essen 1957

Gabriele Unverferth: Kapital und Können: Dahlbusch und die Belgier, in: Westfalen und die Welt. Drei Jahrhunderte Geschichte in Bildern und Dokumenten aus dem Westfälischen Wirtschaftsarchiv, hg. von Karl-Peter Ellerbrock u. Ralf Stremmel, Münster 2002, S. 165–169

**40 | Wange einer Kirchenbank**

Willi Berneiser: Haus Weitmar, in: Bochum. Ein Heimatbuch 7 (1958), hg. von der Vereinigung für Heimatkunde e.V., Bochum 1958, S. 95–97

Hans H. Hanke: Haus Weitmar – Kunstvolle Romantik, in: Bochumer Zeitpunkte online. Beiträge zur Stadtgeschichte, Heimatkunde und Denkmalpflege, www.bochum.de/zeitpunkte

Elisabeth Lucchesi-Palli: „Höllenfahrt Christi", in: Lexikon der christlichen Ikonographie, hg. von Engelbert Kirschbaum in Zusammenarbeit mit Günter Bandmann u.a., Allgemeine Ikonographie, Bd. 2 (F-K), Freiburg i.Br. u.a. 1990, Sp. 322–331

**41 | Medaille mit einer Allegorie auf das Glück im Harzer Bergbau**

Alfred Doren: Fortuna im Mittelalter und in der Renaissance, Leipzig 1924

Meisterwerke bergbaulicher Kunst vom 13. bis 19. Jahrhundert. Ausstellungskatalog, Schloss Cappenberg (Veröffentlichungen aus dem Deutschen Bergbau-Museum 48), Bochum 1990

Ehrengard Meyer-Landrut: Fortuna. Die Göttin des Glücks im Wandel der Zeiten, München 1997

**42 | Sprengbombe**

Stadtarchiv Bochum ZA V C 3

Johannes Volker Wagner: Hakenkreuz über Bochum. Machtergreifung und nationalsozialistischer Alltag in einer Revierstadt, Bochum 1983

Ders.: Bomben auf Bochum. Eine deutsche Stadt im Zweiten Weltkrieg, in: Ders. (Hg.): Das Stadtarchiv. Schatzkammer – Forschungsstätte – Erlebnisort. Beispiel Stadtarchiv Bochum, Essen 2004, S. 297–301

Ingrid Wölk: Vorwort, in: Monika Wiborni: Bochum im Bombenkrieg, Gudensberg-Gleichen 2004

**43 | Kinematograph und Laterna magica mit Zubehör**

Broder-Heinrich Christiansen/Ulf Leinweber (Hg.): Auto, Lok & Dampfmaschine. Technische Spielware des 19. und 20. Jahrhunderts. Ausstellungskatalog, Staatliche Kunstsammlungen Kassel, Hessisches Landesmuseum, Torwache, Kassel [1984]

Jürgen Franzke (Hg.): Schuco, Bing & Co. Berühmtes Blechspielzeug aus Nürnberg, Bd. 1, Nürnberg 1993

Thomas Ganz: Die Welt im Kasten. Von der Camera obscura zur Audiovision, Zürich 1994

Ernst Hrabalek: Laterna Magica. Zauberwelt und Faszination des optischen Spielzeugs, München 1985

Claude Jeanmarie: Bing, die Modellbahnen unserer Grossväter. Die Geschichte des Hauses Bing, Nürnberg, 1866–1933 (–1966), Villigen AG/Schweiz 1972

Karin Meyer: BildBetrachter ... auf dem Weg zum Film. Ausstellungskatalog, Westfälisches Museumsamt, Münster, Münster 1997

Botho G. Wagner: Blechspielzeug. Vom Kindheitstraum zum begehrten Sammlerobjekt, München 1994

**44 | Bühnenbildmodell für „Schule mit Clowns"**

Stadtarchiv Bochum ZA V E 3

Stadtarchiv Bochum TGS, TS, Claus Peyman, Schule mit Clowns, Kritiken

Roland Koberg: Claus Peymann. Aller Tage Abenteuer. Biografie, unter Mitarbeit von Henrike Thomsen, Berlin 1999

**45 | Fragmente eines Keramikwandbildes**

Marina von Assel: Kunst auf Schritt und Tritt in Bochum. Ein Führer zu moderner Kunst auf öffentlichen Straße und Plätzen, Bochum 1992

Das neue Arbeitsamt, in: Bochumer Woche 6 (1955), Nr. 34

Werner Durth/Niels Gutschow: Architektur und Städtebau der fünfziger Jahre (Schriftenreihe des Deutschen Nationalkomitees für Denkmalschutz 33), Bonn 1987

Hans H. Hanke: Die Sache mit dem Denkmal: Stadtbad – Arbeitsamt – Berufsschulen?, in: Bochumer Zeitpunkte. Beiträge zur Stadtgeschichte, Heimatkunde und Denkmalpflege 1 (1991), S. 9–12

Kunst und Bau. 1967-1979 (Schriftenreihe des Ministers für Landes- und Stadtentwicklung des Landes Nordrhein-Westfalen), Aachen 1980

Westdeutsche Allgemeine. Bochumer Stadtanzeiger Nr. 200 vom 28.08.1954

Westdeutsche Allgemeine. Bochumer Stadtanzeiger Nr. 162 vom 16.07.1955

**46 | Pfeifenkopf mit „memento mori"-Darstellung**

Philippe Ariès: Bilder zur Geschichte des Todes, München/Wien 1984

Egon Caesar Conte Corti: Die trockene Trunkenheit. Ursprung, Kampf und Triumph des Rauchens, Leipzig 1930

Beate Hobein: Vom Tabaktrinken und Rauchschlürfen. Die Geschichte des Tabaks unter besonderer Berücksichtigung der Rauchtabak- und Zigarrenherstellung in Westfalen im 19. Jahrhundert, Hagen 1987

Aldo Pellissone/Valentina Emanuel: Die Pfeife. Kulturgeschichte und Typologie für Pfeifenraucher und Pfeifensammler, München 1988

Wolfgang Schivelbusch: „Die trockene Trunkenheit des Tabaks", in: Ders.: Das Paradies, der Geschmack und die Vernunft. Eine Geschichte der Genussmittel, München/Wien 1980, S. 108–158

**47 | Statuette des hl. Andreas**

Horst Appuhn: Einführung in die Ikonographie der mittelalterlichen Kunst in Deutschland: Die Kunstwissenschaft. Einführungen in Gegenstand, Methoden und Ergebnisse ihrer Teildisziplinen und Hilfswissenschaften, Darmstadt 1985

Bibel-Lexikon, hg. von Herbert Haag in Verbindung mit Adrianus van den Born u.a., Einsiedeln/Zürich/Köln 1956, S. 69

Michael J. Liebmann: Die deutsche Plastik 1350–1550, Gütersloh 1984

Jutta Seibert: Lexikon christlicher Kunst. Themen, Gestalten, Symbole, Freiburg i.Br. u.a. 2002, S. 21 f., S. 35–38

**48 | Taschenlaterne**

Baden und Württemberg im Zeitalter Napoleons. Ausstellungskatalog, Württembergisches Landesmuseum Stuttgart, Bd. 1.2, Stuttgart 1987

Bei Licht besehen. Kleines ABC der Beleuchtung. Ausstellungskatalog, Landschaftsverband Rheinland, Rheinisches Museumsamt, Abtei Brauweiler (Schriften des Rheinischen Museumsamtes 38), Köln/Bonn 1987

Valerie Cumming/Nick Merriman/Catherine Ross: Museum of London (Deutsche Ausgabe), Triest 1996

Wolfgang Schivelbusch: Lichtblicke. Zur Geschichte der künstlichen Helligkeit im 19. Jahrhundert, Frankfurt a. M. 1986

Wilhelm Spieker: Als die Straßenbeleuchtung ihren Weg nahm, in: Der Wattenscheider 27 (2002), Nr. 1, S. 17–19

Stadt Bochum (Hg.): 100 Jahre Stadtwerke Bochum 1855–1955, Bochum [1955]

Stadtwerke Bochum GmbH (Hg.): „Wir sorgen dafür!" 150 Jahre Stadtwerke Bochum, Bochum 2004

Sigrid Wechssler: Lampen, Leuchten und Laternen, München 1983

**49 | Stadtmodell „Bochum um 1800"**

Stadtarchiv Bochum ZA V H 4

Hans H. Hanke: Von guten und schlechten Häusern. Berichte zum ehemaligen Zustand einer Ackerbürgerstadt, in: Carl Arnold Kortum 1745–1824. Arzt, Forscher, Literat. Einem Revierbürger zum 250. Geburtstag, hg. von der Kortum-Gesellschaft Bochum e.V. im Auftrag des Arbeitskreises Kortum-Jahr in Zusammenarbeit mit dem Stadtarchiv Bochum, Bottrop/Essen 1995, S. 174–187

Karl Arnold Kortum: Nachricht vom ehemaligen und jetzigen Zustande der Stadt. Jubiläumsnachdruck zum 200jährigen Erscheinen der Erstausgabe, hg. von Johannes Volker Wagner, Bochum 1990

Gustav Seebold: „... und der Trieb zum bürgerlichen Gewerbe und Ackerwesen bei den Eingeseßenen den Vorzug hat". Aspekte der Wirtschafts- und Sozialgeschichte Bochums zur Zeit Carl Arnold Kortums, in: Carl Arnold Kortum 1745–1824. Arzt, Forscher, Literat. Einem Revierbürger zum 250. Geburtstag, hg. von der Kortum-Gesellschaft Bochum e.V. im Auftrag des Arbeitskreises Kortum-Jahr in Zusammenarbeit mit dem Stadtarchiv Bochum, Bottrop/Essen 1995, S. 46–57

**50 | Hinweisschild „Volkszählung Zählungsdienststelle"**

Roland Appel/Dieter Hummel (Hg.): Vorsicht Volkszählung! Erfaßt, vernetzt und ausgezählt, mit einem Vorwort von H. C. Ströbele, Köln 1987

„Blinde Flecken werden blankgeputzt". Egon Hölder, Präsident des Statistischen Bundesamts, über die Bilanz der Volkszählung, in: Der Spiegel 42 (1988), Nr. 18, www.spiegel.de

Datenschrott für eine Milliarde, in: ebd. 41 (1987), Nr. 12, www.spiegel.de

Heike Feldmann (Bearb.): Volkszählung 1987, hg. vom Amt für Statistik, Stadtforschung und Wahlen Bochum, 2 Bde., Bochum 1989

Steffen-Matthias Kühnel: Zwischen Boykott und Kooperation. Teilnahmeabsicht und Teilnahmeverhalten bei der Volkszählung 1987, Frankfurt a.M./Berlin 1993

Verena Rottmann/Holger Strohm: Was Sie gegen Mikrozensus und Volkszählung tun können. Ein Ratgeber, Frankfurt a.M. 1987

Jürgen Taeger (Hg.): Die Volkszählung, Reinbek bei Hamburg 1986

Volkszählung '87 – Flucht vor dem Erfassungsstaat, in: Der Spiegel 41 (1987), Nr. 12, www.spiegel.de

Volkszählung – mitmachen, mogeln, boykottieren?, in: ebd. 41 (1987), Nr. 21, www.spiegel.de

**51 | Schulwandbild „Steinkohlenbergwerk"**

Reinhard Stach: Hundert Jahre Schulisches Wandbild. Eine Einführung, in: Hans Brög (Bearb.): Die weite Welt im Klassenzimmer. Schulwandbilder zwischen 1880 und 1980. Ausstellungskatalog, Landschaftsverband Rheinland und Universität Duisburg Gesamthochschule (Schriften des Rheinischen Museumsamtes 29), Köln 1984, S. 12

**52 | Drei kleine Tiegel zum Schmelzen von Edelmetallen**

Karl Brandt: Aus der Vor- und Frühgeschichte der Stadt Bochum, hg. von Volker Pingel (Archäologie und Geologie in Rheinland und Westfalen 5), Gelsenkirchen 1997

Hans Drescher: Metallhandwerk des 8.-11. Jahrhunderts in Haithabu auf Grund der Werkstattabfälle, in: Herbert Jankuhn (Hg.): Das Handwerk in vor- und frühgeschichtlicher Zeit, Teil 2 (Abhandlungen der Akademie der Wissenschaften in Göttingen, Philosophisch-Historische Klasse Folge 3, Nr. 123), Göttingen 1983, S. 174–192

Diana Modarressi-Tehrani: Art. Tiegel, in: Johannes Hoops: Reallexikon der germanischen Altertumskunde, Bd. 30, 2. völlig neu bearb. und stark erw. Aufl., New York/Berlin 2005, S. 562–565

Thilo Hellmut Hermann Rehren: Tiegelmetallurgie. Tiegelprozesse und ihre Stellung in der Archäometallurgie (Habilitationsschrift), Freiberg 1997

Ders.: Crucibles as Reaction Vessels in Ancient Metallurgy, in: Paul T. Craddock (Hg.): Mining and Metal Production through the Ages, London 2003, S. 207–215

**53 | Sitzender Knabe**

Marina von Assel: Kunst auf Schritt und Tritt in Bochum. Ein Führer zu moderner Kunst auf öffentlichen Straßen und Plätzen, Bochum 1992

Ursel Berger/Georg Kolbe: Leben und Werk, Berlin 1990

Gerhard Kaufung: Der Bildhauer Erich Schmidtbochum, in: Bochumer Zeitpunkte online. Beiträge zur Stadtgeschichte, Heimatkunde und Denkmalpflege, www.bochum.de/zeitpunkte

Heinz Mollenhauer: Der Kunstbildhauer Erich Schmidtbochum, Braunschweig 1964

Erich Schmidtbochum: Erich Schmidtbochum, Wolfenbüttel 1977

Ders.: Erich Schmidtbochum, Wolfenbüttel 1979

Ders.: Erich Schmidtbochum, Wolfenbüttel 1984

**54 | Gebäck- und Marzipanmodel**

Hans Gert Eichler: Gebäckmodel in Westfalen. Untersuchungen über Vorkommen und Ikonografie (mschr. Diss.), Münster 1970

Hans Jürgen Hansen (Hg.): Kunstgeschichte des Backwerks. Geschichte und Entwicklung der Gebäckarten und ihrer Formen, Oldenburg 1968

Edith Hörandner: Model. Geschnitzte Formen für Lebkuchen, Spekulatius und Springerle, München 1982

Herbert Kürth: Kunst der Model, Leipzig 1981

Albert Walzer: Liebeskutsche, Reitersmann, Nikolaus und Kinderbringer. Volkstümlicher Bildschatz auf Gebäckmodeln, in der Graphik und Keramik, Stuttgart 1963

**55 | Bronzeglocke vom Bochumer Rathaus**

Kurt Dörnemann: „Kein schöner Land" klingt's überall. Glockenspiele in Westfalen, in: Westfalenspiegel, Heft 10, Münster 1959, S. 1–4

Fritz Emde: Bochumer Gussstahlglocken erklingen in allen Erdteilen, in: Der Märker 5 (1956), Sonderausgabe Bochum, S. 18

Hans H. Hanke: Edel sei der Bau, hilfreich und gut. Das Rathaus Bochum und sein künstlerisch-politisches Programm, in: Jürgen Mittag/Ingrid Wölk (Hg.): Bochum und das Ruhrgebiet. Großstadtbildung im 20. Jahrhundert, Essen 2005, S. 299–328

Kurt Kramer (Bearb.): Glocken in Geschichte und Gegenwart, Bd. 2, Karlsruhe 1997

Gescher Schütte: Wenn die Türme singen … Geschichte und Verbreitung des Glockenspiels in Deutschland und den Niederlanden, in: Hermann Terhalle (Red.): Jahrbuch des Kreises Borken 1996, Ahaus 1996, S. 108–110

Westdeutsche Allgemeine Zeitung Bochum vom 11. und 17.6.1991

Westfälische Rundschau, Bochum vom 15., 18. und 19.12.1951

**56 | Bügeleisen (Bolzen- oder Kasteneisen)**

Die Große Wäsche. Ausstellungskatalog, Landschaftsverband Rheinland, Rheinisches Museumsamt, Brauweiler, in Zusammenarbeit mit dem Rheinischen Freilichtmuseum – Landesmuseum für Volkskunde, Mechernich-Kommern, Köln/Bonn 1988

Lutz Pape/Hans-Jürgen Weinert: Bottichwaschmaschine & Haustelegraph. Anfänge der Elektrotechnik im Haushalt, Braunschweig 1993

Marianne Strobel: Alte Bügelgeräte. Eine Kulturgeschichte des Bügelns, 2. überarb. u. stark erw. Aufl., München 1987

Mechthild Wiswe: Hausrat aus Kupfer und Messing, München 1979

**57 | Ofenplatte mit der Belagerung von Bethulia**

Fritz Blümel: Deutsche Öfen. Der Kunstofen von 1480 bis 1910. Kachel- und Eisenöfen aus Deutschland, Österreich und der Schweiz, München 1965

Albrecht Kippenberger: Philipp Soldan zum Frankenberg. Ein hessischer Bildhauer des 16ten Jahrhunderts, Meister der Ofenplatten, Wetzlar 1926

Ders.: Die Kunst der Ofenplatten, dargestellt an der Sammlung des Vereins Deutscher Eisenhüttenleute in Düsseldorf, 2. Aufl., Düsseldorf 1973

Gerhard Seib: Studien zum künstlerischen Eisenguss. Festschrift für Albrecht Kippenberger, Marburg 1970

### 58 | Bügelschere

Matthias Becker: Klasse und Masse. Überlegungen zu römischem Sachgut im germanischen Milieu, in: Germania 81 (2003), S. 277–288

Karl Brandt: Die germanische Siedlung in Bochum-Harpen. Grabungs- und Fundbericht, in: Hans Beck (Hg.): Spätkaiserzeitliche Funde in Westfalen (Bodenaltertümer Westfalens 12), Münster 1970, S. 122–133

Ders.: Aus der Vor- und Frühgeschichte der Stadt Bochum, hg. von Volker Pingel (Archäologie und Geologie in Rheinland und Westfalen 5), Gelsenkirchen 1997

Hellmut Schoppa: Die germanische Siedlung in Bochum-Harpen. Die römische Keramik, in: Hans Beck (Hg.): Spätkaiserzeitliche Funde in Westfalen (Bodenaltertümer Westfalens 12), Münster 1970, S. 134–139

### 59 | Trainings-Fahrrad von Walter Lohmann

Stadtarchiv Bochum ZGS III B 1

Stadtarchiv Bochum ZA III B 1

Alfred Salomon – ein Auschwitz-Überlebender berichtet, in: Stadtarchiv Bochum (Hg.): Vom Boykott bis zur Vernichtung. Leben, Verfolgung, Vertreibung und Vernichtung der Juden in Bochum und Wattenscheid 1933–1945, Essen 2002, S. 233–254

„Teddy Richter, der ermordete Rad-Champion", Film von Michel Viotte, ausgestrahlt bei ARTE am 8.7.2005

Unveröffentlichtes Interview von Ingrid Wölk mit Irma Lohmann am 10.12.2003

### 60 | „Atlas von Hundert Carten"

John Goss: Kartenkunst: Die Geschichte der Kartographie, Braunschweig 1994

Harm und Edeltraud Klueting: Heinrich Graf Ostermann. Von Bochum nach St. Petersburg 1687 bis 1747 (Schriftenreihe des Hauses Laer 6), Bochum 1976

Chr. Sandler, Johann Baptista Homann, Matthäus Seutter und ihre Landkarten. Ein Beitrag zur Geschichte der Kartographie, Amsterdam o. J. [1964]

Johannes Volker Wagner: Weltbürger aus der Provinz: Heinrich Graf Ostermann. Ein Deutscher am Zarenhof, in: Ders. (Hg.): Das Stadtarchiv. Schatzkammer, Forschungsstätte, Erlebnisort. Beispiel Stadtarchiv Bochum, Essen 2004, S. 131–136

### 61 | Dusche aus dem Bochumer Stadtbad

Siegfried Giedion: Die Geschichte des Bades (Auszug aus: Ders.: Die Herrschaft der Mechanisierung, Hamburg 1982), Hamburg 1998

Klaus Kramer: Das private Hausbad 1850–1950 und die Entwicklung des Sanitärhandwerks. Texte und Materialien zur Ausstellung im Hansgrohe Museum Wasser – Bad – Design, Schiltach/Schwarzwald, Schramberg 1997

Klaus Mönkemeyer: Sauberkeit, Schmutz und Körper. Zur Sozial- und Kulturgeschichte der Sauberkeit zwischen Reichsgründung und Erstem Weltkrieg (mschr. Diss.), Marburg 1988

Wilhelm Schäfer: Das Bochumer Stadtbad. Ein Beispiel für den neuzeitlichen Hallenbäderbau, in: Sanitäre Technik. Monatsschrift für technische Hygiene in Haus, Betrieb und öffentlichen Einrichtungen, Sonderdruck, Düsseldorf-Stuttgart 1953, S. 239–271

Georges Vigarello: Wasser und Seife, Puder und Parfüm. Geschichte der Körperhygiene seit dem Mittelalter, Frankfurt a.M./New York 1992

Harm-Peer Zimmermann: Volksduschen in Deutschland 1880 bis 1914, in: Albrecht Hoffmann (Hg.): Wasser zum Waschen und Baden. Die sanitäre Bedeutung des Wassers im Wandel der Zeit (Kasseler Wasserbau-Forschungsberichte und -Materialien 15/2002, 9. Kasseler Technikgeschichtliches Kolloquium), Kassel 2002, S. 37–53

### 62 | Klotzmausefalle

Karl Ableitner: Anleitung zur Verhinderung der Mäuseplage. Eine vollständige, systematische Abhandlung über die Lebensweise der Mäuse, Mäuseschäden, Mäusevertilgung sowie Besprechung über die in der Praxis und in der Literatur bekannt gewordenen Vertilgungsmittel und ihre Anwendung, Bremen 1890

Herbert Bald: Kuscheln mit dem Dämon. Maus-Bilder in der Geschichte, in: Katz & Maus. Tierisch-menschliche Beziehungsgeschichten. Ausstellungskatalog, Spessartmuseum Lohr u.a., Bietingheim-Bissingen [1997], S. 84–131

Gertrud Benker: Altes bäuerliches Holzgerät, München 1976

Wilhelm Hansen: Hauswesen und Tagewerk im alten Lippe, Münster 1982

Elke Osterloh: Katzenfett gegen Mäusefraß. Vom jahrtausendealten Kampf gegen nagende Schädlinge, in: Katz & Maus. Tierisch-menschliche Beziehungsgeschichten, Ausstellungskatalog, Spessartmuseum Lohr u.a., Bietingheim-Bissingen [1997], S. 133–141

Hinrich Siuts: Bäuerliche und handwerkliche Arbeitsgeräte in Westfalen. Die alten Geräte der Landwirtschaft und des Landhandwerks 1890-1930 (Schriften der Volkskundlichen Kommission für Westfalen 26), Münster 1982

**63 | Karten-Kontrollapparat**

Alle Zeit der Welt. Von Uhren und anderen Zeitzeugen. Ausstellungskatalog, Landesmuseum für Technik und Arbeit, Mannheim, in Kooperation mit der Deutschen Gesellschaft für Chronometrie e.V., Mannheim 2002

Gudrun Kopf: Zeit-Ordnung. Eine Geschichte der Stechuhr (Diplomarbeit), Weimar 2002

Ulla Merle: Tempo! Tempo! – Die Industrialisierung der Zeit im 19. Jahrhundert, in: Igor A. Jenzen (Hg.): Uhrzeiten. Die Geschichte der Uhr und ihres Gebrauches. Ausstellungskatalog, Historisches Museum Frankfurt a.M., Marburg 1999, S. 161–217

Werner Schmid: Arbeitszeiterfassung mit Uhren. Ein historischer Rückblick, in: Jahresschrift der Deutschen Gesellschaft für Chronometrie 39 (2000), S. 97–111

Ders.: Bürk-Uhren und -Kontrollapparate. Die neuen Erzeugnisse der Württembergischen Uhrenfabrik in Schwenningen nach 1950, in: Almanach. Heimatjahrbuch des Schwarzwald-Baar-Kreises 26 (2002), S. 166–171

Ders.: Die Württembergische Uhrenfabrik in Schwenningen und ihre Erzeugnisse, in: Zeit ist Geld. Kontrolluhren aus dem Schwarzwald. Ausstellungskatalog, Uhrenindustriemuseum Villingen-Schwenningen, Villingen-Schwenningen 2005, S. 39–45

**64 | Wäschestampfer „Husch-Husch"**

Fred Bertrich: Kulturgeschichte des Waschens, Düsseldorf/Wien 1966

Die Große Wäsche. Ausstellungskatalog, Landschaftsverband Rheinland, Rheinisches Museumsamt, Brauweiler, in Zusammenarbeit mit dem Rheinischen Freilichtmuseum – Landesmuseum für Volkskunde, Mechernich-Kommern, Köln/Bonn 1988

Karin Hausen: Große Wäsche. Technischer Fortschritt und sozialer Wandel in Deutschland vom 18. bis ins 20. Jahrhundert, in: Geschichte und Gesellschaft. Zeitschrift für Historische Sozialwissenschaft 13 (1987), Heft 3: Sozialgeschichte der Technik, hg. von Reinhard Rürup, S. 273–303

Gudrun Silberzahn-Jandt: Wasch-Maschine. Zum Wandel von Frauenarbeit im Haushalt, Marburg 1991

**65 | Doppelsitzbank aus einer Straßenbahn der BOGESTRA**

Bochum-Gelsenkirchener Straßenbahnen AG: 75 Jahre Bochum-Gelsenkirchener Straßenbahnen Aktiengesellschaft, Bochum 1971

Bochum-Gelsenkirchener Straßenbahnen AG: Verbindungen BOGESTRA 1896–1996, Bochum 1996

Ludwig Schönefeld: Unterwegs zwischen Emscher und Ruhr. Geschichte des Wagenparks der Bochum-Gelsenkirchener Straßenbahnen AG, Wuppertal 1989

**66 | Abdrücke „lebendiger Kräuter"**

Stadtarchiv Bochum ZA III B 1

Irmgard Müller: Kortum als Arzt, Alchemist und Volksaufklärer, in: Carl Arnold Kortum 1745–1824. Arzt, Forscher, Literat. Einem Revierbürger zum 250. Geburtstag, hg. von der Kortum-Gesellschaft Bochum e.V. im Auftrag des Arbeitskreises Kortum-Jahr in Zusammenarbeit mit dem Stadtarchiv Bochum, Bottrop/Essen 1995, S. 92–103

**67 | Weihwassergefäß**

J. Ch. Gespann: Das Weihwasser, Einsiedeln 1915

Dieter Pesch: Volkskunst am Niederrhein, Niederrheinisches Freilichtmuseum Grefrath, Köln 1980

Heino Pfannenschmidt: Das Weihwasser im heidnischen und christlichen Cultus, Hannover 1869

Reinhild Stephan-Maaser: Wasserkörper, in: Wasser-Fälle. An Rhein und Maas. Ausstellungskatalog, Feuer & Flamme Ausstellungsgesellschaft mbH, Medienhafen Düsseldorf, hg. von Ulrich Borsdorf und Jürg Steiner, Essen 2002, S.168–185

**68 | Truhe**

Thorsten Albrecht: Truhen – Kisten – Laden. Vom Mittelalter bis zur Gegenwart – am Beispiel der Lüneburger Heide, Petersberg 1997

Walter Borchers: Volkskunst in Westfalen (Der Raum Westfalen IV, 4), Münster 1970

Ludwig Holtmeier (Hg.): Truhen, Schlösser und Tresore. Mechanische Sicherungstechnik im Wandel der Zeit, Bad Wörishofen 1989

Irene Lange: Bauern- und Landhausmöbel. Ländliche Wohnkultur wiederentdeckt, München 2001

**69 | Fotoalbum der jüdischen Familie Salomons aus Bochum**

Walter Benjamin: Kleine Geschichte der Photographie, in: Ders.: Das Kunstwerk im Zeitalter der Reproduzierbarkeit. Drei Studien zur Kunstsoziologie, Frankfurt a.M. 1996, S. 47–64

Harald Neifeind: Das Foto als Quelle. Zur Interpretation einer zeitgenössischen Bildquelle, in: Beiträge zur Geschichte und Ästhetik der Fotografie 6 (1986), Heft 21, S. 64–66

Andreas Volk (Hg.): Vom Bild zum Text. Die Photographiebetrachtung als Quelle sozialwissenschaftlicher Erkenntnis, Zürich 1996

**70 | Zapfsäule einer ARAL-Tankstelle**

Stadtarchiv Bochum Bo 66/216

Stadtarchiv Bochum ZA IX A 4

ARAL AG (Hg.): Erlebte Geschichte. Hundert Jahre ARAL. Die Geschichte der Aral Aktiengesellschaft, anläßlich des hundertjährigen Firmenjubiläums dargestellt von Mitarbeitern, die diese Geschichte selbst mitgestaltet haben, Bochum 1998

Karl Brinkmann: Bochum. Aus der Geschichte einer Großstadt des Reviers, 2. Aufl., Bochum 1968

Bernd Polster: Super oder Normal. Tankstellen, Geschichte eines modernen Mythos, Köln 1996

**71 | Privatpost-Briefmarken**

Hansi Hungerige: 250 Jahre Bochumer Postgeschichte 1737–1987, Bochum 1987

Hans Meier zu Eissen: Die Deutschen Privatpost-Anstalten. Handbuch und Katalog der Freimarken und Ganzsachen, Bd. 2: Bernburg – Frankfurt, Münster 1986

**72 | Tischuhr**

Ernst von Bassermann-Jordan: Uhren. Ein Handbuch für Sammler und Liebhaber, 4. völlig neu gestaltete Aufl., Braunschweig 1961

Igor A. Jenzen (Hg.): Uhrzeiten. Die Geschichte der Uhr und ihres Gebrauches. Ausstellungskatalog, Historisches Museum Frankfurt a.M., Marburg 1999

Helmut Krieg (Bearb.): Aus der Uhrzeit. Die Uhrensammlungen des Museums für Angewandte Kunst und des Kölnischen Stadtmuseums, Köln 1987

Klaus Maurice: Die deutsche Räderuhr. Zur Kunst und Technik des mechanischen Zeitmessers im deutschen Sprachraum, 2 Bde., München 1976

Ders./Otto Mayr (Hg.): Die Welt als Uhr. Deutsche Uhren und Automaten 1550–1650. Ausstellungskatalog, München/Berlin 1980

Richard Mühe/Horand M. Vogel: Alte Uhren. Ein Handbuch europäischer Tischuhren, Wanduhren und Bodenstanduhren, München 1976

**73 | Warenautomat für Verhütungsmittel**

Robert Jütte (Hg.): Lust ohne Last. Die Geschichte der Empfängnisverhütung von der Antike bis zur Gegenwart, München 2003

Marita Metz-Becker (Hg.): Wenn Liebe ohne Folgen bliebe … Zur Kulturgeschichte der Verhütung, Marburg 2006

**74 | Taufstein aus der evangelischen Kirche Stiepel**

Bibel-Lexikon, hg. von Herbert Haag in Verbindung mit Adrianus van den Born u.a., Einsiedeln/Zürich/Köln 1956, S. 1586–1593

Friedrich J. Esterhues: Zur älteren Baugeschichte der evangelischen Pfarrkirche in Bochum Stiepel, in: Westfalen 43 (1965), S. 57–69

Günter Höfken: Die in der evangelischen Kirche in Stiepel freigelegten Grabsteine, in: Bochum. Ein Heimatbuch 6 (1954), hg. von der Vereinigung für Heimatkunde e.V., Bochum 1954, S. 111–115

Lucia Impelluso: Die Natur und ihre Symbole. Pflanzen, Tiere und Fabelwesen. Bildlexikon der Kunst, Bd. 7, hg. von Stefano Zuffi, Berlin 2003, S. 25–37, S. 62–65, S. 73–129, S. 307 f., S. 323–329

Lexikon der christlichen Ikonographie, hg. von Engelbert Kirschbaum in Zusammenarbeit mit Günter Bandmann u.a., Allgemeine Ikonographie, Bd. 4 (Saba Königin von – Zypresse), Freiburg i.Br. u.a. 1972, S. 244-255

Albert Ludorff: Die Bau- und Kunstdenkmäler in Westfalen, hg. vom Provinzial-Verbande der Provinz Westfalen, Bd. 29: Die Bau- und Kunstdenkmäler des Kreises Hattingen, Münster/Westfalen 1909, S. 74 f.

H. Ostheide: Geschichte der Kirchengemeinde Stiepel, Hattingen 1872

Winfried Schonefeld: Dorfkirche Stiepel. Geschichte eines Kirchspiels. Geschichte der Evangelischen Kirchengemeinde Stiepel, hg. von der Evangelischen Kirchengemeinde Stiepel, Bochum 1983

Jutta Seibert: Lexikon christlicher Kunst. Themen, Gestalten, Symbole, Freiburg i.Br. u.a. 2002, S. 70 ff., S. 100 f., S. 193, S. 259 f., S. 302–305

**75 | Rasierbecken**

Frank Gnegel: Bart ab. Zur Geschichte der Selbstrasur. Ausstellungskatalog, Westfälisches Museumsamt, Münster, Köln 1995

Erwin Hintze (Hg.): Die deutschen Zinngießer und ihre Marken, 7 Bde. (Neudruck der Ausgabe 1921–31), Aalen 1964/65

Margarete Pieper-Lippe: Zinn im südlichen Westfalen bis zum Anfang des 19. Jahrhunderts, Münster 1974

Anke Schmidt: Der Zinngießer und seine Kunden. Artland, Altlandkreis Bersenbrück, angrenzende Gebiete (Text- und Bildteil) (Materialien zur Volkskultur nordwestliches Niedersachsen 14/15), Cloppenburg 1989

Susanna Stolz: Die Handwerke des Körpers. Bader, Barbier, Perückenmacher, Friseur. Folge und Ausdruck historischen Körperverständnisses, Marburg 1992

**76 | Anatomischer Atlas**

Wolfgang Balster: Medizinische Wissenschaft und ärztliche Praxis im Leben des Bochumer Arztes Carl Arnold Kortum (1745–1824). Medizinhistorische Analyse seines Patiententagebuches (Diss.), Bochum 1990

Wolfgang U. Eckart: Geschichte der Medizin, Berlin u.a. 1990

Sabine Graumann: „Das akademische Leben viel Reizendes hat …". Kortum als Student der Medizin an der Universität Duisburg und als Praktikant an der Berliner Charité, in: Carl Arnold Kortum 1745–1824. Arzt, Forscher, Literat. Einem Revierbürger zum 250. Geburtstag, hg. von der Kortum-Gesellschaft Bochum e.V. im Auftrag des Arbeitskreises Kortum-Jahr in Zusammenarbeit mit dem Stadtarchiv Bochum, Bottrop/Essen 1995, S. 82–91

Irmgard Müller: Kortum als Arzt, Alchemist und Volksaufklärer, in: ebd., S. 92–103

**77 | Haarpfeil**

Horst Wolfgang Böhme: Germanische Grabfunde des 4. bis 5. Jahrhunderts zwischen unterer Elbe und Loire (Münchner Beiträge zur Ur- und Frühgeschichte 19), München 1974

Ders.: Söldner und Siedler im spätantiken Nordgallien, in: Alfried Wieczorek (Hg.): Die Franken. Wegbereiter Europas. Ausstellungskatalog, Reiss-Museum Mannheim u.a., Mainz 1996, S. 91–101

Karl Brandt: Aus der Vor- und Frühgeschichte der Stadt Bochum, hg. von Volker Pingel (Archäologie und Geologie in Rheinland und Westfalen 5), Gelsenkirchen 1997

Hartmut Polenz: Römer und Germanen in Westfalen, Münster 1985

J. Werner: Die germanische Siedlung auf dem Gelände der Zeche Erin in Castrop-Rauxel. Bemerkungen zu den Bronzefunden, in: Hans Beck (Hg.): Spätkaiserzeitliche Funde in Westfalen (Bodenaltertümer Westfalens 12), Münster 1970, S. 76 f., Abb. 1

**78 | Wasserrohr**

Bochum, in: E. Grahn: Die städtische Wasserversorgung im Deutschen Reiche sowie in einigen Nachbarländern. Erster Band: Königreich Preußen, München/Leipzig 1898, S. 272–279

Frontinus-Gesellschaft e.V. (Hg.): Die Wasserversorgung antiker Städte (Geschichte der Wasserversorgung 2), Mainz 1987

Dies. (Hg.): Die Wasserversorgung im Mittelalter (Geschichte der Wasserversorgung 4), Mainz 1991

Dies. (Hg.): Die Wasserversorgung in der Renaissancezeit (Geschichte der Wasserversorgung 5), Mainz 2000

Beate Olmer: Wasserwerke, in: Wasser-Fälle. An Rhein und Maas. Ausstellungskatalog, Feuer & Flamme Ausstellungsgesellschaft mbH, Medienhafen Düsseldorf, hg. von Ulrich Borsdorf und Jürg Steiner, Essen 2002, S. 216–232

Stadt Bochum (Hg.): 100 Jahre Stadtwerke Bochum 1855–1955, Bochum [1955]

Stadtwerke Bochum GmbH (Hg.): „Wir sorgen dafür!" 150 Jahre Stadtwerke Bochum, Bochum 2004

Renate Tölle-Kastenbein: Antike Wasserkultur, München 1990

Wolfgang Zäschke: Keramische Werkstoffe in der Geschichte der Wasser- und Abwassertechnik, in: Schriftenreihe der Frontinus-Gesellschaft, Heft 4, Köln 1981, S. 9–29

**79 | Höhensonne**

Künstliche Höhensonne erstrahlte vor 100 Jahren. Tradition der Heraeus-Quarzglaslampen lebt in Sonnenstudios weiter – Erster Einsatz in der medizinischen Lichttherapie (Pressemitteilung der Heraeus Holding GmbH zum 100-jährigen Jubiläum der Künstlichen Höhensonne), Hanau, 21. Dezember 2004

Quarzlampen Gesellschaft m.b.H., Hanau: 50 Jahre Original Hanau 1906-1956, Hanau 1956

Simone Wörner: Sonnenhunger, in: Sonne, Mond und Sterne. Kultur und Natur der Energie. Ausstellungskatalog, Feuer & Flamme Ausstellungsgesellschaft mbH, Kokerei Zollverein in Essen, hg. von Ulrich Borsdorf u.a., Bottrop 1999, S. 142–155

**80 | Fingerring mit sieben Köpfen**

Heinz Battke: Geschichte des Ringes. In Beschreibungen und Bildern, dargestellt durch die Sammlung Battke, Baden-Baden 1953

Anna Beatriz Chadour: Ringe/Rings. Die Alice und Louis Koch-Sammlung, Vierzig Jahrhunderte durch vier Generationen gesehen, 2 Bde., Leeds 1994

Friedrich Henkel: Die römischen Fingerringe der Rheinlande und der benachbarten Gebiete, Berlin 1913

**81 | Polizei-Tschako**

Ingo Löhken: Die Polizeiuniformen in Preußen 1866-1945. Monarchie, Weimarer Republik, Drittes Reich, Friedberg 1986

Erich Radecke: Geschichte des Polizei-Tschakos. Von der Alten Armee zur Polizei, Hilden 1981

**82 | Ansicht der Gussstahlfabrik „Bochumer Verein"**

Walther Däbritz: Bochumer Verein für Bergbau und Gusstahlfabrikation in Bochum. Neun Jahrzehnte seiner Geschichte im Rahmen der Wirtschaft des Ruhrbezirks, Düsseldorf 1934

Wilfried Feldenkirchen: Die Eisen- und Stahlindustrie des Ruhrgebiets 1879–1914. Wachstum, Finanzierung und Struktur ihrer Großunternehmen, Wiesbaden 1982

Susanne Hilger: Sozialpolitik und Organisation. Formen betrieblicher Sozialpolitik in der rheinisch-westfälischen Eisen- und Stahlindustrie seit der Mitte des 19. Jahrhunderts bis 1933, Stuttgart 1996

Gustav-Hermann Seebold: Ein Stahlkonzern im Dritten Reich. Der Bochumer Verein 1927–1945, Wuppertal 1981

**83 | Fahne des Männergesangsvereins „Glück auf Höntrop"**

Anton Greifenberg: Männergesangsverein „Glück auf" Höntrop. 100 Jahre MGV „Glück auf" Höntrop. Eine Chronik des Festkonzertes, Wattenscheid 1972

Ders.: MGV „Glück auf" Höntrop e. V. 1872–1997, Bochum 1997

Antoinette Hellkuhl: Empor zum Licht. Arbeitergesangsvereine im westfälischen Ruhrgebiet 1878–1914, Stuttgart/Witten 1983

Dietmar Klenke/Peter Lilje/Franz Walter: Arbeitersänger und Volksbühnen in der Weimarer Republik, Bonn 1992

Dietmar Klenke: Der singende „Deutsche Mann". Gesangvereine und deutsches Nationalbewusstsein von Napoleon bis Hitler, Münster 1998

Ders.: „Die friedliche Leier neben dem kriegerischen Schwert". Westfälische Männergesangsvereine als Träger der Erinnerungskultur im 19. und 20. Jahrhundert, in: Westfälische Forschungen 51, Münster 2001, S. 107–147

Kläre Kupitz/Peter Rauwerda: Wattenscheider Zechen und Bergleute, Wattenscheid 1983

**84 | Tefifon mit Schallbändern**

Günter F. Abele: Historische Radios. Eine Chronik in Wort und Bild, 2 Bde., Stuttgart 1996

Herbert Jüttemann: Das Tefifon, Herten 1995

**85 | Esszimmerstuhl aus der Wohnung der Familie Baer**

Landesarchiv NRW Staatsarchiv Münster: Entschädigungssachen Leo Baer, ZK Nr. 427165

Leo Baer: Erinnerungssplitter eines deutschen Juden an zwei Weltkriege (unveröffentlichtes Manuskript; Publikation in Vorbereitung), Toronto 1979

Stadtarchiv Bochum (Hg.): Vom Boykott bis zur Vernichtung. Leben, Verfolgung, Vertreibung und Vernichtung der Juden in Bochum und Wattenscheid 1933–1945, Essen 2002

**86 | Panorama von Bochum, vom Stadtpark aus gesehen**

Erika Schmidt: Zierde, Vergnügen, gesunde Luft und gute Lehren. Zur Geschichte des Stadtparks in Bochum und anderswo, in: Das Gartenamt 31(1982) Juni, S. 343–356

Dies.: Der Bochumer Stadtpark und sein städtebauliches Umfeld im 19. Jahrhundert. Ein Beitrag zur Revision von Werturteilen über den typischen deutschen Stadtpark des 19. Jahrhunderts (Diss.), Hannover 1988

Westfalia Picta. Bd. IX: Westfälisches Ruhrgebiet. Erfassung westfälischer Ortsansichten vor 1900, hg. im Auftrag des Landschaftsverbandes Westfalen Lippe vom Institut für vergleichende Städtegeschichte an der Universität Münster, bearbeitet von Michael Schmitt unter Mitarbeit von Patrick Schuchert, Münster 2005

Ingrid Wölk: Philipp Würzburger und die Gründung des Stadtparks in Bochum, in: Johannes Volker Wagner (Hg.): Das Stadtarchiv. Schatzkammer – Forschungsstätte – Erlebnisort. Bei-spiel Stadtarchiv Bochum, Essen 2004, S. 157–163

Dies.: Vom Kuhhirten zum Kuhhirten-Denkmal. Bochum auf dem Weg zur Großstadt, in: Jürgen Mittag/Ingrid Wölk (Hg.): Bochum und das Ruhrgebiet. Großstadtbildung im 20. Jahrhundert, Essen 2005, S. 79–121

**87 | Schnupftabakdose**

Stadtarchiv Bochum B 284

Stadtarchiv Bochum NAP 25 Nr. 270

D. Johann Gottlieb Krügers Der Artzneygelahrtheit Professors auf der Königl. Preuß. Friedrichs Universität und der Königl. Preuß. Academie der Wissenschaften Mitglied Gedancken vom Kaffee, Thee, Toback und Schnupftoback. Die zweyte Auflage, Halle 1746

Adressbuch der Stadt Bochum 1886

Gottfried Korff: Speicher und/oder Generator. Zum Verhältnis von Deponieren und Exponieren im Museum, in: Gottfried Korff: Museumsdinge deponieren – exponieren, Köln 2002, S. 167–176

Wolfgang Schivelbusch: Das Paradies, der Geschmack und die Vernunft. Eine Geschichte der Genussmittel, 6. Aufl., Frankfurt a.M. 2005

**88 | Fußball des VfL Bochum**

Keine Literaturangaben

**89 | Nähtischchen**

Jörn Bahns: Biedermeier-Möbel. Entstehung – Zentren –Typen, München 1979

Gerhard Langemeyer (Hg.): Museumshandbuch Teil 1: Von Funden der Steinzeit bis zu Gemälden des 19. Jahrhunderts, Museum für Kunst und Kulturgeschichte der Stadt Dortmund, Dortmund 1983

Ingeborg Weber-Kellermann: Frauenleben im 19. Jahrhundert. Empire und Romantik, Biedermeier, Gründerzeit, München 1983

Hildegard Westhoff-Krummacher: Als die Frauen noch sanft und engelsgleich waren. Die Sicht der Frau in der Zeit der Aufklärung und des Biedermeier. Ausstellungskatalog, Westfälisches Landesmuseum für Kunst und Kulturgeschichte Münster, Münster 1995

**90 | Relief des „Löwen von Juda"**

Leo Baer: Erinnerungssplitter eines deutschen Juden an zwei Weltkriege (unveröffentlichtes Manuskript; Publikation in Vorbereitung), Toronto 1979

Märkischer Sprecher vom 25.03.1921

Manfred Keller/Hubert Schneider/Johannes Volker Wagner (Hg.): Gedenkbuch Opfer der Shoa aus Bochum und Wattenscheid, Bochum 2000

Reichsbund Jüdischer Frontsoldaten (Hg.): Die jüdischen Gefallenen des deutschen Heeres, der deutschen Marine und der deutschen Schutztruppen 1914–1918, Hamburg 1932

Ders. (Hg.): Kriegsbriefe gefallener deutscher Juden, Berlin 1935 (Neuauflage Stuttgart 1961)

Stadtarchiv Bochum (Hg.): Vom Boykott bis zur Vernichtung. Leben, Verfolgung, Vertreibung und Vernichtung der Juden in Bochum und Wattenscheid 1933–1945, Essen 2002

Ingrid Wölk: Der Bronzelöwe aus der alten Synagoge und die Geschichte der Familie Baer (unveröffentlichter Vortrag anlässlich der Grundsteinlegung der neuen Synagoge am 28.11.2005)

**91 | Kürass**

Georg Alt: Geschichte der Königl. Preußischen Kürassiere und Dragoner seit 1619 resp. 1631-1870. Mit Benutzung amtlicher Quellen bearbeitet, Berlin 1870 (Nachdruck: Krefeld 1970)

Victor Köhler: Das Kürassier-Regiment von Seydlitz (Magdeburgisches) Nr. 7, seine Geschichte. Nach amtlichen Unterlagen und Berichten von Kriegsteilnehmern, bearbeitet und zusammengestellt, Hannover 1935

Heinrich Müller: Das Heerwesen in Brandenburg und Preußen von 1640 bis 1806. Die Bewaffnung, Berlin 2001

Günther Voigt: Deutschlands Heere bis 1918. Ursprung und Entwicklung der einzelnen Formationen, Bd. 6: Kavallerie: Kürassiere und Dragoner, hg. von Dermot Bradley/Hans Bleckwenn, Osnabrück 1986

**92 | Wandteppich (Gobelin) mit dem Windmühlenkampf des Don Quichotte**

Miguel de Cervantes Saavedra: Leben und Taten des scharfsinnigen Edlen Don Quixote von la Mancha, Berlin 1966

Roger Adolf D'Hulst: Flämische Bildteppiche des XIV. bis XVIII. Jahrhunderts, Brüssel 1961

Dora Heinz: Europäische Tapisseriekunst des 17. und 18. Jahrhunderts, Wien 1995

Wilhelm E. Mühlmann: Don Quixote. Die Tragödie des irrenden Ritters, ein Essay zur Cervantes-Vierhundert-Jahrfeier, Hamburg 1947

Mercedes Viale: Gobelins, München 1974

**93 | Krone der Bochumer Schützenkönigin des Jahres 1888**

Andreas Bornholdt/Klaus Liermann: 600 Jahre Bochumer Maiabendfest. Die historische Entwicklung eines städtischen Heimatfestes im Revier, Bochum 1988

Johannes Volker Wagner: Tiefer Blick in die Geschichte: Das Bochumer Maiabendfest, in: Ders. (Hg.): Das Stadtarchiv. Schatzkammer – Forschungsstätte – Erlebnisort. Beispiel Stadtarchiv Bochum, Essen 2004, S. 109–130

**94 | Halsgeige**

Franz Darpe: Geschichte der Stadt Bochum, Bochum 1894 (Nachdruck 1991)

Richard van Dülmen: Der ehrlose Mensch. Unehrlichkeit und soziale Ausgrenzung in der Frühen Neuzeit, Köln/Weimar/Wien 1999

Helga Schnabel-Schüle: Überwachen und Strafen im Territorialstaat (Forschungen zur deutschen Rechtsgeschichte 16), Köln/Weimar/Wien 1997

**95 | Taschenuhr mit Widmung des Bochumer Vereins**

Westfälisches Wirtschaftsarchiv Dortmund (WA) 80/879

WA 80/1592–1596

WA 80/1823

Adressbücher der Stadt Bochum 1880-1920

Andenken an die 50-Jahrfeier des Bochumer Vereins 5.- 6. November 1904, Berlin-Schöneberg 1905

Bericht über die Jubel-Feier des Bochumer Vereins für Bergbau und Gußstahlfabrikation und von 298 seiner Beamten, Meister und Arbeiter am 14. October 1894, Bochum 1894

Märkischer Sprecher vom 8.10.1906

**96 | Grafenbrief des Heinrich Johann Friedrich Ostermann**

Johannes Volker Wagner: Ein Deutscher am Zarenhof. Heinrich Graf Ostermann und seine Zeit. Lebensbild und Spurensuche, in: Ders./Bernd Bonwetsch/Wolfram Eggeling (Hg.): Ein Deutscher am Zarenhof. Heinrich Graf Ostermann und seine Zeit (1687–1747). Ausstellungskatalog, Stadtarchiv Bochum u.a., Essen 2001, S. 19–46

Gisela Wilbertz: Heinrich Graf Ostermann (1687-1747). Zur 300. Wiederkehr seines Geburtstages, Bochum 1987

**97 | Spitznackiges Jadebeil**

Karl Brandt: Neolithische Siedlungsplätze im Stadtgebiet von Bochum (Quellenschriften zur westdeutschen Vor- und Frühgeschichte 8), Bonn 1967

Ders.: Aus der Vor- und Frühgeschichte der Stadt Bochum, hg. von Volker Pingel (Archäologie und Geologie in Rheinland und Westfalen 5), Gelsenkirchen 1997

Lutz Klassen: Jade und Kupfer. Untersuchungen zum Neolithisierungsprozess im westlichen Ostseeraum unter besonderer Berücksichtigung der Kulturenentwicklung Europas 5500-3500 BC, Møesgard 2004

Pierre Pétrequin/Anne-Marie Pétrequin u.a.: Beigua, Monviso e Valais. All'origine alpina in Europa occidentale durante il V millenio, in: Rivista di Scienze Preistoriche 55 (2005), S. 265–322

# KURZBIOGRAFIEN DER AUTORINNEN UND AUTOREN

**Albers, Delia**
Jahrgang 1977, studierte die Fächer Kunstgeschichte, Geschichte und Anglistik an der Ruhr Universität Bochum. Seit 2005 ist sie ebenda Doktorandin der Kunstgeschichte. Ihre fachlichen Schwerpunkte liegen in den Bereichen Denkmalpflege, Architektur und Städtebau des 19. und 20. Jahrhunderts.

**Baales, Michael**
Jahrgang 1963, studierte Ur- und Frühgeschichte in Köln und Tübingen (1989 Magister Artium und 1992 Promotion in Köln). Er war wissenschaftlicher Mitarbeiter am Forschungsbereich Altsteinzeit des Römisch-Germanischen Zentralmuseums Mainz in Neuwied-Monrepos und habilitierte sich 2001 im Fach Ur- und Frühgeschichte an der Universität Frankfurt am Main. Seit 2002 ist er Leiter der Außenstelle Olpe der LWL-Archäologie für Westfalen und seit 2005 Privatdozent an der Ruhr-Universität Bochum.

**Breidenbach, Silke**
Jahrgang 1969, studierte die Fächer Kunstgeschichte, Neuere Deutsche Literaturwissenschaft und Mediävistik (Germanistik) an der Ruhr-Universität Bochum. Sie schrieb eine Magisterarbeit über „Stadtplanung und Bauaufgaben in der Gauhauptstadt Bochum".

**Dolnik, Martin**
Jahrgang 1975, studierte an der Akademie der Bildenden Künste München Bühnen- und Kostümbild in der Klasse von Ursel und Karl-Ernst Herrmann, die ihn auch als Assistenten bei ihrer Inszenierung von W. A. Mozarts „La Clemenza di Tito" am Nationaltheater Prag (2006) engagierten. Am Schauspielhaus Bochum entwarf er Bühnenbilder für „Winter" von Jon Fosse (2002), „Die Physiker" von Friedrich Dürrenmatt (2003), „Tief im Loch und das Schwein sucht mit" von Jeroen Olyslaegers (2004) und „Paul von Pommern" von Christopher Werth (2005); für das Schauspielhaus Zürich erarbeitete er Bühnenbilder für „Der Parasit" von Friedrich Schiller (2005), „Der Liebestraum" nach Texten von Robert Walser (2006) und „Fernwärme" von Reto Finger (2007).

**Ebel-Zepezauer, Wolfgang**
Jahrgang 1962, studierte Ur- und Frühgeschichte, Klassische Archäologie, Geschichte und Klassische Philologie und wurde 1988 in Marburg promoviert. Er war wissenschaftlicher Assistent an der Ruhr-Universität Bochum von 1989 bis 1995, seine Habilitation erfolgte 1996/97 mit „Studien zur Archäologie der Westgoten". Von 1996 bis 2003 arbeitete er in der Bodendenkmalpflege Westfalen-Lippe. Seit 2003 ist er wissenschaftlicher Mitarbeiter an der Ruhr-Universität, seit 2005 als außerplanmäßiger Professor. Er ist Mitglied der Altertumskommission für Westfalen ab 2003, seit 2005 im Vorstand.

**Halwer, Andreas**
Jahrgang 1954, übernahm nach seiner Ausbildung zum Diplom-Archivar 1978 das Zweigarchiv in Wattenscheid. Von 2000 bis 2004 war er Fraktionsgeschäftsführer einer Bochumer Ratsfraktion. Seit 2005 ist er wieder im Stadtarchiv Bochum tätig. Schwerpunkte seiner Arbeit sind die Stadtgeschichte Wattenscheids, jüdische Geschichte, EDV und Archivtechnik. Er ist nebenamtlicher Dozent bei der VHS Bochum.

**Hanke, Hans H.**
Jahrgang 1956, ist Kunst- und Sozialhistoriker und hauptberuflich wissenschaftlicher Referent am LWL-Amt für Denkmalpflege in Westfalen. Er hat einen Lehrauftrag am Institut für Kunstgeschichte, Ruhr-Universität Bochum.

**Hiekisch-Picard, Sepp**
Jahrgang 1956, studierte Kunstgeschichte, Germanistik und Philosophie an der Ruhr-Universität Bochum. Von 1985 bis 1987 war er wissenschaftlicher Mitarbeiter am Museum für Kunst und Kulturgeschichte, Dortmund. Seit 1987 ist er am Museum Bochum tätig, jetzt als dessen stellvertretender Leiter.

**Hüttemeister, Susanne**
Jahrgang 1963, studierte von 1983 bis 1990 Physik und Astronomie in Bonn. 1993 wurde sie in Astronomie am Max-Planck-Institut für Radioastronomie Bonn promoviert. Von 1994 bis 1996 war sie Postdoctoral Fellow am Harvard-Smithsonian Center for Astrophysics, Cambridge, USA. Von 1997 bis 2000 forschte sie für ihre Habilitation an der Universität Bonn. Als Hochschuldozentin war sie von 2001 bis 2004 am Astronomischen Institut der Ruhr-Universität Bochum tätig. Seit 2004 ist sie Leiterin der Sternwarte Bochum/Planetarium und Hochschullehrerin an der Ruhr-Universität.

**Jennemann-Henke, Ursula**
Jahrgang 1953, studierte Geschichtswissenschaft, Germanistik und Philosophie. Sie arbeitete als Historikerin und Journalistin, und ist seit 2000 wissenschaftliche Mitarbeiterin im Stadtarchiv Bochum. Forschungsschwerpunkte: Geschichte des 19. und 20. Jahrhunderts, Wirtschaftsgeschichte, Regional und Alltagsgeschichte.

**Lehmann, Silvia**
ist Studentin der vergleichenden Textilwissenschaft, der Kunstgeschichte und Kunstpraxis an der Universität Dortmund. Als Museumspädagogin ist sie am Museum Bochum und auf der Burg Kemnade tätig. Für die Ausstellung „Von Amts wegen prachtvoll" im Museum für Kunst und Kulturgeschichte in Dortmund bearbeitete sie eine Privatsammlung chinesischer Rangquadrate.

**Olmer, Beate**
Jahrgang 1960, studierte Geschichte, Sozialwissenschaften und Pädagogik in Essen. Sie fertigte eine Dissertation zur Umweltgeschichte des Ruhrgebiets an und absolvierte ein Museumsvolontariat beim Westfälischen Freilichtmuseum Hagen (Landschaftsverband Westfalen Lippe). Seit 1984 konzipiert sie zahlreiche kulturgeschichtliche Ausstellungen. Seit 2003 ist sie freiberufliche Historikerin: Olmer & Stephan Maaser GbR – Ausstellungen, Geschichte, Kunstgeschichte. Seit Juli 2006 leitet sie gemeinsam mit Dr. Reinhild Stephan-Maaser das Hellweg Museum Unna.

**Pätzold, Stefan**
Jahrgang 1966, studierte die Fächer Latein, Geschichte sowie die Historischen Hilfswissenschaften in Göttingen und Oxford. Die Promotion erfolgte 1996, die Archivarische Staatsprüfung 1998 in Marburg. Von 1999 bis 2001 war er wissenschaftlicher Mitarbeiter an der Universität Magdeburg und von 2001 bis 2005 am Stadtarchiv Pforzheim. Seit 2005 ist er stellvertretender Leiter des Stadtarchivs Bochum, jetzt Bochumer Zentrum für Stadtgeschichte, und seit 2006 Lehrbeauftragter für mittelalterliche Geschichte der Ruhr-Universität Bochum. Seine Forschungsschwerpunkte sind Themen der mittelalterlichen Sozial-, Kirchen- und Stadtgeschichte.

**Rudzinski, Marco**
Jahrgang 1976, studierte an der Ruhr-Universität Bochum Geschichte und Deutsch. Er arbeitet zurzeit als Doktorand am Institut für soziale Bewegungen an einer unternehmensgeschichtlichen Studie über den Bochumer Verein für Bergbau und Gussstahlfabrikation.

**Salzmann, Margit**
Jahrgang 1965, machte von 1986 bis 1988 eine Ausbildung zur Fotografin am Lette Verein in Berlin. Sie studierte von 1988 bis 1994 an der Ruhr-Universität Bochum Kunstgeschichte und Publizistik. Seit 1995 ist sie – nach einem Aufenthalt in Los Angeles, USA – bei der Sparkasse Bochum im Bereich der Presse- und Öffentlichkeitsarbeit tätig.

**Schneider, Hubert**
Jahrgang 1941, war bis zu seiner Pensionierung 2004 Historiker an der Ruhr-Universität Bochum. Er ist Mitbegründer und Vorsitzender des Vereins „Erinnern für die Zukunft e. V." in Bochum.

**Stephan-Maaser, Reinhild**
Jahrgang 1960, studierte Kunstgeschichte, Philosophie und Klassische Archäologie in Köln. Sie schrieb eine Dissertation über bacchische Bilder von P. P. Rubens, die Affekte Diskussion im Neustoizismus und in der Barockrhetorik. Seit 1991 konzipiert sie zahlreiche kulturgeschichtliche Ausstellungen. Seit 2003 ist sie freiberufliche Kunsthistorikerin: Olmer & Stephan Maaser GbR – Ausstellungen, Geschichte, Kunstgeschichte. Seit Juli 2006 leitet sie gemeinsam mit Dr. Beate Olmer das Hellweg Museum Unna.

**Stöllner, Thomas**
Studierte Vor- und Frühgeschichte, Anthropologie, Christliche Archäologie und Geologie in Marburg, Regensburg, Wien und Salzburg. Nach der Promotion in Marburg war er dort zunächst wissenschaftlicher Mitarbeiter am Vorgeschichtlichen Seminar. Seit 2000 leitet er den Fachbereich Montanarchäologie am Deutschen Bergbau-Museum in Bochum. Es folgten die Habilitation – wiederum in Marburg – und 2006 die Berufung auf den Lehrstuhl für Ur- und Frühgeschichte der Ruhr-Universität Bochum.

**Wahlig, Henry**
Jahrgang 1980, studierte Neuere und Neueste Geschichte in Vancouver/Kanada, Düsseldorf und Lausanne/Schweiz. Seit 1999 ist er freier Mitarbeiter in der Öffentlichkeitsarbeit des VfL Bochum 1848. Er veröffentlichte zahlreiche sporthistorische Texte, u. a. in „Mein VfL" (Bochum), „Die Sportzeitung" (Köln) oder im Katalog der Ausstellung „Kicker. Kämpfer. Legenden. Juden im Deutschen Fußball" des Centrum Judaicum Berlin.

**Wiborni, Monika**
Jahrgang 1955, absolvierte von 1975 bis 1978 ihre Ausbildung bei der Stadt Bochum und der Archivfachhochschule für Archivwissenschaften in Marburg mit dem Abschluss Diplom-Archivarin. Seit 1975 ist sie beim Stadtarchiv Bochum tätig, wobei ihr Tätigkeitsschwerpunkt auf der bildlichen Überlieferung liegt.

**Wölk, Ingrid**
Jahrgang 1953, machte ihr Abitur auf dem Zweiten Bildungsweg und studierte in Marburg an der Lahn Germanistik, Geschichte und Politikwissenschaften. 1988 wurde sie mit einer Arbeit zur Geschichte der Gewerkschaftsbewegung promoviert. 1989 bis 1991 war sie Archivreferendarin beim Hessischen Hauptstaatsarchiv in Wiesbaden und legte 1991 die Archivarische Staatsprüfung in Marburg ab. Seit 1992 ist sie im Stadtarchiv Bochum beschäftigt, zunächst als stellvertretende Leiterin, seit Januar 2005 als Leiterin des Stadtarchivs. Dessen Ausbau zum Bochumer Zentrum für Stadtgeschichte bildet den derzeitigen Schwerpunkt ihrer Tätigkeit.

# LISTE DER SIEBEN UND NEUNZIG SACHEN

1 | Porträt des Bochumer Rektors Bernhard Kleff

2 | Schädelfragment eines Urs

3 | Amphibolitaxt

4 | Straßenschild „Adolf-Hitler-Platz"

5 | Teleskop der Volkssternwarte Schillerschule

6 | Zwei Kupferstiche mit Kampfszenen

7 | Steinschlosspistole

8 | „Bochumer Totentanz"

9 | Bodenstanduhr

10 | Alchemistische Schrift

11 | Salzhaus

12 | Gummischuhe (Galoschen) mit Originalverpackung

13 | Großer Kugeltopf

14 | Römischer Becher

15 | Kesselhaken (Sägehahl)

16 | Deckeltasse mit Untertasse

17 | Fragmente von Tonpfeifen

18 | Schmerzhafte Mutter (Pietà, Vesperbild, Marienklage)

19 | Wiege

20 | Hatzband

21 | Bettwärmer

22 | Kinotransparent „Die heilige Lüge"

23 | Wellenbadschaukel

24 | Nockenfliesen aus dem Bochumer Stadtbad

25 | Krankenliege aus der Augusta-Kranken-Anstalt

26 | Geldwaage mit Holzlade und Münzgewichten

27 | Care-Paket

28 | Perlenkette mit Goldanhänger und Goldscheibenfibel

29 | Glasbecher mit Landschaftsdarstellung

30 | Eisenpfanne

31 | Silberne Deckeldose

32 | Registrierkasse des Bochumer Schlachthofes

33 | Horizontal-Reisesonnenuhr mit Etui

34 | Notgeld des Landkreises Bochum

35 | Münzspielautomat „Merkur"

36 | Regenbogenschüsselchen

37 | Deckelpokal

38 | Himmelbett

39 | Aktie der Steinkohlen-Bergbau-Actiengesellschaft „Vollmond"

40 | Wange einer Kirchenbank

41 | Medaille mit einer Allegorie auf das Glück im Harzer Bergbau

42 | Sprengbombe

43 | Kinematograph und Laterna Magica mit Zubehör

44 | Bühnenbildmodell für „Schule mit Clowns"

45 | Fragmente eines Keramikwandbildes

46 | Pfeifenkopf mit „Memento Mori"-Darstellung

47 | Statuette des hl. Andreas

48 | Taschenlaterne

49 | Stadtmodell „Bochum um 1800"

50 | Hinweisschild „Volkszählung Zahlungsdienststelle"

51 | Schulwandbild „Steinkohlenbergwerk"

52 | Drei kleine Tiegel zum Schmelzen von Edelmetallen

53 | Sitzender Knabe

# DANKSAGUNG


**Wir danken herzlich**

**für die Förderung von Katalog und Ausstellung:**
der Stiftung der Sparkasse Bochum zur Förderung von Kultur und Wissenschaft und der Kortum-Gesellschaft Bochum e.V.; deren Geschäftsführer Dr. Dietmar Bleidick gilt großer Dank auch für die Unterstützung bei der Abwicklung;

**für die Überlassung von Objekten für diese Ausstellung und die Stadthistorischen Sammlungen:**
Marion Beumer, geb. Lohmann, Bochum;
Alfred Salomon, Bochum;
dem VfL Bochum 1848 e.V.,
der Sternwarte Bochum;
dem Verein „Erinnern für die Zukunft e.V.", Bochum;

**für Unterstützung bei der Recherche und Hinweise aller Art:**
Heidi Aust, Stadtwerke Bochum;
Prof. Dr. Rosemarie Beier-de Haan, Deutsches Historisches Museum Berlin;
Dr. Tanja Bessler-Worbs, Stiftung Westfälisches Wirtschaftsarchiv Dortmund;
Dr. Dietmar Bleidick, ARAL-Archiv Bochum;
Uwe-Peter Böhm, Gaggenau;
Heike Bohbrink, Espelkamp (Firma Automaten Gauselmann);
Ute Bunge, Bezirksregierung Arnsberg, Dezernat 8 Bergbau und Energie;
Verena Burhenne, LWL-Westfälisches Museumsamt, Münster;
Dr. Fritz Falk, dem ehemaligen Leiter des Schmuckmuseums Pforzheim;
Walter Gantenberg, Bochum;
Dr. Angela Graf, Gerd Bucerius Bibliothek und Sammlung Buchkunst Museum für Kunst und Gewerbe, Hamburg;
Michael Haunschild, Deutsche Gesellschaft für Polizeigeschichte, Hannover;
Daniela Hornung, Heraeus Noblelight GmbH, Hanau;
Martin Kessel, Mörfelden-Walldorf;
Lutz Klassen, Moesgård Museum bei Århus, Dänemark;
Dr. Helmut Knirim, Leiter des LWL-Westfälischen Museumsamtes, Münster;
Cornelie Lange, Bochum;
Dr. Klaus-Peter Lanser, LWL-Museum für Naturkunde, Münster;
Ingrid Laun-Keller, Polizeipräsidium Bochum;
Helmut Leich, Bochum;
Prof. Dr. Marita Metz-Becker, Philipps-Universität Marburg;
Waldemar und Irmgard Moormann (Moormann KG), Bochum;
Lutz von Nordheim, Museum in der Beschussanstalt, Zella-Mehlis;
Dr. Michael Prange, Deutsches Bergbau-Museum Bochum;
Dr. Gerhard Quaas, Deutsches Historisches Museum, Berlin;
Hans-Achim Römer (Bühnenbildner), Hamburg;
Susanne Rößiger, Deutsches Hygiene-Museum, Dresden;
Dr. Gisela Schumacher-Matthäus, LWL-Westfälisches Museum für Archäologie, Herne;
Dr. Stefan Senden, Museen Burg Altena, Altena;
Dr. Stefan Steinmetz, Essen;
Dr. Ina K. Uphoff, Foschungsstelle Schulwandbilder, Universität Würzburg;
Dr. Jürgen Weisser, Museum Vogtsbauernhof, Gutach;

**für die technische und konservatorische Beratung bei der Ausstellungsvorbereitung:**
Eckehard von Schierstaedt, LWL-Westfälisches Museumsamt, Münster;
Andreas Weisgerber, LWL-Amt für Bodendenkmalpflege, Münster;
Dr. Gunnar Teske, LWL-Westfälisches Archivamt, Münster;

**für Restaurierungs-, Konservierungsleistungen u. a.:**
Susanne Conrad, Restaurierungsatelier, Deutz;
Olga Emgrund (freie Restauratorin), Erfurt;
Stefan Gloßner & Thomas Sieverding (freie Restauratoren), Bergisch-Gladbach;
Kölner Gruppe für Restaurierung, namentlich Susanne Erhards, Carmen Seuffert;
Kunstschmiede Duisburg, namentlich Martin Kaufmann;
Verein „Ad Astra", namentlich Herrn Geisling und Herrn Sopha;
Gerd Weber, Firma Weber Hattingen.

**für kollegiale Hilfe und Unterstützung aller Art:**
dem Kulturbüro der Stadt Bochum: Bernhard Szafranek;
dem Museum Bochum: Dr. Hans Golinski, Sepp Hiekisch-Picard, der Fahrbereitschaft des Museums, Karl-Heinz Schneiders (Haus Kemnade);
dem Presseamt der Stadt Bochum: Roland Karczewski, Markus Lutter, Klaus Präkelt;
dem Schauspielhaus Bochum: Rolf D. Suhl, Oliver Kroll, Olaf Schug und Mitarbeiter;
der Sternwarte Bochum: Dr. habil. Susanne Hüttemeister, Helmut Schüttemeier, Manfred Hünerbein.

**Unser besonderer Dank für Rat und Tat gilt den Mitgliedern des Beirates zur Begleitung des Stadtarchivs beim Aufbau des Bochumer Zentrums für Stadtgeschichte:**
Prof. Dr. Ulrich Borsdorf, Direktor des Ruhrlandmuseums Essen (Gründungsdirektor des RuhrMuseums);
Prof. Dr. Gudrun Gersmann, Universität zu Köln;
Prof. Dr. Gottfried Korff, Ludwig-Uhland-Institut der Eberhard-Karls-Universität Tübingen;
Prof. Dr. Norbert Reimann, Leiter des LWL-Westfälischen Archivamtes, Münster;
Prof. Dr. Dieter Scheler, Bochum (ehemals Ruhr-Universität);
Dr. Hubert Schneider, Bochum (ehemals Ruhr-Universität);
Prof. Dr. Rainer Slotta, Direktor des Deutschen Bergbau-Museums Bochum;
Prof. Dr. Klaus Tenfelde, Leiter des Instituts für soziale Bewegungen der Ruhr-Universität Bochum;
Monika Engel, Fraktion die Grünen im Rat der Stadt Bochum;
Dr. Hans H. Hanke, SPD-Ratsfraktion, Bochum;
Klaus-Peter Hülder, UWG-Ratsfraktion, Bochum;
Clemens Kreuzer, CDU-Ratsfraktion, Bochum.

Herzlich gedankt sei auch Ludger Claßen und den Mitarbeiterinnen und Mitarbeitern des Klartext-Verlages, sowie – besonders – dem Grafiker Volker Pecher für die Sorgfalt bei der Umsetzung.